Der reiche Privatmann Athos von Horváth entdeckt auf dem jüdischen Friedhof in Budapest in der Gruft seiner Großtante eine Leiche. Der wohl erst vor kurzem getötete junge Mann hat jede Menge Schmuckstücke bei sich. Juwelen, die aus dem Besitz der Großtante Horváths stammen könnten – wären da nicht diese für Athos fremden Namen eingraviert. Während die Polizei versucht, den Mord an dem unbekannten jungen Mann aufzuklären, beginnt Athos mit der gründlichen Erforschung seiner Familiengeschichte. Schon bald ist nichts mehr, wie es früher war.
Ana Vasia verwebt auf fesselnde Weise die Geschichte der Juden in Ungarn mit einer packenden Familiengeschichte in der Gegenwart.

Über die Autorin:
Ana Vasia ist eigentlich Eva Reichmann. Als Eva Reichmann veröffentlichte sie bereits drei Kriminalromane bei der dahlemer verlagsanstalt: Kalter Grund (2004), Schönheitskorrekturen (2006) und Grenzbereich (2008), sowie zahlreiche literaturwissenschaftliche Arbeiten. Da sie seit 2010 beruflich Ratgeber zur Laufbahnberatung und ähnlichen Themen verfasst, entschied sie, ihrem literarischen Ich Ana Vasia das Schreiben der Romane zu überlassen.

Ana Vasia

Verlassenschaften

abdruck Verlagshaus

Bünde 2011

Von Ana Vasia sind im abdruck-verlagshaus erschienen:
Mitvergangenheit (2011)

Die Deutsche Bibliothek – CIP-Einheitsaufnahme
Die Deutsche Bibliothek verzeichnet diese Publikation
in der Deutschen Nationalbibliografie;
detaillierte bibliografische Daten sind im Internet
über <http://dnb.ddb.de> abrufbar.

© 2011 abdruck Verlagshaus Bünde
www.abdruck-verlag.de

Alle Urheber- und Verlagsrechte vorbehalten!
Dies gilt insbesondere für Vervielfältigung, Mikroverfilmung,
Einspeicherung in und Verarbeitung duch elektronische Systeme

Umschlaggestaltung: sagner-heinze GmbH, Lemgo
Foto: Israelitische Abteilung Zentralfriedhof Wien, (E. Reichmann)
Satz: Text & Satz Thomas Sick, Saarbrücken

ISBN 978-3-942907-01-9

Verlassenschaften

Verlassenschaft ist ein österreichischer Begriff für Erbschaft.

Alle wollen wir etwas voneinander.
Nur von den Alten will schon lange niemand etwas.
Doch wollen die Alten etwas voneinander,
lachen wir darüber.
(István Örkény, Katzenspiel, 1972)

Vorausgegangenes

»Ich muss lernen, sonst fall ich durch.« Die alte Frau sah ihn ängstlich an und packte ihn dann am Arm. »Der Professor Stadler ist immer sehr streng mit mir, du musst mir lernen helfen. Ich kann doch keine Geometrie!«

»Ich hol nur noch meine Bücher, dann machen wir gemeinsam die Aufgaben«, antwortete Tobias mit beruhigender Stimme. Seit einer Woche schon hielt ihn Frau Blaustein für einen Schulkameraden, einen gewissen Karoly Herz, und manchmal schimpfte sie auf Ungarisch mit ihm. Die Rolle des Karoly Herz fiel ihm leichter, als das, was davor – in Frau Blausteins wirklichem Leben danach – stattgefunden hatte. Frau Blaustein litt an Demenz, wie viele andere Bewohner des Altersheims Ben Zion, das von der jüdischen Gemeinde betrieben wurde.

Er kannte Frau Blaustein seit vier Jahren. Damals hatte eine Cousine sie eingeliefert. Frau Blaustein war, wie es so schön hieß, mit den Anforderungen des täglichen Lebens nicht mehr zurecht gekommen. Mehrmals schon hatte die Polizei die verwirrte Frau in die Obhut der Cousine übergeben müssen, da Frau Blaustein nur mit einem Nachthemd bekleidet einkaufen gegangen war. Das war nicht weiter schlimm gewesen. Doch damals vor vier Jahren war Frau Blausteins Küche ausgebrannt. Die alte Frau kochte immer noch auf einem Gasherd und hatte schließlich vergessen, dass sie eine Pfanne mit Butterschmalz auf die Flamme gestellt hatte, um sich ein Kalbsschnitzel zu braten. Die Cousine sah sich außer Stande, sich täglich um ihre Tante zu kümmern, schließlich war sie selbst im Alter schon weit fortgeschritten und nicht mehr bei guter Gesundheit. Außerdem sei sie ohnehin nur zu Besuch in Wien gewesen, wegen des schlechten gesundheitlichen Zustands der Tante aber länger als geplant geblieben. So war Frau Blaustein schließlich in Ben Zion gelandet. Außer der Cousine existierten nur Verwandte in Kanada, und die schienen nicht viel Anteil an ihrem Schicksal zu nehmen. Die Cousine war wenig später, noch während ihres Wien-Aufenthalts, einem Herzinfarkt erlegen. Es gab nun niemand mehr, der Ida Blaustein besuchen kam, nicht einmal eine Freundin oder Nachbarin.

Tobias war ausgebildet für den Umgang mit dementen Patienten. Er korrigierte Frau Blaustein nicht, wenn sie ihn mit jemandem aus ihrer Vergangenheit verwechselte. Sie freute sich, wenn er in die jeweilige Rolle schlüpfte, die ihr verfallendes Gedächtnis ihm gerade zuwies. Dann plauderte sie mit ihm, beschimpfte ihn, machte ihm Avancen – je nachdem, in welchem Jahrzehnt sie sich gerade befand. Dabei war sie zufrieden, fast glücklich, wie auch die anderen Frauen auf der Etage, die Tobias betreute und denen er vorspielte, was sie gerade haben wollten. Meistens gelang es ihm, auseinanderzuhalten, welche Person er für welche Patientin gerade darstellte.

Als Frau Blaustein nach Ben Zion kam, durchlebte sie gerade die Zeit, in der ihr Mann bettlägerig gewesen und dann gestorben war. Eine nicht ganz einfache Situation, da sie versuchte, Tobias dazu zu nötigen, die Medikamente einzunehmen, die nun eigentlich sie selbst schlucken sollte. Dann folgte die Zeit, in der sie Tobias immer wieder wegen seiner Seitensprünge unflätig beschimpfte und ihn dafür verantwortlich machte, dass sie keine Kinder bekam. Als sie begann, mit ihm zu flirten und ihm Avancen zu machen, erkannte Tobias, dass ein weiterer Teil ihrer Erinnerungen verloren gegangen war. Er hatte ein wenig Angst vor dem, was dann kommen würde. Nach fast fünf Jahren Arbeit in einem jüdischen Altersheim wusste er, dass die schlimmste Phase bei manchen an Demenz erkrankten Insassen die war, in der sie sich an die Zeit des Dritten Reichs erinnerten. Es hieß in den Büchern über Demenz, die er während seiner Ausbildung gelesen hatte, dass sich die Kranken nur an die schönen Zeiten ihres Lebens erinnern, nur gute Erlebnisse reproduzieren würden. Er hatte die Erfahrung gemacht, dass das nicht immer stimmte. Anscheinend kam es darauf an, wie die Patienten zu ihren Lebzeiten mit den Erinnerungen an ihre Verfolgung, manchmal auch ans Konzentrationslager, umgegangen waren. Die, die diese Zeit verdrängt hatten, wurden von ihrem verfallenden Gehirn grausam dafür bestraft. Und konfrontierten ihn, den Achtundzwanzigjährigen, mit allen Ängsten und Unmenschlichkeiten, die ihnen in Ghetto oder Lager widerfahren waren.

Nicht alle waren während der Zeit der Naziherrschaft im Deutschen Reich geblieben. Vielen der Einwohner von Ben Zion war rechtzeitig die Flucht geglückt. Doch die, auf deren Unterarm eine Nummer eintätowiert war, um die musste man sich besonders kümmern, wenn das Gedächtnis begann sich aufzulösen.

Auch Frau Blaustein hatte die Zeit der Verfolgung noch einmal durchlebt. Etwa zwei Monate lang war sie damals auf der Flucht gewesen, zu Fuß durch Ungarn geirrt, nach Jugoslawien gelangt, von dort auf ein Schiff, Gott weiß wohin. Die Zeit war wirr, so wirr, dass es keine feste Rolle für Tobias gegeben hatte. Immer nur Angst, Angst von Frau Blaustein, er könne sie verraten, töten, vergessen, verlieren, verlassen. »Warum hast du das getan?«, fragte sie ihn immer wieder, mit einem Blick, der so hasserfüllt war, dass es Tobias fröstelte. Er war sicher, dass Frau Blaustein auf diese Frage gar keine Antwort haben wollte, weil sie die Antwort ohnehin kannte. »Schweine, Verräter«, flüsterte sie dann. »Du bist nicht mein Bruder.«

Tobias vermutete, dass Frau Blaustein jetzt gerade fünfzehn Jahre alt war und unter den Schikanen ihres Mathematiklehrers am Gymnasium litt. Dieser Stadler hatte sie durchfallen lassen, und sie hatte die Schule wechseln müssen. Wenig später waren die Nazis auch in Budapest an der Macht und Frau Blaustein versuchte nun schon seit einer Woche, ihr schlechtes Abschneiden in Geometrie zu verhindern.

»Vergiss nicht wieder die Bücher!«, rief sie. Tobias brachte ihr ein Blatt Papier, einen Bleistift und ein Holzdreieck.

»Ich komm gleich wieder, ich hol die Bücher«, sagte er, und Frau Blaustein begann mit ungelenker Hand geometrische Formen aufzumalen. Wenn Tobias in einer halben Stunde wieder vorbeischauen würde, würde er auf dem Blatt einen Dodekaeder gezeichnet vorfinden und am Rand des Blattes die Berechnung seiner Oberfläche, des Volumens und die genauen Angaben zu allen Winkeln. Er hatte sich die ersten beiden Tage die Mühe gemacht, Frau Blausteins Berechnungen anhand der Maße zu überprüfen. Sie machte nicht einen Fehler. Vor zwei Tagen hatte er ihr eine Aufgabe gestellt: Volumenberechnung eines Zylinders und Oberflächenberechnung einer Pyramide. »Karoly, das ist viel zu leicht, kannst du das immer noch nicht?«, hatte sie ihn geschimpft und die Aufgaben schnell gelöst. »Ich fall doch wegen dem Dodekaeder durch, das weißt du doch!«

Als er eine halbe Stunde später wieder vorbeischaute, lag das Blatt mit dem Dodekaeder und allen Berechnungen wie gewohnt auf dem Tisch.

»Ich finde sie nicht!« Verzweifelt durchwühlte Frau Blaustein die Schublade ihres Nachtschränkchens.

»Was finden Sie nicht?«, fragte Tobias, da er annahm, dass Frau Blaustein einen ihrer gegenwärtigen Momente hatte und ihn als den adressierte, der er war, ihr Pfleger.

Irritiert sah ihn Frau Blaustein an. »Warum sagst du ›Sie‹ zu mir, Papa?«

Papa? Tobias sah Frau Blaustein prüfend an, als könne er an ihrem Gesicht ablesen, in welchem Jahr sie sich gerade befand und was sie nun von ihm erwartete. Die letzten beiden Tage hatte sie keine Geometrieaufgaben gelöst, aber war ungewöhnlich unruhig gewesen. Wahrscheinlich lebte sie nun in einer anderen Zeit.

»Entschuldige, mein Kind, ich war in Gedanken«, sagte er und Frau Blaustein atmete erleichtert auf.

»Hilf mir suchen, ich finde sie nicht.«

»Was suchst du?«

Wieder sah sie ihn erstaunt an. »Meine Halsketten. Du hast doch gerade gesagt, dass wir unseren Schmuck zusammensuchen sollen.«

Tobias stutzte einen Moment. »Es ist nicht so schlimm, wenn du die Ketten jetzt nicht findest.«

»Aber Onkel Max kommt doch gleich und bringt alles weg!«
»Onkel Max wird bestimmt warten, bis du die Sachen gefunden hast. Mach dir keine Sorgen.«
Wie ein trotziges Kleinkind schüttelte Frau Blaustein den Kopf. »Er kann ihn doch nur heut verstecken, morgen ist es zu spät.«
Eine neue Phase. Tobias musste behutsam sein, um den Kontakt zum Kind in Frau Blaustein nicht zu verlieren. Er erinnerte sich, dass die alte Frau bei ihrem Einzug eine Schmuckschatulle besessen hatte, die musste ja wohl irgendwo in ihrem Zimmer zu finden sein. »Ich helf dir suchen«, bot er an und Frau Blaustein strahlte.
Schon nach kurzer Zeit fand er in der obersten Schublade der alten Kommode, die Frau Blaustein mitgebracht hatte, die Schmuckschatulle, öffnete sie und fischte zwei der darin befindlichen Halsketten heraus. »Schau, da sind sie doch.«
»Wem gehören die denn? Das sind doch nicht meine!«
Tobias überlegte. Wenn Frau Blaustein vor über siebzig Jahren Schmuck besessen hatte, und den nun suchte, dann handelte es sich wohl wirklich nicht um die Alte-Damen-Perlenkette und das modische Korallengebinde, das er aus der Schatulle geholt hatte. Er schaute noch einmal nach, ob älterer Schmuck dabei war und versuchte es mit einer zarten, altmodischen Goldkette und einer Silberkette mit Granatsteinen.
»Papa, ich will aber meine Sachen verstecken! Nicht dieses fremde Zeug.« Das Gesicht von Frau Blaustein war ein einziger Vorwurf. Tobias suchte weiter in der Kommode.
»Warum durchwühlen Sie meine Sachen, Herr Reiter?«, fragte Frau Blaustein nach einiger Zeit.

Auch am nächsten Tag suchte Frau Blaustein verzweifelt Halsketten, aber auch Ringe und Armbänder. Weil Onkel Max ein Risiko einging, und man deshalb alles schnell finden müsse, wie sie ihrem kleinen Bruder in Gestalt von Tobias erläuterte. Der kleine Bruder, Tobias erinnerte sich, war ›ins gelobte Land‹ gelangt, dort aber unter nicht näher geklärten Umständen verstorben. So hatte sie einmal erzählt.
Es kam oft vor, dass Insassen von Ben Zion mehr oder weniger große Reichtümer vermissten. Die meisten hatten das Familienvermögen in der Nazizeit verloren, weshalb Tobias sich auch nicht wunderte, dass sich nichts von dem, was Frau Blaustein als Kind besessen hatte, heute in ihrer Schatulle befand. Wahrscheinlich hatte die Familie damit die Flucht finanziert, auf der Frau Blausteins Eltern umgekommen waren.
Am nächsten Tag wuchs die Verzweiflung bei Frau Blaustein. Sie adressierte Tobias wieder als Imre, ihren kleinen Bruder. Tobias spielte

das Ich-helf-dir-suchen-Spiel ein Weilchen mit. Irgendwie musste er einen Ausweg aus dieser Situation finden.

»Warum ist es denn so wichtig, dass du die Sachen sofort findest?«, fragte er.

»Weil Onkel Max gleich kommt und sie verstecken wird.«

»Aber das kann Onkel Max doch auch später machen.«

Frau Blaustein schüttelte vehement den Kopf. »Du bist dumm. Er kann die Sachen nur heute in den Sarg von Oma legen. Morgen früh kommt die Oma in die Gruft, da geht es nicht mehr.«

Tobias suchte eine Weile mit, dann sagte er: »Ich hol Papa, der findet sie bestimmt, was meinst du?«

Frau Blaustein sah ihn dankbar an und rief ihm, als er das Zimmer verließ, hinterher: »Er soll sich beeilen!«

Vier Wochen später war Frau Blaustein tot.

Das Verständigen der Verwandten verstorbener Insassen war Aufgabe der Verwaltung des Altersheims, doch wenn die Sache sich schwierig gestaltete, befragte man die Pfleger. Oft konnten sie entscheidende Hinweise geben, die sich aus den Gesprächen mit den Patienten ergeben hatten. Auch im Fall von Frau Blaustein gestaltete es sich nicht einfach. Rafael Schifter, der für diese Angelegenheiten verantwortlich war, bat Tobias um Hilfe.

»Können Sie sich noch erinnern, wie die Cousine geheißen hat, die Frau Blaustein damals hat einweisen lassen?«

»Ist die denn nicht als Vormund eingetragen worden?«, fragte Tobias erstaunt, da Frau Blaustein, soweit er sich erinnern konnte, nicht mehr geschäftsfähig gewesen war.

Schifter schüttelte den Kopf. »Wir sind von Anfang an als Pflegschaft eingesetzt worden. Die Dame wollte damals die Verantwortung nicht übernehmen. War ja auch gut so, zwei Wochen später ist sie, soweit ich mich erinnere, selbst gestorben. Aber die Papiere sind irgendwo verloren gegangen. Wahrscheinlich war alles noch in der Abwicklung, während sie das Zeitliche gesegnet hat. – Ich hab nur noch diesen Wisch hier ...«, Schifter gab Tobias zwei zusammengetackerte Blätter. »Die Liste mit den Habseligkeiten, die Frau Blaustein damals mitgebracht hat. Da ist die Unterschrift der Cousine drauf, aber ich kann sie nicht mehr entziffern.«

Tobias blickte auf die schön geschwungenen Schriftzeichen, die zwar hübsch anzusehen waren, aber alles bedeuten konnten. »Kalligraphie«, meinte er ironisch und versuchte, die Buchstaben zu entschlüsseln.

»Hat sie Ihnen denn nicht irgendwas erzählt?«, fragte Schifter.

»Es gab in ihrem Leben einen Onkel namens Max und einen kleinen Bruder namens Imre. Und natürlich den verstorbenen Gatten. Ansonsten hat sie Klassenkameraden, Freunde, Bekannte wiederauferstehen lassen, aber keine Verwandtschaft.« Tobias versuchte sich an seine erste Begegnung mit Frau Blaustein zu erinnern. Diese war damals so wütend über ihre Cousine gewesen, dass sie mit allem, was sie in die Finger bekommen konnte, nach ihr geworfen und diese derb beschimpft hatte. Die Cousine hatte zitternd bei Tobias Schutz gesucht. Obwohl sie jünger war als ihre Tante war ihr Frau Blaustein körperlich überlegen gewesen.

»Ich glaube, sie hat sie Maria genannt. Nein, warte, nicht Maria, Marie.«

Schifter betrachtete die Unterschrift. »Kann das auch Mary mit einem Ypsilon gewesen sein?«, fragte er.

»Jetzt, wo Sie es sagen, meine ich, dass sie es sogar englisch ausgesprochen hat.«

»Denken Sie nach, Reiter! Wenn jetzt auch noch die Pfleger dement werden, können wir zumachen!«, scherzte Schifter.

»Grauen. Ich glaube, Sie hat Grauen geheißen.«

»Blödsinn, so heißt kein Mensch«, brummte Schifter und starrte wieder auf die Unterschrift. »Grauen ... Krauen ... Graun ... Kraun ... Herr Reiter, wir zwei sind ganz schöne Deppen. Crown! Das muss Crown heißen.« Er gab Tobias die Liste zurück.

»Sie haben Recht. Mary Crown.«

Schifter seufzte erleichtert. »Danke. Den Rest sollten wir rauskriegen können.«

Eine Woche später wurden die Sachen von Frau Blaustein ins Lager gebracht. Tobias traf Schifter auf dem Flur. »Gibt es keine Erben?«, fragte er.

»Zumindest keine, die was haben wollen. Es leben wohl nur noch die Nachkommen des Großonkels. Und die sind in Kanada. Bislang hat Familie Crown nicht auf unsere Anfrage, was mit dem Nachlass passieren soll, geantwortet.«

»Naja, Geld können wir immer brauchen. Ein paar Hunderter wird es doch bringen, wenn wir die Sachen versteigern können.«

Schifter nickte. »Wir müssen noch warten. Vielleicht konveniert es den Kanadiern ja irgendwann einmal, zu antworten.«

Am nächsten Tag bestellte Schifter Tobias wieder zu sich. »Wenn Sie jemanden kennen, der was von den Blaustein-Sachen kaufen will, feel free to act. Die Kanadier haben ausrichten lassen, dass sie an wertlosen Möbeln und – ich zitiere – ›a few pieces of jewellery, that surely will not cover the expanses of a trip to Europe‹ nicht interessiert seien, da sie die werte Tante auch nie in ihrem Leben gesehen und mit ihr in keinerlei Kontakt gestanden hätten.«

»Schöne Verwandtschaft.«

»Man kann sich seine Mischpocha nicht aussuchen«, meinte Schifter. »Nächste Woche holt der Auktionator die Sachen.«

Frau Blaustein. Irgendwie fehlte sie ihm. Nicht, dass er sie besonders gemocht hätte, aber immerhin hatte er sie vier Jahre lang begleitet. Alle anderen Patienten, die er betreut hatte, waren früher gestorben. Er versuchte, sich vorzustellen, wie Frau Blaustein als Mädchen ihre Liebe zur Geometrie entdeckt hatte und dann doch trotz ihres Könnens an einem rassistischen Lehrer gescheitert war. Die Zeit des Schmucksuchens fiel ihm ein. Raffiniert, die Juwelen im Sarg der Großmutter zu verstecken. Wahrscheinlich lagen sie da immer noch und verrotteten mit den Knochen der Oma in ungarischer Erde.

Wahrscheinlich lagen sie da immer noch ...

Und er war der Einzige, der davon wusste.

»Kann ich den Schlüssel fürs Lager haben?«, fragte er Schifter. »Ich hab eventuell jemanden, der die Möbel nimmt, muss sie mir aber noch einmal anschauen.«

Schifter händigte ihm den Schlüssel aus, ohne von den Dokumenten aufzusehen, die er gerade bearbeitete.

Im Lager roch es muffig. Manche Kisten und Möbel standen seit Jahren hier, da die Erben sich um die morschen Kommoden und alten Kleider stritten. Tobias wusste nicht, was er genau suchte. Schließlich hatte er selbst vor über einer Woche die Kleider von Frau Blaustein in die Kartons gepackt und vorher vorschriftsgemäß alle Taschen nach Gegenständen untersucht. Frau Blaustein hatte nur ein Fotoalbum besessen, mit Bildern, die sie und ihren Mann im Urlaub in Italien oder Frankreich zeigten. Keine Bücher, keine Dokumente, nur noch die Schmuckschatulle samt Inhalt, ein Reisenecessaire, die Nachbildung einer Venusstatue aus Speckstein, eine alte Pendeluhr Baujahr 1912 und ein Familienfoto: Baby Imre starrte auf dem Arm der glücklich lächelnden Eltern mit weitaufgerissenen Augen und aufgeblähten Backen in die Kamera, während die dreijährige Ida die Lippen zusammenkniff und die Situation offensichtlich nicht begeisternd fand. Tobias drehte das Foto um, doch auf der Rückseite war nur ein Datum, sechzehnter März 1930, mit Bleistift vermerkt.

Tobias untersuchte die Schmuckschatulle näher. Kein Geheimfach, keine verräterischen Gravuren an den Schmuckstücken. Er beschäftigte sich eine Weile mit der Kommode, dem Nachtschränkchen und dem Kleiderschrank von Frau Blaustein, doch auch die Möbel enthielten keine Geheimnisse. Als er die Pendeluhr einmal auseinandergenommen und wieder zusammengesetzt hatte, war ihm klar, dass er bei der Suche nach dem Grab von Frau Blausteins Großmutter wohl auf andere Quellen zurückgreifen musste. Frau Blaustein war ohne einen Hinweis auf ihre Vergangenheit zu hinterlassen aus dem Leben geschieden.

Er wartete, bis Schifter Feierabend machte. Man konnte sich darauf verlassen, dass in der Verwaltung spätestens um siebzehn Uhr niemand mehr anzutreffen war. Wenn es Schifter gelungen war, die kanadische Verwandtschaft von Frau Blaustein ausfindig zu machen, sollte doch der eine oder andere Hinweis, in welche Richtung er suchen musste, in Frau Blausteins Akte abgelegt sein.

Tobias hoffte inständig, dass Schifter nicht den gesamten Vorgang per EDV abgewickelt hatte. Sonst müsste er erst das Passwort für den Computer ausspionieren. Er hatte Glück. Nach wenigen Minuten stieß er im akkurat aufgeräumten Regal in Schifters Büro auf eine Mappe mit dem Vorgang »Blaustein, Ida. 2.12.1927 - 18.6.2008.« Ohne sich die Dokumente näher anzusehen legte er alle Papiere auf das Kopiergerät. Zu Hause war Zeit genug zum Lesen.

Ida Blaustein war am zweiten Dezember 1927 im jüdischen Krankenhaus in Budapest zur Welt gekommen. Der Vater, Antal Páp, war am vierzehnten März 1905 geboren worden, die Mutter Hilda Páp, geborene Féher, am einunddreißigsten Oktober des selben Jahres. Als Beruf des Vaters war Schneidermeister angegeben. Tobias wunderte sich ein wenig. Konnte man mit zweiundzwanzig Jahren schon Schneidermeister sein? Bei dieser Geburtsurkunde handelte es sich jedoch nicht um das Original, sondern um ein im Jahr 1948 ausgestelltes Dokument, das vier verschiedene Stempel in ungarischer Sprache trug.

Im Original vorhanden war hingegen die Schandtat des Lehrers Professor Stadler. Dieses Dokument, in dem Ida Papp eine mangelhafte Leistung in Mathematik bescheinigt wurde, was ihre Versetzung in die nächste Stufe verhinderte, musste eine Menge mitgemacht haben. Klebestreifen aus unterschiedlichen Jahrzehnten hielten das brüchige, fleckige Papier nur noch mit Mühe zusammen.

Die Heiratsurkunde aus dem Jahr 1957 war auf den Namen Ida Pápp ausgestellt. Tobias seufzte. Drei verschiedene Schreibweisen würden die Suche nach der Familiengruft nicht einfach machen. Wahrscheinlich war es besser, das Vorhaben gar nicht erst weiter zu verfolgen. Jeder fünfte Ungar hörte auf den Namen Páp. Es erschien ihm nahezu unmöglich, herauszufinden, wie die Mutter von Antal Páp geheißen haben könnte. Falls es sich bei der Großmutter überhaupt um die Mutter des Vaters gehandelt hatte. Schließlich gab es ja auch noch die mütterliche Linie, die Familie Féher. Auch nicht gerade ein außergewöhnlicher Name.

Wenn auf Frau Blausteins Demenz Verlass war, dann gab es nur noch einen weiteren Anhaltspunkt: die Großmutter musste irgendwann im Jahr 1941 verstorben sein, noch bevor in Budapest die Judenverfolgung in großem Maß eingesetzt hatte. Denn kurz danach war Ida auf der Flucht gewesen. Sofern man sich auf ihr Gedächtnis verlassen konnte.

Doch es gab noch eine Möglichkeit.

Tobias benötigte vier Tage, um das Passwort für Schifters Computer auszuspionieren. Wahrscheinlich hatte der sich schon gewundert, warum Tobias ihm in letzter Zeit so oft einen Besuch abstattete und dabei häufig hinter ihm stand. Schifter hatte seine Software so eingestellt, dass sie nach zehn Minuten, wenn die Tasten nicht berührt wurden, den Computer sperrte. Tobias verwickelte Schifter in endlose Gespräche über belanglose Dinge, so lange, bis Schifter, um weiterarbeiten zu können, sich erneut mit dem Passwort anmelden musste. Nach vier Tagen war Tobias sicher, dass es ›Jonathan‹ lautete. So hieß jedenfalls Schifters jüngster Sohn.

Als Schifter am Freitag endlich in den Sabbat verschwand, nutzte Tobias die Gelegenheit, und fuhr den Computer hoch. Das Passwort stimmte. Er suchte im Dokumentenverzeichnis nach dem offiziellen Briefkopf des Altenheims Ben Zion. Es dauerte eine Weile, bis er sich innerhalb von Schifters merkwürdigem Ablagesystem zurechtfand. Er kopierte das Dokument mit allen Voreinstellungen und Formatierungen auf seinen USB-Stick, sicherheitshalber gleich mehrfach.

Tobias war stolz auf sich und seinen genialen Plan. Zuerst hatte er überlegt gehabt, die Datei direkt an Schifters Rechner zu verändern und im Büro auszudrucken. Doch das hätte Spuren in der Textverarbeitung hinterlassen. So bestand zwar immer noch ein bestimmtes Risiko, aber er war sicher, dass Schifter bei einer Datei, die er täglich mehrfach nutzte, nicht nachprüfen würde, wann er sie das letzte Mal geöffnet hatte.

Er packte mehrere Bögen des Ben-Zion-Briefpapiers, das in der linken Ecke ein farbiges, rein grafisches Logo aufwies, in eine Mappe und steckte noch einige der Kuverts mit Logo ein.

Als er das Büro verließ, deutete nichts darauf hin, dass es nach Schifter noch jemand betreten hatte.

Zu Hause bastelte Tobias an dem Dokument. Er veränderte die Telefonnummer, die im Briefkopf angegeben war, und setzte statt dessen eine seiner Nummern ein. Er verfügte insgesamt über zehn Telefonnummern, seit er bei einer privaten Telefongesellschaft einen Vertrag über ein teures Sonderangebot für schnelleren Internetzugang abgeschlossen hatte. Telefonnummern, die er nie benötigt und deshalb auch nie jemandem mitgeteilt hatte.

Dann schrieb er an die Verwaltung der jüdischen Gemeinde in Budapest. Ida Blaustein, geborene Páp, sei verstorben. Herr Doktor Tobias Reiter sei als Rechtspfleger in den betreffenden Erbschaftsangelegenheiten eingesetzt. Leider sei die Datenlage in Bezug auf Frau Blaustein miserabel. Die Damen und Herren würden freundlichst gebeten, ihre Unterlagen nach Hinweisen auf die Familie der Frau Blaustein, besonders die Eltern von Antal Páp und Hilda Fehér, zu untersuchen und Ergebnisse unverzüglich bei Herrn Doktor Reiter zu melden. Rückfragen seien bitte nicht an das ohnehin schon überlastete Heim Ben Zion zu richten, sondern an Herrn Doktor Reiter persönlich, am besten per Email. Die Unterschrift Schifters gelang ihm ausgezeichnet, er benötigte die vielen Briefbögen gar nicht.

Auf dem Rückweg vom Postamt kaufte er einen Anrufbeantworter, den er zu Hause an die Telefonnummer, die er als Altenheimnummer auf dem Schreiben angegeben hatte, anschloss. Mit sonorer Stimme sprach er einen Text auf: »Willkommen bei Ben Zion. Leider sind wir zur Zeit beschäftigt und können Ihren Anruf nicht entgegennehmen. Bitte hinterlassen Sie eine Nachricht, wir rufen Sie sobald als möglich zurück.« Perfekt. Danach richtete er noch eine Emailadresse für die Kanzlei Dr. Tobias Reiter ein und begann zu warten.

Er hatte damit gerechnet, dass die Budapester nicht so einfach Daten preisgeben würden. Tatsächlich rief eine Frau, die Deutsch mit stark ungarischem Akzent sprach, wenige Tage später am Vormittag an. Tobias hatte Nachtschicht gehabt und geschlafen. Fast hätte er sich wie immer mit ›Reiter‹ gemeldet, doch im letzten Moment schaltete sich sein Gehirn ein. »Ja bitte?«

»Bin ich bei Ben Zion?«

Tobias war hellwach. »Ja. Schifter. Rafael Schifter, Verwaltung Ben Zion.«

Die Dame atmete erleichtert auf und entschuldigte sich dafür, dass sie trotz der im Frau Blaustein betreffenden Schreiben enthaltenen Anweisung sich nicht direkt mit der Kanzlei Reiter in Verbindung setzen könne, sondern erst auf diesem Wege überprüfen müsse, dass auch wirklich alles seine Richtigkeit habe. Tobias äußerte wortreich Verständnis dafür, bat dann aber seinerseits um Verständnis, dass er sich wegen Arbeitsüberlastung nicht um alles kümmern könne und deshalb bei Erbschaftsangelegenheiten immer mit Herrn Doktor Reiter zusammenarbeite. Die Dame solle bitte alle Ergebnisse direkt per Email an Herrn Doktor Reiter melden.

Da gäbe es aber ein Problem, meinte die Dame. »Wir haben im Internet keinen Eintrag der Kanzlei gefunden und auch keine Telefonnummer.«

Scheiße. Damit hatte er nicht gerechnet, dass diese Ungarn sogar im Internet recherchieren würden, ob die Kanzlei Reiter koscher sei. Deutschen hätte er so etwas zugetraut, aber doch nicht Ungarn, diesen ehemaligen Gulaschkommunisten und jetzt Gulaschkapitalisten.

»Herr Doktor Reiter arbeitet ausschließlich für Ben Zion. Er betreibt keine Kanzlei mehr, er ist quasi im Ruhestand, aber arbeitet für uns, um die jüdische Gemeinde zu entlasten.« Genial, Tobias.

Die Dame versicherte, dass sie nun beruhigt sei, fragte aber dennoch nach einer Telefonnummer, unter der sie diesen Herrn Reiter im Notfall würde erreichen können. »Oder ist er den ganzen Tag online und kontrolliert regelmäßig seine Emails?«

Tobias wollte schon sagen, dass es genau so sei, als ihm einfiel, dass pensionierte Rechtsanwälte wohl nicht die typischen Dauerinternetnutzer seien. »Kann Herr Doktor Reiter Sie diesbezüglich anrufen?«, fragte er.

Die Dame nannte ihm eine Telefonnummer und sagte, dass er nach Frau Nemeth fragen solle. Dann entschuldigte sie sich noch einmal für die Störung und beendete das Gespräch.

Tobias brach der Schweiß aus. Jetzt musste er auch noch leibhaftig in die Rolle des pensionierten Anwalts schlüpfen und womöglich mit verstellter Stimme diese Frau Nemeth beruhigen. Er stand auf und kochte sich einen Kaffee. Um sich abzulenken kontrollierte er seine Emails, auch die der Kanzlei Doktor Reiter. Frau Nemeth hatte dort vor einer halben Stunde die Nachricht hinterlassen, dass sie ihn bitte, sie zurückzurufen.

Tobias verfasste sofort eine Antwort: »Hochverehrte Frau Nemeth, ich bin kein Freund von Telefonen, da sie mich durch ihr penetrantes Läuten immer in meinen Gedanken und bei der Arbeit stören. Aus diesem Grund habe ich mich vor vier Jahren entschlossen, gleichzeitig mit meiner aktiven Tätigkeit auch die aktive Nutzung dieses Kommunikationsmittels einzustellen. Vormals leidenschaftlicher Briefschreiber bin ich nun leidenschaftlicher Benutzer moderner Wege der Verständigung. Seien Sie unbesorgt: Ihre Botschaften erreichen mich frühmorgens, mittags oder spätabends. Sollten mich meine Geschäfte einmal wieder nach Budapest verschlagen, würde ich mich sehr freuen, wenn Sie mir die Ehre erweisen, Sie zum Kaffee einladen zu dürfen. Hochachtungsvoll ...«

Er las den Text noch zweimal durch, bis er sicher war, dass er dem Bild des pensionierten Anwalts und passionierten Gutmenschen Doktor Reiter angemessen sei, dann schickte er ihn ab. Frau Nemeth antwortete nur wenige Minuten später, dass es ein paar Tage dauern würde, bis sie sich mit Ergebnissen bei ihm melden könne und lud ihn herzlich ein, auf jeden Fall nach Budapest zu kommen.

Tobias wunderte sich ein wenig über sich selbst. Er hatte sich immer für einen Menschen gehalten, der ehrlich war. Nicht aus Überzeugung, sondern aus Bequemlichkeit. Lügen machten Arbeit, ständig musste man weitere erfinden, um die ersten aufrecht zu erhalten. Und nun, nun log er nicht nur, sondern war dabei, einen massiven Betrug zu begehen. Schämte er sich? Nicht im Geringsten. Auch das erstaunte ihn.

Er stand auf und ging ins Badezimmer, stellte sich vor den Spiegel und suchte in seinem Gesicht nach Veränderungen, die der Veränderung seines Verhaltens entsprachen. Doch er sah aus wie immer. Ist ja auch kein Betrug, ich schwindle nur ein wenig, Mittel zum Zweck, sagte er sich schließlich. Niemand kommt zu Schaden. Ganz ehrlich: wenn da wirklich in einer Gruft in Ungarn Juwelen lagen, und Frau Blaustein hinterließ keine Verwandtschaft, die darauf hätte Anspruch erheben können – wen würde er da berauben, wenn er diesen Schatz für sich heben würde? Niemanden. Und Frau Blaustein, da war er sich sicher, hätte bestimmt nichts dagegen, wenn der gute Herr Reiter, wie sie ihn manchmal in hellen Momenten genannt hatte, sich finanziell ein bisschen besser stellte.

Bereits drei Tage später schrieb Frau Nemeth, dass sie in den Matrikeln der Gemeinde fündig geworden sei, zur Absicherung des Verfahrens aber Geburtsurkunde und Sterbebescheinigung von Frau Blaustein benötige. Tobias fragte in blumenreichen Worten an, ob sie die Unterlagen per Papierpost oder per Fax haben wolle. Frau Nemeth entschied sich für den postalischen Weg. Als er die Kopien, die er vor etwas mehr als einer Woche in Schifters Büro angefertigt hatte, in ein Kuvert steckte, sah Tobias eine goldene Zukunft vor sich.

In ihrer Email mit den Daten der Blausteinschen Eltern drückte Frau Nemeth ihr Bedauern darüber aus, dass der so anregende Mailverkehr mit Herrn Doktor Reiter nun leider zu Ende sein würde. Tobias überlegte einen Moment, ob er diese Botschaft ignorieren sollte. Dann entschied er anders. Wer weiß, wozu Frau Nemeth noch nützlich sein konnte. Er schrieb, dass es zwar ein trauriger Anlass – nämlich ein Tod – gewesen sei, der ihm ihre Bekanntschaft verschafft habe, dass er aber vorhabe, schon im nächsten Frühjahr nach Budapest zu reisen.

Zugleich bat er um Verständnis, falls er in den nächsten Wochen nicht gut zu erreichen sei, die Abwicklung der Blausteinschen Erbschaftsangelegenheiten zwinge ihn leider, für unbestimmte Zeit nach Kanada zu reisen.

Frau Nemeth hatte gute Arbeit geleistet. Antal Papp – in den Matrikeln schien die Familie in dieser Schreibweise aufzutauchen – sei am vierzehnten März 1904 in Szeged geboren worden. Die Familie sei jedoch ab dreiundzwanzigsten Februar 1907 in Budapest eingetragen. Tobias stutzte: entweder waren diese Daten falsch, oder die auf der Geburtsurkunde von Ida Blaustein, denn hier war der Vater ein Jahr älter. Er schimpfte kurz über Schlamperei auf dem Balkan, zudem er Ungarn dazuzählte, dann studierte er die Angaben weiter. Der Vater Andor Papp habe sich im siebten Bezirk als Schneidermeister und Inhaber eines großen Bekleidungsgeschäfts niedergelassen und sei am vierten Juli 1927 im Alter von nur zweiundfünfzig Jahren verstorben. Die Mutter Ginka Papp, bei der leider weder Geburtsname noch Geburtsdatum zu eruieren seien, verstarb am zwölften Januar 1942. Am dritten Mai 1907 war die Geburt des Sohns Maximilian Papp registriert worden, am sechzehnten September 1908 die der Tochter Lea, die jedoch schon acht Tage nach der Geburt wieder verstorben war. Frau Nemeth riet dazu, wenn er mehr über Familie Papp in Erfahrung bringen wolle, sich an den Rabbiner in Szeged zu wenden.

Hilda Papp sei eine geborene Féher. Bei ihr stimmte das Geburtsdatum mit den Angaben in Frau Blausteins Dokumenten überein. Eltern der Hilda Papp seien Etelka und Lajos Féher. Letzterer sei am achtundzwanzigsten November 1938 verstorben. Etelka Féher, Jahrgang 1876, geborene von Horváth, sei am dreißgsten Dezember 1941 verstorben. Hilda schien Einzelkind gewesen zu sein. Zumindest hatte die so gründliche Frau Nemeth keine Geschwister erwähnt.

So viele Namen und Daten. Tobias runzelte die Stirn. Das war nicht gut. Er hatte gehofft, nur nach einer Großmutter suchen zu müssen, nun waren beide Omas in einer Zeit verstorben, die zu Frau Blausteins Episode des Schmuckversteckens passte. Es gab verschiedene Möglichkeiten: Die Juwelen waren entweder in einer Gruft der Familie Féher, bei Oma Etelka; schlimmstenfalls lag Etelka bei den Eltern in einem Grab der Familie von Horváth. Ruhten die Juwelen hingegen bei Oma Ginka, konnte die Gruft auf den Namen Páp oder Papp lauten.

Féher, Horváth, Páp. Die gängigsten Namen. Wie sollte er die nur ohne Hilfe auf dem Friedhof finden? Nach einer halben Stunde Recherche im Internet war eine weitere Frage hinzugekommen: auf welchem jüdischen Friedhof? In Budapest gab es nämlich zwei.

»Ich möchte gern doch jetzt schon meinen Jahresurlaub nehmen.«

Schifter sah ihn erstaunt an. »Wollen Sie denn nicht mehr im Dezember nach Südafrika?«

Tobias schüttelte den Kopf. »Ich ... hab da jemanden kennen gelernt. Sie kann nur jetzt fahren. Geht es? Kann ich den Urlaub jetzt nehmen?«

Schifter prüfte umständlich den Einsatzplan der Pfleger. »Muss es denn sofort sein?«

»Naja, in einer oder zwei Wochen.«

»Wo soll es denn hingehen?«

»Irgendwo, last minute, egal. Wir wissen es noch nicht. Sobald ich weiß, wann ich weg kann, suchen wir uns was.« Das Lügen war mittlerweile für ihn zur Routine geworden.

Schifter schmunzelte. »Naja, wenn die Leidenschaft noch frisch ist, ist das Ambiente fast egal. – Fragen Sie den Herrn Kaymer, ob der eine Woche verschieben kann. Soweit ich weiß wollte er nicht wegfahren, sondern nur seinen Garten pflegen. Dann könnten Sie nächsten Mittwoch los.«

Tobias bedankte sich umständlich. Eine halbe Stunde später sagte er Schifter Bescheid. Kaymer, ein phlegmatischer Mensch, hatte eingewilligt, die Gartenpflege erst Mitte August zu beginnen.

Juli war nicht gerade die beste Zeit, um Budapest zu besuchen. Tobias war vor zehn Jahren einmal mit seinen Eltern um diese Zeit dort gewesen und erinnerte sich noch gut daran, wie er diesen Urlaub gehasst hatte. Die Stadt an der Donau heizte sich in den Sommermonaten noch stärker auf als Wien. Dafür drängten die Touristen scharenweise in Autos oder Bussen, mit dem Flugzeug, der Bahn und auch noch per Schiff in die Metropole. Das war bestimmt immer noch so. Ein Quartier zu finden würde nicht einfach sein.

Tobias suchte lange vergeblich im Internet, bis er bei der siebten Privatzimmervermittlung endlich einen Erfolg verbuchen konnte. Frau Zsuzsana Kiss vermietete Zimmer im eigenen Haus, ohne Frühstück, und hatte noch einen kleinen Raum mit Dusche frei. Sie bezeichnete die Lage des Quartiers als halbzentral, was immer das heißen mochte. Tobias mietete das Zimmer für zehn Tage. Länger sollte er nicht benötigen. Frau Kiss wies daraufhin, dass eine Verlängerung ausgeschlossen sei, sie habe danach schon Buchungen.

Das Haus lag in der Abonyi utca, einer Parallelgasse der mehrspurigen Thököly ut, in der Nähe des Stadtwäldchens Városliget. Es dauerte lange, bis Tobias die Gasse auf dem Stadtplan gefunden hatte. Vom Keleti pajudvar aus, dem Ostbahnhof, auf dem er ankommen würde, könnte er sogar zu Fuß dorthin gehen. Mit dem Auto zu fahren schien ihm nicht sehr sinnvoll, da Budapest, wie er aus Erzählungen von Kollegen wusste, in der Innenstadt über noch weniger Parkplätze verfügte als Wien. Dafür sollte das öffentliche Nahverkehrssystem das wienerische noch übertreffen. Die Idee, schnell noch ein paar Brocken Ungarisch zu lernen, verwarf er schnell, nach dem er sich im Internet ein paar ungarische Texte angesehen hatte. Das waren keine Wörter, die ein Mensch mit normaler Anatomie im Mund- und Rachenbereich würde artikulieren können.

Wenige Tage später brach er auf.

Die Häuser in der Nähe des Bahnhofs sahen aus wie Häuser in Wien, nur ein bisschen verkommener. Wären da nicht diese fremdsprachigen Beschilderungen mit vielen ö's, á's und ü's gewesen, er hätte sich tatsächlich fast wie zu Hause gefühlt.

Den Fußweg zur Albonyi utca bewältigte er in zehn Minuten. Das Haus der Frau Kiss, sein Quartier für die nächsten Tage, erinnerte ihn an das Haus seiner Tante im siebten Bezirk in Wien. Das dreistöckige Gebäude war um 1900 ursprünglich wohl für eine einzige wohlhabende Familie errichtet und seither zwar leicht umgebaut, aber nicht wirklich renoviert worden. Wie alle Häuser der Straße sah es vergilbt aus: ob der Anstrich einst grau, beige oder gar weiß gewesen war, ließ sich nicht mehr feststellen. Alle Fassaden wirkten ähnlich verwaschen, verwittert und vernachlässigt. Die schwere geschnitzte Holztüre im Eingang schloss nicht richtig, das grünliche Pflaster im Hausflur war so abgelaufen, dass sich eine Art Gehrinne gebildet hatte.

Frau Kiss erwartete ihn im Halbstock. Auch sie erinnerte Tobias an Wien, vor allem an die Insassen von Ben Zion. Sie trug Lockenwickler im gelblichgrauen Haar, einen schäbigen altrosa Bademantel und ihre dünnen Füße steckten in Gesundheitssandalen. Irgendwie passte sie zur vergilbten Fassade ihres Hauses. Tobias erschrak, als er die alte Frau sah. Auf Grund der Korrespondenz im Internet hatte er eine wesentlich jüngere Person erwartet.

Frau Kiss entschuldigte ihren Aufzug damit, dass sie auf ihre Kosmetikerin warte und sich deshalb nicht richtig angezogen habe. Sie beeilte sich, Tobias das Zimmer zu zeigen. Es lag im Erdgeschoss. Von einem Flur, der an den einer Wohnung erinnerte, gingen mehrere Türen ab. Tobias fiel auf, dass es penetrant nach Maiglöckchen roch. Tür Nummer vier war für ihn bestimmt. Das Zimmer lag zu einem kleinen Garten hinaus. Hinter einem geblümten Vorhang gleich links neben der Türe versteckten sich die nachträglich eingebaute Toilette und eine Duschkabine. Das uralte Waschbecken hingegen war offen an der Wand angebracht. Die dunkle Einrichtung musste noch aus Frau Kiss' Kindertagen stammen. Neben einem Einzelbett, einem Schrank und einem schmalen Tisch bot sich noch Raum für einen kitschigen Läufer in ungarischen Nationalfarben. Insgesamt war der Raum mehr hoch als breit.

»Es ist das Haus meiner Großeltern«, erläuterte Frau Kiss in fast akzentfreiem Deutsch. »Sie haben hier unten gewohnt, meine Eltern und ich oben.«

»Hab ich mir gedacht«, meinte Tobias.

»Es ist ein schönes Haus«, fuhr Frau Kiss fort. »Gute Wände. Nicht so schäbig gebaut wie unter den Kommunisten.«

Anscheinend erwartete sie von ihm Bewunderung für die kleine Kammer. Tobias entschied sich, mit einer knappen Bemerkung den Garten zu loben, doch Frau Kiss wehrte verärgert ab. Sie zerrte ihn zum Fenster und deutete auf den Neubau an der rechten Seite. »Enteignet haben sie uns! Einen kleinen Park haben wir gehabt, dann hat so ein Parteibonze uns das Grundstück weggenommen und die haben dieses ... dieses Monster dorthin gestellt! Zigeuner haben sie dort angesiedelt.«

Tobias fühlte sich immer mehr an Wien erinnert. »Aber Sie haben das Haus behalten«, versuchte er Frau Kiss abzulenken.

»Es ist meins und doch nicht meins«, jammerte sie. »Unterm Dach leb ich, wie früher die Dienstboten. Wenn ich nicht alles vermiete, kann ich nicht leben.«

Aber einen Hausbesuch der Kosmetikerin kannst du dir leisten, dachte Tobias, als zu seiner Erleichterung endlich eine Dame mit diversen Kosmetikköfferchen erschien und Frau Kiss sich wortreich verabschiedete.

Hoffentlich ist die nicht zu neugierig, dachte er und richtete sich provisorisch in dem ungemütlichen Raum ein. Nun, er würde ohnehin nur zum Schlafen hier sein.

Da es bereits Mittag war und unendlich heiß entschied Tobias, sich erst am nächsten Tag auf die Suche nach den Familienjuwelen der Blausteins zu machen, und statt dessen den Rest des Tages zu nutzen, um die Umgebung näher kennen zu lernen. Und vor allem, um ein Gefühl für die Stadt und die Leute zu bekommen.

Budapest war für Tobias leicht zu verstehen. Wie Wien war die Stadt in Bezirke aufgeteilt, manche trugen die gleichen Namen wie Stadtteile in seiner Heimatstadt. Der so genannte alte jüdische Friedhof war Teil des Kerepeser Friedhofs, der zwischen Josefstadt und Elisabethstadt lag. In einem Reiseführer hatte er gelesen, dass hier berühmte Budapester Künstler und Politiker in Ehrengräbern beigesetzt worden waren.

Wie unser Zentralfriedhof, dachte Tobias, als er durch das Tor an der Fiumei ut die Begräbnisstätte betreten hatte. Schon bald hatte er sich zwischen den Gräbern verlaufen. Weit und breit kein Hinweisschild, wie er zu den israelitischen Gräbern gelangen könnte. Er sprach zwei Frauen an, die jedoch weder Deutsch noch Englisch verstanden. Eine dritte schien wenigstens zu verstehen. »Zsidó?«, fragte sie mehrmals, als er »Jüdische Gräber? Juden?«, gefragt hatte.

Tobias meinte, dieses Wort auch bei Frau Blaustein schon gehört zu haben und nickte. Die Frau entriss ihm seinen Stadtplan, deutete auf eine Straße mit dem unaussprechlichen Namen Salgótarjáni utca und sagte: »Ott zsidó!«, als müsse sie es einem kleinen Kind einbläuen. Die Salgótarjáni utca begrenzte den Friedhof an der südlichen Seite. Wenn er die Frau richtig verstand, war es besser, außen herum zu gehen.

Tobias bedankte sich überschwänglich, die Frau antwortete: »Szívesen!« und setzte ihre Grabpflegearbeiten fort.

Der Weg um den Friedhof herum zog sich in die Länge. Nach einer Viertelstunde Fußmarsch erreichte Tobias etwas, das aussah wie das Tor zu einem jüdischen Friedhof. Außer ihm schien niemand hier zu sein. Gut.

Tobias schritt die Reihen der Gräber ab. Wie auf dem Zentralfriedhof in Wien waren auch hier viele Gräber verfallen. Verwitterte Steine lagen umgestürzt, manchmal zerbrochen auf der Erde, die Namen der Verstorbenen ließen sich kaum mehr entziffern. Tobias konnte sich schlecht vorstellen, dass hier Frau Blausteins Erbschaft ruhen sollte. Er hatte sich ausgemalt, die Juwelen würden in einer Gruft liegen, eine großzügige Grabstätte mit prunkvollem Stein und großer Grabplatte, eventuell sogar gestaltet wie ein kleines Denkmal. Dass er sich auch mit normalen Gräbern, bescheidenen Grabsteinen, würde auseinandersetzen müssen, war ihm nicht in den Sinn gekommen. Aus einer Gruft würden sich Juwelen leicht wieder herausholen lassen. Bei einer Erdbestattung hingegen ... Tobias hatte trotz seiner Arbeit bei Ben Zion wenig Ahnung von mosaischen Begräbnisriten, doch hatte er oft gehört, dass man die Ruhe jüdischer Verstorbener auf keinen Fall würde stören dürfen. Das Öffnen einer Grabplatte schien ihm eine vertretbare Störung, das Ausgraben eines Sarges hingegen nicht. Obwohl er sich für ein Leben als Lügner und Betrüger entschieden hatte, respektierte er Bräuchen anderer Kulturen.

Er seufzte und begann, systematisch alle Grabsteine nach den vertrauten Namen Páp, Papp, Fehér und Horváth abzusuchen. Schließlich hatte er Zeit.

Nach etwas mehr als drei Stunden, in denen er nur einmal durch eine spanischsprachige Reisegruppe mit Führer gestört worden war, setzte sich Tobias in den Schatten eines Baumes. Zwar hatte er verschiedene Páps, Horváths und Féhers in allen erdenklichen Schreibweisen entdeckt, doch bei keinem stimmten die Vornamen oder Sterbejahre der Begrabenen mit den Angaben, die er vom Matrikelamt erhalten hatte, überein. Tobias war durstig und frustriert. Wenigstens konnte er sicher sein, dass er keinen einzigen Grabstein übersehen hatte. Mehr hatte der Tag aber auch nicht gebracht. Obwohl es erst früh am Nachmittag war, entschied er, den neuen jüdischen Friedhof erst am nächsten Tag aufzusuchen. Er war müde. Die Jagd nach den Juwelen strengte an.

Der neue jüdische Friedhof lag etwas weiter außerhalb im Stadtviertel Kőbánya. Es war etwas kompliziert, mit öffentlichen Verkehrsmitteln dorthin zu gelangen, doch schließlich erreichte er die Kozma utca und den Eingang, der von einem schweren metallenen Tor abgeschlossen war. Das wunderte Tobias nicht. Schließlich waren jüdische Einrichtungen überall auf der Welt ständig von Überfällen bedroht, weshalb viele Gemeinden Vorsichtsmaßnahmen getroffen hatten. Er entdeckte eine Klingel und läutete. Sofort ertönte das unfreundliche Gebell mehrerer großer Hunde. Wenig später öffnete ein unrasierter Mann eine schmale Tür neben dem Tor. Tobias fragte, ob er Englisch oder Deutsch sprechen würde. Der Mann entschied sich für Englisch. Tobias behauptete, das Grab der Familie seiner verstorbenen Tante suchen zu wollen. Der Mann musterte ihn kurz. Wie die Dame den geheißen habe, fragte der Mann.

»Ginka Páp. My name is Kaymer. Marcel Kaymer.« Das klang in Tobias' Ohren jüdisch genug. Auch dem Mann schien es zu genügen. Er rief etwas auf Ungarisch und wenig später erschien ein großgewachsener älterer Mann in zerschlissener und verschmutzter Bekleidung, ging auf die wild kläffenden Hunde zu, die sofort verstummten und ihm willig in den Zwinger folgten.

»How much time do you need?«, fragte er.

»I do not know. I have to search. One hour?«

Der Mann seufzte kurz, dann erklärte er Tobias, dass er einen Termin habe und weg müsse. Er solle, wenn er gehe, die Türe hinter sich fest zuziehen. Sie sei nur von innen zu öffnen, und normalerweise würde er nur Reisegruppen gegen Voranmeldung aufs Gelände lassen. Zu viel sei zerstört worden, in letzter Zeit, deshalb halte er auch die Hunde, die immer, wenn keine angemeldete Gruppe hier sei, frei auf dem Gelände herumlaufen würden.

Tobias warf einen Blick auf die respekteinflößenden vierbeinigen Fleischberge. Wann er denn wiederkäme, fragte er den Mann.

Der lachte. In etwa zweieinhalb Stunden. Wenn Herr Kaymer dann noch auf dem Gelände sei, wäre es gut für ihn, wenn er sich bei ihm melden würde – denn er werde sofort nach seiner Rückkehr die Hunde loslassen ...

Tobias schluckte. Ob es einen Plan gäbe, von den Gräbern?

Nur von den wichtigsten, den prunkvollsten, erfuhr Tobias. Der Friedhof sei berühmt für Jugendstilgrabmäler, unter anderem das Mausoleum der Familie Schmidl oder das Grab der Familie Wellisch. Der Mann drückte ihm einen kleinen Prospekt in die Hand, auf dem die Sehenswürdigkeiten eingezeichnet waren und ließ ihn dann alleine. Die Hunde knurrten, als Tobias sich in Richtung der Grabstätten entfernte.

Auf dem groben Plan waren alle Gräber eingezeichnet. Es mussten an die zweitausend sein. Doch nur zu etwa hundert Gräbern gab es eine Liste mit den Namen der dort Bestatteten. Tobias ging die Namen durch. Was er suchte, war nicht dabei.

Er streifte ziellos durch die Grabreihen. Nach wenigen Minuten war er sich sicher, auf dem richtigen Friedhof zu sein. Mehrere Grabreihen waren mit aufwändigen, prunkvollen Steinen und Grabplatten ausgestattet. An den Wänden entlang reihten sich kleine Mausoleen. Manche waren verfallen, andere frisch renoviert. Keine einzige Bestattung hatte vor 1893 stattgefunden. Er musste richtig sein.

Tobias hatte kein Auge für die architektonische Schönheit vieler Grabstätten. Ihn interessierten nur die Namen. Auch hier lagen mehrere Páps, Horváths und Féhers. Je weiter er sich vom Eingangsbereich entfernte, desto verfallener waren die Grabstätten. Verrostete Gittertüren hingen schräg in den Zugängen der kleinen Totenhäuser. Auffallend oft war nun das Jahr 1944 die letzte eingetragene Jahreszahl. Ein Zeichen dafür, dass die Familien, denen die Gruft gehörte, nicht mehr lebten, zumindest nicht in Ungarn. Zahlreiche Grabplatten waren zerstört. Tobias wagte ab und zu einen Blick in die Öffnungen, die sich auftaten, und schluckte, da manchmal auch die Deckel von den Särgen gezerrt und Knochen sichtbar waren.

Der Friedhof verwilderte im hinteren Teil immer mehr und auch hier schlossen sich Reihen einfacher Grabsteine an die Prunkgräber an. Hebräische Schriftzeichen bedeckten die Steine, die zwischen Brombeer- und Himbeerranken kaum zu erkennen waren. Die Gräber orthodoxer Juden. Eine Schrift, die Tobias nicht entziffern konnte. Sollten die Vorfahren von Frau Blaustein orthodox gewesen sein? Tobias hoffte inständig, dass dem nicht so sei. Er sah auf die Uhr. Nun war er schon über eine Stunde unterwegs und konnte keinen Erfolg verbuchen.

Er entschied, dass es keinen Sinn machen würde, die schwer zugänglichen orthodoxen Grabsteine abzuklappen und wandte sich, da er ohnehin wieder an der Seite, auf der sich auch der Eingang befinden musste, angekommen war, den verfallenen Grabdenkmälern und Familiengrüften zu.

Seine Augen wurden müde und fast wäre er an der Gruft aus unscheinbarem grauen Marmor vorbeigelaufen. Er verdankte es einem Eichhörnchen, dass er noch einmal den Blick auf die Wand, hinter der ein Kastanienbaum aufragte, warf. Das Tierchen war an ihm vorbei gehuscht und saß nun lauthals meckernd auf einem Zweig der Kastanie. Der Baum warf seinen Schatten auf das Grab von Etelka und Lajos Féher. Etelka Féher, 1876 -1941.

Das Grab war intakt, die Grabplatte nicht zerstört. Nach Etelka war niemand mehr in die großzügig angelegte Grabstätte der Féhers versenkt worden. Tobias suchte nach Spuren von Vandalismus, aber anscheinend war hier eine Reihe von etwa zehn, zwölf Gräbern von allen Untaten verschont geblieben. Er versuchte, die Grabplatte anzuheben, doch sie gab keinen Millimeter nach. Er untersuchte die Konstruktion und fand am Kopf- und Fußende jeweils zwei große Schrauben, deren Köpfe in Griffen endeten und die die Grabplatte fixierten. Auch sie bewegten sich nicht.

Er blickte auf die Uhr. Noch blieben ihm etwa dreißig Minuten, bis die Hunde losgelassen würden. Zu wenig Zeit. Er nahm achtlos einen runden, faustgroßen Stein von einem der benachbarten Gräber, kletterte auf Etelkas Grabdenkmal und platzierte den Stein oben auf der Friedhofsmauer. Wenn er Glück hatte, könnte er so von außen sehen, wo sich das Grab befand. Vielleicht könnte er nachts über die Mauer klettern. Irgendetwas würde ihm schon einfallen. Er prägte sich genau ein, wo die Gruft sich befand, und machte sich dann auf dem Weg zum Eingang.

Der Hundebändiger werkelte hinter einem Grabstein in aller Ruhe an einem Gebüsch herum und beachtete ihn nicht. Die Hunde, es waren insgesamt drei an der Zahl, dösten in ihrem Zwinger, doch als Tobias sich näherte brach ein ungeheures Gebell los. Sie würden ihn zerfleischen, da war er sich sicher. Zwar hatte er das Grab gefunden, doch noch längst nicht alle Probleme gelöst.

Tobias zog die Tür des Friedhofs hinter sich zu und ging linkerhand die Mauer entlang. Die Kozma utca war menschenleer. Nach einiger Zeit gelangte er an die Stelle, hinter der er das Féher-Grab vermutete.

Kastanienbäume wuchsen dort mehrere, aber hier müsste der Stein sein, den er auf die Mauer gelegt hatte. Um besser sehen zu können musste er auf die Straße treten. Dort vorne, eine Kastanie weiter, leuchtete der Stein. Es würde nicht einfach sein, hier über die Mauer zu klettern, auch wenn die nächste Straßenbeleuchtung etwas von der Stelle entfernt lag. Jeder, der zufällig hier vorbeikam, würde ihn beobachten können.

Motorengeräusch unterbrach die Stille und Tobias sah, dass der Friedhofswächter zurückkehrte. Er beeilte sich, seinen scheinbar ziellosen Spaziergang die Mauer entlang fortzusetzen. Nach einiger Zeit endete die Mauer. Eine verwilderte Fläche, die mit einem Drahtzaun begrenzt war, erstreckte sich zu seiner Linken. Das musste der ungepflegte Teil des Friedhofs sein, doch Tobias konnte keine Grabsteine entdecken. Anscheinend ging diese Wildnis hier nahtlos in den Gräberbereich über. Jedenfalls schien es hier keine Mauer zu geben. Nach einiger Zeit bog links eine Gasse ab. Vielleicht könnte er auch von hier aus aufs Gelände gelangen. Wenn er Glück hatte, hielten sich die Hunde nur im Eingangsbereich auf und würden ihn vielleicht gar nicht hören, wenn er von dieser Seite kam. Das Gras war an vielen Stellen niedergetrampelt und auch der Maschendrahtzaun wies einige größere Löcher auf. Anscheinend war er nicht der erste, der auf die Idee gekommen war, das Gelände von hier aus zu betreten.

In Budapest konnte man wirklich alles kaufen, die Verkäufer stellten keine Fragen. In einem Viertel, in dem auffallend viele Autos mit russischen oder ukrainischen Kennzeichen parkten, kam er an einem Geschäft vorbei, in dem diverse Waffenreplikate in der Auslage zur Schau gestellt waren. Tobias erklärte dem Verkäufer, dass er ein gutes Mittel gegen angreifende Hunde benötige, er sei Wanderer und in den Dörfern schon oft angefallen worden. Der Mann fuhr ein ganzes Arsenal verschiedener Waffen auf. Tobias entschied sich für einen Elektroschocker, der angeblich sogar einen Elefanten außer Gefecht setzen könnte. Der Mann versicherte, dass ein großer Hund nicht am Einsatz dieser Waffe sterben, aber garantiert ein Viertelstündchen im Reich der Träume landen würde. Er mahnte Tobias ausdrücklich, auf keinen Fall versehentlich selbst mit dem Gerät in Berührung zu kommen.

In einem Geschäft für Handwerksbedarf, ein paar Straßen weiter, erwarb er die nötigen Werkzeuge, um die Schrauben an der Grabplatte in Bewegung zu bringen. Beschwingt machte er sich auf den Weg zu seiner Unterkunft.

Sicherheitshalber, falls der Elektroschocker versagen würde, kaufte Tobias am nächsten Tag jede Menge Schlafmittel in verschiedenen Apotheken und vier schöne, große Brocken Rindfleisch in einem Metzgerladen. Schwein wäre billiger gewesen, doch wer weiß, vielleicht verfütterte der Friedhofswächter an seine Hunde nur koscheres Fressen und sie würden Schwein gar nicht anrühren. Heute kurz nach Mitternacht wollte er Etelka Féher die letzte Ehre erweisen. Er würde den Friedhof durch den verwilderten Teil betreten, nach getaner Arbeit aber den schnellsten Weg über die Mauer nach draußen nehmen.

Tobias staunte selbst, wie stark sein Herz klopfte und sein Puls flatterte. Kriminell sein war doch nicht so einfach. Er war sicher, dass er beim geringsten Zwischenfall die Nerven verlieren würde. Er beruhigte sich erst, als er, zerstochen und verkratzt von Dornenhecken, eine Viertelstunde nachdem er durch den Zaun auf das verwilderte Grundstück gelangt war, endlich die Grabsteine passiert und die Reihe der Familiengrüfte erreicht hatte. Er trug alles, was er benötigte, direkt am Körper. Seine Sporthose war mit unzähligen Taschen ausgestattet, ebenso sein Hemd, unter dem er zwei Dokumentengürtel trug. Ein Rucksack, so hatte er überlegt, würde auffallen.

Als er Etelka Féhers Grabstelle erreichte, lauschte er angestrengt. Die Hunde waren nicht zu sehen und auch nicht zu hören. Vorsichtig begann er, an den Schrauben, die die Grabplatte festhielten, zu hantieren. Das Mondlicht genügte ihm als Beleuchtung. Er hantierte mit Rostlöser, Öl und anderen chemischen Mitteln. Trotzdem dauerte es zwei Stunden, bis die Schrauben langsam nachgaben. Tobias sah auf die Uhr. Bald würde es anfangen zu dämmern. Das Risiko konnte er nicht eingehen. Er entschied, heute nur die Schrauben zu lockern und in der nächsten Nacht weiterzumachen.

Frau Kiss wies alle Qualitäten einer Hausmeisterin auf. Neugierig versuchte sie, herauszufinden, wo er die Nacht verbracht hätte. Tobias wollte sie schon schimpfen, was sie das anginge, entschied sich dann aber für den diplomatischen Weg. Er setzte ein verschwörerisches Lächeln auf und plauderte anzüglich über die unwiderstehlichen ungarischen Frauen. Doch Frau Kiss empörte sich: »Das sind alles Ukrainerinnen! Schlampen von jenseits der Grenze! Passen Sie bloß auf, die klauen alles. Ungarische Frauen sind anständig, die machen so was nicht!«

Tobias seufzte, bat sie um Diskretion und war erleichtert, dass sie ihn nach einer Viertelstunde in Ruhe ließ. Da musste er jetzt auch noch aufpassen, dass die alte Schachtel ihm nicht auf die Schliche kam.

Auch in der zweiten Nacht klopfte ihm das Herz bis zum Hals, als er wieder über das verwilderte Gelände auf den Friedhof schlich. Er würde sich an solche Aktionen nicht gewöhnen können. Aber ohnehin hatte er nicht vor, ein zweites Mal in seinem Leben so etwas zu tun. Sollte er mit seiner Vermutung richtig liegen, war das nach Hebung des Blausteinschen Schatzes wohl auch nicht mehr nötig.

Den Elektroschocker hatte er in seinem Zimmer gelassen. Ein Schocker gegen drei Hunde schien ihm nun sinnlos, und so hatte er mehr Taschen frei für Juwelen. Tobias verteilte die mit Schlaftabletten gespickten Fleischbrocken, die nach einem Tag ohne Kühlschrank in der Sommerhitze schon etwas streng rochen, in der Nähe von Etelkas Grab. Er würde sie auf keinen Fall mehr mit nach Hause nehmen. Dann machte er sich an die Arbeit. Die Schrauben gaben nach. Mit einiger Anstrengung gelang es Tobias, die Grabplatte wenige Zentimeter hochzuheben, doch war es nicht einfach, sie auch zur Seite zu schieben. Der Stein erzeugte ein quietschendes und schleifendes Geräusch. Tobias befürchtete, die Hunde anzulocken. Er arbeitete sich zentimeterweise vor, hielt immer wieder inne und lauschte, doch alles blieb ruhig. Es musste über eine halbe Stunde gedauert haben, bis er die Platte soweit zur Seite geschoben hatte, dass die Öffnung in die Gruft breit genug war, um ihn mühelos durchzulassen.

Prüfend sog er die Luft ein, die aus dem Grab nach oben stieg. Es roch nach gar nichts. Er hatte Moder erwartet, den Geruch nach verfallenem Holz, zumindest irgendetwas, das die Assoziation zum Tod in ihm wecken würde, doch es roch einfach nach nichts. Er leuchtete mit der Taschenlampe in die Gruft. Etwa eineinhalb Meter unter ihm standen zwei unversehrte Särge nebeneinander. In einer Ecke lag eine skelettierte Maus. Tobias holte tief Luft, dann kletterte er in die Gruft. Wieder schien sein Herz aus der Brust springen zu wollen. So aufgeregt war er noch nie in seinem Leben gewesen.

An den Särgen war nicht zu erkennen, welcher zu Etelka und welcher zu Lajos gehörte. Beide waren gleich groß. Er entschied sich für den einfacheren, da er dachte, dass zu Lajos Sterbezeit die Familie wohl noch über mehr Geld verfügt und einen verzierten Sarg hatte kaufen können, was 1941 nicht mehr so wahrscheinlich gewesen war. Der Sargdeckel leistete kaum Widerstand. In dem Augenblick, als er in Etelkas leere Augenhöhlen blickte, stand ihm fast der Atem still. Doch dann fegte er alle Bedenken beiseite. »Nur ein Haufen alte Knochen«, sagte er laut und begann, den Sarg abzusuchen.

Die Reste der Kleidung Etelkas waren so morsch, dass sie unter seinen Händen zerfiel. Und dann stieß er auf das, was er suchte.

Eine Viertelstunde später hatte er alle Ketten, Ringe, Armbänder und Ohrgehänge an seinem Körper verstaut. Er prüfte kurz, dass seine Bewegungen keine verdächtig klimpernden Geräusche erzeugen würden. Dann schloss er respektvoll Etelkas Sargdeckel und kletterte aus der Gruft. Die Grabplatte ließ er offen. Bloß jetzt keine Zeit mehr verlieren und nichts mehr riskieren. Adieu, Ben Zion. Er hatte Besseres vor für die Zukunft.

4. August

»So was wie Sie gibt es doch gar nicht mehr!« Ungläubig schob mir der Herr die Visitenkarte, die ich ihm gegeben hatte, über den Tisch zurück.

Ich hatte ihn im Kaffeehaus getroffen. Er saß, in einen Roman von Soma Morgenstern vertieft, am Tischchen neben mir und hatte über der Lektüre gar nicht bemerkt, dass seine Zigarre längst ausgegangen war. Da ich mein Feuerzeug nicht fand – ich hatte mir zwar schon hundert Mal vorgenommen, nicht mehr zu rauchen, aber wenn der Kaffee so gut schmeckte, wie hier, halfen alle guten Vorsätze nichts – hatte ich ihn angesprochen. Im Lauf des Gesprächs hatten wir festgestellt, dass uns mehr verband als nur die Liebe zu dem galizischen Schriftsteller oder der Zwang, in Kaffeehäusern zu rauchen. Den emeritierten Professor Lemberger und mich interessierte die jüdische Geschichte Budapests, wenn auch aus unterschiedlichen Gründen. So hatten wir beschlossen, unsere Visitenkarten zu tauschen.

Ich bin seltsame Reaktionen auf meine Visitenkarte gewohnt. Auf der Karte aus marmoriertem Papier steht »Athos von Horváth, Privatier«. Ich besitze auch Karten mit der Bezeichnung »Rentier« – doch kaum ein Mensch versteht heutzutage mehr dieses Wort und die meisten verbinden den Begriff nur mit einem Tier, nicht aber mit einem menschlichen Vermögenszustand, und sprechen das Wort dementsprechend falsch aus.

Ich antwortete Lemberger mit einer entschuldigenden Geste. So ist es nun einmal. Ich bin Privatier. Offengestanden hatte ich mir nie darüber Gedanken gemacht. Es war für mich und wohl auch für meinen jüngeren Bruder einfach eine Selbstverständlichkeit. Andere Menschen arbeiteten für Geld, wir lebten davon, weil wir es besaßen. Ich hatte mich auch nie gefragt, woher der Reichtum stammte, von dem wir lebten. Vermutlich, weil ich bis zu diesem Tag, wie meine Tante Coelestine behauptete, mit einer unverschämten Naivität durch die Welt gelaufen war. Hätte ich damals, bei dieser ersten Begegnung mit Lemberger, geahnt, welche entscheidende Wende diese neue Bekanntschaft in mein Leben bringen würde – ich hätte das Kaffeehaus wohl sofort verlassen und den Professor nie wieder getroffen.

Doch damals war ich noch naiv und vielleicht auch oberflächlich gewesen. Ich nahm die Dinge, wie sie waren, ich mochte es nicht, etwas zu hinterfragen. Zumindest nichts, was mit meiner Familie zu tun hatte. Trotzdem war ich neugierig. Aber es interessierte mich eben nicht alles. Ich war vor über vier Jahrzehnten schon als Privatier geboren worden. Wozu sollte ich da Fragen stellen? Bei uns zu Hause wurde die Familiengeschichte in Form von Anekdoten oder Berichten meines Großvaters Laszlo weitergegeben. Er hatte auf jede Frage eine schlüssige Antwort gehabt. Darüber hatten wir Kinder wohl vergessen, intensiver nachzufragen. Laszlo besaß das Recht der Verbreitung der Horváth-Saga. Heute weiß ich, dass es eher eine Art Urheberrecht gewesen ist.

»Warum gibt es so etwas wie mich nicht?«, fragte ich meine neue Bekanntschaft, Herrn Professor Doktor Adam Lemberger, wie seine Visitenkarte verriet.

Der alte Herr sah mich über den Rand seiner Brille an, als hätte er eine Erscheinung. »Sie sind doch keine vierzig Jahre alt!«

Ich fühlte mich geschmeichelt. »Nun, ich bin Mitte vierzig ...«

»Eben! Rente bezieht man in meinem Alter, mein Sohn. In Ihrem Alter – verzeihen Sie mir meine Direktheit – in Ihrem Alter arbeitet man.«

Ich schwieg. Der Alte war mir sympathisch gewesen, doch nun nahm das Gespräch eine unangenehme Wendung. Wie viele solche Gespräche hatte ich schon geführt? In diesem Moment war ich wütend auf Lemberger gewesen. Ich war es leid, den Menschen eine Erklärung dafür abzugeben, warum ich Geld besaß. Als ob das ein Verbrechen wäre. Früher, viel früher, hätte man mich dafür bevorzugt behandelt, mir Ehre erwiesen. Das müsste der Herr Professor Historiker doch wissen. Heutzutage muss man sich dafür rechtfertigen, dass man nicht arbeitet, trotzdem aber versucht, ein normales Leben zu führen. Eben in einem einfachen Kaffeehaus einen Kaffee trinken geht, und nicht im teuren Nobelschuppen am Donauufer. Ich hatte mir bewusst dieses schäbige kleine Kaffeehaus ausgesucht, weil ich sicher sein konnte, dort auf normale Menschen zu treffen. Und weil dort der Kaffee schmecken würde.

»Bitte entschuldigen Sie, ich hab Sie gekränkt«, sagte Lemberger, der bemerkt hatte, dass meine Laune sich verschlechterte. »Es ist nur ... ich bin Historiker, verstehen Sie? Privatiers oder Rentiers – die hat es im neunzehnten Jahrhundert gegeben. Sie finden in Wien auf den Friedhöfen viele Grabsteine, wo diese Bezeichnung des Besitzstandes neben dem Namen des Verstorbenen eingemeißelt ist, eben so wie der Hinweis ›Hausbesitzer‹ oder gar ›Hausbesitzerswitwe‹. Ich hätte mir nie träumen lassen, dass mir, noch dazu im einundzwanzigsten Jahrhundert, jemals ein Privatier leibhaftig gegenüber sitzen würde.«

»So nehmen Sie mich einfach als den Leibhaftigen. Oder als ein Fossil, wenn Sie so möchten.«

»Und dann – bitte sagen Sie mir, wenn meine Fragen zu aufdringlich werden – dann heißen Sie auch noch wie einer der drei Musketiere. Und haben den Familiennamen eines berühmten Schriftstellers.«

»Bedaure, leider kann ich keine verwandtschaftliche Beziehung zu Ödön von Horváth nachweisen.« Ich machte eine übertrieben entschuldigende Geste.

»Aber Dumas – den Roman, den ich meine, den kennen Sie doch?«

Ich hatte befürchtet, dass auch das noch kommen würde. Wie oft habe ich meine Mutter schon dafür verflucht, und auch meinen Vater, weil er ihren Wünschen keinen Widerstand entgegengebracht hatte. Auch mein kleiner Bruder, der Rechtsanwalt, ist mit dem Vornamen eines der drei Musketiere gestraft. Athos, Portos, Aramis. In solchen Momenten wie eben, beneidete ich meinen anderen Bruder dafür, dass er in dem Winter, in dem er das sechste Lebensjahr erreicht hatte, beim Eislaufen im Schlossteich ertrunken war. Ihn hatte es am schlimmsten getroffen, meine Eltern hatten ihn Portos getauft. Vielleicht, aber das denke ich auch nur manchmal, hat er sich mit Absicht zu weit aufs dünne Eis gewagt, um den blöden Fragen zu entgehen, die unweigerlich auf ihn zugekommen wären. »Portos, ein Name für einen Hund«, hatte unser Großvater geschimpft. Er hatte sich nie damit abfinden können, dass mein Vater den Wünschen meiner Mutter, die nie etwas anderes las als die Bücher von Dumas, bei jeder Namensgebung schließlich nachgegeben hatte.

»Nun, Athos ist auch der heilige Berg der Griechen. Die Halbinsel, auf der die vielen alten Klöster stehen«, gab ich zu bedenken.

»Daran hab ich gar nicht gedacht!« Lemberger schlug sich mit der Hand vor die Stirn. »Natürlich! Wie dumm von mir. Man sieht nur, was man sehen will.«

Ich meinte schon, dass Verhör sei vorüber, doch Lemberger fuhr fort: »Wenn ich Ihnen auf die Nerven gehe mit meiner Neugierde, sagen Sie es mir. Aber ich möchte zu gerne noch wissen, wie man als jemand, der einen ungarischen Familiennamen trägt, in ein Kuhdorf in der südlichen Steiermark kommt.«

»Woher wissen Sie, dass Granach ein Kuhdorf ist?«

Lemberger lächelte fast hinterlistig. »Ich bin Historiker.«

»Ja?«

»Dann wissen Sie das gar nicht?« Wieder malte sich Erstaunen auf dem Gesicht von Lemberger. »In Granach haben wir vor mehreren Jahren unter der alten Wehrkirche Mauern einer viel älteren Kirche ausgegraben. Wahrscheinlich hat es dort schon im neunten Jahrhundert Besiedlung gegeben. Ja, und unter den Überresten der Urkirche weitere Mauerreste. Teile eines römischen Gebäudes und noch weiter drunter Reste einer keltischen Siedlungsanlage.«

»Vielleicht sollte ich öfter zu Hause sein«, sagte ich.

»Ach, Sie wohnen da gar nicht?« Lemberger schien enttäuscht zu sein.

»Ich wohne dort, ab und zu. Wenn ich ... gerade nicht reise.«

»Nun, es geht mich auch nichts an. Aber wenn Sie mehr über Granach erfahren möchten – ich bin sozusagen der Spezialist für Granach. Deshalb hab ich mich auch darüber gewundert, denn von Horváth ist mir dort während meiner historischen Arbeiten als Name nie untergekommen und ...«

Lembergers Handy klingelte und er entschuldigte sich. Der alte Herr wusste sich zu benehmen, er entfernte sich erst ein paar Schritte vom Tisch, bevor er das Gespräch annahm. Ich finde es unmöglich, wenn jemand, der mit anderen am Tisch sitzt, dort direkt ein Telefongespräch annimmt und so die übrige Tischgesellschaft zur Indiskretion des Zuhörens zwingt. Lemberger stieg wieder in meiner Achtung.

»Bitte entschuldigen Sie, aber ich muss sofort aufbrechen. Über das anregende Gespräch mit Ihnen habe ich völlig vergessen, dass ich bereits vor einer Viertelstunde in der Bibliothek verabredet gewesen bin. Ich möchte unsere Unterhaltung gerne fortsetzen, was halten Sie von morgen drei Uhr? Bis dahin habe ich auch die Pläne, um die Sie mich gebeten haben.« Lemberger sah mich mit freudiger Erwartung in den Augen an.

»Gut«, willigte ich ein. Schließlich gab es tatsächlich ein paar Dinge, über die ich mit Lemberger noch sprechen wollte.

»Waren Sie schon im ›New York‹? Das alte ›Hungaria‹?« Als ich den Kopf schüttelte, bestimmte Lemberger: »Dann treffen wir uns morgen dort. Es ist eine Touristenfalle, denn es steht als absolutes Muss in jedem Reiseführer. Aber es ist eben auch eines der schönsten Kaffeehäuser von Budapest. Sie müssen es gesehen haben, und besser, Sie gehen mit mir hin, man kennt mich dort und ich bekomme einen besonderen Platz, wo kein Tourist hinkommt. – Einverstanden?«

Ich stand auf und schüttelte Lemberger die Hand. Der hatte es eilig, sich loszumachen und zur U-Bahnhaltestelle zu laufen.

Unschlüssig spielte ich mit meiner leeren Kaffeetasse. Sollte ich noch sitzen bleiben und einen weiteren bestellen? Lembergers Bemerkungen über Granach gingen mir im Kopf herum. Seit zwei Jahren war ich nicht mehr im Schlösschen gewesen. Mein Bruder wohnte dort, mit seinen jeweils wechselnden Lebensgefährten. Ab und zu kam Tante Coelestine vorbei. Vor fünf Jahren war Großvater Laszlo in seinem Teil des Schlösschens gestorben. Achtundneunzig Jahre hatte er gelebt, und jede Gelegenheit genutzt, uns Enkeln die immer gleichen Geschichten über die von- Horváthsche Familie zu erzählen. Geschichten von wohlhabenden ungarischen Kaufmännern und er, Laszlo, sei der einzige gewesen, der übrig geblieben sei, da Etelka, seine Tante, kinderlos verstorben war. Laut Großvater Laszlo waren die Horváths wegen ihrer Verdienste für die Monarchie geadelt worden. Irgendwann, in den sechziger Jahren des neunzehnten Jahrhunderts. »Der Kaiser brauchte immer Geld und die Horváths haben es ihm immer geliehen«, so ging die Sage. Von den Zinseinkünften habe die Familie die Ländereien erworben und auch das Schlösschen in Granach. Es gab für mich keinen Grund, dies nicht zu glauben. Wahrscheinlich hatte Lemberger schlecht recherchiert. Schließlich war er wegen römischer oder keltischer Mauern in Granach gewesen – das Schlösschen aber stammte aus dem achtzehnten Jahrhundert.

Ich schüttelte die Gedanken an Granach ab. Jetzt jedenfalls hatte ich andere Dinge zu tun, bei denen ich Lembergers Unterstützung gebrauchen konnte. Auf dem Sterbebett hatte Großvater Laszlo mich damals zu sich gerufen und mir eine Botschaft mit auf den Weg gegeben. »Etelka. Ich hätte früher dran denken müssen. Es ist wichtig. Du musst sie finden. Hol sie dort raus.« Großvater war die letzten Tage vor seinem Tod schon etwas benebelt gewesen. Ich war mir ziemlich sicher, dass er nicht meinte, ich sollte den Leichnam seiner Tante exhumieren lassen und nach Granach bringen. Kein Jude lässt Tote exhumieren, so etwas tut man einfach nicht. Etelkas Grab zu finden und mich in irgendeiner Weise darum zu kümmern, das konnte ich tun. Anscheinend hatte Großvater sich nie dafür interessiert, was aus seiner Tante geworden war, und nun, da er im Sterben lag, hatte ihn die Reue gepackt. Eine logische Erklärung. Da Urgroßtante Etelka bereits über sechzig Jahre ohne uns ausgekommen war, hatte ich mich nicht sonderlich beeilt, den vermeintlichen letzten Wunsch Laszlos zu erfüllen. Irgendwann würde mich das Leben zufällig nach Budapest führen – und dann würde ich den Auftrag erledigen. Und nun war ich hier.

Seit Großvaters Tod hatte sich viel getan, ich war nun reif für einen Besuch bei Etelka. Ich hatte lange überlegt, ob ich einfach nur Steine für ihr Grab mitbringen sollte, wie es die jüdische Tradition ist. Dann hatte ich gelesen, dass die Juden früher den in der Diaspora Verstorbenen ein Säckchen mit Erde aus Israel mit ins Grab legten. Der Gedanke hatte mir gefallen. Bei meinem letzten Aufenthalt in Israel vor knapp einem Jahr hatte ich drei Säckchen mit Erde fertig gemacht. Eins für Etelka, eins für Urgroßvater Imre und ein weiteres, für Etelkas Mann oder wen auch immer ich noch im von Horváthschen Grab finden würde. Wenn ich diese Aufgabe erledigt hatte, was sicherlich nicht mehr als einen halben Tag in Anspruch nehmen würde, wollte ich sehen, was Budapest noch für mich bereithielt.

Für meinen Auftrag brauchte ich Lemberger. Der Professor kannte den jüdischen Friedhof von Budapest wie seine Westentasche. Hatte er mir zumindest versichert. Leise Zweifel stiegen in mir auf. Konnte das stimmen, wenn der Mann sich schon in Granach nicht auskannte? Jedenfalls hatte Lemberger gemeint, dass es ihm ohne Mühe gelingen würde, das Grab von Urgroßtante Etelka zu finden. Denn wo Etelkas Grabstätte lag, hatte mir Laszlo damals nicht mehr verraten. Auch Urgroßvater Imre musste hier irgendwo auf einem der beiden Friedhöfe liegen. Ein wenig seltsam war es schon, dass Laszlo seinen eigenen Vater nicht erwähnt hatte. Warum, das erfuhr ich erst ein paar Tage später.

An diesem Tag, an dem die Welt für mich noch in Ordnung gewesen war, ließ ich mich irgendwann, nachdem ich das Kaffeehaus verlassen hatte, im Stadtwäldchen unter einem Baum nieder und dachte, immer noch missgestimmt wegen Lembergers Bemerkungen bezüglich meines Vermögenszustands, über die Familie nach. Wie immer gelangte ich zu dem Schluss, dass alles schon rechtens sein würde, so wie es war.

Meine Familie besitzt viel Land: fruchtbaren Boden und Wälder in einer früher ärmeren Region Österreichs, im südlichen Burgenland, an der Grenze zu Ungarn, Kroatien und der Steiermark. Heute ist diese Ecke gut besucht, bei Touristen beliebt, und mein Großvater mit seinem ausgeprägten Sinn für gewinnbringende Investitionen hat dort zwei Wellnesshotels errichtet. Bei betuchten Urlaubern angesehene Anlagen, die er ebenfalls verpachtet hat, denn ein von- Horváth sollte sich nicht mit serviler Arbeit – und solche ist das Dienstleistungsgewerbe nun einmal – die Hände schmutzig machen. Sagte Laszlo.

Die übrigen Ländereien, ebenfalls ertragreiches Ackerland, liegen an der Grenze zur Slowakei und Ungarn. Der Boden ist, wie die Wälder und Äcker im Burgenland, verpachtet. Es gibt sogar ein kleines Weingut, auf dem ein Pächter Blauburgunder ›Chateau de Horváth‹ produziert. Nur wenige Fässer im Jahr, aber von erlesener Qualität. Jedes Jahr zu meinem Geburtstag gönne ich mir eine Flasche, drei weitere lagere ich sorgfältig im Weinkeller ein, um mich irgendwann später an den verschiedenen Jahrgängen erfreuen zu können.

»Wir sind keine Bauern, wir sind Gutsherren!«, hatte mein Großvater uns Enkeln immer wieder eingeschärft. Von der Pacht lässt sich mehr als gut existieren. Deshalb hatte sich für mich auch nie im Leben die Frage gestellt, welchen Beruf ich erlernen würde, um meinen Unterhalt zu bestreiten. Dass mein jüngerer Bruder Rechtsanwalt geworden ist und auch tatsächlich arbeitet, liegt daran, dass er sonst vor

Langeweile sterben würde. Er hat keine anderen Interessen in seinem Leben gefunden außer der Juristerei. Da er es nicht nötig hat, läuft die Kanzlei mehr als gut. Aramis übernimmt nur Fälle, die ihn wirklich interessieren – und gewinnt deshalb jedes Mal, was ihm jede Menge weitere Aufträge beschert.

Ich hingegen habe nie ernsthaft gearbeitet. Mein Leben lang bin ich immer auf der Durchreise gewesen, weil ich es mir leisten konnte. Nicht, dass ich für Arbeit zu faul wäre, im Gegenteil. Immer wieder, für mehrere Monate, wenn ich gerade Lust verspüre, eine neue Erfahrung zu machen, bleibe ich lange genug an einem Ort, um dort auch zu arbeiten und das wirkliche Leben kennen zu lernen. Zum Beispiel bin ich einen Sommer lang jeden Tag mit Fischern von der Insel Karpathos früh morgens und spät abends aufs Meer hinausgefahren. Keine körperlich anstrengende Arbeit, denn es gibt kaum mehr Fische in der Ägais. In Kanada habe ich vier Monate lang in einem Familienbetrieb ausgeholfen, der Ahornsirup herstellte. Noch heute wird mir übel, wenn ich diesen süßen Geruch in die Nase bekomme. Und in Kapstadt habe ich ein Dreivierteljahr in einem Krankenhaus mitgearbeitet. Ich habe die schmutzige Wäsche eingesammelt, den Boden gewischt und den Operationsmüll in spezielle Säcke gepackt und entsorgt.

Ich reise gerne, aber nicht wie ein typischer Tourist. Wenn ich an einen neuen Ort gekommen war, blieb ich mindestens zwei Monate und wenn mich der Wunsch überkam, mich ein bisschen sesshaft zu fühlen, dann nahm ich dort die verschiedensten Jobs an, um ein Gefühl für das Leben an diesem Ort zu bekommen, um nicht mit einer oberflächlichen Urlaubserinnerung wieder abzureisen. An diesem ersten Tag in Budapest redete ich mir ein, dass mich das zu einem besseren Menschen machte. Zumindest zu einem besseren Reichen, im Gegensatz zu den mir finanziell Gleichgestellten, die mit Kreuzflugreisen die Umwelt zerstörten und sich in fremden Ländern nur in abgeschirmten Luxusquartieren aufhielten.

Und noch etwas beschäftigte mich an diesem ersten Tag: In Israel hatte ich ein Jahr lang in einem Kibbuz als Landarbeiter geschuftet, nur um dann zu hören, dass ich für einen Goi ganz gut arbeiten würde. Ein Goi. Die Familie von Horváth ist jüdisch – aber mein Vater hatte eine katholische Französin geheiratet. Das machte mich und meinen Bruder für die Menschen in Israel oder für die Hardliner der jüdischen Gemeinde in Wien zu einem Nichtjuden. In der Schule aber war ich für die anderen in der Klasse immer der Jud' gewesen. Nicht, dass ich mich jemals zuvor um Religion oder Ähnliches gekümmert hätte. In unserer Familie hatten wir Pessah, Ostern, Chanukka und Weihnachten ohne jede Regeln durcheinander gefeiert und ich erinnere mich sogar an mindestens ein Laubhüttenfest – wir hatten gefeiert, weil es für meinen Großvater ein Anlass gewesen war, seine Geschäftspartner einzuladen und bei der Stange zu halten. Indem ich nun meiner jüdischen Urgroßtante und ihrem Bruder die letzte Ehre erweisen würde, hoffte ich, meinen eigenen Wurzeln etwas näher zu kommen.

Ich ahnte damals nicht, was diese Wurzelsuche aus mir machen würde ...

5. August

»Um Gottes Willen, hier wollen wir doch nicht sitzen bleiben!«, begrüßte mich Lemberger am nächsten Tag. Ich war etwas früher als verabredet im ›New York‹ eingetroffen und saß in dem Bereich, den Lemberger die Touristenzone nannte. Sie erstreckte sich über das gesamte Erdgeschoss und noch einen, über eine Art Freitreppe erreichbaren Speisesaal im Souterrain. So viel Marmor wie in diesem Kaffeehaus war im gesamten Schlösschen in Granach nicht verbaut worden. Monumentale Kronleuchter protzten von den Decken, gaben aber, wie ihre nicht minder prunkvollen Pendants an Tischen und Wänden, nur gedämpftes Licht ab. Barock geschwungene Sitzbänke und Vorhänge wetteiferten in Samt und Plüsch, und auch sonst verstellte jede Menge überflüssiger verschnörkelter Zierrat die Sicht. Wenigstens die Kellner waren gekleidet wie Kaffeehauskellner, schlicht im schwarzen Anzug, und trugen keine kaiserliche Livree, was man bei dem Ambiente eigentlich erwarten würde. Ich war ein wenig nervös, denn nach dem gestrigen Gespräch hätte ich nie erwartet, dass Lemberger sich an einem solchen Ort mit mir würden treffen wollen.

»Sie kommen sofort mit!« Lemberger zerrte mich am Arm eine Treppe hinauf, sprach im Vorbeigehen Ungarisch mit einem herbeieilenden Kellner, und schob mich dann in ein dezent eingerichtetes, ruhiges kleines Zimmer, das von der Galerie abging. Dort sah es aus, wie in dem Kaffeehaus, in dem wir uns gestern getroffen hatten, nur etwas weniger heruntergekommen.

Mit einem lauten Ausatmen sank Lemberger auf einen Stuhl. »Gott sei Dank, wir haben es geschafft. Hier kann man in Ruhe Kaffee trinken. Dort unten – das war einmal für die Budapester, die meinten, was auf sich halten zu müssen. Heute kommen nur noch Touristen in Scharen. Und ein paar Schreckschrauben aus der Nachbarschaft, mit denen man keinen Kontakt haben möchte.«

»Sie sagten aber gestern, dass man es unbedingt gesehen haben müsse«, warf ich ein.

»No, das haben Sie ja auch, oder? Dafür reichen ja wohl fünf Minuten, was sage ich: zwei Minuten! Aber Kaffee trinken können Sie dort nicht.«

Ich wollte gerade einwenden, dass ich bereits etwas serviert bekommen hätte, doch Lemberger redete sofort weiter: »Ich bestell Ihnen jetzt einen Kaffee. Sie werden sehen, er wird besser sein, als der, den Sie unten getrunken haben – ah, Sie haben den noch gar nicht getrunken? – gut, denn man brüht ihn für hier oben anders, für ... gute Kunden. Und Somlauer Nockerl. Die müssen Sie probieren, die macht man hier sehr gut. Somlói galuska. Wie früher, bei meiner Tante.« Verträumt starrte Lemberger auf die Tischplatte und schluckte mehrmals. Das Andenken an die Süßspeise der Tante ließ ihm das Wasser im Munde zusammenlaufen.

Wenige Minuten später, die wir schweigend verbrachten, servierte der Kellner den Kaffee. Lemberger zwinkerte mir über den Rand seiner Tasse hin zu. »Genießen Sie ihn, solange es so etwas noch gibt. Denn in naher Zukunft wird die Geschmacklosigkeit siegen über die Kunst des Kaffeekochens, und Sie werden überall nur noch Modegetränke mit künstlichen Aromen serviert bekommen.«

»Sie sind ein Pessimist, Herr Professor.«

»Realist, Herr von Horváth, Realist! Im Land des Espresso, in dem schon der Capuccino jedem eingefleischten Kaffeetrinker als Sünde galt, macht sich heutzutage die Unsitte von Kaffee mit Nougat, Zimtaroma oder Toffegeschmack breit, alles nur für Eilige, serviert im Pappbecher. Sogar die Griechen verzichten immer öfter auf ihren Mokka und bevorzugen Getränke aus der Maschine. Das ist Amerikas neue Form der Weltherrschaft: sie überziehen den Erdball mit einer braunen, geschmacklosen Einheitssoße, von New York über Paris und Istanbul bis Tokyo alles ein Geschmack – nivelliert, und damit eben geschmacklos!«

Nun, dachte ich, da hat er Recht, der Herr Lemberger. Aber eigentlich hatten wir uns ja getroffen, um über meine Urgroßtante auf irgendeinem der jüdischen Friedhöfe zu sprechen.

»Dass ganz Deutschland in Latte Macchiato versinkt, ist kein Wunder, diese Nation hatte noch nie Ahnung von Kaffee und hat es deshalb auch nicht anders verdient. Aber besorgniserregend ist die globale Entfremdung vom natürlichen Herstellungsprozess dieses ursprünglich köstlichen und anregenden Getränks. Kaffeepulver zweifelhafter Provenienz wird in Zellulosesäckchen gepresst oder gar in Kunststoffkapseln, und diese werden dann in von dahergelaufenen Künstlern gestalteten Maschinen mit Wasser versetzt. Schrecklich! Dabei entsteht eine untrinkbare braune Brühe, die mit künstlich aufbereitetem Milchpulver und chemischen Aromen versetzt wird, und das schimpft sich dann coffee something oder café au was weiß ich!« Lemberger schüttelte sich. »Sterile Zellulosehüllen, als ob von Kaffee eine Ansteckungsgefahr ausginge. – Haben Sie schon einmal mit beiden Händen in frisch gerösteten Kaffeebohnen gewühlt? Dieser überwältigende Geruch? Dieses sinnliche Erlebnis genossen?«

Hatte ich. Und konnte deshalb gut nachvollziehen, wovon Lemberger so engagiert sprach. Dennoch war ich froh, dass der Kellner die Somlauer Nockerl servierte und Lembergers Suada unterbrochen wurde. Zwar beklage auch ich einen Niedergang der Kaffee-Kultur, doch ich hoffe, dass dies eine vorübergehende Modeerscheinung ist und die Menschheit sich irgendwann wieder für den wirklichen Geschmack entscheiden wird. Ich sagte es ihm.

»Da irren Sie, junger Freund!«, korrigierte Lemberger. »Das hat wenig mit Geschmack zu tun, das ist der Kapitalismus. Der ursprüngliche Kaffee wird erst dann wieder eine Chance haben, wenn sich damit mehr Geld verdienen lässt, als mit dem Surrogat. Bis dahin werden die Hersteller der Fälschung ihn nicht mehr auf dem Markt zulassen. Außerdem macht der gute Kaffee Arbeit – und heute zählt nur, was ohne menschliches Zutun kostengünstig verkauft werden kann.« Traurig schüttelte er den Kopf und betrachtete den Rest in seiner Kaffeetasse.

Ich seufzte. Zwar waren mir schrullige Persönlichkeiten durchaus sympathisch, aber wenn schon eine Tasse Kaffee Lemberger zu Kapitalismuskritik anregte, dann konnten er und ich wohl kaum zusammenpassen.

»Haben Sie etwas über das Grab herausfinden können?«, versuchte ich vorsichtig das Gespräch zum eigentlichen Anlass des Treffens zu lenken.

»Wie schmecken Ihnen die Nockerl?«

Ich befürchtete, dass der weitere Verlauf des Gesprächs von meiner Antwort abhängen könnte und entschied mich für ein dezentes Lob der für meinen Geschmack zu süßen Teigspeise.

Lemberger nickte zufrieden und kramte in den Taschen seines Jacketts. Nach einiger Zeit förderte er ein zerknittertes und mehrfach gefaltetes Papier zu Tage, das er sorgfältig auf dem Marmortischchen glatt strich. »Das ist ein grober Plan des neuen jüdischen Friedhofs. Ich vermute, dass Sie Ihre Urgroßtante in dieser Reihe finden«, er zeigte auf eine Stelle, die direkt an der auf dem Plan eingezeichneten Mauer lag, an der sich auch der Eingang zum Friedhof befand. »Ganz sicher bin ich mir jedoch nicht. Denn eine Gruft oder auch nur ein Grab einer Familie von Horváth gibt es nicht. Ihre Großtante liegt in einer Gruft der Familie ihres Mannes, in der Féher-Gruft. Zumindest sagten Sie mir ja gestern, dass sie Herrn Féher geheiratet hat, und da gibt es nun ein Grab, wo eine Etelka Horváth-Féherné liegt.«

Das wunderte mich. Keine eigene Gruft? Ich sehnte mich nach einem weiteren Kaffee, um den süßen Geschmack der Nockerl zu vertreiben und auch, um besser nachdenken zu können. Als ob er Gedanken lesen könne, erschien der Kellner, und ich bestellte einen weiteren großen Schwarzen. »Nach dem, was mein Großvater immer erzählt hat, habe ich eher eine Familiengruft auf unseren Namen erwartet«, sagte ich.

Lemberger nickte eifrig. »Es gibt ja einen zweiten jüdischen Friedhof in Budapest, den etwas älteren. Ich habe auch dort nachgeforscht. Wenn Ihre Familie alteingesessen ist, wie Sie sagen, und woran ich nicht zweifle, wäre es ja sehr wahrscheinlich gewesen, dass die Gruft sich eben auf dem Zentralfriedhof befindet. Aber ich muss Sie enttäuschen. Horváths gibt es viele, aber keine von- Horváth.«

»Und bei den Horváths ohne ›von‹, ist denn da zufällig ein Imre dabei, der 1940 herum verstorben ist?«

»Ja. Aber in einem ... wie soll ich sagen ... einem Teil des Friedhofs, der eher den Herrschaften ohne Vermögen vorbehalten war.«

»Dann kann es nicht mein Urgroßvater sein. Wir hatten immer schon Geld.«

Lemberger zuckte mit den Achseln. »Wenn Sie mehr wissen wollen, können wir sicherlich die Matrikel einsehen. Ich habe gute Kontakte zur jüdischen Gemeinde, man wird es mir nicht verweigern, wenn ich mit Ihnen die alten Akten bearbeiten möchte.«

»Und was könnten wir da finden?« Zwar wollte ich meinen Wurzeln näherkommen, aber das musste ja nicht gleich zum Wälzen von Aktenbergen führen.

»Keine Ahnung. Hinweise darauf, ob Ihre Familie tatsächlich immer in Budapest gelebt hat, oder vielleicht zugezogen ist. In Familien werden oft Sagen erzählt, Orte und Zeiten in der Wiedergabe der Familiengeschichte durcheinander gebracht. – Sehen Sie, ich heiße Lemberger, und trotzdem hielt sich das Gerücht, meine Familie stamme aus Prag, nur weil mein Urgroßvater eine Herkunft aus Galizien für ehrenrührig hielt und Prag für vornehmer. Aber Lemberg liegt nun einmal, wo es liegt.«

Das klang nun doch spannend. »Es kann natürlich sein, denn was vor Imre konkret passiert ist, das ist unklar. Vielleicht stammen wir ja aus ... ich weiß nicht, aus Szeged, oder Debrecen ...«, sagte ich.

»Oder ganz woanders her! – Wie wollen wir vorgehen?«

Das ging mir nun eindeutig zu schnell. Lemberger schien nichts anderes zu tun zu haben, als sich um meine, die von- Horváthsche Familiengeschichte zu kümmern. »Nun, ich werde morgen sehen, ob es sich bei dem von Ihnen ermittelten Grab wirklich um meine Urgroßtante handelt. Wenn ja, werde ich mich dann bei Ihnen melden und wir können überlegen, wie wir weiter meinen Urgroßvater suchen können. Selbstverständlich nur, wenn Sie dazu Zeit und Lust haben.«

»Aber sicher habe ich das! Ich muss Ihnen aber noch ein paar Verhaltensregeln für den Friedhof mit auf den Weg geben.« Fast hätte ich genervt reagiert, doch Lemberger informierte mich darüber, dass scharfe Hunde den Bereich bewachten und dass es am besten sei, mit dem Friedhofswärter einen Termin abzumachen. Die Telefonnummer hatte er natürlich gleich mitgebracht. Danach verabschiedete er sich höflich. Anscheinend mussten weder Lemberger noch ich bezahlen, denn der alte Herr ging einfach, und der Kellner, den ich wenig später rief, weigerte sich, von mir Geld zu nehmen.

6. August

Ich wohnte in Budapest privat am Gutenberg ter. In einem Mehrfamilienhaus hatte ich eine Wohnung gefunden, die meinen Ansprüchen genügte. Die Schlafzimmer waren ruhig hinten hinaus gelegen, die Anbindung an öffentliche Verkehrsmittel günstig und die Distanz zum Kern der Innenstadt nicht zu groß. Die gut geschnittene Wohnung verfügte über zwei Schlafräume, ein großes Wohnzimmer, ein Gästezimmer, zwei Bäder und eine geräumige, gemütlich eingerichtete Küche. Ideal für mich.

Ich entschied, zu Fuß zum Friedhof an der Kozma utca zu gehen. Der Friedhofswärter hatte mir am Telefon versichert, dass er am Vormittag auf jeden Fall da sein werde, um mir den Besuch zu ermöglichen. Ausgerüstet mit mehreren Wasserflaschen und zwei Äpfeln im Rucksack machte ich mich auf den Weg. Da es erst neun Uhr war, hatte ich also jede Menge Zeit und morgens war es noch nicht zu heiß. Ich durchquerte den Népliget, den Volksgarten, doch danach wurde die Gegend immer hässlicher. Zwischen zwei großen Bahntrassen erstreckten sich baufällige Häuser aus verschiedenen Jahrzehnten. Ich konnte nicht entscheiden, ob der Staub in der Luft von den bröckelnden Gebäuden, den befahrenen Straßen oder den Betrieben, die zwischen den Wohnhäusern lagen, herrührte. Erst im Öhegypark atmete ich wieder auf. Nachdem ich weitere uninteressante Straßen durchquert hatte, erreichte ich nach eineinhalb Stunden Fußmarsch den Friedhof. Zwar schmerzten meine Beine leicht, doch ich war gespannt, was ich finden würde, und deshalb überhaupt nicht müde.

Der Friedhofswärter sah mich erstaunt an, als ich verschwitzt am Tor klingelte, doch stellte er keine Fragen. Er rief etwas, das wie ein

Name klang, und zwischen den Gräbern tauchte eine Gestalt auf, die wie ein Obdachloser aussah. Die schmutzige und zerschlissene Hose war viel zu kurz und weit für die langen, schlanken Beine des Mannes und wurde am Gürtel durch Paketschnur zusammengehalten. Trotz der Hitze trug er ein fleckiges Flanellhemd und einen schäbigen schwarzen Anorak. Der großgewachsene Alte pfiff, wenig später eilten von verschiedenen Seiten drei imposante und wild kläffende Kampfhunde herbei. Der alte Mann sperrte die Hunde in einen Zwinger. Sie leckten ihm dabei sogar die Hände. Erst danach öffnete man mir das Tor.

Der Friedhofswärter schärfte mir in leidlichem Deutsch ein, mich auf jeden Fall, wenn ich den Friedhof wieder verlassen wolle, zu melden, wegen der Hunde. »Horváth? Diese Richtung.« Er deutete die Mauer entlang und schickte mich auf den Weg.

Ich hatte es nicht eilig. Mit Lembergers Plan in der Tasche bummelte ich durch die Reihen der Gräber und Grüfte. Wunderbare Bauwerke, schönster Jugendstil und gut gepflegt, wechselten sich ab mit vernachlässigten, aber nicht minder prunkvollen Grabstätten. Ein architektonisches Erlebnis. Das war ganz nach meinem Geschmack. Kein Lärm drang von der Straße herein. Leider kümmerten sich die Insekten intensiv um mich einsamen Besucher. Es war ungeheuer schwül, immer öfter musste ich Bremsen und Fliegen von meinem verschwitzten Körper verscheuchen. Doch das konnte mich nicht davon abhalten, die Bauwerke zu bewundern. Eher zufällig gelangte ich bei dieser ziellosen Wanderung an die Gruft der Familie Féher.

Ehrfürchtig blieb ich stehen. Lajos Féher lag hier, geboren 1874, verstorben am achtundzwanzigsten November 1938. Und Etelka Horváth-Féherné, 1876 bis zum dreißigsten Dezember 1941. Es musste sich um Urgroßtante Etelka handeln. Der Stein an der Stirnseite das Grabs, auf dem die Daten von Etelka und Lajos zu lesen waren, war überdacht. Weiße Marmorsäulen trugen eine steinerne Konstruktion, die einem griechischen Tempel nachempfunden war. Von der Größe der Grabplatte her hätte die Gruft wohl noch Platz für mehr Särge geboten, doch Etelka und Lajos hatten, wie ich aus Großvaters Erzählungen wusste, keine Kinder gehabt. Ich wunderte mich ein wenig, warum man dann eine Familiengruft, die sicherlich nicht ganz billig gewesen war, gekauft hatte. Ein bisschen einsam, so eine Großfamiliengruft für nur zwei Leute, dachte ich.

Nachdem ich eine Weile andächtig vor dem Grab gestanden war und versucht hatte, passende Worte für eine entfernt verwandte Frau zu finden, von der ich noch nie im Leben auch nur ein Foto gesehen hatte, meldeten sich eher handfeste Probleme. Ich hatte die Säckchen mit Erde aus Israel mitgebracht, ohne zu überlegen, was ich am Grab konkret damit tun würde. Denn eigentlich gehörte die Erde zu den Toten in den Sarg. Würde Etelka in einer Grabstätte ohne Marmorplatten ruhen, hätte ich die israelische Erde einfach mit der ungarischen vermischt und über die Jahre würde der Regen schon dafür sorgen, dass sie irgendwann zu den Überresten meiner Großtante durchsickerte. Doch nun lag Etelka unter massivem Stein. Unmöglich, den Inhalt des Beutels auf die Gruftplatte zu streuen. Schon beim nächsten Windstoß würde sich der Boden des heiligen Landes über die Gräber der Familien Abelesz, Weiszhang, Lovinger und Spiegel und noch weiter über die direkte Nachbarschaft hinaus ausbreiten, aber nie zu Etelka gelangen. Dafür hatte ich die Erde nun wirklich nicht mitgebracht.

Mein Blick fiel auf die großen Griffe der Schrauben, mit denen die Grabplatte befestigt war. Sie sahen gar nicht verrostet aus, es sollte doch möglich sein, sie zu öffnen. Dann könnte ich die Erde aus Israel doch wenigstens direkt auf den Sarg von Tante Etelka streuen. Ich ging davon aus, dass ein Holzsarg nach all den Jahrzehnten morsch und durchlässig werden würde, die Erde somit eine Chance hätte, tatsächlich zur Urgroßtante in den Sarg hinein zu rieseln.

Ich dachte nicht weiter nach und griff nach der ersten Schraube. Sie ließ sich erstaunlich leicht und widerstandslos drehen. Auch die zweite Schraube gab sofort nach. Nun wunderte ich mich doch ein wenig. Aufmerksam untersuchte ich die beiden Griffe. Sie waren zerkratzt. Als ob jemand vor kurzem erst damit herumgespielt hätte. Doch warum sollte jemand die Féher-Gruft öffnen? Ein Verwandter des angeheirateten Urgroßonkels vielleicht? Anstatt dies als Alarmsignal zu deuten schraubte ich weiter. Dann versuchte ich, die Platte anzuheben. Nach einem Moment der Trägheit, in dem sie unsäglich schwer auf dem Boden zu ruhen schien, ließ sie sich zur Seite schieben.

Der süßlich-penetrante Geruch, der mir entgegenschlug, zwang mich, mich abzuwenden. Ich kannte den Geruch. Jeder Mensch kennt ihn, auch wenn er ihn zum ersten Mal in seinem Leben riecht. Das Gehirn nimmt automatisch die in ihm enthaltene Warnung auf und alarmiert den Körper. Sollte ein Tier in die Gruft gefallen sein und dort gerade verwesen? Nun ekelte ich mich. Ich überlegte einen Moment, die Platte sofort wieder über die Gruft zu schieben und Etelka ohne Erde aus Israel ruhen zu lassen. Doch unerledigte Dinge mochte ich genauso wenig wie diesen Gestank. Also fischte ich einen Beutel mit Erde aus dem Rucksack, machte ihn auf und näherte mich mit abgewandtem Gesicht der Öffnung. Einfach reinstreuen würde auch genügen. Etelka war fast siebzig Jahre ohne ausgekommen, sie würde das schon verstehen. Da fiel mein Blick auf etwas Helles, das nicht zur Dunkelheit der Gruft passte.

Ich hielt mir die Nase zu, um genauer hinsehen zu können. Dann wurde mir schlecht. Quer über den beiden aufgebrochenen Särgen lag der Körper eines Mannes. Ich taumelte und ließ mich auf der Grabplatte der Familie Weiszhang nieder. Tief durchatmen, los. Es half nichts. Nur wenige Meter vom Grab entfernt rankte sich eine Rosenhecke um eine Säule. Ich lief hin, riss gleich mehrere der stark riechenden Blüten ab, presste sie vor meine Nase und setzte mich wieder auf das Grab.

Was hatte ein Mann auf dem Sarg meiner Urgroßtante verloren? Eigentlich müsste ich sofort die Polizei verständigen, dachte ich. Eigentlich.

Ein Vogel setzte sich auf den Grabstein und äugte neugierig in die offene Gruft. Langsam stieg in mir Empörung auf. Irgendjemand hatte gewagt, die Ruhe meiner Urgroßtante zu stören. Nun tat ich das zwar auch gerade, aber ich gehörte zur Familie. Und hatte einen guten Grund. In die Empörung mischte sich Neugierde: wer lag da quer über den Särgen? Dem Geruch nach zu urteilen, konnte derjenige noch nicht allzu lange dort liegen. Zumindest noch nicht allzu lange tot sein. Schreckliche Bilder schossen mir durch den Kopf. Jemand hatte diesen Menschen in der Gruft eingesperrt und er war verhungert und verdurstet. Meine Neugierde siegte über das Ekelgefühl.

Ich wusste, dass das, was ich vorhatte, nicht richtig war. Es war verboten, die Ruhe der Toten zu stören – und in solchen Situationen sollte man sofort die Polizei holen. Doch ich konnte es nicht lassen. Vorsichtig spähte ich in die Gruft. Der Geruch war immer noch penetrant, doch wenn ich mir ein Taschentuch mit eingewickelten Rosenblättern vor die Nase band, war es erträglich. Ich zögerte nicht lange, sah mich kurz um, ob es etwa weitere Besucher gab, und kletterte dann in die Gruft hinab.

Nach meiner Einschätzung war der junge Mann vor nur wenigen Tagen in diese Gruft gefallen. Halt, Denkfehler. Gefallen konnte er nicht sein. Denn wenn es ein Unfall gewesen wäre, wer hätte dann die Grabplatte wieder an die richtige Stelle geschoben und auch noch verschraubt, anstatt das Unfallopfer zu bergen? Ich sah genauer hin. Am Hinterkopf klaffte eine Wunde. Vielleicht war sie beim Sturz des Körpers in die Gruft verursacht worden. Oder jemand hatte ihm den Schädel eingeschlagen. Und die Leiche dann ausgerechnet in der Gruft meiner Urgroßtante entsorgt haben. Das schien mir wahrscheinlicher.

Ich tastete vorsichtig, als könne die Leiche sich bewegen, in den Jackentaschen des jungen Manns nach Papieren. Doch die beiden Außentaschen waren leer. Mir fiel eine seltsame Wölbung auf der Höhe des rechten Rippenbogens auf. Vorsichtig berührte ich sie mit den Fingerspitzen. Erstaunlich hart. Der junge Mann trug ein Hemd, etwas musste darunter sein. Ich öffnete einen Knopf. Unter dem Hemd stieß ich auf eine Schicht stabiler Baumwolle. Das Logo eines Herstellers von Kleidung und Materialien für Abenteuerurlaub prangte darauf. Die Leiche trug einen Dokumentengürtel, wie ich ihn selbst bei Reisen im Ausland oft benutzte.

Behutsam öffnete ich eine Tasche des Gürtels, in der Hoffnung, Hinweise auf die Identität des Körpers zu finden. Doch statt auf Papiere stieß ich auf kleine harte Gegenstände. Ich fischte mehrere davon ans Licht. Und dachte für einen Moment, ich würde träumen. Was ich in der Tasche fand, passte nun auch nicht mehr zu meiner Theorie, dass jemand den Mann erschlagen und die Leiche entsorgt hatte. Denn welcher Mörder lässt sich ein Vermögen entgehen? Ich starrte auf die Ringe, es waren etwa zehn, die ich aus der Tasche geholt hatte. Altes Gold, mit Smaragden und Rubinen besetzt. Ein Ring mit einer dicken, schwarzen Perle, ein anderer mit einem wunderbaren Aquamarin. Fassungslos betrachtete ich den Schmuck. Dann fiel mein Blick auf einen Siegelring mit den Initialen ›EvH‹. Ich setzte mich auf den Boden der Gruft und untersuchte die Ringe genauer. Der Verwesungsgeruch störte mich plötzlich überhaupt nicht mehr. Ein breiter Silberring trug die Gravur ›Meiner Etelka in Liebe‹.

Jetzt täte ein Schnaps gut. Da lag auf dem Sarg meiner Urgroßmutter ein Toter, der anscheinend den Familienschmuck der von-Horváths am Leib trug. Ich stand auf und widmete mich der Leiche. Sie trug nicht nur einen Dokumentengürtel, sondern zwei. Gut, dass ich seit mehreren Jahren immer mein amerikanisches Taschenwerkzeug dabei habe. Andere schwören auf Schweizer Taschenmesser, ich bevorzuge das Buck-Tool. Es verfügt nämlich, im Gegensatz zum Schweizer Messer, über eine äußerst scharfe Schere, mit der sich zur Not sogar Blech schneiden lässt. Es dauerte eine Weile, bis ich die Dokumentengürtel so geschickt geschnitten hatte, dass ich sie von der Leiche ziehen konnte, ohne diese zu bewegen. Dann knöpfte ich das Hemd wieder zu.

Die Taschen der Gürtel waren voll mit Schmuck. Ketten, Armbänder, Ringe, sogar eine Taschenuhr. Ich klappte den Uhrdeckel auf. Neben einer stilisierten Lilie war ›Für meinen geliebten Mann. E.‹ eingraviert. Ein Medaillon mit dem Foto eines lachenden jungen Mädchens fiel mir ins Auge. Es ließ sich nicht öffnen, doch war auf der Rückseite der Name Ida graviert. Ich tastete auch die Hosentaschen der Leiche ab – sie trug Sporthosen mit großen, aufgesetzten Taschen – und stieß auf weitere Schmuckstücke. Sorgfältig nahm ich sie an mich und packte alles mit den beiden Dokumentengürteln in meinen Rucksack. Ich hatte nicht das Gefühl, etwas Unrechtes zu tun. Der Schmuck hatte zweifellos meiner Urgroßtante gehört. Also gehörte er nun der Familie. Also mir. Eine Art verspätetes Erbe, so sah ich es. Dann kletterte ich aus der Gruft.

Ich atmete tief durch. Unten war es einigermaßen kühl gewesen, hier oben stand die Luft vor Hitze. Ich warf einen prüfenden Blick ins Grab hinunter: der Körper des jungen Manns sah fast genauso aus wie vorher. Ich musste nachdenken, und ließ mich wieder auf dem Grab der Weiszhangs nieder. Wenn ich jetzt die Polizei verständigen würde, würden sie sicherlich den Inhalt meines Rucksacks kontrollieren. Es war nicht zu verbergen, dass er mit schweren Sachen gefüllt war. Es klimperte bei jeder Bewegung. Dann hätte ich jede Menge Fragen zu beantworten, die ich gar nicht beantworten konnte. Den Schmuck würde die Polizei als Beweise für was auch immer einbehalten. Doch ich war mir sicher, er hatte Etelka gehört und gehörte nun der Familie von Horváth. Was aber schwer zu erklären sein würde. Also wäre es besser, die Leiche zu ignorieren. Sich einfach beim Friedhofswächter bedanken und nie wiederkommen. Doch falls jemand den jungen Mann, der da in der Gruft lag, vermissen würde, und man würde ihn – wie auch immer – in den nächsten Monaten finden, und der Friedhofswärter könnte sich an den Tag meines Besuchs und die doch erstaunlich lange Dauer erinnern – dann könnte ich als Mörder verdächtigt werden. Denn je länger eine Leiche unentdeckt blieb, desto schwieriger war es, den exakten Zeitpunkt des Todes festzustellen, das wusste ich. In dem Zustand aber, in dem sich der Körper jetzt befand, war das noch möglich – und vor allem sollte genau zu klären sein, dass ich als Mörder nicht in Frage käme. Also wäre es am besten, wenn es mir gelänge, die Leiche auftauchen zu lassen, den Schmuck aber vorher wegzubringen. Wie der Tote an den Schmuck und in die Gruft geraten war, darüber machte ich mir vorerst überhaupt keine Gedanken.

Das war die Lösung. Ich würde das Grab wieder verschließen, dem Friedhofswärter von der Schönheit des Friedhofs vorschwärmen und ihn bitten, mir morgen beim Öffnen der Grabplatte zu helfen, da ich meiner Urgroßtante Erde aus dem heiligen Land auf den Sarg streuen wolle, diese aber heute nicht dabei habe. Der Friedhofswärter würde das hoffentlich verstehen, zumindest aber gegen ein ordentliches Trinkgeld bereit sein, meine Marotte zu akzeptieren, mir eventuell sogar helfen – und schon könnten wir gemeinsam die Leiche entdecken, entsetzt sein, die Polizei verständigen, und alles ginge seinen geregelten Weg. Geniale Idee. Hatte nur noch einen Haken: an den Hemdknöpfen des Toten waren meine Fingerabdrücke. Und auch sonst in der Gruft. Jeder Mensch konnte an den Spuren im Staub erkennen, dass sich dort jemand herumgetrieben hatte. Deutlich prangte ein Abdruck meiner Sandalen neben einem der Särge. Es würde nicht reichen, einfach nur die Leiche zu entdecken – nein, ich würde noch einmal hineinklettern müssen. Ich überlegte, wie ich das möglichst glaubwürdig anstellen konnte. Vielleicht könnte ich mich wie ein Klageweib theatralisch in die Gruft stürzen, sobald der Deckel geöffnet war. Demonstrativ die Leiche anfassen. Schreien, erschüttert sein. Wenn ein ungarischer Kommissar erfährt, dass ich Privatier bin, hält er mich sowieso für wahnsinnig, da sollte die Nummer doch klappen. Zumindest könnte ich es versuchen.

Ich verschloss das Grab und überprüfte, ob ich draußen irgendwelche Spuren hinterlassen hatte, die darauf hindeuteten, dass die Grabplatte verschoben worden war. Das Taschentuch mit den Rosenblättern steckte ich ein. Dann schlenderte ich betont gemütlich zum Friedhofswärter. Die Hunde dösten im Zwinger, der schmuddelige Gehilfe polierte in der Nähe des Eingangs bedächtig einen Grabstein.

»Alles erledigt?«, fragte der Friedhofswärter.

»Nicht ganz«, meinte ich und schilderte ausführlich, dass ich mich heute mehr um die Baudenkmäler als um meine Urgroßtante gekümmert habe. Die Schönheit des Friedhofs habe mich von meinem ursprünglichen Vorhaben abgelenkt. »Ich habe deshalb noch einen außergewöhnlichen Wunsch. Ich habe Erde aus Israel mitgebracht, die ich meiner Urgroßtante ins Grab legen möchte. Könnten Sie mir morgen wohl helfen, die Steinplatte soweit zu verschieben, dass ich das Säckchen mit Erde hineinwerfen kann? Ich hab die Erde heute nicht dabei.«

Der Friedhofswärter seufzte, verdrehte die Augen zum Himmel, als wolle er von dort oben Unterstützung für den Umgang mit diesem Verrückten einfordern, doch als ich im fünfzig Euro in die Hand drückte, sagte er zu. Allerdings habe er Rückenprobleme, eine große Hilfe würde er nicht sein. Morgen früh um zehn Uhr also.

Ich starrte auf den Schmuck, der auf meinem Küchentisch lag. Den Wert der Ketten, Armbänder und Ringe schätzte ich auf gut einhunderttausend Euro, doch das interessierte mich nicht. Was mich interessierte, waren Initialen und eingravierte Namen, mit denen ich nichts anfangen konnte. Wer waren Antal und Hilda? Ginka und Andor? Ein protziger Diamantring mit den Initialen ›AP‹. Ein Armband mit zwölf Diamanten, auf dessen Verschluss der Name ›Hilda‹ eingraviert war. Das Bild des Mädchens namens Ida.

Ich war nach Budapest gekommen, um eine Weile hier zu leben, um kurz nie gekannten entfernten Verwandten die letzte Ehre zu erweisen und so nebenbei die Wurzeln der Familie Horváth zu suchen. Deren allerletzte Nachkommen mein Bruder, meine Tante und ich waren. Und nun stand ich vor einem Haufen ungeklärter Fragen. Wer waren diese Leute, deren Schmuck ich in der Gruft meiner Urgroßtante gefunden hatte? Die von Laszlo kolportierte Familiengeschichte der von- Horváths gab darauf keine Antwort. Nur wenige Schmuckstücke konnte ich eindeutig meiner Familie zuordnen. Der Großteil schien Antal, Andor, Ginka und Hilda gehört zu haben. Namen, die in keiner einzigen Erzählung meines Großvaters vorgekommen waren. Sollte ich versehentlich einen Diebstahl begangen haben, da nur ein Teil des Fundes Etelka gehört hatte? Der Mann, den ich für einen billigen Grabräuber hielt, hatte vielleicht vorher andere Grüfte geplündert und ich besaß nun Familienjuwelen von ich-weiß-nicht-wem?

Wenn der Tote Grabräuber war, woher hatte er dann gewusst, dass in Etelkas Grab Schmuck lag – wenn nicht einmal Großvater Laszlo das gewusst hatte? Oder hatte Laszlo ... ich verbat mir, in dieser Richtung weiter zu denken. Es gab andere Fragen, die sich in den Vordergrund drängten. Zum Beispiel, dass jemand diesen Mann offensichtlich umgebracht hatte – ohne jedoch den Schmuck an sich zu nehmen. Warum? Wer würde sich so etwas entgehen lassen?

Ich entschied, dass dies die Polizei, die ich morgen zur Leiche führen würde, herausfinden sollte. Was ging mich das an? Ich kannte den jungen Mann nicht. Er interessierte mich eigentlich nicht. Zumindest nicht so stark, wie die Frage, wer diese unbekannten Personen waren, deren Wertsachen ich nun besaß. Ich spielte mit dem Medaillon herum, das mit dem Bild der kleinen Ida verziert war. Nach einiger Zeit konnte ich es öffnen. Es enthielt ein weiteres Bild, das Bild eines kleinen Jungen, höchstens sieben oder acht Jahre alt, in Matrosenuniform. Ich studierte den Schnitt der beiden Gesichter. Keine Spur von Horváth darin zu entdecken. Die von- Horváths waren dunkelhaarig, das Mädchen und der kleine Junge strohblond.

Ich öffnete ein weiteres, herzförmiges Medaillon, das über und über mit Rubinen besetzt war. Ein kleiner, zusammengerollter Zettel fiel heraus. Vorsichtig, damit das morsche Papier nicht zerbröselte, rollte ich den Zettel auf. ›Liebe Etti-Oma, pass gut auf unsere Sachen auf, damit wir sie, wenn alles vorbei ist, wieder haben können. Deine Ida‹.

Meine Hand zitterte. Nun brauchte ich eine Zigarette, obwohl ich mir doch geschworen hatte, nur noch beim Kaffee oder nach einem guten Essen zu rauchen. Ich drehte mir langsam eine, doch das Papier zerriss, ich musste von vorne anfangen, bis ich endlich ein krummes, aber rauchbares Etwas anstecken konnte. Etti-Oma. Zu einfach war es, eine Verbindung zwischen Etelka und Etti-Oma herzustellen. Aber wenn Etelka eine Enkelin gehabt haben sollte – wovon in der Familiengeschichte keine Rede war – dann musste sie auch einen Sohn oder eine Tochter gehabt haben. Dann hätte Großvater gelogen. Hätte die Existenz einer Cousine oder eines Cousins verschwiegen. Und die Existenz einer Nichte. Meiner Großnichte. Wer immer das gewesen sein mochte. Wenn es sie denn gab. Ob sie noch am Leben war?

Die Familiengeschichte müsste neu geschrieben werden. Und es lebte niemand mehr, den ich fragen konnte. Denn Großvater Laszlo von Horváth war tot. Und meine Eltern auch. Am ersten Tag des Jahres 1978 waren sie, lebenslustig wie immer, trotz guter Vorsätze von einer Silvesterfeier bei Freunden in Graz mit dem Auto losgefahren und nie mehr in Granach angekommen. Eis auf der Straße, mein Vater hatte die Kontrolle über das Fahrzeug verloren und einen Baum gerammt. Nun ruhten beide in der Gruft im Schloss in Granach. Ob mein Vater etwas davon gewusst hatte?

Ich musste Klarheit in diese Angelegenheit bringen. Und den Schmuck sichern. Sorgfältig notierte ich die Namen und Initialen auf einem Blatt Papier. Antal, Andor, Ginka und Hilda. AP und GP. HF. Hilda Féher? Dann packte ich alles in einen Karton und rief nach Tom, meinem Butler.

Tom war in seinem Zimmer mit dem Bügeln der Wäsche beschäftigt. Ich ging nie ohne ihn auf Reisen. Vor sechs Jahren hatte ich ihn über die Vermittlung einer englischen Butlerschule kennen gelernt und ihn, ohne viel nach seinem Vorleben zu fragen, eingestellt, da mir der zurückhaltende und diskrete Hüne sofort sympathisch gewesen war. Zahlreiche Narben auf Toms Körper und in seinem Gesicht deuteten darauf hin, dass er nicht immer Butler gewesen war. Auch hatte ich den Verdacht, dass Tom Norton nicht wirklich Tom Norton hieß und auch kein Engländer war. Zumindest sprach er nur gebrochen Englisch, dafür aber perfekt Schwedisch, Norwegisch und Französisch. Sein Deutsch war leidlich gut. Ich vermutete, dass Tom Norton sich so nannte, um als englischer Butler bessere Vermittlungschancen zu haben. Es interessierte mich nicht. Tom kochte für mich, machte die Wäsche und den Haushalt, und fragte nie nach Urlaub oder Freizeit. Wann immer ich ihn brauchte, er war zur Stelle und lebte sich mühelos in allen Ländern ein, in denen ich länger verweilen wollte. Tom stellte keine Fragen, widersprach nie und kommentierte meine manchmal seltsamen Angewohnheiten nicht einmal mit einem Stirnrunzeln. Lediglich meine Tante konnte ihn aus der Fassung bringen.

»Bitte bring diesen Karton so schnell wie möglich nach Granach. Du weißt wohin. – Wenn möglich so, dass mein Bruder es nicht mitbekommt«, trug ich ihm auf.

Tom nickte, blickte auf die Uhr, versprach gegen zwei Uhr morgens spätestens wieder zurück zu sein und verschwand mit dem Karton unterm Arm.

Ich betrachtete noch einmal meine Notizen, doch kam ich nicht weiter. Mein Großvater hatte nicht die Wahrheit erzählt, warum auch immer. Nun hatte ich ein Arbeitsprojekt für Budapest. Die Korrektur der Familiengeschichte. Wer weiß, vielleicht waren wir doch nicht die letzten Mohikaner, wie meine Tante manchmal scherzhaft den Zustand der Kinderlosigkeit bei uns Dreien bezeichnete. Bei diesem Projekt brauchte ich Hilfe. Ein Glück, dass mir ein gütiges Schicksal den Lemberger geschickt hatte. Nach der Leichenentdeckung morgen würde ich ihn anrufen. Mit seinen Beziehungen zur jüdischen Gemeinde könnte es vielleicht gelingen, Licht in die plötzlich verdunkelte Familiengeschichte zu bringen.

Doch jetzt brauchte ich etwas, um den Kopf klar zu bekommen. Und ich musste die Dokumentengürtel entsorgen. Eine Partie Schach spielen, im warmen Wasser des Szechenyi-Bades, mit irgendeinem alten Ungarn, das könnte helfen. Auf dem Fußweg dorthin würde ich bestimmt an einem Müllcontainer vorbeikommen, in dem ich die beiden Gürtel versenken könnte.

7. August

Der Friedhofswärter empfing mich missmutig und unausgeschlafen. Er saß in der Sonne, war anscheinend eben erst aufgestanden und schlürfte mit verschlafenem Gesicht einen Kaffee. Neben ihm hockte der alte Gehilfe und grinste mich unentwegt an. Das verfilzte Haar musste einmal blond gewesen sein, seine Augen blitzten hell und wach. Sollte er doch nicht so alt sein wie ich meinte? An den hatte ich gestern gar nicht gedacht. Was, wenn er mich gesehen hatte? Ich schob den Gedanken beiseite. Wenn er etwas gesehen hätte, hätte er es längst seinem Chef gesteckt und der würde jetzt ganz anders reagieren. Oder er würde mich erpressen, Geld verlangen. Nichts dergleichen geschah. Der Mann fischte eine rohe Zwiebel aus seiner Hosentasche, schälte sie notdürftig und biss herzhaft hinein. Ich konnte mein Erstaunen, aber auch meinen Ekel nicht verbergen.

»Beachten Sie ihn nicht, er ist verrückt«, meinte der Friedhofswärter. Als ob der hagere Alte verstanden hätte lachte er, sagte: »Verrickt! Verrickt!«, und machte eine entsprechende Geste mit der Hand vor seiner Stirn. Dann stand er auf, schulterte mit erstaunlicher Behändigkeit einen großen Sack Zement und eine Schaufel und verschwand zwischen den Grabreihen.

Auch der Friedhofswärter erhob sich, allerdings weit weniger behände. Wortlos schlurfte er neben mir her zum Grab von Etelka Féher, geborene von Horváth. Ich versuchte, ihn in ein belangloses Gespräch über Wetter und Touristen auf dem Friedhof zu verwickeln, doch der Mann war wohl mit dem linken Fuß aufgestanden und antwortete nur einsilbig.

»Müssen wir da dran drehen?«, fragte ich naiv und deutete auf die Griffe an den Schrauben.

»Wird wohl so sein«, antwortete der Friedhofswärter und machte keinerlei Anstalten, mir diese Arbeit abzunehmen.

»Die gehen aber leicht«, sagte ich mit gespielter Verwunderung, als ich die erste Schraube gelöst hatte.

Der Friedhofswärter blickte immer noch gelangweilt, ließ sich dann aber dazu herab, selbst einen der Griffe zu fassen und zu drehen. »Haben Sie da gestern schon was gemacht?«, wollte er wissen.

»Nein. Sonst hätte ich Sie doch nicht um Hilfe gebeten, wenn ich gewusst hätte, dass es so leicht geht.« Das Lügen funktionierte ganz gut.

Misstrauisch betrachtete der Friedhofswärter den Griff. »Da hat jemand dran rumgespielt«, brummte er.

»Zeigen Sie her.«

»Hier, die Kratzer!«

»An meinem auch!«, sagte ich verwundert.

»Da stimmt was nicht«, meinte der Friedhofswärter, und half nun mit etwas mehr Elan beim Öffnen des Grabs.

»Passiert das denn, dass jemand einfach Gräber öffnet?«, fragte ich unschuldig.

Der Friedhofswärter zögerte. »Eigentlich nicht. Normalerweise nur, wenn ich dabei bin oder der Rabbiner. Aber ... ich hab die Hunde ja deshalb, weil sich nachts oft Gesindel hier herumtreibt. Die schleichen sich über den verwilderten Teil ein ... und es wird schon mal ein Grab zerstört.«

»Na, da hab ich ja Glück«, meinte ich. »Zerstört ist hier ja nichts.«

Doch das schien den Friedhofswärter nicht zu beruhigen. Nervös schob er die Grabplatte zur Seite. Es gelang mir gerade noch, auf die richtige Seite zu wechseln, um den Sprung in die Gruft vorbereiten zu können. Wie gestern stieg penetranter Verwesungsgeruch aus der Öffnung. Der Friedhofswärter wandte sich vom Geruch überwältigt ab. Ich hingegen stieß einen Schrei des Entsetzens aus und sprang in die Gruft.

»Um Himmels Willen, was tun Sie denn da!«, rief der Friedhofswärter und wandte sich mir wieder zu.

»Da liegt einer! Hier liegt einer! Um Gottes Willen – so tun Sie doch was!«, schrie ich und zerrte am Hemd der Leiche.

»Kommen Sie raus!«, schrie der Friedhofswärter und streckte mir seine Hand hin. Ich nahm sie und ließ mich aus der Gruft ziehen. Dann übergab ich mich, und das war nicht gespielt. Durch mein Gezerre war der Kopf der Leiche nach hinten gekippt und hatte eine klaffende Wunde am Hals freigegeben, die ich gestern nicht hatte sehen können. Aus dieser Wunde krochen Maden und auch in den Augenhöhlen krabbelte Getier. Das war wirklich zu viel für meinen Magen. Gestern war der Körper noch in einem besseren Zustand gewesen. Wenigstens gewann ich so an Glaubwürdigkeit.

Der Friedhofswärter fischte mit zitternden Fingern sein Handy aus der Hosentasche und rief die Polizei an.

Dreißig Minuten später wimmelte es auf dem Friedhof von Polizisten, von Beamten in Spezialkleidung zur Sicherung von Spuren, und von Gestalten, die ich bislang nur in schlechten Filmen gesehen und sie deshalb für Klischees gehalten hatte. Doch hier in Budapest schienen alle Stereotypen aus Kriminalromanen lebendig zu sein. Ein etwa vierzigjähriger Mann mit Dreitagebart, eine Zigarette betont lässig im Mundwinkel hängend, trug sogar bei dieser Hitze einen Trenchcoat. Die Brillengläser des Gerichtsmediziners, der die Leiche barg, waren dicker als der Boden einer Sektflasche. Jemand aus der Verwaltung der jüdischen Gemeinde debattierte händeringend mit dem Friedhofswärter in einer Sprache, die weder Ungarisch, noch Deutsch noch Jiddisch war. Vergeblich versuchte man, die paar Journalisten, die von der Sache schon Wind bekommen hatten, hinter die Absperrungen der Polizei zurückzudrängen. Besonders raffinierte Fotografen hatten von außen die Friedhofsmauer erklommen und schossen ihre Bilder nun von dort oben, bevor ein Polizist sie gelangweilt und halbherzig vertrieb.

In diesem absurden Chaos war ich erleichtert, als mich ein Mann ansprach, der überhaupt nicht wie ein Polizist aussah, sondern eher wie der Wirt eines ungarischen Gasthofs mit bodenständiger Küche, und sich als leitender Kriminalkommissar Bátthanyi vorstellte. Er reichte mir eben bis zur Schulter, sprach Deutsch mit starkem Akzent und strich sich dabei immer wieder abwechselnd mit beiden Händen über den imposanten braunen Schnurbart. Wenige Haare mühten sich vergeblich, die Glatze des Kommissars zu bedecken. Einige Knöpfe seines Hemds hatten den Kampf gegen die Leibesfülle Bátthanyis aufgegeben. Der ganze Mann strahlte ungarische Puszta-Folklore aus. Ich stellte ihn mir als Primas eines Zigeunerorchesters vor, doch er war mir auf Anhieb sympathisch. Was es nicht leicht machen würde, vor ihm

Theater zu spielen. Nach den gestrigen Entdeckungen hatte ich keine Skrupel, zu lügen, doch hätte ich lieber einen unsympathischen Menschen angeschwindelt, zum Beispiel den coolen Trenchcoatträger.

Nachdem der Kommissar sich besorgt nach meinem Befinden erkundigt hatte, bat er mich, genau zu schildern, warum ich den Friedhof besucht und vor allem das Grab geöffnet hatte.

»Mein Großvater hat mich darum gebeten. Nicht direkt ... Als er gestorben ist, vor fünf Jahren, hat er gesagt, ich solle zu Etelka, das war seine Tante, gehen. Ich solle sie herausholen. Das ist natürlich Unsinn, die ... wir Juden exhumieren Tote nicht, um sie woanders wieder zu beerdigen. Ich habe dann mit meinem Bruder überlegt, was wir tun könnten und sind zu dem Schluss gekommen, dass es reichen würde, das Grab von Urgroßtante Etelka zu pflegen.«

»Und deshalb, um es zu pflegen, haben Sie es öffnen lassen?«

»Nein. Ich musste doch irgendwie die Erde ins Grab bringen.«

Bátthanyi sah mich verständnislos an. Er fischte ein paar abgewetzte Zettel aus seiner Hosentasche, förderte aus den Tiefen seines Sakkos einen etwa zwei Zentimeter kurzen Bleistiftstummel zu Tage und begann, sich Notizen zu machen.

»Viele Juden möchten Erde aus dem Heiligen Land im Grab haben. Wenn man schon nicht dort beerdigt ist, Sie verstehen?«

Bátthanyi rümpfte nur die Nase.

»Ich habe aus Israel ein paar Säckchen mit Erde mitgebracht. Ich hab gedacht, Etelka liegt in einem normalen Erdgrab, und dann hätte ich die Erde einfach auf den Grabhügel gestreut, sie mit der ungarischen Erde vermischt – und gut. Aber als ich die Marmorgruft gesehen habe, da ...«

»Sie haben nicht gewusst, dass Ihre Urgroßtante in einer Gruft liegt?«

»Nein! Wissen Sie, wo Ihre Urgroß-Verwandtschaft beerdigt ist?«

Bátthanyi antwortete nicht auf diese Frage sondern bat mich, fortzufahren.

»Jedenfalls war ich gestern schon hier. Ich hab mich aber von der Schönheit der Grabdenkmäler überwältigen lassen und eigentlich den ganzen Friedhof besichtigt, bevor ich hier auf die Gruft von Etelka gestoßen bin. Außerdem hab ich die Erde nicht dabei gehabt, weil ich ja erst einmal das Grab finden wollte. Bei den vagen Angaben – meinen Urgroßvater Imre suche ich übrigens immer noch – da konnte ich doch nicht davon ausgehen, dass die Etelka Féher, die hier liegt, tatsächlich meine Urgroßtante ist. Der Friedhofswärter ...«

»Herr Wohlfeiler.«

»Gut. Herr Wohlfeiler hatte mir dann gestern zugesagt, mir zu helfen, als ich ihm erzählt habe, was ich vorhabe. Sehen Sie, ich kann doch die Erde für Etelka nicht einfach auf die Platte streuen, dann weht sie doch weg und Tante hat gar nichts davon. Aber wenn ich sie auf den Sarg werfen könnte, dann wäre sie wenigstens bei ihr. Herr Wohlfeiler hat das verstanden.«

»Entschuldigen Sie bitte, aber Sie machen auf mich nicht den Eindruck, als ob Sie sich jemals in Ihrem Leben etwas aus religiösen Bräuchen gemacht hätten. Ihr plötzlicher Ehrgeiz, Erde aus Israel als Grabbeigabe für eine Ihnen anscheinend bislang völlig gleichgültige Urgroßtante in der Gruft zu versenken, erscheint mir reichlich fragwürdig.«

Ich hatte befürchtet, dass es schwierig werden würde. »Da haben Sie Recht. Ich gehe nicht in die Synagoge, weil ich nach jüdischem Gesetz als Sohn einer christlichen Mutter kein Jude bin. Ich gehe auch nicht in die Kirche, weil Kirchen mich nur als Baukunstwerke interessieren. Trotzdem versuche ich, wo ich auch hinkomme, Bräuche zu respektieren. Und – und das müssen Sie mir glauben – der letzte Wunsch meines sterbenden Großvaters, der ist mir wichtig«, beteuerte ich.

»Ihre Interpretation des Wunsches.«

»Richtig. Das, was mein Bruder und ich aus diesen Worten herausgehört haben. Schließlich kannten wir unseren Großvater unser Leben lang und sind bei ihm aufgewachsen. Und sind uns deshalb sicher, dass wir seine Worte richtig gedeutet haben.« Ich sah Bátthanyi fest an und dachte: ›Nach allem, was ich seit gestern erlebt habe, muss wohl jedes Wort, das Laszlo jemals erzählt hat, auf den Prüfstand und neu interpretiert werden.‹

Bátthanyi strich sich so heftig über den Schnurbart, dass ich befürchtete, ein paar Haare könnten ausfallen. »Erklären Sie mir, warum Sie dann nicht sofort nach dem Tod Ihres Herrn Großvaters hier hingekommen sind, sondern ein paar Jahre damit gewartet haben. Wenn es Ihnen doch so wichtig ist«, forderte er.

»Ich bin Privatier.« Ich erklärte umständlich meine Lebensbedingungen. Bátthanyi legte die Stirn in mehrere Falten, was die wenigen Haare, die dort die Glatze verklebten, ins Rutschen brachte.

»Ich lebe deshalb ... anders. Anders als die meisten Menschen. Wenn ich mir etwas vornehme, dann lasse ich die Dinge laufen. Was man künstlich beschleunigt, das nimmt kein gutes Ende. Ich lasse mich treiben. Die Ereignisse entscheiden, wo ich als nächstes hinreise. Und die Ereignisse haben mich erst zwei Jahre später nach Israel getrieben, um die Erde zu holen. Und weitere Jahre später eben nach Budapest.«

Bátthanyi wischte sich den Schweiß von der Stirn. Er verließ den Platz in der prallen Sonne und suchte Schutz im Schatten der Friedhofsmauer. Anscheinend konnte er das, was er gerade hörte, nur mit kühlem Kopf verarbeiten. »Dann erklären Sie mir bitte, wie es Sie jetzt nach Budapest getrieben hat.«

Ich atmete auf. Nun musste ich nicht schwindeln, sondern konnte bei der Wahrheit bleiben. Auch wenn sie sicherlich für den Kommissar etwas fantastisch klang. »Vor etwa einem halben Jahr bin ich in New Orleans in einem Kaffeehaus gesessen. Und zufällig liegt dort auf dem Tisch, den ein Urlauberpaar gerade freigemacht hat, eine deutsche Tageszeitung. Vier Tage alt, aber egal. Ich habe sie genommen und mich mit Zeitung, Croissant und Kaffee draußen hingesetzt. Ich blättere gedankenlos im Immobilienteil, als mich versehentlich der Kellner schubst – und Kaffee tröpfelt auf die Zeitung. Genau dort, wo der Kaffeefleck sich ausbreitete, lese ich ›Wohnungen in Budapest günstig zu mieten. Von Privat.‹ Das war für mich das Zeichen, dass die Zeit reif ist, um nach Ungarn zu fahren.«

Bátthanyi sah mich mit einem Blick an, als würde er gleich einen Krankenwagen rufen und mich einliefern lassen. »Warum haben Sie dann noch ein halbes Jahr gewartet? War die Zeit noch nicht reif, New Orleans zu verlassen?«, fragte er sarkastisch.

»Genau! Ich war doch erst zwei Wochen dort. Und wollte auf jeden Fall bis April bleiben. Als ich dann die angegebene Telefonnummer gewählt habe, habe ich erfahren, dass die Wohnung, die von der Größe her meinen Ansprüchen genügt – ich brauche auch Platz für meinen Butler – erst ab August für längere Zeit frei ist.« Ich konnte sehen, dass ich mir durch die Erwähnung meines Butlers alle Sympathien bei Bátthanyi verscherzt hatte.

Der Gerichtsmediziner, der trotz seiner dicken Brillengläser anscheinend gut sehen konnte, steuerte auf Bátthanyi zu, unterhielt sich kurz mit ihm und packte dann seine Sachen.

»Wann sind Sie in Budapest eingetroffen?«

Die kritische Frage. Ich vermutete, dass Bátthanyi gerade erfahren hatte, wann der junge Mann ungefähr ermordet worden war und nun wollte er wissen, ob er mich dafür verdächtigen könnte. »Sonntag abend. Vor vier Tagen. Herr Norton – das ist mein Butler – hat den Wohnungsschlüssel gegen sechs Uhr bei der Verwaltung der Wohnung abgeholt.«

»Und wo waren Sie vorher?«

Aha. Also lag der Todeszeitpunkt wohl vor meiner Ankunft in Budapest. »Die letzten zwei Wochen habe ich in Granach verbracht. Das liegt in der Steiermark. Meine Heimat. Davor war ich in New Orelans. Ich bin dort länger geblieben«, sagte ich.

»Zeugen?«

»Wie bitte?«

»Kann jemand bezeugen, dass Sie in Granach gewesen sind?«

Ich hielt es für angebracht, nun den Empörten zu spielen. »Was soll diese Frage? Meinen Sie vielleicht, ich bringe hier irgendjemanden um und schmeiße ihn ins Grab meiner Großtante, um ihn dann spektakulär später zu entdecken? Da unten hätte der doch gut gelegen – wenn ich Trottel nicht zufällig mit dem Sackerl Erde hier aufgetaucht wäre!«

»Bitte, Herr Horváth«, Bátthanyi hatte mir, wie auch der österreichische Staat, das ›von‹ im Namen einfach gestrichen, »bitte beantworten Sie einfach meine Frage.«

»Sonntag früh bin ich noch beim Frühschoppen gewesen. Mache ich selten, aber manchmal, wenn ich in Granach bin, geh ich ins Wirtshaus. Am Abend davor war ich mit meiner Tante in Graz, wir haben ein Konzert besucht. Irgendwelche Flötisten. Grässlich.«

»Mich interessiert besonders, was Sie an den ersten drei Tagen nach Ihrer Rückkehr aus den USA gemacht haben«, unterbrach mich der Kommissar.

Ich grübelte demonstrativ. »Am ersten Tag gar nichts. Wir sind gegen Mittag angekommen, ich hatte Jetlag, ich wollte nur schlafen. Am nächsten Tag bin ich, glaube ich, von meinem Bruder zu einem Gartenfest bei Freunden geschleppt worden. Grillen am Nachmittag, wegen der vielen Gäste mit Kindern. Am Tag danach hat meine Großmutter – die zweite Frau meines Großvaters – ihren fünfundsiebzigsten Geburtstag gefeiert. Damit waren wir auch die nächsten zwei Tage noch beschäftigt. Oma Dana lebt in Lindau, am Bodensee. Ich hab dort im Hotel übernachtet. Dann ...«

Bátthanyi wehrte ab. Anscheinend hatte er genug gehört. »Halten Sie sich zur Verfügung«, ordnete er an und winkte einem Beamten in Uniform. »Verlassen Sie Budapest in den nächsten Tagen auf keinen Fall. Herr Tarnay wird Ihre Daten aufnehmen.«

»Moment. Ich möchte wissen, wer da in der Gruft meiner Urgroßtante liegt. Und warum!«

Bátthanyi schmunzelte. »Das möchte ich auch wissen. Der Tote hat nämlich keine Papiere dabei. – Übrigens ist es nicht die Gruft Ihrer Urgroßtante. Offiziell, so hat mir die Gemeinde mitgeteilt, gehört die Gruft der Familie Féher. Da gab es eine Tochter. Und die suchen wir jetzt.«

Ich erstarrte. Eine Tochter. Laszlo hatte gelogen. Oder sollte er es nicht gewusst haben? Ruhig bleiben, abwarten. Wenn die Gemeinde diese Information in so kurzer Zeit an den Herrn Kommissar herausgeben konnte, dann sollte doch Lemberger das und noch viel mehr herausfinden können.

Es war später Nachmittag, als ich in der Wohnung eintraf. Tom, der heute früh noch geschlafen hatte, deutete mir kurz an, dass er alles wunschgemäß ausgeführt hatte. »Ihre Tante lässt Sie grüßen und kündigte an, Sie bald besuchen zu kommen.«

Coelestine. Das hatte mir gerade noch gefehlt. Tante Coelestine war die Tochter meines Großvaters und Oma Dana. Nach dem Tod seiner ersten Frau 1946 hatte Laszlo nur vier Jahre später Dana Munez geheiratet, weil er die attraktive Spanierin geschwängert hatte. Die erste Tochter, Juttka, starb mit nur achtzehn Jahren an einer Überdosis Heroin. Coelestine war damals keine zehn Jahre alt gewesen. Oma Dana verließ Laszlo. Für sie war er Schuld am Tod der Tochter. Er hätte sie in den Drogenrausch getrieben. Laszlo war zu diesem Zeitpunkt bereits dreiundsechzig Jahre alt und fühlte sich mit der Erziehung einer extrem widerspenstigen Zehnjährigen überfordert, weshalb Coelestine praktisch bei meinen Eltern aufwuchs. Da sie nur dreieinhalb Jahre älter war als ich, war sie für mich wie eine große Schwester, die ich eher scherzhaft Tante nannte. Uns verband eine innige Freundschaft, trotzdem wollte ich Coelestine jetzt nicht sehen. Meine Tante pflegt ein paar Verhaltensweisen, die mich einfach nervös machen. Besonders ihr Verhältnis zu Männern und Alkohol ist problematisch, da von der selben Wahllosigkeit und Dramatik geprägt. In Coelestines Leben gibt es bislang etwa fünfzig ›Einzige‹ Männer. Die Wahrscheinlichkeit, dass sie nach spätestens zwei Tagen in Budapest wieder einen ›Einzigen‹ präsentieren wird, ist sehr groß, und jedes Mal endet die ›Liebe des Lebens‹ in einem tagelangen Besäufnis, was Coelestine zwar nicht schachmatt setzt, aber dennoch für ihre Umwelt schwer zu ertragen ist.

»Keine Sorge, sie kommt frühestens in einer Woche«, meinte Tom, der wohl meine Gedanken erraten hatte. Tom verstand mich in diesem Punkt sehr gut. Schließlich versuchte Coelestine immer wieder, auch ihn zu einem ›Einzigen‹ zu machen, was er bis jetzt jedoch hatte abwenden können. Obwohl ich nichts gegen eine Liaison zwischen meiner Tante und meinem Butler eingewandt hätte. Im Gegenteil. Im Gegensatz zu den Windhunden, die Coelestine immer anschleppte, wäre Tom sicherlich eine gute Wahl gewesen. Was die sexuelle Ausrichtung meines Butlers anging, war ich mir jedoch nicht sicher. Auch mein Bruder hatte Tom vergeblich Avancen gemacht. Sowohl Aramis als auch Coelestine sind meiner Meinung nach ausgesprochen attraktiv. Doch Tom scheint sich für gar nichts zu interessieren. Vorsorglich bat ich ihn, das Gästezimmer herzurichten. Bei Coelestine konnte man nie wissen, sie änderte ihre Pläne spontan, ohne andere darüber zu informieren.

Dann rief ich Lemberger an und verabredete mich mit ihm für den nächsten Tag im Café New York, diesmal gleich im Hinterstübchen.

8. August

»Haben Sie Ihre Urgroßtante gefunden?«, begrüßte mich Lemberger, der sich etwas verspätet hatte.

»Nicht nur die Urgroßtante.«

»Ah, den Herrn Urgroßvater auch!«, rief Lemberger erfreut.

Ich schüttelte den Kopf. »Einen unbekannten jungen Mann habe ich gefunden. Im Grab meiner Urgroßtante.«

Lemberger sah mich entgeistert an. »Dann sind Sie das? In der Zeitung steht – ich hab es heute früh gelesen – dass man in einer Gruft eine Leiche gefunden hat. Auf dem Foto hab ich nicht erkennen können, welches Grab es ist ...«

»Ich hab es öffnen lassen, um die Erde zu Etelka in die Gruft zu streuen. Der Friedhofswärter hat mir geholfen – und dann ... Sie können sich meine Überraschung vorstellen.« Ich schilderte in knappen Worten, was ich gestern erlebt hatte.

»Verzeihen Sie meine Frage«, meinte Lemberger, »das war gestern. Sie waren doch schon vorgestern auf dem Friedhof, warum haben Sie das Grab erst gestern aufgemacht?«

Lemberger hätte Kriminalpolizist werden sollen, dachte ich. »Ich hab die Erde zu Hause vergessen gehabt.«

Lemberger war deutlich anzusehen, dass er mir kein Wort glaubte.

»Jedenfalls«, fuhr ich fort, »hat mich die Polizei verhört. Und dieser Kommissar hat gesagt, dass das Grab, in dem meine Tante liegt, der Familie Féher gehört. Und dass meine Urgroßtante Familie gehabt hätte.«

Lemberger nahm seine Brille ab und begann, sie umständlich zu putzen. »Nun«, meinte er nach einer Weile, »die Unterlagen, die ich eingesehen habe, zeigen, dass Ihre Urgroßtante verheiratet war. In der Gruft liegen ihr Mann und sie.«

»Mein Großvater hat nie etwas von Cousinen oder Cousins erwähnt. Hätte Etelka Kinder gehabt – es wären doch Cousins meines Großvaters gewesen.«

»Wann ist Ihre Urgroßtante geboren?«

»1876, wieso?«

»Nun, wenn sie Kinder gehabt hat, dann müssen diese ja zwischen, sagen wir einmal, 1896 und 1916 geboren worden sein. – Wann kam Ihr Großvater auf die Welt?«

»1905.«

»Und er hat immer in Budapest gelebt?«

»Bis zum Tod seines Vaters 1940 ist die Familie zwischen Budapest und Granach gependelt. Hat er zumindest erzählt.«

»Warum liegt Ihr Urgroßvater dann nicht in der Gruft in Granach?«

Gute Frage. Lemberger hatte ins Schwarze getroffen. »Vielleicht ist er in Budapest gestorben und man wollte ihn nicht transportieren.«

Lemberger schüttelte vehement den Kopf. »Sie müssen sich, glaube ich, ein paar Fragen stellen. Egal, mit wem Ihr Urgroßvater verheiratet war, für die Nazis ist Laszlo von Horváth Jude. Warum gehört Ihnen Granach immer noch? Warum haben die Nazis die Familie damals nicht enteignet?«

Das Gespräch nahm eine Wendung, die mir gar nicht gefiel. Ich wollte Fragen stellen, Lemberger sollte sie beantworten. Nicht umgekehrt. Ich suchte in meinem Gedächtnis nach der passenden Geschichte, die Laszlo mir dazu früher erzählt hatte. »Wir hatten einen Strohmann. Jemanden, der das Schlösschen und die Ländereien pro forma gekauft hat, sie aber dann gegen eine Entschädigung nach 1945 wieder zurückgegeben hat.«

»Einen guten, ehrlichen Menschen«, meinte Lemberger süffisant.

»Ja. Ich glaube, er hieß Kronauer. Zumindest gibt es am Schlösschen eine kleine Tafel, auf der die Familie Herrn Kronauer dafür dankt.«

»Und wo war die Familie, in der Zeit, als es hier brenzlig war? Denn wenn Sie sagen, dass die Familie bis zum Tod des Herrn Imre 1940 zwischen Budapest und Granach gependelt ist – dann war es schon ziemlich brenzlig.«

Ich musste tief in meinen Erinnerungen suchen. »In England?«

»Hat man Ihnen das erzählt? Nun, ich bin Historiker. Eine Ausreise nach England nach 1940 ...«

»Wir wissen ja nicht, wann Imre gestorben ist. Vielleicht ist er ja im Januar gestorben und direkt danach ...«

»Herr von Horváth, an Ihrer Familiengeschichte stimmt das eine oder andere Detail nicht. Geht mich auch nichts an. Passiert ja oft, in der mündlichen Überlieferung, dass man die Daten falsch weitergibt. – Jedenfalls erklärt es nicht, warum Ihr Großvater Ihnen die Existenz eines Cousins oder einer Cousine, verschwiegen hat. Falls er Kontakt mit seiner Tante gehabt hat, muss er das gewusst haben.«

Ich überlegte kurz, ob ich Lemberger von den Schmuckstücken erzählen sollte um ihn so nach Ginka, Hilda, Antal und Andor fragen zu können. Anscheinend stellte er sich ja auch Fragen zu meiner Familie – obwohl es ihn nichts anging. Doch ich entschied mich, darüber vorerst zu schweigen. »Sie sagten bei unserem letzten Treffen, dass wir die Akten in der Gemeinde einsehen könnten. Wenn sogar der

Kommissar von der Gemeinde informiert wird, dass es Féher-Nachkommen gibt, sollte ich als Verwandter ...«

»Das können wir gerne machen«, unterbrach mich Lemberger, »aber setzen Sie da weniger auf Ihre doch sehr entfernte Verwandtschaft. Ich krieg das schon für Sie hin. Aber das können wir erst wieder am Sonntag machen. Heute ist Freitag, bald ist Sabbat. Sonntag hat das Archiv wieder auf.«

Ich seufzte. Es störte mich, dass ich mich würde gedulden müssen. Zwar fiel es mir sonst nicht schwer, die Dinge des Lebens an mich herankommen zu lassen, doch diese Geschichte, die brannte mir unter den Nägeln.

»1868 hat die Familie das Schlösschen erworben, und die Landgüter«, sagte ich.

Lemberger schüttelte zweifelnd den Kopf. »1867 kam es zum österreichisch-ungarischen Ausgleich, zur Doppelmonarchie. Seit 1848 haben die Ungarn Ärger gemacht und den Habsburgern die Autonomie abgetrotzt. Ich glaube, dass es für Ungarn, sofern Sie nicht zum wirklichen Adel gehörten, sehr schwierig gewesen ist, nach 1867 in den urösterreichischen Gebieten der Monarchie Grundbesitz zu erwerben. Noch dazu umfangreichen.«

»Nun, es liegt ja alles im Grenzgebiet. Dort, wo man nie wusste, ob man in Ungarn oder Österreich ist.«

Lembergers Zweifel waren dadurch nicht ausgeräumt. »Und wie heißt der Herr in der Familie, der damals den Besitz bekommen hat? Ihr Urgroßvater wird es ja nicht gewesen sein können, wenn Sie 1868 sagen.«

Da hatte er mich erwischt. Ich überlegte. Um 1868 schon geschäftsfähig gewesen zu sein, hätte mein Urgroßvater mindestens 1847 auf die Welt kommen müssen. Dann wäre er nicht nur fast dreißig Jahre älter als seine 1876 geborene Schwester Etelka gewesen, sondern 1940 ja mit dreiundneunzig Jahren verstorben. Laszlo hatte aber immer gesagt, sein Vater hätte nur die siebzig geschafft. Mir schwirrte der Kopf vor lauter Jahreszahlen. »Keine Ahnung«, gestand ich Lemberger. Ich war mir nicht mehr sicher, ob meine Begegnung mit dem jüdischen Historiker für mich ein Gewinn oder eine Plage sein würde.

»Es muss irgendwo Papiere geben«, meinte ich nach einer Weile, in der Lemberger mich nur herausfordernd angestarrt hatte.

»Sicher.«

»Ich frage Aramis. Mein Bruder ist Rechtsanwalt. Ich gehe davon aus, dass der die Unterlagen hat.«

»Und Ihre Eltern, wenn ich fragen darf?« Lemberger ließ nicht locker.

»Die können wir leider nicht mehr befragen. Meine Eltern waren sehr lebenslustig. Das hat sie auch leichtsinnig gemacht. Sie sind 1978 bei einem Autounfall am Neujahrstag gestorben. Selbstverschuldet.«

»Das tut mir leid.«

»Aramis hat sich um Großvaters Nachlass gekümmert. Ich ruf ihn an.«

»Wenn Sie möchten – da wir ja erst übermorgen ins Archiv können – könnten wir auf dem anderen Friedhof vorbeischauen. Wir suchen den Imre von Horváth, den ich auf meinem Plan gefunden habe. Und die anderen Horváth-Gräber. Vielleicht hilft Ihnen das ja weiter«, schlug Lemberger vor.

Ich willigte ein. So leicht würde ich Lemberger nicht mehr los werden. Warum immer er sich für meine Familiengeschichte interessierte, er investierte jedenfalls viel Zeit und Energie.

Der Kerepeser Friedhof erinnerte mich ein wenig an den Zentralfriedhof in Wien. Zumindest gibt es auch hier Ehrengräber für namhafte Politiker, Künstler und andere Personen des öffentlichen Lebens. Lemberger ließ es sich nicht nehmen, mich an den Ruhestätten von Lajos Kossuth, Ferenc Deák und Lajos Batthyány vorbeizuführen und mir jeweils in einem Kurzvortrag die vita der betreffenden Person zu erläutern. Da half auch kein Hinweis auf die doch schon fortgeschrittene Uhrzeit.

Im jüdischen Teil des Friedhofs steuerte Lemberger dann zielstrebig auf einen etwas verwilderten Teil zu. Keine Ehrengräber, keine prunkvollen Grabmahle, nur einfache, verwitterte Steine. Nachdem er sich ein paar Mal verlaufen hatte, rief Lemberger »Hier ist es«, und deutete auf einen sehr einfachen Stein. ›Imre von Horváth, 1868-1940.‹ Ich hatte Mühe, die verwitterte Schrift zu entziffern. Über dem Namen war ein Krug eingemeißelt, aus dem Wasser floss. Nachdenklich betrachtete ich das Grab. Laszlo hatte gesagt, sein Vater sei 1940 verstorben. Er habe die Siebzig geschafft. Dieser Imre hier war mit einundsiebzig oder zweiundsiebzig Jahren gestorben. Geboren 1868, das Jahr, in dem die Familie angeblich die Ländereien erworben hatte.

»Was fällt Ihnen auf?«, fragte Lemberger nach einer Weile.

Ich kam mir vor wie in der Schule, aber betrachtete brav das Grab. »Das Grab ist sehr klein. Nur für eine Person. Als ob nie daran gedacht worden wäre, noch weitere Personen hier zu beerdigen. Wo ist seine Frau?«

»Gab es denn eine?«

Ich durchforstete die in meinem Kopf gespeicherten Erzählungen. »Nicht wirklich. Mein Großvater hat nie von seiner Mutter erzählt.«

»Nun, wir werden sie schon finden, im Archiv. Aber Sie haben Recht mit Ihrer Beobachtung. – Und jetzt schauen Sie bitte einmal direkt neben das Grab, das nächste in der Reihe.«

Ich wandte mich dem halb verfallenen Stein zu. Ignácz Horváth 1848-1898. Vilma Horváthné Kovacs, 1849-1901. Laszlo Horváth 1823-1867. Matild Horváthné Adler, 1826-1876. »Die gehören nicht zu uns. Sie heißen nur Horváth«, sagte ich.

»Wie Sie meinen. Schreiben Sie sich dennoch die Namen auf. Wenn wir Glück haben, finden wir noch alles. Die Habsburger haben nichts weggeworfen und hier in der Stadt ist Gott sei Dank viel an Unterlagen erhalten geblieben.«

Ich schüttelte unwillig den Kopf. »Das sind arme Leute. Sie sehen doch, die sind alle auch nicht alt geworden. Wahrscheinlich haben sie sich schlecht ernährt, mussten hart arbeiten ...«

»Eben.«

»Eben – was?«

»Sie liegen direkt neben Ihrem Urgroßvater. Zumindest gehen wir doch beide stark davon aus, dass dieser Imre Ihr Urgroßvater ist. Und ...«, Lemberger deutete auf weitere Gräber, »wie Sie sehen können, liegen Familien hier nebeneinander. Die älteren Nathoneks liegen direkt neben den jüngeren Nathoneks. Fried, gleich drei Gräber nebeneinander, wegen der zahlreichen Geschwister. Und dort, gleich auf der anderen Seite, zweimal Lichtblau und Schönteil nebeneinander. Die ganze Familie. – Ich frage Sie ernsthaft: warum sollte das ausgerechnet bei Herrn Imre anders sein?«

»Weil wir von Horváth heißen.«

Lemberger lachte. »Ich bewundere Ihre Sturheit. Sie sagten doch selbst, dass sie irgendwann geadelt worden sind.«

»Ja, aber doch nicht erst bei Imre. Schon vorher. Wegen unserer Verdienste um die Monarchie. Wir haben den Kaiser mit Geld unterstützt ...«

»Ja, ja«, unterbrach mich Lemberger. »Aber Ignácz dürfte keins gehabt haben und der alte Laszlo auch nicht. Das sieht aus wie das Grab eines kleinen Händlers oder Handwerkers. – Ich schließe jetzt mit Ihnen eine Wette ab: fünfhundert Euro – die da liegen gehören zu Ihnen. Das sind Ihre Ahnen. Und es wird richtig spannend sein für Sie, herauszufinden, wo das Geld, von dem Sie heute leben, herkommt!«

Das saß. Ich fühlte mich, als hätte mir jemand mit einem Baseballschläger einen Schlag in den Rücken verpasst. Herausfordernd streckte Lemberger mir seine Hand entgegen. Ich nehme sonst jede Wette gerne an, doch diesmal zögerte ich. Es ging mir nicht ums Geld. Was interessierten mich fünfhundert Euro. Aber seit gestern nagten Zweifel an mir. Da waren eine Ginka, eine Hilda, ein Andor. Die kleine Ida. Was, wenn mein Geld gar nicht mir gehörte ...

»Das nehm ich an!«, rief ich, übertrieben laut, und schlug ein.

»Gut!« Lemberger lachte. »Wir treffen uns am Sonntagvormittag in der Konditorei Frölich in der Dob utca. Um elf?« Dann ließ er mich auf dem Friedhof stehen und ging.

Ich starrte auf Ignácz und Laszlo, Vilma und Matild. Ich versuchte, mein Gefühl zu befragen. Einfach abzuschalten und zu fühlen, ob dieses Grab etwas mit mir zu tun haben könnte. Doch es gelang mir nicht, im Kopf hörte ich ständig eine Stimme, die mir einschärfte, dass wir Gutsherren seien und keine Bauern, dass wir dem Kaiser Geld geliehen hätten, wann immer er eins brauchte.

Ich stand immer noch in Gedanken versunken vor dem Grab der Horváths, als mein Handy klingelte. Bátthanyi bat mich, zu einer weiteren Aussage in sein Büro zu kommen. Ich ließ mir den Weg erklären und eine halbe Stunde später betrat ich das Gebäude, das aussah, wie ein Plattenbau in Ostberlin. Die Einrichtung des Büros des Kommissars korrespondierte mit der Architektur des Bauwerks. Ein hochmoderner PC thronte auf einer dünnen, weißen Resopalplatte, die sich in der Mitte gefährlich durchbog. Ich hatte Chaos erwartet, doch der Arbeitsraum Bátthanyis war penibel aufgeräumt.

Bátthanyi kam hinter seinem Schreibtisch hervor und nötigte mich, auf einer grell orangen, niedrigen und stark abgewetzten Sitzgruppe Platz zu nehmen. Das Polstermöbel verschlang mich fast.

»Gehört das zu Ihren Verhörmethoden?«, versuchte ich zu scherzen, doch Bátthanyi sah mich verständnislos an.

»Bitte beschreiben Sie mir, und zwar ganz genau, was Sie von dem Moment an, da Sie sich mit Herrn Wohlfeiler an den Schrauben der Grabplatte zu schaffen gemacht haben, getan haben. Jedes Detail.« Diesmal schrieb der Kommissar in einem alten Schulheft mit.

»Wir haben die Schrauben aufgedreht. Das heißt, ich habe damit angefangen. Das ist ganz leicht gegangen. Als ich das dem Friedhofswärter ...«

»Herrn Wohlfeiler.«

»Genau. Als ich ihm das gesagt habe, war er irritiert und hat ebenfalls zu schrauben begonnen. Dann haben wir gemeinsam den Deckel zur Seite geschoben. Herr Wohlfeiler hat dann, ich glaube, ›Um Gottes Willen‹ gerufen. Es hat ganz fürchterlich gestunken. Ich habe nachgesehen, was ihn so erschrocken hat – und sehe, dass da etwas auf dem Sarg meiner Urgroßtante liegt. Beim ersten Hinsehen hab ich es für eine Schaufensterpuppe gehalten. Blöd, nicht? Wie sollte die da rein kommen. Und ich hab gesehen, dass die Knochen offen liegen. Dann bin ich reingesprungen.«

»Obwohl es so gestunken hat? Einfach so in die Gruft?«

»Ich kann es mir im Nachhinein auch nicht erklären. Ich wollte dieses Ding da wegkriegen. Den Geruch hab ich erst wieder richtig wahrgenommen, als Herr Wohlfeiler mich aus der Gruft gezogen hat.«

»Sie haben die Leiche angefasst?«

»Ja! Ich wollte das ... das was ich gesehen habe, wegheben. Runter von meiner Urgroßtante. Ich habe die ... Leiche, glaube ich, an der Kleidung gepackt und gerüttelt, und dann ist der Kopf nach hinten geklappt und überall sind diese Maden herumgekrochen. Ich hab sie fallen lassen und bin in die Knie gegangen. Mir war richtig schlecht. Irgendwie hat mich Wohlfeiler dann aus der Gruft gezogen. Dann hab ich mich übergeben.«

Bátthanyi schrieb eifrig mit. »Wie lange sind Sie in der Gruft gewesen?«

»Ich hab keine Ahnung. Alles ist wie in Zeitlupe abgelaufen. Vielleicht kann Ihnen Herr Wohlfeiler das sagen.«

»Ich möchte Ihre Einschätzung.«

»Hm. Angefühlt hat es sich wie zehn oder fünfzehn Minuten, aber es waren sicherlich nicht mehr als zwei.« Ich überlegte insgeheim, ob zwei Minuten reichen würden, für die Menge an Fingerabdrücken und Spuren, die ich am Vortag hinterlassen hatte.

»Und dann?«

»Ich hab mich übergeben.«

»Das sagten Sie schon. Was dann?«

Ich tat, als überlegte ich kurz. »Ich hab mich auf ein Grab gesetzt. Besser gesagt halb hingelegt. Familie Weiszhang, glaube ich. Herr Wohlfeiler hat, als er sich erholt hat, telefoniert. Ich bin auf- und abgelaufen, während er telefoniert hat. Dann wollte Herr Wohlfeiler, dass ich beim Grab bleibe, während er vorne beim Eingang auf Sie wartet. Aber ich hab mich geweigert. Ich bin mit ihm zum Eingang gegangen.«

Bátthanyi grinste süffisant. »Haben Sie plötzlich Angst bekommen, dass der Tote oder Ihre Tante aus der Gruft steigen und Sie holen?«

Ich schüttelte ernsthaft den Kopf. »Nein. Aber dass der Mann, der dort unten lag, ermordet worden ist, dass hab ich zu dem Zeitpunkt schon realisiert. Ich glaube, es war Angst, dass der, der das getan hat, noch irgendwo herum läuft. Und mich sehen könnte.«

»Wo haben Sie während Ihres ersten und zweiten Besuchs Herrn Zalyschiniker gesehen?«

»Wen bitte?« Den Namen hatte ich noch nie gehört.

»Herr Zalyschiniker. Er hilft ab und zu auf dem Friedhof aus.«

»Ach, der verrückte Obdachlose!« Ich bereute sofort, dass mir diese Bemerkung herausgerutscht war. Bátthanyi sah mich vernichtend an.

»Herr Alexander Zalyschiniker ist zwar sehr arm und auch nicht ganz so gebildet, wie andere Menschen, aber er ist ein ehrlicher Mann, der für seinen bescheidenen Lebensunterhalt arbeitet!« Bátthanyis Blick sprach Bände.

»Entschuldigen Sie, aber er machte auf mich eben einen anderen Eindruck. Um Ihre Frage zu beantworten: ich hab ihn am ersten Tag gar nicht richtig wahrgenommen. Er hat die Hunde weggeschlossen und irgendwas gearbeitet. Und gestern, da hat er mit Herrn Wohlfeiler gefrühstückt. Rohe Zwiebeln ... Warum fragen Sie? Ist er verdächtig?«

Bátthanyi brummelte missmutig. Dann klappte er das Heft zu. »Ihr ... Butler, der ist am frühen Abend des Tags davor bei Zollhaus über die Grenze nach Österreich gefahren. Und fünf Stunden später wieder zurück, in der Nacht.«

Da schau her, dachte ich, da werden wir ja in der EU gut überwacht. »Ja.«

»Und – warum?«

»Weil meine Tante vergessen hat, mir ein paar Dinge mitzugeben, die sie für wichtig hält.«

»Ihre Tante.«

»Frau Coelestine von Horváth. Sie ist noch in Granach. Sie wird aber bald nach Budapest kommen.«

»Und was war so wichtig, dass es dann nicht hat warten können?«

Einer plötzlichen Eingebung folgend griff ich in meine Hosentasche, in der sich noch der Plan des alten Friedhofs befand, den ich von Lemberger vor wenigen Stunden bekommen hatte. »Wir suchen noch Urgroßvater Imre. Und meine Tante ist fündig geworden und hat auf dem Kerepeser Friedhof Imre entdeckt. Zumindest vermuten wir, dass es unser Urgroßvater ist.« Ich streckte Bátthanyi den Plan hin. Der nahm ihn jedoch nicht.

»Können Sie so was nicht faxen? Dafür schicken Sie Ihren Chaffeur los?«

»Butler. Ja. Warum denn nicht? Ich hab doch kein Faxgerät.«

»Jedes Postamt hier hat eins!« Der Kommissar war fassungslos.

»Das mag schon sein. Aber es ist doch viel komplizierter, herauszufinden, wo Coelestine das Fax hinschicken soll. Dann muss ich zur richtigen Zeit dort sein. Und Coelestine erst ein Gerät finden, von dem sie es wegschicken kann. – Da ist es viel einfacher, Tom fährt. Die paar Kilometer ...«

»Stimmt. Bei den Entfernung, die Sie sonst so aus purer Lust überwinden, sind diese fast vierhundert Kilometer wohl nicht der Rede wert.«

Bátthanyi hasste mich. Da war ich mir nun sicher. Hasste mich, wegen meines Butlers und meines Geldes. Das vielleicht nicht einmal meins war. Schade, fand ich, denn ich mochte Bátthanyi immer noch. Eine Inszenierung der Operette ›Der Zigeunerbaron‹ fiel mir ein, als ich den Kommissar so empört, mit rotem Gesicht, vor mir sitzen sah. Es wurmte mich ein wenig, dass ich diesen Mann anlügen musste.

»Wissen Sie denn schon, wer das war? In der Gruft?«, fragte ich vorsichtig.

»Nein. Wir vermuten, dass er aus Österreich stammt. Aber wir können es nicht genau sagen. Wir gleichen jetzt die Vermisstenmeldungen ab.«

Ich war neugierig geworden. »Woran können Sie feststellen, dass er Österreicher ist?«

Bátthanyi sah mich kurz an. Anscheinend überlegte er, ob er genervt oder freundlich reagieren sollte. »Es gibt eine bestimmte Art von Impfnarben, die so in den ehemaligen sozialistischen Ländern nicht vorkommen. Die Materialien der Zahnbehandlungen geben weitere Aufschlüsse. Schuhe, Hemd und Unterwäsche stammen eindeutig aus Österreich. Gut, die kann jeder dort gekauft haben. Deshalb vermuten wir ja auch nur, und sind uns nicht sicher.« Bátthanyi stand auf, er wollte das Gespräch beenden.

»Können Sie mir denn auch sagen, wann er in die Gruft ... gekommen ist?«

Der Kommissar überlegte. »Unser Forensiker kann es nicht genau sagen. Sieben bis zehn Tage bevor Sie ihn gefunden haben. Die Gruft muss eine ganze Weile offen gewesen sein, sagt er. Nur so hätten die Fliegen eine Chance gehabt, in die Grube zu gelangen und später ihre Eier auf der Leiche abzulegen. – Behalten Sie das unter allen Umständen für sich. Wenn ich es in irgendeiner Zeitung lese, hol ich Sie ab – und meine Zellen hier in dem Gebäude sind aus der Zeit, aus der auch mein Schreibtisch stammt.«

»Wieso sollte denn die Gruft offen gewesen sein?«, fragte ich.

»Das fragen wir uns auch, Herr von Horváth. Genau das fragen wir uns auch.«

Ich schlenderte in der Abendhitze an der Donau entlang. Zwar war es am Fluss kühler als in den Straßen, doch wenn man sich zu schnell bewegte, stand man auch hier im Schweiß. Das Wasser der Donau roch seltsam brackig. Anders als in Wien, irgendwie ein bisschen nach Meer. Irgendwann gab ich es auf, zu zählen, aus wie vielen Nationen die Touristenschwärme, die an mir vorbeizogen, stammten. Wie in Wien war die ganze Welt hier vertreten, jede Sprache hier zu hören. Eine seltsame Wehmut überfiel mich, mich, der die ganze Welt sein

Zuhause nannte. ›Das war einmal alles Österreich‹, dachte ich, ›nicht dieser heutige Alpenstaat, sondern ein großes, weites, internationales Land.‹ Ein Gefühl von Heimat und gleichzeitig Heimatverlust stieg in mir auf. Ich schimpfte mich selbst einen Monarchisten.

»Subwaystation, where next subwaystation?« Eine Asiatin zupfte mich am Ärmel und riss mich aus meinen Gedanken. Gott sei Dank. Ich erklärte der immer noch heftig zupfenden Asiatin den Weg. Erstaunlich, wie gut ich mich nach wenigen Tagen schon auskannte. Zwar fand ich mich an den meisten Plätzen der Welt schnell zurecht, doch hier war es anders. Ich redete mir ein, dass es damit zusammenhängen müsse, dass Budapest eben die Stadt meiner Vorfahren war. In irgendeinem Wissenschaftsmagazin hatte ich einmal gelesen, dass ein geringer Teil des Wissens eines Menschen tatsächlich vererbbar sei. Sich in die Gene einschlich und von Generation zu Generation weitergegeben werden könne. Warum sollte nicht das Gefühl von Budapest, das Urgroßvater Imre sein Leben lang geprägt haben musste, über Laszlo und meinen Vater schließlich an mich weitergegeben worden sein, weshalb ich mich hier instinktiv gut zurecht fand? Ich beschloss, das am nächsten Tag zu überprüfen. Dieser Samstag, der störte mich ohnehin. Was würde ich dafür geben, den morgigen Tag überspringen zu können, um gleich Sonntag zu haben und mit Lemberger ins Archiv zu gehen. Doch so blieb mir nichts anderes übrig, als den Tag totzuschlagen. Da konnte ich genauso gut prüfen, ob eine genetische Information zu Budapest in mir verankert war.

Kurz meinte ich, Zalyschiniker in der Nähe meiner Wohnung auf einer Bank liegen zu sehen, doch der Mann, der dort im Halbdunkeln unter einer Laterne döste und mich für einen kurzen Moment anstarrte, sah viel müder aus als der agile Alte vom Friedhof.

10. August

»Na, wie haben Sie den Samstag verbracht?«, begrüßte mich Lemberger in der Konditorei Frölich. In seinem Schnurbart hingen noch Krümel einer Schaumrolle, die er gerade verzehrt hatte.

Ich legte Lemberger kurz meine Theorie der genetischen Verankerung von Erinnerungen dar. Der runzelte zweifelnd die Stirn. »Und, haben Sie was Verankertes gefunden?«

Ich war mir nicht sicher und berichtete, wo ich gestern überall gewesen war. »Zuerst haben mich meine Füße automatisch auf die andere Seite der Donau gezogen. Irgend so ein Heilbad, unterhalb der Zitadelle …«

»Rudas gyogyfürdö«, unterbrach Lemberger.

»Ja, das kann es sein, ziemlich unaussprechlich, der Name. Und dann hat es mich weitergezogen, da war wieder so ein Heilbad, ... Rác gyo – wie war das? Egal. Von dort hab ich mich weiter treiben lassen, ins Viertel unterhalb der Burg. Da war wieder ein Heilbad ...«

Lembergers schallendes Gelächter unterbrach mich. »Das Király gyogyfürdö! Und dann sind Sie wahrscheinlich auf die Margit-Insel gegangen!«

»Woher wissen Sie das?«

»Weil dort ein Heilbad neben dem anderen steht. Sie sind so eine Art zweibeinige Wünschelrute, es zieht Sie zu Heilquellen!«

»Nun, sollte mir einmal das Geld ausgehen, hab ich dann ja etwas, wovon ich leben kann«, meinte ich.

Lemberger war anzusehen, dass ihm das Thema auf die Nerven ging. »Lieber Herr von Horváth, wollen Sie Ahnenforschung betreiben oder absurde Ideen über Vererbung und Erinnerung verfolgen?«

Jetzt fühlte ich mich auf den Schlips getreten.

»Ich versteh Sie manchmal nicht. Da beschäftigen Sie sich mit solchen ... Kappes! Sie finden eine Leiche im Grab Ihrer Urgroßtante – fragen Sie sich denn gar nicht, wer der ist und wie der da hineingekommen ist? Aber Sie laufen ziellos durch Budapest und meinen, von vererbten Erinnerungen gesteuert zu sein! No, dann hätten Sie ja wohl das Grab vom Imre auch alleine finden müssen!«

»Wieso das denn?«

»Weil der Imre sich daran erinnern hätte müssen und es dann genetisch weitergegeben wäre, wo er seine Eltern und Verwandtschaft hat begraben lassen, nämlich neben seinem eigenen Grab!«

»Das ist nicht erwiesen! Diese Familie Horváth ...«

»Ist Ihre, basta! – Wir gehen jetzt ins Archiv, damit die Sache ein Ende hat«, entschied Lemberger, zahlte seinen Kaffee, obwohl ich noch nicht einmal etwas bestellt hatte, und verlies die Konditorei. Wenn ich damals nur sitzen geblieben, ihm nicht gefolgt wäre.

Es dauerte eine Weile, bis Lemberger uns Zugang zu den Akten verschafft hatte. Er flüsterte lange mit der Mitarbeiterin, die am Tresen im Vorraum des Archivs saß. Die Dame telefonierte, dann erschien ein Herr, der sich von Lemberger diverse Papiere zeigen ließ. Dieser Herr ging weg und wenig später kam ein weiterer Herr, der noch wichtiger aussah, sich wieder die Papiere zeigen ließ, und ich bin mir sicher, dass diesmal ein Geldschein in den Papieren versteckt den Besitzer wechselte, und nach weiterem minutenlangem Geflüster wurden wir aufgefordert, diesem wichtigen Herrn zu folgen.

Wir stiegen eine breite Treppe hinab in eine Art Souterrain, passierten verschiedene, mit Stahltüren voneinander abgetrennte Räume, in denen in hohen Regalen Akten aufbewahrt wurden, und gelangten schließlich zu einer schmalen Eisentreppe, die in ein tiefer liegendes Kellergeschoß führte. In einem einzigen, nur mit Neonlicht beleuchteten Raum, waren auch hier endlos Akten gestapelt. Diese sahen deutlich älter aus als die in den Souterrainräumen, und sie rochen auch seltsam. Neben einer eindeutig muffigen Grundnote dominierte ein chemischer Geruch, der mich ein wenig an Desinfektionsmittel erinnerte. Lemberger verhandelte weiter auf Ungarisch mit dem Herrn, der nach einigen Minuten verschwand.

»Eigentlich darf hier niemand rein«, meinte Lemberger beiläufig. »Normalerweise muss man oben sagen, was man braucht, und die schlagen es dann für einen nach. Oder, wenn man Student ist, braucht man ein Schreiben der Universität, dann bekommt man einen Berg von Akten zur Einsicht in ein Lesezimmer gestellt. Manchmal muss man zwei, drei Tage warten.«

»Wie haben Sie das dann hinbekommen?«

»Ich hab Herrn Abelesz gesagt, dass Sie verrückt werden, wenn Sie noch länger warten müssen, und ihm als Beweis dafür, dass es ernst um Sie steht, gesagt, was Sie gestern gemacht haben.«

»Das haben Sie nicht getan.«

»Doch. Ist doch schön, wenn ich Aktenzugang kriege, ohne dass ich lügen muss«, meinte Lemberger und begann, durch die Regalreihen zu streifen.

Ich entschied, in nächster Zeit nicht mehr so offen mit meinen Gedanken und Ideen umzugehen. Coelestine oder Tom, die würden mich verstehen. Für Lemberger aber war ich nun ein armer Irrer.

Ich wanderte durch die Regalreihen. Hebräische Buchstaben, wo ich auch hinsah. Nur wenige Ordner, an denen etwas in für mich leserlicher Schrift, aber unverständlicher Sprache notiert war. »Was suchen wir eigentlich?«, rief ich Lemberger zu, der ein paar Reihen weiter stand.

»Horváth. Geburtsakten aus den Jahren 1823, 1848 und 1868. Und Sterbedokumente aus den Jahren 1867, 1898 und 1940.«

Ich schüttelte den Kopf. Dieser Sturschädel war nicht davon abzubringen, sich mit den Horváthgräbern zu beschäftigen. 1868, Imres Daten, das genügte doch völlig. Die Jahreszahlen an den Regalen waren für mich lesbar. Ich stand gerade direkt vor 1852. Ich drehte mich um, auf der gegenüberliegenden Seite war das Jahr 1861 gelagert. Also musste es in dieser Richtung weitergehen. Irgendwann war ich dann bei 1868 angelangt. »Wie schreibt man Horváth in hebräischen Buchstaben?«, rief ich Lemberger zu.

»Eigentlich gar nicht. Es gibt kein eindeutiges Zeichen für ›v‹. Ebenso schwierig ist ›th‹, und das ›h‹ am Wortbeginn ist auch etwas problematisch. Ich gehe davon aus, dass es auf jeden Fall in Lateinischen Buchstaben geschrieben ist. Auch, weil die Ungarn gewisse Dokumente immer in einer für sie leserlichen Variante verlangt haben. – Wo stehen Sie grade?«

»1868.«

»Ich komme.« Lemberger erschien und schwenkte eine vergilbte Mappe. »Direkt aus dem Jahr der Revolution! 1848.«

»Ganz schön viel 1868«, meinte ich und deutete auf die Menge der Akten, die unter dieser Jahreszahl abgelegt waren. Lemberger seufzte und begann, sich durch die Ordner zu wühlen.

»Was riecht hier eigentlich so?«, fragte ich, da ich zur Untätigkeit verurteilt herumstand und mich langweilte.

»Chemikalien. Um die Papiere haltbarer zu machen. Das Mittel hält auch Schädlinge ab. Keine Angst, ist noch keiner dran gestorben.«

Ich bemühte mich, den Staub, den Lemberger aufwirbelte, nicht einzuatmen. Es dauerte eine Ewigkeit, bis der Professor sich für einen Ordner entschied. Er schleppte Ordner und Mappe zu einem der wenigen Tische, die an der Wand bereit standen. Ich platzte schier vor Neugierde.

Lemberger blätterte vor, zurück, wieder vor, murmelte, schob sich die Brille zurecht, knurrte unwillig, blätterte weiter und schlug dann mit triumphierender Geste eine Seite auf. »Hier. Der Beweis. Der Eintrag der Geburt von Imre Horváth. Das können Sie auch selber lesen.«

Ich betrachtete die krakelige Handschrift. Imre Horváth wurde da genannt, die Namen Ignácz und Vilma Horváth tauchten in unmittelbarer Nähe auf, und etwas weiter unten war auch ein Laszlo Horváth erwähnt. Der Rest war Ungarisch.

»Entschuldigen Sie bitte, ich hab vergessen, dass Sie es nicht verstehen. Hätt' ja sein können, dass Sie plötzlich eine genetische Erinnerung an die Sprache haben«, lästerte Lemberger und zog das Dokument an sich. »Hiermit wird, bla bla Amtssprache, jedenfalls ist der kleine Imre – jetzt muss ich die jüdischen Datumsangaben umrechnen, einen Augenblick – ja, es muss der vierzehnte September sein. Am vierzehnten September 1868 ist der kleine Imre geboren worden. Eltern sind Ignácz Horváth, der hier einen kleinen Handel mit Essig und Branntwein gehabt zu haben scheint, und Vilma, geborene Kovacs. Vater des Vaters ist Laszlo, aber der ist, wie wir ja auch wissen, 1868 schon nicht mehr am Leben. – Bitte.«

»Das beweist nur, dass der Imre, der dort auf dem Friedhof liegt, der Sohn von Ignácz ist«, beharrte ich.

»Ja, aber ich hab Ihnen hier noch etwas anderes mitgebracht: die Geburtseintragung von Etelka. Horváth.« Lemberger fischte ein fast schon zerfallenes Papier aus der vergilbten Mappe.

Auch auf diesem Papier tauchten die Namen Ignácz, Vilma und Laszlo auf. »Etelka Horváth«, las Lemberger, »geboren – Augenblick, ich rechne wieder um – geboren am dritten März 1876. Vater Ignácz, Essighändler, immer noch, und Mutter Vilma. Wie oben. – Bitte.«

Ich setzte mich. »Aber dieses ... ich meine, wie kommt denn dann das ›von‹ in den Namen. Auf dem Grabstein von Etelka steht doch ...«

»Das werden wir auch noch herausfinden. Aber eins garantier ich Ihnen jetzt schon, Ignácz wird dem Kaiser kein Geld geliehen haben. Essig und Branntwein, davon ist man nicht reich geworden. Zumindest nicht, wenn man ehrlich gewesen ist.«

»Was machen wir jetzt?«

»Weitersuchen. Die Sterbeurkunden von Imre und Etelka, und vielleicht auch die von Ignácz. Vielleicht hat er ja doch in der Lotterie gewonnen, wer weiß.«

Lemberger verschwand zwischen den Regalreihen. Ich blieb sitzen. Wäre ich aufgestanden, wäre mir schwindlig geworden. Woher stammte das Familienvermögen? Wenn ich nicht von reichen jüdischen Bankkaufleuten abstammte, von wem dann? Von Verbrechern, Schwindlern und Betrügern?

»Ha!«, ertönte Lembergers Stimme aus den Regaltiefen. »Laszlo, nachweislich der Vater von Ignácz, ist völlig mittellos gestorben! Lungenschwindsucht, steht hier.«

Nach einer Weile kehrte Lemberger mit drei Mappen zurück. Wieder blätterte er hin und her, murmelte, verrückte seine Brille, wurde unwillig, bis er endlich fand wonach er suchte. »Ignácz, verstorben ... hier steht kein genaues Datum. Scheint von einer Verkaufsfahrt nicht zurückgekehrt zu sein, wenn ich den Text richtig lese. Irgendein Dorf in der Nähe von Ungvar. Heute Ukraine, Ushgorod ... Aber den Monat haben wir, irgendwann im Februar. Was fährt er auch mitten im Winter dorthin! – Moment, hier ist eine seltsame Notiz in einer anderen Handschrift.«

Lemberger kniff trotz Brille die Augen zusammen, dann begann er wieder zu blättern. Einen Moment später hielt er einen Zettel in der Hand. »Interessant«, murmelte er, »hier steht, dass Frau Etelka Féher die Begräbniskosten übernimmt, da bei Herrn Ignácz Horváth leider nichts zu holen ist. Im Gegenteil, hier steht sogar, dass die restlichen Essig- und Branntweinbestände aufgelöst werden müssen, um die Gläubiger zu befriedigen.«

Ich verzweifelte langsam. Meine gesamte Hoffnung lag nun auf Imre. Nur wenn der zu Geld gekommen war, stand es gut um den Ruf der Familie von Horváth. Lemberger blätterte immer noch in ein paar Aktenblättern aus dem Jahr 1940. Dann schüttelte er den Kopf. »Imre. Der ist zwar tatsächlich als von Horváth gestorben. – Hier, sehen Sie. – Aber hier steht als Beruf ... wie heißt es auf Deutsch ... Hausierer. Ein geadelter Hausierer? Ich bitte Sie!«

Ich starrte fassungslos auf das Dokument. »Und an der Echtheit ...«

»Wachen Sie auf, junger Mann! Wer sollte so was fälschen? Und warum? Nein! Eher hat der gute Imre seine Papiere gefälscht. Würde mich wirklich interessieren, wie er das angestellt hat. Sich einfach ein ›von‹ in den Namen zu schmuggeln, als Hausierer.«

»Und diese Adresse hier ....« Ich tippte auf etwas, das für mich eindeutig wie ein Straßenname aussah.

»Ach, hätte ich fast vergessen. Hier steht, dass er als Bettgeher bei einer Familie namens Bajtsy gewohnt hat.«

»Bettgeher?«

»Sie sind gut. Selbst ein Privatier, und weiß nicht, was ein Bettgeher ist. Wo doch beides in der gleichen Epoche seine höchste Blüte erlebt hat. Bettgeher waren Menschen, die hatten so wenig Geld, dass sie in den Wohnungen von anderen Menschen, die auch sehr wenig Geld hatten, die Betten belegt haben, während die eigentlichen Bettenbesitzer gearbeitet haben. Typische Erscheinung einer frühkapitalistischen Zeit. Der Herr Bajtsy hat vielleicht in der Manufaktur gearbeitet – und tagsüber dem Herrn Urgroßvater sein Bett überlassen. Oder er war Nachtwächter und der Herr Urgroßvater konnte nachts das Bett nutzen.«

Ich schüttelte mich. Ich ließ mein Bett schon neu beziehen, wenn Coelestine sich darin in meiner Abwesenheit breit gemacht hatte, und sei es auch nur für ein Nickerchen von fünfzehn Minuten gewesen.

»Willkommen im Lumpenproletariat!«, rief Lemberger fröhlich. »Und ich krieg jetzt fünfhundert Euro von Ihnen. Sie haben die Wette verloren.«

Wortlos zückte ich mein Portemonnaie und blätterte das Geld hin. »Schleppen Sie immer so viel mit sich herum?«, fragte Lemberger besorgt.

»Ich wollte vorbereitet sein. Hab es sicherheitshalber heute früh eingesteckt. Für den Fall ...«

»Der nun eingetreten ist.«

»Dann können wir ja jetzt gehen«, meinte ich resigniert, doch Lemberger schüttelte den Kopf.

»Wollen Sie denn nicht herausfinden, wie sich der Herr Imre geadelt hat? Ich meine, Ihre Urgroßtante hat ja auch dieses ›von‹ im Namen. Irgendwas muss da passiert sein.«

»Schon. Aber wollen Sie jetzt alle Akten durchsuchen, bis zum Jahr 1940?« Ich verspürte eine Leere in meinem Kopf, wie ich sie nicht einmal nach dem schlimmsten Besäufnis jemals gefühlt hatte. Keine Lust mehr auf gar nichts. Ich wünschte mir Kopfschmerzen, um wenigstens etwas im Kopf zu haben.

»Wenn bei Ihrer Tante das ›von‹ auf dem Grabstein steht, hat sie schon als eine ›von‹ geheiratet. Das schränkt es zeitlich ein. Haben Sie irgendeine Idee, wann die Verehelichung stattgefunden haben könnte?«

»Nicht die geringste. Wann hat man denn damals so geheiratet?«

»Zwischen sechzehn und hundert, was weiß ich?«

»Wenn Sie noch Kinder gehabt hat, dann wir sie ja so alt nicht gewesen sein«, meinte ich.

Lemberger seufzte. »Sie 1876 geboren, im März. Ihr Bruder 1868. Das ist sehr weit auseinander. Vielleicht hat es ja noch weitere Geschwister gegeben,«

»Wenn der Herr Branntweinhändler ständig durch die Monarchie gereist ist, wohl nicht«, meinte ich bissig. Ich hasste diesen Ignácz, ohne zu wissen, warum.

»Was sind Sie denn bös auf den Ignácz? Branntweinhändler ist ein ehrliches Geschäft. – Ich spinn jetzt einmal ein bisserl herum: der Herr Essig- und Branntweinhändler hat einen Sohn. Was wird er gemacht haben? Ihn mitnehmen, auf jeden Fall ihn im Handel einspannen. 1876 kriegt er dann ausgerechnet noch eine Tochter. Die muss man verheiraten, das ist teuer. Unwahrscheinlich, dass der Sohn von Anfang an Hausierer ist, der wird mit dem Vater gearbeitet haben. Was bedeutet, dass 1898, als der Branntweinhandel den Gläubigern in die Hände fällt, die Aussichten der Tochter auf erfolgreiche Verheiratung gegen Null sinken. Und sich der Herr Sohn ein neues Gewerbe für arme Leute suchen muss, also wird er Hausierer. In der Zeit, nach dem Tod vom Ignácz, da müssen wir suchen. Da hat der Imre irgendwas gedreht, was der Schwester und ihm das ›von‹ gegeben hat und die Etelka zumindest für kurze Zeit so gut hingestellt, dass sie den Féher hat heiraten können. Der muss Geld gehabt haben, zumindest so viel, dass er sich eine Gruft auf dem neuen Friedhof hat leisten können. Und dass die Etelka das Grab für den Imre bezahlt.«

»Das heißt dann ab 1898?« Zwar verstand ich Lembergers Logik nicht und meine Motivation, noch mehr Unangenehmes zu erfahren, tendierte gegen Null. Aber ich ergab mich meinem Schicksal.

»Eher sogar später. Ich frag mich, wo wir suchen sollen. Wird ja keine Akte für gefälschte Erhebungen in den Adelsstand geben. Dann hätte man es ja wieder rückgängig gemacht, wenn man es gemerkt hätte.«

»Ich krieg Kopfschmerzen«, seufzte ich erleichtert. Zum ersten Mal begrüßte ich dieses gefährliche Ziehen im Trigeminusnerv, linke Gesichtshälfte. Ein sicheres Zeichen für einen sich ankündigenden Migräneanfall. Auch meine Empfindlichkeit gegenüber den chemischen und modrigen Gerüchen im Archiv steigerte sich. Aber endlich wieder etwas im Kopf. Und ein Grund, mich nicht mehr mit diesen Dingen zu beschäftigen.

»Hätte ich auch, an Ihrer Stelle«, meinte Lemberger lakonisch, »wenn sie dahingehen, die edlen Vorfahren, und ausgetauscht werden mit Hausierern und Branntweinhändlern.« Ich wollte ihn umbringen für seinen Humor.

»Vielleicht war ja der Féher reich. Und hat uns alles vererbt«, schlug ich vor.

»Möglich. Haben Sie die Daten noch da?«

Ich suchte in meinen Hosentaschen nach den Friedhofsplänen, die ich seit fünf Tagen ständig mit sich herumtrug. »Lajos Féher, 1874 - 1938. Mit genauem Datum achtundzwanzigster November 1938.«

»Prima«, meinte Lemberger und verschwand wieder zwischen den Regalreihen. Ich hörte ihn schimpfen. Nach einiger Zeit tauchte Lemberger mit empörter Miene wieder auf.

»Weg! Sie werden es nicht glauben, aber die Unterlagen sind weg! Beim Sterbedatum vom Lajos, da hängt eine Markierung, dass die Unterlagen zur Einsicht entnommen sind!« Lemberger lief zur Regalreihe des Jahres 1874. »Ich versteh das nicht«, rief er, »hier ist unter ›F‹ wie Féher gar nichts, aber bei ›W‹ ein Ausleihzettel.«

»Vielleicht ist er eben nicht aus Budapest, der Herr Féher«, meinte ich. Ich spürte, wie sich meine Nackenmuskulatur immer mehr zusammenzog. Gleich würde mir übel werden.

»Entschuldigen Sie, wenn ich das so sage, aber Sie haben eine äußerst unvorteilhafte Gesichtsfarbe. Auch dieser verkniffene ...«

»Ich krieg Migräne.«

Ein süffisantes Lächeln huschte über Lembergers Lippen. Anscheinend verbiss er sich eine Bemerkung. »Dann sollten Sie jetzt nach Hause gehen«, schlug er konziliant vor. »Ich überleg noch ein bisserl, wie wir dem geadelten Herrn Imre auf die Spur kommen können. Und dann werd ich oben fragen, wer den Féher aus dem Regal genommen hat.«

»Wahrscheinlich jemand, der der Polizei hilft«, meinte ich. »Schließlich ist es ja die Féher-Gruft, in der man einen unbekannten Toten gefunden hat.«

»Das leuchtet ein«, meinte Lemberger. »Dann sollten wir die Akte auch bekommen. Ich mach das auf meinen Namen, sonst stellt Ihnen der Kommissar noch blöde Fragen. – Wie lange geruhen Sie Migräne zu haben?«

Ich sah ihn gequält an. Lemberger schien mich überhaupt nicht ernst zu nehmen. »Übermorgen wird es wieder gehen.«

»Gut. Dann Dienstag im Frölich? Elf Uhr?«

Ich verbrachte den Montag im abgedunkelten Schlafzimmer. Heute ist mir klar, dass es mein letzter Fluchtversuch gewesen war. Bis zu den Tagen in Budapest hatte ich Vermögen, einen guten Ruf und eine Familiengeschichte, die das Vermögen rechtfertigte, besessen. Heute habe ich nur noch Geld. Das mag für jemanden, der selbst wenig oder keines hat, nicht schlimm sein. Für mich aber bedeutet es, mein ganzes bisheriges Leben, meine Identität, einfach Mich verloren zu haben.

Tom versorgte mich mit Zitronenlimonade, das einzige, was ich während einer Migräneattacke zu mir nehmen konnte. Zwar rief Bátthanyi an, doch Tom störte mich nicht, sondern richtete mir erst Montagabend, als es mir besser ging, aus, dass ich mich beim Kommissar melden sollte. Ich entschied, dies erst Dienstagnachmittag zu tun, nachdem ich mich mit Lemberger getroffen hatte.

12. August

»Setzen Sie sich!« Lemberger sah aus, als ob er wenig geschlafen hätte, trotzdem schien er vor Energie zu platzen. »Bestellen Sie sich was, Sie werden was im Magen brauchen«, meinte er und winkte der Bedienerin. Ohne zu fragen, orderte er etwas, und wenig später stand ein großer Schwarzer vor mir, mit einem Glas Wasser, wie es sich für ein anständiges Kaffeehaus gehört, und auf einem Teller lag eine noch warme Zimtschnecke.

»Essen Sie!«, forderte Lemberger mich auf. »Ich fang nicht an, bevor Sie was gegessen haben! Und Sie werden rauchen müssen.«

Brav aß ich die halbe Zimtschnecke, dann packte Lemberger endlich ein paar Papiere auf den Tisch.

»Ich hab Glück gehabt«, Lemberger kicherte, »einfach Massel. Ich hab am Sonntag noch die Heiratsurkunde von Etelka gesucht. Hab systematisch 1898 angefangen und mich drauf eingestellt, dass es ein langer Tag wird. Aber schon 1899 hab ich sie gefunden.« Lemberger fischte ein Papier aus der Mappe.

»Hier haben wir alles: Etelka von Horváth heiratet den Herrn Lajos Féher, und zwar am zweiten Dezember 1899. Und hier, sehen Sie, hier steht es: Etelka von Horváth ist nämlich aus Esztergom! Ihr gehört dort ein Haus, besser gesagt ein Grundstück mitten in der Stadt. ›Hausbesitzerin Etelka von Horváth‹. Sie wissen ja, dass man das früher als Beruf eingetragen hat. Übrigens interessant, wegen dem Alter. Sie ist ja gerade dreiundzwanzig gewesen – deshalb ist da noch der Bruder als Vormund eingetragen. Also bin ich gestern nach Esztergom gefahren.«

»Wo ist das genau?«

Lemberger schüttelte missbilligend über meine geografische Unkenntnis den Kopf. »Richtung Norden, von Budapest aus. – Praktischerweise stehen in den Heiratsunterlagen noch ein paar Hinweise, die mir in Esztergom das Suchen leichter gemacht haben. Dort musste ich nämlich nicht zur jüdischen Gemeinde – ich weiß gar nicht, ob die eine haben – sondern die alten Monarchieunterlagen einsehen. Grundstücksabteilung. Und das Zeitungsarchiv.«

Ich sah ihn verständnislos an. Lemberger genoss die Spannung und bestellte sich in Ruhe einen Tee.

»Im Jahr 1898 ist Imre als Hausierer durch die Monarchie gezogen. Am sechzehnten November war er in Esztergom. An dem Tag hat der Herr Graf Pállfy im Stadthaus der Pállfys, das schon in ziemlich schlechtem Zustand war, denn so wirklich wollte keiner von denen was mit Esztergom zu tun haben, die haben sich mehr an Wien orientiert – jedenfalls hat der Herr Graf dort nach langer Zeit genächtigt und es ist ihm kalt gewesen. Man hat den Kamin im Schlafzimmer angeheizt und sich ins Bett gelegt. Ja, und warum auch immer – jedenfalls hat es dann angefangen zu brennen. Innerhalb von kürzester Zeit ist das ganze gräfliche Haus in Flammen gestanden – und die Entourage vom Herrn Grafen händeringend davor.« Lemberger breitete die Kopie eines Zeitungsartikels aus. Sogar eine Zeichnung des brennenden Hauses war dem Artikel beigefügt.

»Der Herr Graf drin, Dienerschaft draußen, Feuerwehr nicht da – aber der Herr Imre Horváth. Er schmeißt seinen Hausiererkoffer achtlos weg und stürzt sich in die Flammen, um den Herrn Grafen, der verzweifelt am Schlafzimmerfenster unterm Dach steht und schreit, zu retten. Was ihm gelingt, allerdings muss er dann selbst erst einmal verarztet werden, weil er sich wohl ein paar Verbrennungen zugezogen hat.«

Ich atmete erleichtert auf. Der Urgroßvater ein Held. Wenigstens kein Schuft.

»Dann kommt das übliche: ewige Dankbarkeit des Grafen, die sich aber, damit sie nicht ewig währen muss, in einer einmaligen Entlohnung niederschlägt. Auch das steht da noch drin, in dem Artikel. Der Graf schenkt dem jüdischen Hausierer die Brandruine samt Grundstück.«

»Ist das nicht ungewöhnlich?«, fragte ich erstaunt.

»Ja, sehr. Genauso ungewöhnlich wie die Tatsache, dass ein jüdischer Hausierer einen brennenden Grafen rettet. – Aber nur so nebenbei, ich hab ja viel über die Monarchie geforscht, die Pállfys, zumindest der Zweig von dem, mit dem Haus in Esztergom, die wollten Österreicher sein, keine Ungarn.«

›Worüber hat der eigentlich nicht geforscht?‹, fragte ich mich. Lemberger schien zu allem und jedem etwas zu wissen.

»Ja, und hier haben wir dann die Grundstücksübertragungsurkunde. Die offizielle Schenkung. Und da, sehen Sie, da muss der Imre den Grafen, dem es eh wurscht gewesen sein dürfte, um einen weiteren Gefallen gebeten haben: das Grundstück wird Imre von Horváth und Etelka von Horváth geschenkt, da haben wir das ›von‹ endlich!«

»Aber eine Schenkungsurkunde ist doch kein Dokument, mit dem man dann ...«

»Richtig! Hätte in Budapest auch nicht funktioniert! Deshalb verlegt der Imre samt Etelka den Wohnsitz nach Esztergom. Warum sie die Mutter nicht mitgenommen haben, die ja immer noch gelebt hat, weiß ich nicht. Aber Imre und Etelka wohnen ein Jahr in der Brandruine. Und Imre hat ab jetzt Reisepapiere auf Imre von Horváth. Und Etelka heiratet als Frau von Horváth aus Esztergom. Weshalb die Budapester dann später einfach die Esztergomer Papiere als Vorlage genommen haben und schon ist der Herr Urgroßvater auf Dauer vornehm geworden.«

»Raffiniert!« Ein Gefühl von großer Anerkennung überwältige mich. »Er hat die Gunst der Stunde genutzt!«

»Ja. Ist das auch genetisch geworden?«

Ich ignorierte die Bemerkung.

»Das Grundstück jedenfalls haben sie zwei Monate vor der Heirat mit dem Féher verkauft. Wahrscheinlich als Mitgift für die Schwester. Geheiratet hat sie dann, wie gesagt, im Dezember 1899.«

Ich fühlte mich ... heiter. Ja, ich glaube, das ist das passende Wort. Endlich eine Erklärung, welche die Schatten, die auf die Familiengeschichte gefallen waren, wieder wegwischte. Zum Teil, zumindest. Es herrschte immer noch Unklarheit über den Ursprung unseres Vermögens, aber wenigstens stammte ich nicht von Gesindel ab. Ich sagte Lemberger, wie sehr mich das freute.

Der nickte gütig. »Nur beim Féher bin ich nicht weitergekommen. Akte nicht auffindbar. Die Polizei hat sie nämlich auch nicht bekommen, weil sie vermisst wird.«

»Aha. Und jetzt?« Offengestanden interessierte mich Féher im Moment gar nicht. Mein Urgroßvater hatte einen Grafen gerettet und dafür – wenn auch wohl als kleiner Schwindel – ein ›von‹ in den Familiennamen geschrieben bekommen. In meinen Namen. Das zählte.

»Keine Ahnung. Ich muss die nächsten zwei Tage zu einer Nichte, Kindergeburtstag feiern. Wir können uns erst am Donnerstag Abend wiedersehen.«

Ich antwortete, dass ich ohnehin nicht verstünde, warum Lemberger das alles für mich machte. Schließlich hatte er weder einen finanziellen Gewinn davon, in meiner Familiengeschichte herumzustochern, noch würde es ihm Ruhm und Ehre auf dem Feld der historischen Forschung eintragen.

»Sie haben ja keine Ahnung!«, unterbrach mich Lemberger. »Was soll ich alter Zausel denn sonst machen? Sehen Sie, das ist historische Forschungsarbeit, das hab ich gelernt und das hat mir immer Spaß gemacht. Noch dazu, wenn ein konkreter Nutzen damit verbunden ist, wie eben jetzt bei Ihnen! Ihnen hab ich in der Angelegenheit gleich mehrere sprachliche und kulturelle Vorteile voraus – oder können Sie Ungarisch und Hebräisch und sind Sie Jude?«

Lemberger lachte, als ich »In gewisser Weise schon« stotterte.

»Sie sind ein Agnostiker, das sieht man. Alles andere ist ... genetisches Erinnerungsvermögen. Das wird jetzt meine Lieblingsredewendung, verzeihen Sie. – Aber mit Ihnen ist das Leben spannend. Keiner meiner übrigen Bekannten findet frische Leichen in den Gräbern von Urgroßtanten. Apropos: gibt es da was Neues?«

Mir fiel ein, dass ich ja Bátthanyi anrufen sollte.

»Na, dann machen Sie das. Und wenn Sie nichts dagegen haben, treffen wir uns Donnerstag Abend? Was halten Sie von einem schönen, nicht-touristischen ungarischen Essen?«

Da saß ich nun allein in der Konditorei Frölich und sollte wohl noch eine Weile sitzen bleiben, denn der Kellner stellte einen weiteren großen Schwarzen vor mir ab und sagte mir in gebrochenem Deutsch, dass der Herr Professor – man schien Lemberger hier zu kennen – diesen für mich bestellt habe. Wenn das so weiter gehen würde, müsste ich mir ernsthaft Sorgen um meine Gesundheit machen. Ich trank zwar gerne Kaffee, aber normalerweise nie so viel, wie in den letzten Tagen mit Lemberger. Dazu rauchte ich natürlich, weil ich normalerweise nur beim Kaffee rauche – und davon gab es in letzter Zeit reichlich. Mehlspeisen statt Obst – auch das war nicht gerade gesund.

Ich fühlte mich ... ja, wie eigentlich? Es war schwer zu beschreiben. Im Grunde genommen hatte sich kaum etwas für mich verändert. Rein äußerlich, meine ich. Ich war weiterhin der vermögende Spross einer reichen Familie, gesundheitlich und materiell stand ich genau so da, wie vor dem Tag, als ich Urgroßtante Etelkas Gruft geöffnet hatte.

Deshalb redete mein Hirn mir ja auch ein, dass dieses komische Gefühl von Verunsicherung, das sich vom Bauch her breitmachen wollte, absolut irrational und blödsinnig sei. Doch es war da. Ganz deutlich. Und steigerte sich in manchen Momenten bis hin zu der absurden Frage, ob ich denn tatsächlich der bin, der ich zu sein glaubte. ›Lass den Blödsinn, Athos‹, versuchte ich mich selbst zu beruhigen. Nur weil sich herausstellte, dass mein Urgroßvater nicht das war, was mein Großvater behauptet hatte, musste ich nicht meine eigene Person in Frage stellen. Schließlich konnte ich mich auf fast fünfundvierzig Jahre gelebte Erfahrung beziehen, das sollte reichen für eine Identität als Privatier Athos von Horváth. Was aber, wenn mein Großvater nicht nur in Bezug auf seinen Vater die Unwahrheit gesagt hatte, wenn er über sich selbst gelogen hatte? Vielleicht sogar die Geschichten über meinen Vater alle nicht stimmten? Bis jetzt war nur geklärt, wie unser Name, über den ich nie besonders nachgedacht hatte, der mich aber in manchen Momenten wegen seines Bezugs zu dem von mir geschätzten österreichischen Schriftsteller Ödön von Horváth ein wenig Stolz gemacht hatte, erschwindelt worden war. Gut, in Zusammenhang mit einer guten Tat erschwindelt und vermutlich auch nicht aus kriminellen Motiven heraus, sondern einfach, um wenigstens der Schwester ein besseres Leben durch eine Heirat, die sonst aus Standesgründen nicht statthaft gewesen wäre, zu ermöglichen. Aber trotzdem erschlichen. Ungeklärt blieb aber weiterhin, warum wir von Horváths heute so viel Geld besaßen, es schon besessen hatten, als ich geboren worden war, aber vermutlich vor wenigen Jahrzehnten noch bettelarm gewesen waren.

Ich fragte mich, warum es in Granach kein Gerede über uns gab. Granach war ein Dorf, im besten und schlechtesten Sinn des Wortes. Zu den schlechten Seiten zählten zwei alte Tratschweiber, die an nichts und niemandem ein gutes Haar ließen und über alles und jeden Bescheid wussten. Warum gab es keine Gerüchte über die Familie von Horváth? Oder sollte ich sie einfach bis heute nie gehört haben, weil ich viel unterwegs war? Und mit meinem schwulen Bruder ohnehin niemand verkehrte? Ich schloss das aus. Wir hatten mit den übrigen Kindern aus Granach im größeren Nachbarort die Volksschule besucht. Wenn es etwas zu lästern gegeben hätte, hätten sich das ein paar von den groben und wilden Bauernkindern nicht entgehen lassen. Ich überlegte, ob ich nach Granach fahren und die Tratschweiber direkt ansprechen sollte, anstatt die nächsten zwei Tage hier in Budapest herumzusitzen, als mir einfiel, dass dies Bátthanyi, den ich längst hätte anrufen sollen, wahrscheinlich nicht besonders gefallen würde. Fast sehnte ich Coelestine herbei, in der Hoffnung, dass sie vielleicht etwas wissen könnte. Andererseits: wenn sie etwas wusste, warum hatte sie dann nie darüber geredet?

Ich bezahlte und schlenderte eine Weile durch die Budapester Hitze. Eine absolute Schnapsidee, ausgerechnet im Hochsommer in diese Stadt zu kommen. Wäre ich früher gekommen, sagen wir, ein, zwei Monate früher, hätte ich in der Gruft lediglich Etelka und ihren Ehemann angetroffen, nicht einen Grabräuber. Wahrscheinlich hätte ich den Familienschmuck, von dem ich stark annahm, dass er bei Etelka im Sarg gelegen war, gar nicht bemerkt, und hätte mein Leben weiterführen können wie gewohnt.

Irgendwie war ich im Stadtwäldchen gelandet. Ich fand eine schattige Bank unter einem Kastanienbaum, setzte mich und wählte Bátthanyis Nummer. Es dauerte eine Weile, bis er sich mit missmutiger Stimme meldete.

»Sie lassen sich ganz schön Zeit, wenn man Sie um etwas bittet!«, bellte er, als ich mich gemeldet hatte.

Ich entschuldigte mich und verwies auf die Migräne, hatte aber nicht das Gefühl, dass mir das Nachsicht einbrachte.

»Wir benötigen ein paar Dokumente, aber jemand hat sie ausgeliehen. Ich wollte Fragen, ob Sie das zufällig sind.«

Ich verstand kein Wort. Was meinte Bátthanyi?

»Unterlagen aus der jüdischen Gemeinde. Sie haben doch das Grab Ihrer Urgroßtante gesucht. Dafür haben Sie vor ein paar Wochen Unterlagen angefordert, die jetzt verschwunden sind.«

»Ich habe keine Unterlagen aus der Gemeinde angefordert«, sagte ich, »zumindest nicht vor ein paar Wochen.« Ich erklärte Bátthanyi, dass ich erst jetzt, da ich Urgroßvater Imre auf dem alten Friedhof entdeckt hatte, angefangen habe, mich für die Familiengeschichte zu interessieren, und deshalb am Sonntag in Begleitung eines mir bekannten Historikers im Archiv der Gemeinde gewesen sei.

»Welche Unterlagen fehlen denn?«, fragte ich betont unschuldig.

»Das tut nichts zur Sache«, brummte Bátthanyi, wenig kooperativ. »Ich frag mich dann nur, wer diesen Ordner ausgeliehen hat, wenn nicht Sie es gewesen sind?«

»Der Tote aus der Gruft?«, schlug ich vor.

»Und warum sollte er das getan haben?«

Gute Frage. Darauf fiel mir nun auch keine Antwort ein.

»Wissen Sie denn schon genauer, wer es gewesen sein kann? Der in der Gruft?«

Bátthanyi schien ein wenig zu zögern. »Wir wissen nur, dass er mit ziemlicher Sicherheit genau zehn Tage, bevor Sie ihn gefunden haben, umgebracht worden ist. Wir vermuten, dass er außerhalb der Gruft stand, dann hat ihm jemand mit einem stumpfen Gegenstand auf den Schädel geschlagen. Daran ist er aber nicht gestorben, sondern, wie Sie ja selbst gesehen haben, hat man ihm sicherheitshalber noch die Kehle durchgeschnitten. Die Kopfwunde, die durch den Schlag entstanden war, hat sich durch den Sturz in die Gruft vergrößert, wäre aber alleine nicht tödlich gewesen.«

Ich schwieg. Eine ganze Reihe von Fragen schoss mir durch den Kopf, aber ich wagte nicht, auch nur eine davon zu stellen. Bátthanyi könnte falsche Schlüsse daraus ziehen.

»Wissen Sie, was merkwürdig ist?«, fuhr er nach einer Weile fort. »Die Fingerabdrücke des Toten sind an den Griffen der Befestigungsschrauben der Grabplatte. An allen vier Schrauben.«

Ich lachte nervös. »Aber warum sollte er selbst die Gruft geöffnet haben und ...«

»Genau«, meinte Bátthanyi. »Und wir haben noch andere Fingerabdrücke gefunden. Die von Herrn Wohlfeiler an genau den beiden Schrauben, an denen er sich erinnern konnte, gedreht zu haben.«

Ich schluckte. Meine Fingerabdrücke mussten an allen vier Schrauben sein. Dafür brauchte ich noch eine Erklärung.

»Und Abdrücke von zwei weiteren Personen«, fuhr er fort, »und deshalb bitte ich Sie, möglichst noch heute vorbei zu kommen, damit wir Ihre Abdrücke nehmen können, um die der anderen Person zu isolieren. Denn diese Person muss es gewesen sein, die die Gruft wieder verschlossen hat, nachdem die Leiche hineingeworfen worden ist.«

Ich machte mich sofort auf den Weg zu Bátthanyi. Je kooperativer ich mich zeigte, desto weniger Schwierigkeiten würde es geben.

Bátthanyi stand schweigend daneben, während ein Kollege die Abdrücke abnahm. »Was suchen Sie im Archiv?«, fragte er, als die Prozedur beendet war.

Ich überlegte einen Augenblick, entschied mich dann aber für die Wahrheit. »Informationen, warum mein Urgroßvater als ›von Horváth‹ beerdigt, aber als einfacher Horváth geboren worden ist.«

Bátthanyi schmunzelte süffisant. Zum ersten Mal entdeckte ich wieder eine Spur von Sympathie für mich in seinem Zigeunerbarongesicht. »Was war er denn, der Herr Urgroßvater?«, fragte er.

»Hausierer«, sagte ich. Ich hatte keine Lust, mit dem Kommissar über die Rettungsaktion in Esztergom zu reden. Sicherlich hätte er sich gefragt, wie ich ohne Ungarischkenntnisse so schnell an diese Informationen hatte kommen können.

»Seife! Kaufen Seife! Scheene Kämme, Birsten, Schleifen!«, äffte er lachend die Karikatur eines jüdischen Hausierers nach und rieb sich dabei die Hände. Ich erstarrte.

»Entschuldigen Sie«, meinte Bátthanyi nüchtern. »Mein Großvater hat mir immer erzählt, wie es war, wenn der Hausierer früher vorbei gekommen ist und es mir genau so vorgespielt. – Haben Sie eine Idee, wie Rostlöser und Fett an die Schrauben der Grabplatte gekommen sind?«

Der abrupte Themenwechsel irritierte mich nur kurz. »Deshalb haben sie sich so leicht drehen lassen«, meinte ich.

»Richtig. Nach den Fingerabdrücken zu schließen hat unser unbekannter Toter die Mittel verwendet. Was die Frage aufwirft, was er in der Gruft Ihrer Urgroßtante gesucht hat. – Sie haben nicht zufällig irgendetwas an der Leiche gefunden und mitgenommen?«

Ich verneinte erstaunt und vehement.

»Wie kommen Sie darauf, dass außer den Särgen etwas in der Gruft gewesen sein sollte?«, fragte ich.

»Weil jemand die Ruhe Ihrer Urgroßtante ganz erheblich gestört hat. Die Knochen lagen ziemlich durcheinander. Als ob jemand im Sarg etwas gesucht hätte.«

»Gibt es denn Fingerabdrücke?«

Bátthanyi lachte schallend. »Auf alten Knochen? Morschem Gewebe, das bei der geringsten Berührung zerfällt? – Schön wärs.«

»Wissen Sie denn, ob der Sucher etwas gefunden hat?«, fragte ich nach einer Weile. Für mich stand fest, dass der unbekannte Tote gezielt nach dem Schmuck gesucht haben musste.

»Vermutlich. Unsere Experten meinen, dass ein größerer Leinensack bei den Füßen von Frau Etelka Féher unter deren Rock gelegen sein muss. Zumindest gibt es dort Gewebereste eines Sackes und auch einen entsprechenden Abdruck in der morschen Unterlage. Lässt auf größeres Gewicht schließen. Sie haben nicht zufällig eine Idee, was das gewesen sein könnte?« Bátthanyi sah mich lauernd an.

Ich versuchte es mit einem entgeisterten Gesichtsausdruck und hoffte, dass er mir gelingen würde. Gut, dass Tom den Schmuck nach Granach gebracht hatte.

»Familienjuwelen vielleicht? Ein etwas größerer Sparstrumpf?«, schlug Bátthanyi vor.

»Alles, was unsere Familie besitzt, ist in Granach«, sagte ich. »Warum sollten Juwelen im Grab meiner Urgroßtante liegen?« Genau das war die Frage, die mich schon länger beschäftigte.

»Nun, es gab ein paar Fälle, in denen Familien versucht haben, während des Horthy-Regimes ihr Vermögen durch Beerdigung desselben zu retten.«

Auf die Idee war ich gar nicht gekommen. Ich zwang mich, die Gedanken, die mir durch den Kopf schossen, später zu Ende zu denken und jetzt so zu reagieren, dass Bátthanyi keinen Verdacht schöpfte. »Das kann bei uns nicht der Fall gewesen sein«, sagte ich. »Das Horváth-Vermögen war immer schon in Granach.«

»Dann müssen wir wohl bei der anderen Seite suchen«, seufzte Bátthanyi. »Was ich schon vermutet habe, da genau diese Akte fehlt.«

Ich tat so, als würde ich mir langsam ein Bild machen. »Die Féher-Akte fehlt? Sie meinen, dass jemand aus der Féher-Familie Geld im Sarg von Etelka versteckt hat um es nach Kriegsende wieder zu holen?«

»Genau.«

»Aber das Geld ist doch heute völlig wertlos.«

»Schmuck aber nicht«, meinte Bátthanyi.

Ich schüttelte betont ungläubig den Kopf und sagte: »Aber das ist doch Unsinn. Dann müsste der Tote doch ...«

»Sie vergessen den unbekannten Begleiter. Denjenigen, dessen Fingerabdrücke auf allen vier Schrauben sind. – Sehen Sie, Herr Horváth«, Bátthanyi strich mir einfach einen Teil meines Namens, »ich habe im Moment folgendes Szenario vor Augen: zwei Männer wissen, aus welchen Gründen auch immer, dass Vermögen der Familie Féher in der Gruft liegt. Vielleicht wissen sie auch, dass es bei Etelka liegen muss, weil der Sarg von Lajos nicht geöffnet oder durchwühlt worden ist. Sie öffnen gemeinsam das Grab, den einen von beiden überkommt die Gier, er will nicht teilen, schlägt seinen Komplizen nieder, doch das reicht nicht und er schneidet ihm noch die Kehle durch. Das Ganze muss direkt am Rand der Gruft passiert sein, so dass der andere auch gleich, ohne draußen Blut zu vergießen, in die Grube fällt. Dann schließt er die Gruft und verschwindet – und wenn Sie nicht mit Ihrem Spleen, der Urgroßtante israelische Erde hinterherwerfen zu wollen, gekommen wären, hätte nie jemand etwas davon erfahren.«

Das leuchtete ein. Bis auf die Tatsache, dass der Tote den gesamten Schmuck bei sich gehabt hatte, was ich Bátthanyi aber nun schlecht sagen konnte.

»Aber das geht nicht«, wandte ich ein. »Herr Wohlfeiler sagte mir doch, dass er immer die Hunde laufen lässt. Die hätten das doch merken müssen. Und mit den Viechern will sich bestimmt niemand anlegen.«

»Guter Einwand. Nur, dass genau am Morgen, nachdem der Tod unseres Unbekannten eingetreten sein musste, Herr Wohlfeiler seine Hunde schlafend über den Friedhof verteilt fand. Er hat sie nur mit Mühe wecken können, jemand muss sie betäubt haben, nach seiner Aussage waren sie immer noch benommen. Er hat dann den Friedhof kontrolliert, nichts Ungewöhnliches gefunden, keine zerstörten Gräber, und den Vorfall deshalb nicht gemeldet. – Und an einer der zahlreichen Taschen der Kleidung unseres Toten haben wir Spuren von Rinderblut gefunden. Wir vermuten, dass die beiden Täter den Hunden präpariertes Fleisch gegeben haben, um in Ruhe an die Arbeit gehen zu können.«

Zweifel stiegen in mir auf, dass diese vierbeinigen Monster so leicht außer Gefecht zu setzen seien, aber ich schwieg dazu. »Dann müssen Sie jetzt ja nur den finden, dessen Fingerabdrücke auf den Schrauben sind und Sie haben den Mörder und das, was aus der Gruft gestohlen worden ist«, sagte ich.

Bátthanyi seufzte. »Als ob das so einfach wäre. Wenn wir einen bereits passenden Fingerabdruck haben und die Person identifizieren können, selbst dann hab ich keine große Hoffnung. Sie haben keine Ahnung, was sich alles in Ungarn herumtreibt. Wir sind Außengrenze der EU, zu uns kommt alles, was in Russland, der Ukraine und weiß Gott wo auf der Welt schon kriminell gewesen ist!«

Ich atmete erleichtert auf. Die Wahrscheinlichkeit, dass man den Mörder fassen würde, war also äußerst gering. Mein Interesse, dass man ihn fassen würde, war noch geringer. Zumindest vorerst, bis ich mehr über die Herkunft des Schmucks und die Familiengeschichte geklärt haben würde. Und dann, dann würde mir schon etwas einfallen, wie ich es Bátthanyi würde erklären können.

»Sie schaffen es!«, sagte ich schnell, wünschte ihm viel Erfolg und bat ihn, in Kontakt zu bleiben.

Endlich an der frischen Luft lief ich durch mehrere Straßen, bis ich das Gefühl hatte, wieder in Ruhe sitzen und nachdenken zu können. Zufällig stand ich vor einer Weinstube, die anscheinend nur von Einheimischen besucht war. Ich bestellte einen Wein und drehte mir eine Zigarette. Das Horthy-Regime. Ich wusste viel zu wenig darüber. Lemberger würde mir bestimmt Vorlesungen dazu halten können. Ich wusste nur so viel: Horthy war ein rechter Politiker gewesen, die Pfeilkreuzler so etwas wie die deutsche SS. Allerdings hatte Horthy wohl einen ziemlich eigenen Kopf gehabt und sich nicht in allem Hitler angeschlossen. Es war also gar nicht unwahrscheinlich, dass jemand, der auf der Flucht vor den ungarischen Faschisten das Land verlassen wollte, Familienschmuck versteckte. Und die, die das getan hatten, mussten irgendwie mit Urgroßtante Etelka verwandt gewesen sein. Und plötzlich erhielten die Worte meines Großvaters am Sterbebett eine ganz andere Bedeutung: »Etelka. Ich hätte früher dran denken müssen. Es ist wichtig. Du musst sie finden. Hol sie dort raus ...«

13. August

Nach einer unruhigen Nacht, in der mir mein Großvater im Traum als Grabräuber erschienen war, hielt ich es nicht länger aus. Ich erklärte Tom, dass wir sofort nach Granach aufbrechen müssten, aber nur für eine Nacht, denn morgen Abend würde Lemberger wieder in der Stadt sein und ich wollte ihn so bald wie möglich sprechen.

»Ihre Tante ist immer noch in Granach«, warnte mich Tom, aber das war mir im Moment sogar sehr recht. Ich musste Coelestine auf jeden Fall einweihen, vielleicht wusste sie auch etwas über die Familie, das mir bis jetzt entgangen war. Schließlich war sie ja ein wenig älter als ich.

Es war Mittag, als wir am Schlösschen eintrafen. Mein Bruder, der an diesem Tag anscheinend nichts zu tun hatte, erschien verschlafen im Laubengang, als er den Wagen in den Hof fahren hörte. Hinter ihm erblickte ich einen dunkelhäutigen, zarten, fast mädchenhaften jungen Mann. Wahrscheinlich der aktuelle Liebhaber. Kurz bevor ich Granach verlassen hatte, war er noch mit einem bärtigen Kerl, der ständig schwere Lederkluft trug, liiert gewesen. Nun ja.

»Was willst du denn hier? Du wolltest doch in Budapest sein«, fragte Aramis und gähnte.

»Bin ich auch. Hab was vergessen«, sagte ich. Ich hatte keine Lust, vor diesem wahrscheinlich brasilianischen Elfenwesen mein Anliegen zu offenbaren, wer weiß ... Mein Bruder hatte bei der Wahl seiner Liebschaften auch schon mal kleine Kriminelle angeschleppt und es nicht rechtzeitig bemerkt. Der letzte dieser Art, ein angeblich englischer Matrose – auf so etwas konnte nur Aramis hereinfallen – hatte den Bestand des Familiensilbers erheblich reduziert.

»Ist Coelestine schon wach?«, fragte ich.

Aramis zuckte mit den Achseln. »Sie ist jedenfalls da, ihr Auto steht hinten.« Er deutete auf den ehemaligen Pferdestall, den wir, seit ich denken kann, als Garage benutzen.

Ich stieg die Treppen zum Laubengang hinauf. Granach ist gebaut, wie viele Schlösser in der Steiermark oder im Burgenland. Ein viereckiger Innenhof bildet das Herz des Gemäuers. In ihn gelangt man, wenn man durch das Eingangstor fährt. Das Tor ist überbaut. Direkt darüber liegt der Prunksaal, den wir in der Familie liebevoll das Gruselkabinett nennen, weil dort drei riesige alte Gemälde hängen, die den Teufel bei diversen unappetitlichen Machenschaften mit in Sünde gefallenen Menschen zeigen. Besonders stolz aber sind wir auf die Kassettendecke mit Schnitzereien aus Zirbenholz und den pompösen blassgrünen Kachelofen. Dieser Raum nimmt die gesamte nach Süden weisenden Front des Schlösschens ein und war früher wohl der wichtigste Platz im ganzen Gebäude. Heute nutzen wir ihn nur noch bei Festen oder Aramis hält dort Geschäftsessen ab. An allen anderen Seiten ist der Innenhof im ersten Stock gesäumt vom Laubengang, dessen Kreuzgewölbe an wenigen Stellen sogar noch mit alten Fresken bemalt sind. Die langgezogene Westseite des Schlösschens bewohnt mein Bruder, die Ostseite war früher die Residenz meines Großvaters. Sie wird heute von Coelestine oder Gästen benutzt. Mein Bereich ist der unattraktivste. Da ich ohnehin nie da bin, hat mich meine Familie an die Nordseite verbannt. Die Aussicht ist dort zwar spektakulär – ich habe unverstellten Blick auf die Berge und den direkt hinterm Schlösschen in Mäandern vorbeifließenden Bach – aber eben auch keine Sonne, und weniger Platz als die anderen, da die Schlosskapelle einen großen Teil der östlichen Ecke meiner Seite einnimmt.

Was macht eine jüdische Familie mit einer Schlosskapelle? Gar nichts. Wir haben sie gelassen, wie sie war, denn der geschnitzte Altar und das Gestühl, ebenso ein paar andere Gegenstände sind alt und wertvoll.

Der Dachboden des Schlösschens ist komplett als Wohnraum ausgebaut und den jeweiligen Wohnbereichen zugeteilt. Dort oben ist es, auch an der Nordseite, im Sommer oft unerträglich heiß. Tom jedoch macht die Hitze anscheinend nichts aus, er hat freiwillig die Dachetage bezogen. Teile des Schlösschens, nämlich das Gruselkabinett, der Laubengang und die Kapelle, stehen unter Denkmalschutz, was uns ab und zu Besuch von kunstinteressierten Rentnern oder emeritierten Professoren einbringt.

Coelestine öffnete auf mein Klopfen hin. Sie sah ausgeschlafen aus, das normalerweise wirre Haar trug sie in einen Zopf gebändigt. Auf ihrer Nase thronte eine schmale Brille. »Seit wann hast du eine Brille?«, fragte ich sie, während sie gleichzeitig »Was machst du denn hier?«, sagte.

Wir lachten und Coelestine bat mich herein. Der riesige Wohnraum sah immer noch so aus, wie mein Großvater ihn eingerichtet hatte. Der Ostflügel war ursprünglich der Bereich für Küche und Hauswirtschaftsräume gewesen. Großvater hatte die Küche verkleinern lassen, den anschließenden Wirtschaftsraum zum Wohnzimmer vergrößert und ein geräumiges Schlafzimmer mit Ankleidezimmer und Bad angegliedert. Arbeitsräume, weitere Schlafräume und Badezimmer befanden sich im ausgebauten Dachgeschoss. Coelestine konnte sich aus irgendwelchen Gründen nicht von den schweren dunkelroten Plüschmöbeln meines Großvaters trennen. Der Kontrast zu den leicht wirkenden wenigen Glasschränken an den Wänden frappierte mich immer wieder. Lediglich die Gemälde – Großvater hatte sehr viel vom modernistischen Gekleckse eines befreundeten exzentrischen Wieners gehalten – hatte Coelestine ausgetauscht gegen großformatige Fotos ihrer letzten Namibiareise.

»Erst du«, forderte ich.

»Ich trage eine Brille, weil ich dadurch weniger Falten habe, besser gesagt erst gar keine bekomme.«

Ich seufzte. Es konnte sich nur um einen Fall typischer Coelestine-Logik handeln. »Seit wann verhindern Sehhilfen Faltenbildung?«

Sie sah mich mitleidig an, ich war eben der kleine Neffe, der manchmal die Welt nicht verstand. »Weil man, wenn man sich beim Lesen oder Fernsehen anstrengt, die Augen zusammenkneift. Manchmal auch den Mund verzieht, vor Anstrengung. Das macht Falten. Und die bleiben dann.«

»Das heißt, du brauchst sie eigentlich nicht.«

»Kommt drauf an, ob du Doktor Poschinger oder Professor Blaha fragst.« Doktor Poschinger kannte ich, das war der Augenarzt aus der Nachbargemeinde. Wer war Professor Blaha?

»Professor Blaha ist eine Koryphäe auf seinem Gebiet. Fällt dir denn gar nichts auf?« Coelestine reckte das Kinn zum Himmel und verdrehte dabei den Hals.

Nein, mir fiel gar nichts auf.

»Na, hier!« Coelestine zupfte an der Haut unter ihrem Kinn.

»Tut mir leid, ich seh nichts.«

»Eben!«, strahlte sie. »Das war der Herr Professor Blaha. Der hat mir meinen Hühnerhals weggemacht.«

Ich verbiss es mir, zu fragen, was ein Hühnerhals sei.

»Und der Herr Professor Blaha hat gesagt, wenn ich weiterhin ausschauen will wie maximal Mitte dreißig, dann soll ich mir eine vergrößernde Brille zulegen, wegen der Falten beim Lesen.«

So weit war es also gekommen. Meine Tante war einem Schönheitsklempner in die Hände gefallen. Mitte dreißig – von wegen! Coelestine würde noch in diesem Jahr ihren fünfzigsten Geburtstag feiern. Sie sah gut aus, zweifellos, aber eben wie jemand, der demnächst fünfzig wird. Zumindest in meinen Augen.

»Ja, dann«, sagte ich.

»Und was willst du?«

»Das kann ein bisserl kompliziert werden und länger dauern«, begann ich. »Was weißt du eigentlich darüber, wie unsere Familie reich geworden ist?«

Coelestine sah mich an, als wäre ich nicht ganz bei Trost. »Partielle Amnesie? Themenbezogener Alzheimer?«, lästerte sie.

»Coeli, auf dem Friedhof in Budapest, wo der Urgroßvater Imre liegt, da liegen direkt daneben dessen Vater und Großvater. Und die heißen nicht von Horváth, die heißen nur Horváth.«

»Die gehören nicht zu uns, Papa ....«

»Ich weiß«, unterbrach ich sie und schilderte ihr dann haargenau, wie ich Lemberger getroffen, Etelka gefunden hatte – die Geschichte vom Schmuck und dem unbekannten Toten hielt ich vorerst zurück – und mit Lemberger im Archiv gewesen war. Ich erzählte ihr auch, was wir über Urgroßvater Imre und die Rettung des Grafen Pállfy herausgefunden hatten. Als ich fertig war, stand Coelestine auf und holte sich einen Cognac. Mich fragte sie nicht einmal, ob ich einen haben wollte. Demonstrativ nahm ich einen Schluck aus ihrem Schwenker, woraufhin sie lediglich »Du weißt doch selbst, wo die Gläser stehen«, sagte.

»Lemberger hat mir noch mehr erzählt«, fuhr ich fort und berichtete davon, was Lemberger als Historiker über die Schwierigkeiten für Juden, während des Dritten Reichs Grund und Boden zu retten, gesagt hatte. Und welche Probleme ungarische Juden während der Monarchie gehabt hätten, diese Menge an Land, die wir besaßen, zu dem uns bekannten Zeitpunkt überhaupt zu erwerben. »Der Kriminalkommissar – er sieht übrigens aus wie der Zigeunerbaron – hat mich dann noch auf das Horthy-Regime hingewiesen, diese ungarischen Faschisten, die keinem Juden freiwillig sein Vermögen gelassen hätten.«

»Welcher Kriminalkommissar?«, fragte Coelestine und ich merkte jetzt erst, dass ich mich verplappert hatte.

»Erzähl ich dir später«, sagte ich. »Überleg mit mir bitte folgendes: Angeblich gehört das Schloss seit 1868 der Familie. 1868 hat Imre noch keinen Groschen besessen, weil er nicht einmal auf der Welt war. Sein Vater Ignácz aber war bettelarm, ein einfacher Essighändler. Es kann also nicht sein. Großvater ist angeblich zwischen Ungarn und Granach gependelt – wo war er dann bitte unter Hitler? Wie und vor allem wo haben er und meine Großmutter das Dritte Reich überlebt? Und mein Vater? Papa ist 1931 geboren worden. Wo waren alle?«

»Ich muss nachdenken«, sagte Coelestine und legte nicht nur die Stirn in Falten, sondern auch den Hals, da sie ihr Kinn auf die Brust drückte. Da half keine Brille.

Stumm saßen wir auf Großvaters Plüschmonstern. Ich lauschte einer Fliege, die im Raum herumsummte, während Coelestine hörbar überlegte. Wenn meine Tante schwer nachdachte, schnaufte sie dabei wie ein Nilpferd, das aus dem Wasser auftaucht. Nach einer Weile, in der sie auch noch die Augen zusammengekniffen hatte – Professor Blaha würde der Schlag treffen – sagte sie: »Mein Vater muss gelogen haben.«

»Zu dem Schluss bin ich auch schon gekommen.«

»Die Urkunden von den Grundstücken, die müssen doch irgendwo sein. Es muss einen Kaufvertrag geben, auch wenn er alt ist. Schenkungsurkunden, weiß der Teufel was. Aramis hat die bestimmt, er hat doch die Schinkenkammer.«

Schinkenkammer war der familieninterne Terminus für die kleine Bibliothek, die sich in Granach befand. Andere Schlösser besaßen umfangreiche und preziöse Bibliotheken, wir lediglich eine Sammlung alter und wohl wertloser Schwarten, die wir in einem schmalen Raum im Westflügel aufbewahrten. Seit Aramis sich eine Fitnesskammer eingerichtet hatte, war der Raum auch noch des einzigen schmalen Fensters beraubt worden.

»Ich möcht ihn jetzt nicht fragen, er hat ... Besuch.«

»Ach, Joaquin, der ist ganz lieb. Süß! Wenn der nicht so auf Männer fixiert wäre, ich würd ihn Ari zu gern ausspannen!«, kicherte meine Tante.

»Coeli, der Junge ist vielleicht grade fünfundzwanzig!«

»Ja und?«

Jetzt bloß nicht weiter über dieses Thema reden, ich wusste nur zu genau, wie so eine Unterhaltung enden würde. »Coeli, das können wir später tun. Dann suchen wir in der Schinkenkammer nach alten Unterlagen. Aber jetzt denk bitte noch einmal nach: wir leben hier auf dem Dorf. Wenn wir, also dein Vater, wirklich erst nach dem Krieg das Schlösschen erworben hat, wieso tratscht denn dann keiner? Wir Kinder und Enkel fühlen uns als die Nachkommen von Generationen von Landbesitzern, und ...«

Coelestine lachte schallend. »Bist du denn im Dorf herumgelaufen und hast beim Fußballspielen gesagt ›Ich bin ein Nachkomme von Generationen von Landbesitzern?‹ Athos, wir waren Kinder, wie die anderen auch! Ich hab mit der Rosl und der Anni über die Buben vom Nachbardorf geredet, wir haben Bravo-Hefte stibitzt und gelesen und heimlich geraucht. Die haben sich zwar darüber lustig gemacht, dass mein Vater so alt war und mich ab und zu gehänselt, weil meine Mutter davongelaufen ist und ich bei meinem Halbbruder aufwachse, der mein Vater hätte sein können. Sonst hat uns und die anderen aber nichts interessiert.«

»Aber jemand im Dorf muss doch wissen, wer das Schloss vorher gehabt hat.«

»Ja, mit Sicherheit. Und Tratsch gibt es übrigens genug, dafür sorgt schon der Ari. – Apropos Tratsch: willst du jetzt die Tratschweiber besuchen gehen und fragen? Alt genug sind die zwei Schragen ja. Die Wipplingerin jedenfalls muss mindestens fünfundachtzig sein und kann sich heut noch an Sachen erinnern, die ihr die Rinhoferin vor siebzig Jahren angetan haben soll.«

Bei dem Gedanken, zu einer der beiden Alten zu gehen, schüttelte es mich. »Lieber gehen wir zuerst in die Schinkenkammer«, sagte ich.

»Erst erzählst du mir noch vom Zigeunerbaron.« Meine Tante hatte ein gutes Gedächtnis.

»Ich hab die Gruft von der Etelka aufgemacht und da ist ein Toter drin gelegen.«

»No na, es ist ein Grab. Was machst du es auch auf?«

»Coeli, ein ... frischer Toter.« Ich schilderte in drastischen Worten meine Erlebnisse in und um Etelkas Grab. Coelestine liebte Dramatik.

»Und jetzt sucht der Zigeunerbaron den Mörder und das, was der aus dem Sarg von meiner Großtante gestohlen hat?«

»Ja«, sagte ich. »Aber das, was gestohlen ist, hab ich gefunden.«

Coelestine sah mich ungläubig an. Während ich ihr schilderte, wie ich die Leiche sozusagen gefleddert und den Schmuck in Sicherheit gebracht hatte, zogen sich alle möglichen Faltenbildungen wie Verwerfungen über ihr Gesicht.

»Du hast den Schmuck hier? Zeig her!« Das hatte ich erwartet. Coelestine war bereits aufgesprungen, um, ohne mein Einverständnis abzuwarten, in meinen Wohnbereich zu eilen.

»Coeli, warte bitte! Ich hab das Zeug doch nicht offen herumliegen.«

»Ja und? Ich bin deine Tante, ich darf wohl wissen, wo der Schmuck von meiner Großtante ist!«

»So einfach ist es nicht.« Ich bat sie, wenigstens zwei Minuten zu warten, bis ich sie rufen würde. Ich vertraute Coelestine unbedingt, aber trotzdem wollte ich nicht, dass sie mein Versteck für absolut geheime Dinge kannte. Das kannte außer mir nur Tom. Ich versteckte Dinge, die niemand finden sollte, immer unter Portos. Die Familiengruft war direkt von der Kapelle aus zugänglich, eine kleine Falltür hinter dem Altar führte hinunter, und dort, in einem Raum, der vom Innenhof her gesehen eigentlich ebenerdig lag, standen die Sarkophage meiner Eltern, daneben der Kindersarg von Portos und nun der prunkvolle Behälter, in dem mein Großvater ruhte. Unter dem kleinen Sarg von Portos hatte man ein Podest aus Steinplatten errichtet, um in höher zu stellen. Eine Platte davon lässt sich verschieben und ich nutze den Hohlraum seit meiner Kindheit als Schatzkammer und Versteck. Da die Kapelle quasi Teil meines Wohnbereichs ist, ist mir der Zugang nun noch schneller möglich, da direkt von meiner Küche eine schmale Tür zur Kapelle führt, ich also nicht außen über den Laubengang gehen muss. Das wäre jetzt, vom Ostflügel her, zwar der schnellere Zugang gewesen, aber dann hätte Coelestine auch gesehen, wo sich mein Versteck befand.

Sie versprach, sich zu gedulden.

Ich breitete die Schmuckstücke auf meinem Wohnzimmertisch aus und holte Coelestine.

»Das sind aber ein paar ganz schöne Stücke!«, rief sie und griff nach einer Granatperlenkette und einer Bernsteinbrosche. Meine Tante interessierte sich nie für die wirklich teuren Stücke. Sie würde statt Brillanten Glasperlen nehmen, wenn die ihr besser gefielen.

»Schön sind sie – aber ich fürchte, dass der Großteil davon nicht wirklich uns gehört«, begann ich und schilderte Coelestine, was ich an und in den Schmuckstücken bislang entdeckt hatte. Ich zeigte ihr das Medaillon, die Gravierungen.

Nach einer Weile, in der sie ihre Stirn in alle nur erdenklichen Falten gelegt hatte, meinte sie: »Dann müssen wir jetzt denjenigen finden, dem der Schmuck gehört.«

»Und wenn das jemand ist, dem rechtmäßig eigentlich alles, was wir haben, gehören müsste?«

»Dann musst du dir eben eine Arbeit suchen und ich werd den Herrn Professor Blaha heiraten.« Coelestine-Logik. Wenigstens wusste ich so, wer der aktuelle Einzige gerade war. Ich hatte den mir unbekannten Blaha ohnehin schon im Verdacht, seit mir Coelestine den Ursprung ihrer Brille dargelegt hatte. Versonnen spielte sie mit ein paar Ringen, steckte sie sich abwechselnd an die Finger der rechten oder der linken Hand.

»Mein Bruder hat Angst vor ihm gehabt«, sagte sie unvermittelt.

»Bitte?«

»Angst. Vor Papa. Ich weiß nicht, warum. Ich muss noch ziemlich klein gewesen sein, du und der Portos waren schon auf der Welt, der Ari noch nicht, und die Mama war noch da. Da haben sie fürchterlich gestritten, dein Vater und der Papa. Ich kann mich nicht mehr erinnern, worum es gegangen ist, aber ich weiß noch genau, dass der Papa gesagt hat ›Wenn du jemals auch nur ein Wort drüber redest, dann bring ich dich auch um! Du weißt ganz genau, dass ich das tu!‹ Und der Anatol ist hinausgelaufen, hat die Tür zugeknallt. Papa hat ihm hinterhergerufen ›Ich habs für dich getan!‹ und dass er undankbar sei. Ich hab dann am nächsten Tag gefragt ›Papa, warum willst du den Anatol umbringen?‹ und er hat gesagt, dass ich nicht so spinnen soll, ich hätt alles nur geträumt.«

»Hast du geträumt?«

Coelestine schüttelte den Kopf. »Ich hab dann den Anatol gefragt, warum er mit dem Papa gestritten hat und was der nur für ihn getan habe. Er hat gesagt, dass er mir das nie im Leben sagen darf und ich ihn bitte auch nie mehr fragen soll, weil er sich sonst vielleicht verplappern könnte. Und dann würde etwas ganz Schreckliches passieren.«

»Und?«, fragte ich.

»Na, kannst du dir doch denken. Ich hab meinen Bruder sehr lieb gehabt. Ich hab von dem Moment weg auch Angst gehabt. Dass ich ihn was Falsches fragen könnte und dass Papa ihn dann für die Antwort umbringt.«

Ich war fassungslos. Mein zwar manchmal etwas arroganter aber sonst doch netter Großvater – ich konnte mir gar nicht vorstellen, dass er seine Kinder, meinen Vater Anatol oder Coelestine, so eingeschüchtert haben sollte. »Hättest du es ihm denn zugetraut?«, fragte ich ungläubig.

»Ich wollte zu euch, als die Mama weggegangen ist. Nicht er hat mich abgegeben, weil ich aufsäßig gewesen bin, wie er immer erzählt hat. Ich wollt weg von ihm. Weil ich gesehen hab, wie er die Mama geschlagen hat, nicht nur einmal ...«

Das war neu für mich. Ich schluckte. »Aber jemanden umbringen ...«

»Wenn er es schon einmal getan hat?«

Meine Knie wurden weich, obwohl ich saß. »Hat er?«

Coelestine nickte stumm. »Ich hab Anatol später, als ich älter war, noch einmal gefragt. Ich hab ihm gesagt – da war ich gerade achtzehn geworden – dass ich mir zum nächsten Geburtstag von ihm wünsche, dass er mir erzählt, worum es damals bei dem Streit gegangen ist.«

Ich fühlte, wie mir die Luft wegblieb. Coelestine hatte am siebenundzwanzigsten Dezember Geburtstag. Neunzehn war sie im Jahr 1977 geworden. Nur vier Tage später, am ersten Januar 1978, waren meine Eltern mit dem Auto von der Straße abgekommen und gestorben.

»Der Anatol hat mir dann an meinem Geburtstag versprochen, mir zum Zwanzigsten alles zu erzählen. Er hat ein bisserl hilflos gelacht und gesagt, dass der zwanzigste Geburtstag schließlich wichtiger wär als der neunzehnte. Papa war zu der Zeit angeblich ziemlich krank – erinnerst du dich?«

Ich erinnerte mich. Großvater war wenige Wochen vorher mit der Diagnose, er würde an Lungenkrebs leiden, aus dem Spital nach Hause gekommen. Bis auf einen grässlichen, keuchenden Husten ging es ihm gut, aber die Ärzte hatten prognostiziert, dass er den nächsten Sommer nicht erleben würde. Der Lungenkrebs entpuppte sich später als Lungenentzündung, die aber rasch ausheilte.

»Wir haben alle damit gerechnet, dass er bei meinem nächsten Geburtstag nicht mehr dabei sein wird. Schließlich war er schon über siebzig. Ich hab den Anatol gefragt, ob er denn so viel Angst hat, dass er warten will, bis der Alte tot ist. Dein Vater hat nur gesagt ›Ich weiß wozu er fähig ist, ich hab es selbst miterlebt.‹ Mehr nicht.«

»Meinst du, dass er ... meine Eltern, der Autounfall ...«

»Nein«, unterbrach mich Coelestine entschieden. »Das war ein Unfall auf Glatteis. Laszlo war doch hier im Schloss, im Bett, und hat gehustet.«

»Coeli, unsere Familie fällt auseinander.« Das war das einzige, was mir einfiel, um meine Gefühle, diese Mischung aus Angst, Wut, Neugier, Unsicherheit und Erstaunen auszudrücken.

»Nein, nicht die Familie. Nur die Familiensage. Vielleicht. – Los, steh auf, wir gehen zu Ari in die Schinkenkammer. Ich geh schon vor, versteck du die Kronjuwelen. Ich weiß eh, dass du alles, was keiner sehen soll, unter den Portos schiebst.« Ich sah sie entgeistert an.

»No, wo meinst du, dass ich früher die Zigaretten versteckt hab? Auf der anderen Seite ist nämlich auch ein Teil von der Verkleidung locker. Du hast das Kopfende, ich das Fußende. Seit fast vierzig Jahren. Nur, dass ich schon lange Zeit dort nichts mehr versteckt hab. Schau halt nach, vielleicht findest noch alte Zigaretten von mir. Fußende.«

Aramis war wenig begeistert, als ich mit Coelestine seine Ruhe störte. Anscheinend hatte er vorgehabt, den ganzen Tag mit Joaquin im Bett zu verbringen und nun forderte Coelestine vehement Zugang zur Schinkenkammer, die nur von Aramis' Schlafzimmer aus zu erreichen war. Aramis verlangte danach, den Grund zu wissen, warum unser Anliegen nicht warten könne, und als ich ihm sagte, dass ich ihm das nur unter vier, beziehungsweise sechs Augen, nämlich denen von Coelestine, mitteilen würde, war er endgültig beleidigt. Mein Bruder pflegte sein Verhalten meist dem Habitus seiner Liebhaber anzupassen. Ich war froh, dass Joaquin ein zickiger, mädchenhafter Typ war und Aramis nun entsprechend reagierte. Hätte es noch den vorherigen Liebhaber, den Holzfällertypen in Lederkluft, gegeben, hätte er uns wahrscheinlich handgreiflich vor die Tür gesetzt.

Joaquin, der sehr gut Deutsch verstand, blickte mich tödlich getroffen an, ließ passend eine dicke Träne im linken Auge aufsteigen und über die Wange kullern und schlich dann theatralisch aus dem Zimmer. Ich wollte schon zu einer umfangreichen Erklärung ausholen, doch Coelestine unterbrach mich: »Wir brauchen nur alle Urkunden über die Besitzverhältnisse vor 1945«, sagte sie und stieg über diverse Kleidungsstücke, die auf dem Boden verstreut lagen, hinweg zur Schinkenkammer.

»Deswegen muss Joaquin den Raum verlassen?« Wenn Blicke töten könnten.

»Nicht deswegen – aber vielleicht wegen dem, was wir finden werden«, meinte Coelestine.

»Was werdet ihr schon finden. Der Alte hat doch bei jeder Gelegenheit erzählt, wie es damals abgelaufen sein soll. Mein Gott, diese öden Familiengeschichten! Was haben die mich immer angekotzt.«

Mein Bruder hatte seinen Großvater nicht gemocht. Die beiden hatten ein gutes Verhältnis gehabt, so lange, bis mein Großvater, noch bevor Aramis selbst sich dieser Tatsache bewusst geworden war, ihn als warmen Bruder und schwule Sau beschimpft hatte. Aramis war damals sechzehn Jahre alt gewesen. Coelestine hatte ihn aufgeklärt, was die Wörter bedeuteten. Aramis hatte genickt, eine Weile stumm dagesessen und von diesem Moment an sich in jedem Kontext offen, fast demonstrativ, zu seiner Homosexualität bekannt. Von diesem Augenblick an hatten mein Großvater und er sich gehasst, weshalb Aramis ihn nur ›der Alte‹ nannte, in seltenen Momenten seinen Vornamen benutzte. Ein Wunder, dass Großvater ihn nicht enterbt hatte.

»Ich hab gedacht, du willst mir was unter vier Augen sagen«, forderte mein Bruder.

»Ja. Die Familiengeschichten, die du so öde findest, stimmen nämlich wahrscheinlich alle nicht. Jedenfalls kann nicht unser Urgroßvater schon reich gewesen sein, denn der war ein armer Hausierer in Budapest, wie ich herausgefunden habe.«

Aramis zuckte mit den Achseln. »No, ist doch gut so. Vielleicht werden die Geschichten dann jetzt spannender. Dass der Alte eine verlogene Sau war, hab ich immer schon gewusst.«

»Aramis!«

»Ach, ist doch wahr!«, rief mein Bruder ärgerlich. »Ich geh mit dem Joaquin im Teich schwimmen. Macht, was ihr wollt, aber bitte sorgt dafür, dass nicht der ganze Staub von den alten Schwarten dann in meinem Schlafzimmer herumfliegt, der Joaquin ist nämlich allergisch. – Mi corazon!« Und damit verschwand er zu seinem Liebhaber.

»Brauchen die nicht ihre Badehosen?«, fragte ich Coelestine, als ich hörte, dass die Tür zum Laubengang zufiel.

Coelestine seufzte. »Wird sich die Wipplingerin wieder aufregen. Nein, die beiden Herren bevorzugen es, nackt im Schlossteich zu baden.«

»Aber die Wipplingerin sieht doch schlecht und das Haus ist doch bei der Kurve unten«, sagte ich. Schließlich lag das Grundstück der Nachbarin gute dreihundert Meter vom Teich, der direkt vor dem Schlösschen lag, entfernt.

»Sie hat ein Fernglas«, sagte Coelestine. »Und jetzt kümmere dich nicht um die Wipplingerin, sieht sie eben mal was Schönes! Hilf mir mit der Leiter.«

Coelestine nahm überhaupt keine Rücksicht auf den allergischen Joaquin. Sie stapelte unverdrossen alte Bücher, die fast auseinander fielen, und morsche Aktenordner direkt auf Aramis' Bett. »Hoffentlich müssen wir nicht den Arzt holen«, meinte ich, da ich schon vor mir sah, wie der zarte Joaquin sich in Erstickungsanfällen winden würde.

Es dauerte eine Weile, bis wir gefunden hatten, was wir suchten: eine Ledermappe mit den Besitzurkunden zu allen Ländereien und eine weitere mit persönlichen Dokumenten der verschiedenen Familienmitglieder. Ich versuchte, so gut es ging Ordnung zu schaffen, doch es gelang mir nicht. Es war zu erwarten dass Aramis gleich zickig reagieren würde. Mein Bruder enttäuschte mich nicht und legte, als er mit dem Elfenwesen vom Schwimmen zurückkehrte, eine filmreife Szene hin. Prompt begann auch Joaquin zu niesen, seine Augen tränten, er rang nach Luft und mein Bruder sah mich vorwurfsvoll an und sagte: »Wir werden heute Nacht ins Hotel gehen müssen. Dir ist ja wohl klar, dass ich das nicht bezahlen werde.« Als ob Geld in unserer Familie eine Rolle spielen würde.

»Stell dich nicht so an«, meinte Coelestine. »Der Athos und ich gehen abends zum Löwinger essen. Wenn ihr euch benehmen könnt, dürft ihr mit.« Typisch Coelestine. Einfach etwas beschließen, ohne mich zu fragen, ob ich damit einverstanden war. Dann klemmte sie sich die Unterlagen unter den Arm und marschierte in ihren Wohnbereich. Ich lief hinter ihr her.

Coelestine schenkte sich einen zweiten Cognac ein. Ich machte mir leichte Sorgen. Normalerweise trank sie nur tagsüber, wenn der aktuelle Einzige gerade dabei war, sich aus ihrem Leben zu verabschieden. Mit der Brille auf der Nase und dem Zopf sah sie aus wie eine Professorin. Vielleicht hatte ihr Blaha deshalb diese Sehhilfe verpasst, damit meine Tante, die mit ihren langen, widerspenstigen dunklen Locken eher aussah wie eine Zigeunerin, wenigstens äußerlich zu seinem akademischen Stand passte.

»Das sind alles die Unterlagen für Niederösterreich«, sagte ich und stapelte diverse Dokumente.

»Ich hab Burgenland und Steiermark«, meinte Coelestine und schichtete Papiere aufeinander.

Ich vertiefte mich in die Lektüre. Coelestine produzierte wieder ihre Denkgeräusche. Auftauchendes, schwer atmendes Nilpferd. Die Katasterauszüge waren wenig aufschlussreich. Auf ihnen waren nur die Grundstücksgrenzen eingezeichnet. Dann folgten die Grundbuchauszüge. In allen aktuellen waren, wie es sich gehörte, Aramis, Coelestine und ich als Erbengemeinschaft eingetragen. Seine zweite Frau, Oma Dana, hatte Großvater damit abgefunden, dass er vor mehr als zwanzig Jahren schon für sie das Grundstück samt Villa am

Bodensee gekauft hatte, wo sie jetzt wohnte. Auch die Pachtverträge waren aktualisiert worden.

Die älteren Dokumente bezogen sich auf den Rückkauf der Ländereien. Es war so, wie Großvater es immer erzählt hatte: Im Frühjahr 1947 hatte er die Ländereien in Niederösterreich von Adolf Kronauer zu einem Preis von damals zwanzigtausend Schillingen erworben, wie 1938 mit diesem abgesprochen. Chronologisch richtig geordnet folgten danach die Kaufverträge, in denen Adolf Kronauer die Ländereien von Großvater erwarb, nämlich im Dezember 1938 zu einem Spottpreis von offiziell fünftausend Reichsmark. Mehr Unterlagen gab es nicht. Wann die Grundstücke vor 1938 auf Laszlo eingetragen worden waren, das ging aus den Papieren nicht hervor.

»Hast du irgendwas, was älter ist als 1938?«, fragte ich Coelestine. Sie blätterte die Papiere durch und schüttelte dann den Kopf.

»Komisch«, meinte ich.

»Wahrscheinlich haben sie die während dem Krieg verloren«, meinte sie. »Damit das Geschäft mit dem Kronauer läuft, brauchten sie die ja nicht, da genügt ja der Kaufvertrag, der zeigt, dass der Kronauer sie vorher von ihnen erworben hat.«

Richtig. Ich fand es aber trotzdem merkwürdig. Seit den Entdeckungen in Budapest war ich misstrauisch geworden. Logischen Erklärungen traute ich nicht mehr.

»Warum haben sie das eigentlich so billig verkauft?«, fragte ich. Laut Großvaters Erzählungen war zwar alles nur pro forma abgelaufen, aber trotzdem erschienen mir fünftausend Reichsmark für die Weinberge, Grundstücke und Höfe in Niederösterreich sehr wenig. »Das war doch weit unter Wert.«

»Eben. Und deswegen ganz im Sinne der Nazi-Regierung. Athos, sag einmal, hast du denn gar nichts gelernt?« Coelestine sah mich mit ihrem mitleidigen Tantenblick an, den ich schon seit meiner Kindheit nicht leiden konnte.

»Ich hab was gelernt. Sprachen! Im Gegensatz zu dir kann ich perfekt Englisch, Französisch, Spanisch, Italienisch und ein bisserl Arabisch. Und Griechisch spreche ich auch leidlich gut!« Der Tantenblick katapultierte mich in meine kindliche Trotzphase zurück.

»Dann kannst du ja als Dolmetscher arbeiten, falls wir aus Granach ausziehen müssen, weil es eigentlich jemand anderem gehört. – Hör zu: jüdisches Vermögen sollte doch möglichst günstig in arisches überführt werden. Fünftausend Reichsmark für Niederösterreich, dreitausend fürs Burgenland und ein bisserl mehr für Granach und den Rest im Dreiländereck, das ist doch für die Nazi-Regierung genau das gewesen, was die wollten!«

Auf keinen Fall wollte ich mich weiter von Coelestine belehren lassen. Lieber tat ich so, als sei alles, was sie gerade gesagt hatte, keine Neuigkeit für mich. Schließlich konnte ich morgen Lemberger darauf ansprechen. Dessen Spott würde mir zwar auch sicher sein, aber mit Coelestine war ich verwandt, sie hatte ein Elefantengedächtnis und würde sich noch in hundert Jahren an meine Wissenslücken erinnern und mir diese bei jeder Gelegenheit vorhalten.

»Möcht nur wissen, wie die den Kronauer dazu gekriegt haben, dass der nach dem Krieg auch alles brav wieder zurückverkauft. Oder meinst du, dass Großvater mehr als die im Kaufvertrag angegebenen Summen bezahlt hat?«, sagte ich.

Coelestine knetete laut schnaufend ihre Unterlippe. »Keine Ahnung«, meinte sie zerstreut. Dann nahm sie die Brille ab, fixierte mit gerunzelter Stirn ein Papier und meinte bestimmt: »Athos, da ist was nicht ganz richtig.«

Sie reichte mir das Papier. Es handelte sich um den Verkauf der Grundstücke im Dreiländereck an Kronauer. Es sah genauso aus, wie das über die niederösterreichischen Grundstücke. Ich studierte es. »Was soll da dran nicht stimmen?«, fragte ich. Mir war wirklich nichts aufgefallen.

Coelestine seufzte ungeduldig. »Der Name!«

»Laszlo von Horváth«, las ich.

»Eben!«

»Was eben?«

»Lieber Neffe, im Dritten Reich – und dazu hat Österreich zu dem Zeitpunkt, als der Kronauer gekauft hat, schon eine ganze Weile gehört – im Dritten Reich hat mein Vater nicht Laszlo von Horváth heißen können, sondern Israel Laszlo Horváth. Die Nazis haben jeden jüdischen Mann gezwungen, den Vornamen Israel zu führen und jede Frau, den Namen Sarah anzunehmen.«

Coelestine stand auf und schaltete eine Stehlampe, die mein Großvater immer als Leselampe benutzt hatte, ein, hielt das Papier direkt ins Licht, drehte und wendete es. »Das ist manipuliert!«, rief sie verblüfft.

Ich sprang auf und ließ mir von Coelestine zeigen, was sie entdeckt hatte. Beim grellen Lichtschein war zu erkennen, dass das Papier an der Stelle, an welcher der Name meines Großvaters mit Schreibmaschine getippt stand, etwas dünner war. Auch dort, wo er unterschrieben hatte, war das Papier abgeschabt worden.

Hektisch suchte ich nach den übrigen Verträgen von 1938 und hielt sie ans Licht. An allen Papieren war die gleiche Veränderung zu sehen. Coelestine sank fassungslos auf eines der Plüschsofas. »Er hat die Verträge gefälscht!«

»Moment, wir können da nicht sicher sein, ob ...«

»Hör auf, ihn zu verteidigen!«, rief sie. »Wer soll es denn sonst getan haben, der Kronauer vielleicht? – Da, schau doch hin! Es ist eindeutig, dass dort ursprünglich ein anderer Name eingetragen war, dass jemand anderer den blöden Vertrag unterschrieben gehabt hat – und Laszlo hat das wegradiert, seinen eigenen Namen eingesetzt! Aber er war dumm – er hat den Israel vergessen!«

Ich musste mich setzen. Mein furchtbarer Verdacht, den ich, seit ich dem unbekannten Toten aus Etelkas Grab den Schmuck abgenommen hatte, hegte, bestätigte sich. Was wir besaßen gehörte gar nicht uns. Imre hatte sich das ›von‹ im Namen erschwindelt, sein Sohn ein ganzes Vermögen. Mir wurde schlecht.

»Wir werden alles zurückgeben müssen ...« stotterte ich.

»Blödsinn«, meinte Coelestine resolut. »An wen denn? Es ist ja gar nicht zu erkennen, wer hier vorher eingetragen gewesen ist!«

»Mit Spezialinstrumenten kann man das sicher sichtbar machen. Die Kriminalpolizei ...«

»Hör auf mit der Kriminalpolizei. Willst du da jetzt hinlaufen und sagen ›Mein Großvater hat vor über siebzig Jahren Dokumente gefälscht um reich zu werden‹? Das interessiert doch heute niemanden mehr. Was zählt ist der Kaufvertrag von 1947. Da hat Großvater offiziell vom Kronauer alles erstanden.«

»Aber mich interessiert es!«, rief ich, doch Coelestine ging darauf überhaupt nicht ein.

»Welchen Sinn hat es, dass er Verträge fälscht, die gar niemanden interessieren, weil es nicht um die Rückführung von enteignetem jüdischen Vermögen gegangen ist, sondern um einen ganz normalen Kauf, den jeder hätte tätigen können? – Überleg, Athos: wenn die Ländereien enteignet worden sind, dann wäre es wichtig gewesen, nach Kriegsende nachweisen zu können, dass man früher rechtmäßiger Besitzer eines beschlagnahmten Hauses oder Grundstücks gewesen ist. Aber das war nicht der Fall. Der Kronauer hat legal gekauft, die Papiere sind echt, bis auf den gefälschten Namen und die Unterschrift. Er hat nur mit ziemlicher Sicherheit nicht von meinem Vater gekauft.«

Mir schwirrte der Kopf. »Ich will jedenfalls herausbekommen, wen er da aus den Papieren getilgt hat. Was wir dann machen, wenn wir es wissen, können wir immer noch entscheiden.«

»Wieder ein Anfall von Drei-Musketier-Ehre?« Coelestine lachte.

»Ich kanns nicht erklären.« Konnte ich tatsächlich nicht. Ich verstand es ja selbst nicht. Der Gedanke, unser Vermögen und damit mein ganzes Leben sei auf Betrug, auf Diebstahl gebaut, verursachte mir körperliche Beschwerden. Der Magen verkrampfte sich, der Hals schnürte sich mir zu, ich fühlte mich übel. Ich hatte nie ein Problem damit gehabt, vermögend zu sein, solange dieser Reichtum durch edle Taten gewachsen war. Wie zum Beispiel dem Kaiser Geld zu leihen. Mir war klar, dass nicht alle Menschen das für eine gute Tat hielten, aber in meinen Augen war es ehrlich erworbenes Geld, so ehrlich, wie man es eben auch durch Arbeit erwerben konnte. Vermögender Enkel eines Betrügers, eines Diebs zu sein, das konnte ich mit meinem Selbstwertgefühl nicht vereinbaren. Ich stand auf und besorgte mir ein großes Glas mit Cognac. Coelestine dachte schnaubend nach.

»Es macht keinen Sinn«, meinte sie schließlich.

Ich sah sie fragend an.

»Der Kronauer hätte 1947 nie an ihn verkaufen müssen, wegen dieser gefälschten Verträge. Warum tut er es, noch dazu zu so einem lächerlichen Betrag?«, fragte sie.

»Wir müssen den Ari einweihen«, sagte ich, da mir nichts anderes einfiel.

»Irgendwo müssen doch Unterlagen sein, aus denen hervorgeht, wem das Ganze vorher gehört hat.« Coelestine knetete wieder ihre Unterlippe, was tiefe Falten hinterließ.

»Mir platzt der Kopf«, sagte ich, was ganz der Wahrheit entsprach. Ich spürte, wie sich schon wieder Migräne vom Nacken her ausbreitete.

»Hör auf mit deinen blöden Kopfschmerzen«, befahl Coelestine. »Du bist schlimmer als die Mimosen, die der Ari manchmal anschleppt, reiß dich zusammen! – Ich komm mit nach Budapest. Du fährst doch morgen früh?«

Ich fühlte mich überrumpelt. »Was willst du denn ...«

»No, dir helfen! Schließlich geht es um meinen Vater, der, was mich nicht wundert, sich auch noch als Urkundenfälscher entpuppt. Du willst doch wissen, von wem der Schmuck ist, der bei Etelka im Grab gelegen ist. Oder?«

Ich war mir da nicht mehr so sicher.

»Mein sauberer Vater scheint auch davon gewusst zu haben. Denk an diese obskuren letzten Worte, die meiner Meinung nach was ganz anderes bedeuten, als das, was du und der Ari da hineininterpretiert habt. Nicht die Etelka sollst du da raus holen, nein, den Schmuck sollst du holen! Der hat das gewusst!«

»Das ist mir mittlerweile auch klar.«

»Eben! Woher bitte hat er das gewusst? Wenn nichts, aber auch nicht ein Stück dabei ist, das seine Initialen trägt? Oder die von seiner ersten Frau? Und vielleicht finden wir dort auch irgendwie heraus, wem er die Verkaufsdokumente abgenommen hat.«

Lemberger wird sein Freude an Coelestine haben, und Bátthanyi sicher auch, dachte ich.

»Mach dir keine Sorgen, Athos, die, die er bestohlen oder betrogen hat, sind sicherlich schon tot. – Ich geh jetzt und red mit dem Ari, beim Löwinger können wir da ja nicht drüber sprechen.«

Wie konnte Coelestine jetzt nur an Essen denken?

Mein Bruder hatte die Neuigkeiten über seinen Großvater und die vermutlich gefälschten Unterlagen erstaunlich gelassen aufgenommen. Als Jurist interessierten ihn nur die Verjährungsfristen, und da war er sich ganz sicher, dass niemand mehr würde deswegen Anklage erheben können. Was meinen Umgang mit dem Schmuck anging war er jedoch sehr besorgt. »Ich kann dich da nicht raushauen, wenn die Ungarn dich dafür einsperren wollen«, warnte er. »Noch könntest du dem, dem Ba ..., egal, dem Kommissar die Sachen geben. Denk dran, das ist eventuell schwere Behinderung von Ermittlungsarbeit. Ich weiß nicht, wie die Gesetzeslage bei denen da drüben ist.«

Auch, dass die Familie sich eventuell vergrößern könnte, wenn sich mein Verdacht, dass Etelka Kinder gehabt hatte, bestätigen würde, interessierte ihn nicht im geringsten.

»Stört es dich denn gar nicht, dass du der Enkel eines Betrügers bist? Der unseren Vater bedroht hat, so sehr, dass der sich richtig gefürchtet hat?«

»Papa war immer ein Schlappschwanz«, meinte Aramis und zuckte mit den Achseln. »Und was ich von dem Alten halte, weißt du genau. Mich würd eher interessieren, was mit diesem Toten ist, den du da in der Gruft gefunden hast. Der muss ja auch was gewusst haben, von dem Schmuck. Und dass den jemand umgebracht hat, der auch was gewusst hat und der jetzt noch frei herumläuft. Also: ganz ehrlich, das würde mich ganz schön nervös machen.«

Danke, Bruderherz, das machte es mich jetzt auch.

14. August

Es dauerte bis Mittag, bis Coelestine sich am nächsten Tag entschieden hatte, welche Sachen in welchen Koffern sie für wie viele Tage nach Budapest würde mitnehmen wollen. Und ob sie mit dem eigenen Auto, ihrem Mini, fahren sollte, oder lieber doch mit uns. Sie sprach von den vielen Schlaglöcher in Budapests Straßen im Jahr 1999, als ihr geliebter Wagen dort verendet war. Sogar Tom verlor langsam die Geduld und drehte die Augen zum Himmel. Ich schickte ihn in den nächsten Ort, damit er die Kaufverträge kopierte. Es schien mir eine gute Idee zu sein, sie mitzunehmen und Lembergers Expertise einzuholen. Allerdings hielt ich es für zu riskant, die Originale einzupacken.

Gegen fünf Uhr waren wir dann in Budapest. Coelestine nahm das Gästezimmer in Beschlag und ich sah an Toms Miene, dass er nicht sehr glücklich darüber war, Tür an Tür mit meiner Tante wohnen zu müssen. Sie hatte schon während der Fahrt begonnen, ihm wieder Avancen zu machen, und ich fragte sie, was denn nun eigentlich mit Professor Blaha sei. Sie schenkte mir einen giftigen Blick. »Was soll schon sein? Verheiratet ist er!«, sagte sie bissig und erläuterte, warum Blaha es nicht geschafft hatte, in den Rang eines Einzigen aufzusteigen, sondern nur Affäre geblieben war. Sie strahlte Tom an, der ihr Gepäck ablud, doch der verschwand rasch in seinem Zimmer.

»So, gehen wir jetzt mit dem Lemberger essen?«, fragte Coelestine keine fünf Minuten, nachdem wir eingetroffen waren. Das konnte ja heiter werden. Meine Tante zeigte sich von ihrer besten Seite. Ich bat sie um Geduld, ich müsse Lemberger erst anrufen – und bot ihr an, mit mir alleine zu speisen. Das lehnte sie jedoch ab, schließlich habe sie noch Telefonnummern von alten Bekannten aus der Zeit, als sie 1999 hier gewesen sei, dann würde sie eben die anrufen und besuchen.

Mir auch recht. Ich wollte ohnehin in Ruhe nachdenken. Aramis hatte mich mit seiner blöden Bemerkung, dass da jemand frei in Budapest herumlaufe, der ein Mörder sei und vielleicht doch etwas mit Etelka zu tun haben, ganz schön nervös gemacht. Obwohl es mir immer noch äußerst unlogisch erschien, dass derjenige dann den Schmuck nicht an sich genommen, sondern mit dem Opfer in der Gruft versenkt haben sollte. Ich bat Tom, mir später eine Kleinigkeit zu kochen und legte mich auf die Couch, um zu grübeln.

15. August

Aus irgendwelchen Gründen wollte Lemberger mich partout erst am späten Nachmittag treffen. Ich hatte ihn noch am Vorabend angerufen, er klang sehr fröhlich, was den Zeitpunkt der Verabredung anging aber auch sehr strikt. Gut, sagte ich mir, Lemberger war schließlich kein Angestellter von mir, sondern unterstützte meine Recherchen freiwillig.

Ich saß mit Coelestine beim Frühstück, als Bátthanyi anrief.

»Sie hatten versprochen, Budapest nicht zu verlassen, wo waren Sie gestern und vorgestern?« Seine Stimme klang schneidend.

Ich reagierte empört. Sagte ihm, dass ich ja wohl kein Gefangener sei und hingehen könne, wo ich wolle.

»Wir haben eine ganze Liste von eventuell Verdächtigen. Sie stehen mit drauf«, beschied mir Bátthanyi kurz und knapp.

»Ja sind Sie denn völlig verrückt geworden?«, entfuhr es mir.

»Wissen Sie, Sie haben zwar ein Alibi für den Zeitpunkt, an dem unser immer noch Unbekannter vermutlich ermordet worden ist. Aber vielleicht haben Sie den Unbekannten und seinen Komplizen dazu angestiftet und bezahlt, das Grab von Etelka Féher zu öffnen und die Wertsachen zu entwenden. Und dann ist es eben schief gegangen.«

Ich war einen Moment sprachlos. »Sie haben wirklich eine blühende Fantasie, Herr Kommissar«, sagte ich.

»Meinen Sie? Überlegen Sie logisch: Wer, außer einem Verwandtschaftsmitglied, kann von Vermögen in der Gruft gewusst haben? Sie haben die beiden geschickt und bezahlt, die Ware ist aber nie bei Ihnen abgeliefert worden, die beiden Kerle melden sich nicht mehr bei Ihnen. Sie machen sich auf den Weg nach Budapest, um selbst nachzusehen, was passiert ist, müssen irgendwie offiziell in die Gruft gelangen, spielen das ganze Theater mit der Erde aus dem gelobten Land und stürzen sich dann auch noch ins offene Grab. Macht doch Sinn, oder?«

»Das macht keinen Sinn, denn wenn es so wäre, und ich hätte dort unten irgendetwas Wertvolles gefunden – wie hätte ich es dann unbemerkt von Herrn Wohlfeiler aus dem Grab entfernen können?«, fragte ich empört. Insgeheim aber bewunderte ich Bátthanyi.

»Sie haben die Gruft nur öffnen lassen, um sich Gewissheit zu verschaffen. Hätten Sie zwei intakte Särge vorgefunden, hätten Sie einfach die Erde reingestreut, Ihr Theater zu Ende gespielt und gewusst, dass Sie sich selbst um die Bergung des Leinensacks – was immer auch drin gewesen sein mag – kümmern müssen. Ein Blick auf einen aufgebrochenen Sarg und durcheinandergeworfene Knochen hätte Ihnen gesagt, dass die beiden erfolgreich waren und nun mit dem Diebesgut verschwunden sind. Sie hätten Wohlfeiler, der sich sicherlich diskret zurückgehalten hätte, kein Wort vom Zustand der Särge gesagt – und alles wäre unbemerkt geblieben. Ärgerlich für Sie, dass da unten ein stinkender Toter lag. – Wer ist der Herr, Herr Horváth?«

»Immer noch von Horváth«, antwortete ich verärgert.

»Bei uns gibt es keine Titel mehr, Herr Horváth. – Wo haben Sie die Sachen hingeschafft? Es wäre gut, wenn Sie kooperieren – denn sonst muss ich Ihre Wohnung durchsuchen.«

»Sie werden ganz schön unverschämt, Herr Bátthanyi«, sagte ich. »Selbst wenn ich Ihren völlig absurden Theorien folge, kann ich das, was auch immer in dem Sarg gelegen ist, nicht besitzen, denn zu der Zeit, als wir das Grab geöffnet haben, war es nicht mehr dort. Wann und wie sollte ich es erhalten haben? – Abgesehen davon, dass es ohnehin mein Eigentum wäre, denn schließlich war Etelka meine Urgroßtante. In der Erbfolge kommt zuerst meine Tante, dann mein Bruder und ich.«

»Auch hier irren Sie sich«, meinte Bátthanyi sanft. »Sie vergessen die direkten Nachkommen von Frau Fehér. Wir haben sie zwar noch nicht gefunden, weil immer noch die Akte verschwunden ist – Haben Sie sie vielleicht? – aber wir werden sie finden.«

»Mein Bruder ist Anwalt«, sagte ich, weil mir nichts besseres einfiel.

»Ich weiß. Wenn Sie noch einmal einfach irgendwohin fahren, ohne sich vorher bei mir abzumelden, werden Sie den auch brauchen. Vielleicht kann er ja gleich die ganze Familie vertreten. – Was haben Sie übrigens in Granach gemacht?«

Wieso wusste der schon wieder, wo ich gewesen war? »Wenn Sie so gut darüber informiert sind, wo ich hingefahren bin, dann sollten Sie auch wissen, dass ich meine Tante abgeholt habe«, antwortete ich scharf.

»Wie rührend. Die Tante. Warum schleppen Sie eine alte Frau bei der Hitze nach Budapest?«

Ich musste lauthals lachen. Das würde Coelestine gar nicht gefallen. Ich lachte aber auch aus Erleichterung. So gut schien Bátthanyi dann doch nicht informiert zu sein, sonst wüsste er über Coelestines Alter Bescheid.

»Weil sie nicht mehr selbst Auto fahren kann«, lästerte ich. »Wenn ich Ihre Worte richtig deute, dann gehört meine Tante auch zu den Verdächtigen?«

»Richtig. Vielleicht war ja sie es, die alles angestiftet hat. – Was halten Sie davon, wenn ich Ihnen heute noch einen Besuch abstatte? Ich vergewissere mich, dass Sie kein Diebesgut aus der Gruft bei sich versteckt haben und kläre Sie noch einmal über Ihre Rechte und Pflichten als Verdächtiger auf?« Der ironische Klang in Bátthanyis Stimme gefiel mir gar nicht.

»Klären Sie mich gleich auf: ist das nicht ein wenig illegal, wenn Sie sich einfach so bei mir umsehen möchten?« Ich kam mir vor, wie in einem mittelmäßigen amerikanischen Krimi. Dort machten Ermittler Verdächtigen auch immer solche Angebote. Wahrscheinlich würde er mir gleich sagen, dass er ohne Weiteres einen Durchsuchungsbefehl für meine Wohnung bekommen könnte, mir aber das Aufsehen ersparen wolle.

»Sehen Sie, Herr Horváth, ich bekomme ohne Probleme einen Durchsuchungsbefehl ...«

»Aber Sie möchten mir das Aufsehen und den Skandal ersparen«, unterbrach ich ihn. »Kommen Sie sofort oder gar nicht. Ich hab heute auch noch ein paar andere Dinge vor.« Dann legte ich auf.

Coelestine hatte die ganze Zeit über Butterbrote, die mit dünnen Ringen von weißem Paprika belegt waren, in sich hineingestopft. »Ärger?«, fragte sie.

Ich schilderte ihr, was Bátthanyi gerade erzählt hatte und dass er wohl in den nächsten Minuten auftauchen würde.

»Kluger Mann«, meinte sie. »Bis auf die Tatsache, dass du niemanden angestiftet hast, um den Schmuck aus Etelkas Grab zu holen, sondern ihn an der Leiche gefunden hast, was keinen Sinn macht, hat er Recht.«

»Du weißt nicht, dass es Schmuck ist«, schärfte ich ihr ein. »Wir wissen durch Bátthanyi nur, dass ein schwerer Leinensack bei Etelka im Sarg gelegen ist. Bátthanyi hat es nie spezifiziert – bitte verplappere dich bloß nicht! Wenn du von Schmuck redest, sind wir noch verdächtiger, als wir ohnehin schon sind.«

Ich stimmte mich auch noch mit Tom ab. Doch bei ihm konnte ich sicher sein, dass er sich nie im Leben verplaudern würde. Coelestine verschwand, um sich aufzudonnern.

Wenig später klingelte es. Tom öffnete formvollendet, Bátthanyi schüttelte ihm mitleidig die Hand und schenkte mir einen verachtenden Blick. »Entschuldigen Sie, Sie haben nicht gesagt, dass Sie Besuch haben«, meinte Bátthanyi, als er Coelestine erblickte, die sich in ein weinrotes ärmelloses Leinenkleid mit weitem Ausschnitt gezwängt hatte und die Locken ungebändigt auf ihre braungebrannten Schultern fallen ließ. Mir entging nicht, dass Bátthanyi leicht errötete.

»Meine Tante«, sagte ich. »Frau Coelestine von Horváth. Steht doch auch auf Ihrer Verdächtigenliste, oder?«

Nun wurde Bátthanyi knallrot. »Aber ...«

»Wer sagt denn, dass Tanten immer alt sein müssen?«, fragte Coelestine und setzte einen ihrer gefährlichen Blicke auf. Ich wusste nicht, ob es in dieser Situation nun Taktik war, oder ob sie den Zigeunerbaron tatsächlich anziehend fand.

»Sie wollten die Wohnung durchsuchen? – Bitte!«, sagte ich. »Hier geht es zu meinem Schlaf- und Arbeitszimmer, dort drüben das Zimmer von Herrn Norton und das Gästezimmer, in dem nun meine Tante wohnt. Die Küche ist dort drüben. Wo sollen wir bleiben, solange Sie wühlen?« Es gelang mir, gekränkt und unfreundlich zugleich zu klingen.

Bátthanyi wurde sichtlich verlegen. Er bat uns, im Wohnzimmer zu bleiben, und begann halbherzig, die Schubladen und Schränke zu öffnen. Nach nur fünf Minuten kehrte er schon aus meinen Zimmern zurück und machte im Gästezimmer weiter.

»Sie müssen schon auch hinter der Wäsche nachsehen«, flötete meine Tante, die ihn vom Wohnzimmer aus dabei beobachtete, wie er die Schubladen der Kommode, in der sie ihre Unterwäsche verstaut hatte, nur ein wenig öffnete und sofort wieder schloss. Bátthanyi schwitzte.

»Werden Sie Granach nun auch durchsuchen lassen?«, fragte Coelestine. »Mein Neffe könnte ja, falls er was gestohlen hat, die Sachen vorgestern mitgenommen und dort versteckt haben. Es gibt dort so viele Möglichkeiten. Er könnte einen schweren Sack im Schlossteich versenkt haben, aber auch die vielen stillgelegten Kamine sind gute Verstecke. Wir haben auch einen wunderschönen Kachelofen, Sie haben keine Ahnung, was man dort alles verbergen kann!«

»Sie machen sich über mich und meine Arbeit lustig, gnädige Frau.«

Gnädige Frau. Aha. Mir das von im Namen streichen, aber Tantchen zur Gnädigen machen.

»Aber ganz und gar nicht, lieber Inspektor! Ich finde Polizeiarbeit einfach nur wahnsinnig aufregend.«

Meine Tante sprach in Klischees, jetzt war alles zu spät. Ich hatte schon, als sie in Weinrot und fast brustfrei erschienen war, ein ungutes Gefühl gehabt. »Alles Taktik, ich lenk ihn ab«, hatte sie gesagt. Aber den Tonfall in der Stimme kannte ich.

»Aufregend ist es, da haben Sie Recht.«

»Ich muss doch sicherlich auch eine Aussage machen? Jetzt, wo wir alle verdächtig sind!« Coelestine strahlte ihn an.

»Was wollen Sie denn aussagen?«

»Wo ich gewesen bin an den Tagen, die für den Zeitpunkt des Mordes in Frage kommen, zum Beispiel.«

»Das können Sie mir gleich sagen, wenn ich mit der Durchsuchung fertig bin«, meinte Bátthanyi. Ich versuchte, mich an sein Büro zu erinnern. Da war kein Foto auf dem Schreibtisch gewesen, kein Familienbild. Wenn der Mann tatsächlich unverheiratet war, dann braute sich da was zusammen.

Wenig später kehrte er aus der Küche zurück und erklärte die Durchsuchung für abgeschlossen. Coelestine stand auf und packte ihre Handtasche. »Dann gehen wir jetzt.«

»Bitte?«

»Ja, zu Ihnen auf die Wache!«, sagte Coelestine. »Ich will meine Aussage in Ihrem Büro machen, ganz offiziell!«

Bátthanyi kämpfte, man konnte es sehen. »Es reicht mir, wenn Sie mir jetzt sagen, wo Sie vor vierzehn Tagen gewesen sind.«

Coelestine sah ihn beleidigt an. »Unter diesen Umständen verweigere ich die Aussage. Sie werden mich vorladen müssen.«

Bátthanyi schien genervt, hingerissen und erstaunt gleichzeitig zu sein. Er reckte in einer ich-ergebe-mich-Geste die Hände zum Himmel, bedankte sich für mein Entgegenkommen und ging.

»Sag einmal, bist du verrückt?«, fragte ich meine Tante, als das Geräusch der Schritte des Kommissars im Treppenhaus immer schwächer erklang.

»Wieso? Der ist doch niedlich!«

»Das ist kein Hamster, Coeli, Hamster sind niedlich!«

»Ich hatte noch nie was mit einem Ungarn!«

»Aber du warst doch 1999 schon einmal hier?«

»Ja, aber da bin ich an einen Tschechen geraten.«

Ich brach das fruchtlose Gespräch ab. »Willst du die tote Verwandtschaft besuchen?«, fragte ich sie. Bis wir Lemberger treffen sollten waren noch ein paar Stunden Zeit. Coelestine war begeistert und so ging ich mit ihr los, zeigte ihr zuerst die Horváths auf dem alten Friedhof und fuhr anschließend mit ihr, da ich Wohlfeiler telefonisch erreichen konnte, zum Friedhof an der Kozma utca.

Lemberger küsste Coelestine die Hand, beachtete sie aber nicht weiter. Den alten Herrn schienen weder das wallende Haar noch das weinrote ausgeschnittene Kleid zu beeindrucken. Er bezog sie in unsere Unterhaltung ein, aber eher als eine Art Anhängsel.

»Ich bin im Archiv gewesen«, begann Lemberger, nachdem er die übliche Kombination von Kaffee und Kuchen bestellt hatte. »Die Féher-Akte ist verstellt worden. Von Frau Nemeth. Das ist die Mitarbeiterin, die Anfragen bearbeitet, zum Beispiel wenn es um Todesfälle geht und Erben gesucht werden müssen.«

Das war ja eine Neuigkeit. Der Verdacht, dass unsere Verwandtschaft sich bald um Nachkommen von Etelka vergrößern könnte, wurde immer stärker.

»Jedenfalls gab es wohl eine Anfrage, schon vor längerer Zeit, und Frau Nemeth hat sie bearbeitet und dann versehentlich die Akte nicht mehr wieder richtig eingeräumt.«

»Von wem stammt denn die Anfrage?«, wollte ich wissen.

»Das konnte man mir leider nicht sagen. Frau Nemeth hat im Ausleihregister nur eingetragen, welche Akten sie entnommen und auch wieder zurückgebracht hat. Wir müssen warten, bis sie aus dem Urlaub zurückkommt. Hoffentlich kann sie sich dann noch dran erinnern, wo sie den Féher hingeräumt hat«, seufzte er.

»Féher, das ist der, den die Etelka geheiratet hat?«, fragte Coelestine.

»Genau, gnädige Frau. Und diese Unterlagen brauchen wir, um herauszufinden, ob das Geld in Ihrer Familie vielleicht von der Féher-Seite stammt, denn den seligen Herrn Urgroßvater – Ihren Großvater – konnten wir als Quell des Vermögens bislang ausschließen«, antwortete Lemberger.

Coelestines trat mich unterm Tisch heftig vors Schienbein. Was hatte ich denn nun schon wieder falsch gemacht?

»Athos, möchtest du nicht ...«

Ich hatte keine Ahnung, was sie wollte.

»Nun ... Israel und die Weinberge«, meinte Coelestine und sah mich eindringlich an.

»Auf den Golanhöhen wächst in der Tat hervorragender Wein«, meinte Lemberger, sah Coelestine aber genauso verständnislos an wie ich. Auch ein weiterer Tritt half meinem Gedächtnis nicht auf die Sprünge.

»Die Papiere! Die Unterschrift!«

Natürlich! Israel und die Weinberge. »Willst du es denn nicht selbst erzählen?«, ließ ich Coelestine den Vortritt.

»Die Reichtumsfrage könnte geklärt sein«, begann Coelestine und schilderte Lemberger, dass wir Verkaufsunterlagen aus dem Jahr 1938 gefunden hatten, über alle Grundstücke, Weingärten und Wälder, aber dass in diesen Unterlagen mein Großvater seinen Namen und die Unterschrift gefälscht hatte, was sie daran bemerkt hatte, dass der unter den Nazis zwingenden Namenszusatz ›Israel‹ im Dokument fehlte.

Lemberger lobte erst, mit einem strafenden Seitenblick auf mich, lange Coelestines historisches Wissen, dann dachte er nach. »Sind Sie sicher, dass die Unterlagen echt sind? Ich meine, dass es Nazi-Dokumente sind und nur Name und Signatur gefälscht, nicht aber das gesamte Papier?«

»Ziemlich. Wir sind nun zwar sicher, dass Laszlo sich die Grundstücke erschlichen hat, aber wir verstehen nicht, wieso er einen gefälschten Vertrag über den Verkauf 1938 aufhebt, wenn er 1947 ganz legal kauft. Der Vertrag kann ihm beim Kauf nicht geholfen haben«,

Lemberger überlegte. »Nun, der Kaufpreis, den Ihr Vater 1947 bezahlt hat, ist immer noch beträchtlich und das hätte er sich nicht leisten können, als Sohn eines mittellosen Hausierers. Da ist noch eine Informationslücke, die wir schließen müssen. – Was den gefälschten Verkaufsvertrag angeht: vielleicht konnte er damit Kronauer erpressen? Damit er die Grundstücke auch tatsächlich wieder verkauft? Oder damit er den Betrag niedrig hält?«

»Was kann an dem Verkaufsvertrag so schlimm gewesen sein, dass man damit auf Kronauer hätte Druck ausüben können?«, fragte ich.

Lemberger zuckte mit den Achseln. »Das können wir herausfinden, wenn wir feststellen, wer bis 1938 rechtmäßiger Besitzer gewesen ist, das ist doch ganz einfach.«

»Wir haben aber keine Dokumente aus der Zeit vorher«, warf ich ein.

Lemberger sah mit leicht erstaunt an. »Aber Herr von Horváth, was machen wir denn hier gerade, um Licht in das Dunkel der Vergangenheit zu bringen? Wir gehen in ein Archiv. Warum tun Sie in Granach nicht das gleiche?«

»Weil Granach kein Archiv hat?«, versuchte ich.

»Blödsinn«, meinte Lemberger entschieden. »Es gibt in Österreich von allem ein Archiv. Sogar die Möbel vom Kaiser, die der nicht mehr hat haben wollen oder für die es keinen Platz mehr in den vielen Zimmern in Schönbrunn gegeben hat, hat man in ein Archiv gestellt und heut ein Museum draus gemacht. Unter der Hofburg lagert auf mehreren Kelleretagen alles, was die Monarchie jemals an Papier produziert hat. Und da sagen Sie, Granach hätte kein Archiv!«

»Und wo soll es bitteschön sein?«, fragte Coelestine.

»Die Kirche bewahrt viel auf. Die Pläne der alten Wehrkirche – hat Ihnen Ihr Neffe erzählt? Nein? No, auch egal – jedenfalls haben wir die Ausgrabungen in Granach nur machen können, weil in der Kirche im Pfarrarchiv alle Skizzen, Zeichnungen und sogar Kritzeleien, auf denen das Bauwerk in irgendeiner Form drauf ist, aufbewahrt werden. Ich ruf den Pfarrer an, vielleicht haben die ja auch alle anderen Unterlagen.« Lemberger fischte ein abgegriffenes kleines Notizbuch aus seiner Jackentasche und blätterte darin. Dann suchte er sein Handy, entschuldigte sich für einen Augenblick und ging nach draußen.

»Da hätten wir auch selber draufkommen können«, meinte Coelestine missmutig. »Archiv. Ist doch logisch. Wie blöd sind wir eigentlich?«

»Wo soll denn in Granach ein Archiv sein, beim Metzger vielleicht?«

»Athos, der Ort hat früher sogar einen Bürgermeister und ein zugehöriges Amt gehabt. In dem Haus, in dem jetzt die Rinhoferin wohnt. Die Zusammenlegung mit Krainach ist doch erst Anfang der Siebziger gewesen.«

Ich konnte mich nicht erinnern. Kein Wunder. Welcher Neunjährige interessiert sich schon dafür, wo der Bürgermeister sein Amt hat.

Lemberger kehrte zurück und sah uns amüsiert an. »Es ist ganz einfach, Herr von Horváth, Sie haben das Archiv.«

»Bitte?«

»Alle Unterlagen aus der Zeit vor 1938 sind unter den Nationalsozialisten ins Schloss gebracht worden. Der Pfarrer sagt, dass er von seinem Vorgänger gehört hat, dass man dort extra einen Raum eingerichtet hat. ... Jetzt sagen Sie nicht, diesen Raum gibt es nicht mehr ...«

»Es gibt nur die Schinkenkammer«, erklärte ich. »Die heißt so, weil dort alte Schwarten drin stehen.«

»Und die haben wir erst vorgestern durchsucht, nach den Unterlagen. Und nur das gefunden, was ich Ihnen gerade erzählt habe«, ergänzte Coelestine.

»Das kann nicht sein. Was ist das denn, was Sie als alte Schwarten bezeichnen?«

»Na ja, alte Bücher eben. Ich weiß es auch nicht genau«, entschuldigte ich mich. Auch Coelestine zuckte nur mit den Achseln. Lemberger ließ sich Gestalt und Zustand der Bücher genauer beschreiben.

»Unglaublich! Man hat historischen und kulturellen Analphabeten wertvolle Unterlagen anvertraut! Sie haben das Gedächtnis von Granach in eine Schinkenkammer gepackt!«

»Wir nennen es nur Schinkenkammer«, versuchte ich, ihn zu beschwichtigen. »Ich denke, dass es früher ein begehbarer Kleiderschrank gewesen ist oder so etwas.«

Lemberger raufte sich wortwörtlich die Haare. »Ein begehbarer Kleiderschrank ist eine neumodische Erfindung die nichts in alten steirischen Schlössern zu suchen hat!«, wetterte er. »Sie fahren sofort hin und schauen sich die ... die alten Schwarten an!«

»Wir können nicht schon wieder hinfahren«, sagte ich und berichtete Lemberger von Bátthanyis Generalverdacht gegen die gesamte Familie, vor allem aber vom verhängten Reiseverbot. »Ich möchte nicht, dass der Kommissar etwas von unseren Arbeiten erfährt. Tante ist schon hier, also fällt mir keine Ausrede mehr ein.«

»Dann fahre ich«, entschied Lemberger. »Geben Sie mir den Schlüssel.« Als ob es für das Schlösschen nur einen Schlüssel gäbe, so wie zu einer Wohnung.

»Das geht nicht so einfach«, meinte Coelestine und klärte Lemberger darüber auf, dass sich die Schinkenkammer in Aramis Schlafzimmer befand, der nun gerade frisch verliebt in einen brasilianischen Tänzer sei.

»Sodom und Gomorrha«, stöhnte Lemberger. »Dann rufen Sie ihn in Gottes Namen an, damit Ihr Herr Bruder und der brasilianische Tänzer sich was anziehen, bevor ich komm.« Er fragte nicht mit einem Wort danach, ob es uns überhaupt recht wäre, wenn er in Granach stöbern würde.

Ich suchte den Blickkontakt zu Coelestine, doch sie nickte nur zustimmend. Ich entschuldigte mich und ging nach draußen, um zu telefonieren. In wenigen Worten schilderte ich Aramis, wer Lemberger sei und was er vorhabe und bat ihn, den Professor zu unterstützen.

»Kein Problem«, meinte mein Bruder, bat aber darum, dass Lemberger nicht im Schlösschen übernachten würde. Wenigstens nachts wolle er mit Joaquin seine Ruhe haben.

»Musst du denn gar nicht arbeiten?«, fragte ich.

»Gerichtsferien, Bruderherz, du wirst es dir nie merken. Jetzt wird in Österreich keiner verurteilt.«

»Gute Zeit für Verbrecher«, meinte ich.

»Falsch. Ganz schlechte Zeit. Weil sie dich, bis wieder was passieren kann, in Untersuchungshaft stecken, das ist nicht schön im Sommer. Soll schon manch einer dann als Folge davon eines natürlichen Todes gestorben sein. – Ich buch ihm ein Zimmer beim Löwinger. Soll er halt morgen Mittag da sein.«

Ich teilte Lemberger mit, was mein Bruder entschieden hatte. »Sie finden dort auch die Originale der gefälschten Verkaufsverträge. Komisches Wort: Original einer Fälschung«, meinte ich.

»Wie komm ich denn hin?«, fragte Lemberger.

»Haben Sie kein Auto?«, fragte Coelestine erstaunt.

»Ich bin seit meiner Emeritation Fußgänger«, gestand Lemberger. »Ich kann schon fahren, aber nur mehr auf dem Dorf.«

Ich überlegte. Wenn ich Tom mit meinem Wagen schicken würde, würde Bátthanyi das auch herausbekommen. Blieb nichts anderes übrig, als Tom mit einem Mietwagen loszuschicken. Coelestine hielt das ebenfalls für eine gute Idee. Ich rief Tom, der heute einen freien Tag gehabt hatte, übers Handy an. Den Geräuschen nach zu urteilen plantschte er an der Donau in einem Freibad. Er sagte zu, noch heute einen Wagen zu mieten und Lemberger morgen früh abzuholen.

Lemberger schien mehr als zufrieden. »Sehen Sie, bis Montag können wir nämlich eh gar nichts machen. Die Frau Nemeth wird erst Montag gegen elf Uhr wieder an ihrem Arbeitsplatz sein. Dann erst können wir mehr über die Féher-Unterlagen erfahren.«

»Und was machen wir so lange?«, fragte Coelestine.

»No, machen Sie zur Abwechslung einmal Urlaub! Schauen Sie sich die Stadt an, gehen Sie in ein Museum. Schwimmen Sie in der Donau – oder vielleicht lasst der Bátthanyi Sie ja wenigstens innerhalb von Ungarn herumfahren, Sie können Esztergom besuchen, sich den Schauplatz der urgroßväterlichen Heldentat anschauen! Oder vielleicht nach Debrecen, der Stadt die diesen scharfen Würsteln, die ihr Österreicher so gern esst, den Namen gegeben hat. Szeged, auch schön, sogar ein Gulasch hat man danach benannt. Besuchen Sie Szomlo, Sie wissen schon, die Somlauer Nockerl ...«

Die Auswahl an kulinarisch bedeutenden Ortschaften schien in Ungarn groß zu sein.

»Jetzt hab ich Hunger«, klagte Coelestine, nachdem wir uns von Lemberger verabschiedet hatten.

»Lass uns Essen gehen«, schlug ich vor, doch meine Tante bestand darauf, sich erst noch einmal umziehen zu müssen. Auch das gehörte zur Coelestine-Logik: der Grundsatz, dass man nie länger als sechs Stunden in denselben Kleidern stecken sollte. Ein Grundsatz, den sie nun schon seit etwa vierundzwanzig Minuten verletzte, wie sie mir besorgtem Blick auf die Uhr versicherte, weshalb sie jetzt dringend noch einmal nach Hause müsse.

Ich traute meinen Augen nicht: als wir an der Wohnung ankamen, war die Tür nicht abgeschlossen, sondern nur angelehnt. Sollte Tom, der als letzter gegangen war, vergessen haben, sie abzuschließen? Unmöglich. Auf Tom war Verlass.

Vorsichtig öffnete ich die Tür und erstarrte. Jemand hatte das Wohnzimmer in ein Chaos verwandelt. Kein Möbelstück stand mehr an seinem ursprünglichen Platz, aus den Sitzflächen der Sofas und Stühle quoll das Füllmaterial. Coelestine drängte sich an mir vorbei in ihr Zimmer.

»Meine Matratze ist aufgeschlitzt!«, kreischte sie und begann, ihre Kleidungsstücke und Wäsche, die auf dem Boden verteilt war, wieder in die herausgerissenen Schubladen der Kommode zu stopfen.

»Lass das liegen!«, rief ich. »Fass nichts an. Lass alles, wie es ist, damit Bátthanyi es sehen kann. Und jetzt komm da heraus.« Wer weiß, vielleicht war der Einbrecher noch irgendwo in der Wohnung.

Ich rief Bátthanyi an und er versprach, in spätestens fünf Minuten hier zu sein. Dann rief ich Tom an und bat ihn, sicherheitshalber nicht nach Hause zu kommen. Ich befürchtete, dass Bátthanyi sonst auch noch ihn mit einer Ausgangssperre belegen würde. »Nimm dir gleich ein Hotel, hier kann man wahrscheinlich heute Nacht sowieso nicht schlafen«, schlug ich vor und zerstreute seine Bedenken, wer mir denn nun beim Aufräumen helfen sollte. »Hauptsache, du bringst Lemberger nach Granach«, sagte ich und versprach, ihn zu informieren, sobald ich mehr wüsste.

Kaum hatte ich das Gespräch beendet stürmte Bátthanyi mit mehreren bewaffneten sportlichen Kerlen die Treppe hinauf. Erstaunlich, wie gut er mit den jungen Männern Schritt hielt, doch bei uns angekommen war er doch außer Atem. »Haben Sie was angefasst?«, fragte er.

»Nur ein paar Unterhosen«, gestand Coelestine und der Kopf des Kommissars wurde noch röter.

»Sie bleiben hier«, ordnete er an, zog seine Waffe und schlich hinter dem Einsatzkommando in die Wohnung. Nach wenigen Minuten kam er wieder heraus.

»Keiner mehr da. Sie können reinkommen.«

Natürlich wollte Bátthanyi genau wissen, was wir wann gemacht und wann wir den Einbruch bemerkt hatten. Er fragte nach Tom, ich gab an, dass Tom ein paar freie Tage habe und zu Bekannten nach Österreich gefahren sei. »Mit dem Auto?«, wollte Bátthanyi wissen, der natürlich meinen Wagen im Hof hinter dem Haus gesehen hatte.

Ich gab an, das nicht zu wissen, versicherte Bátthanyi aber, dass ich noch vor einer dreiviertel Stunde mit Tom telefoniert habe, der zu dem Zeitpunkt irgendwo in einem Schwimmbad gewesen sei.

»Schauen Sie nach, ob was fehlt«, befahl Bátthanyi und Coelestine und ich gehorchten.

»Ich vermisse nichts«, stellte ich fest. Auch Coelestine war nichts abhanden gekommen. »Ich glaube auch nicht, dass bei Tom etwas fehlt, ich kenne seine Sachen«, sagte ich.

Bátthanyi sah mich eindringlich an. »Herr Horváth, ich bin anscheinend nicht der Einzige, der glaubt, dass Sie eventuell etwas Wertvolles aus dem Grab der Etelka Féher entwendet haben. Nur dass ich mich bei der Suche danach zivil verhalten habe.«

Coelestine plusterte sich auf. »Ich finde Sie ganz schön unverschämt. Ihr Land ist nicht fähig, Verbrecher im Zaum zu halten, das ist es doch! Jeder dahergelaufene Kleinkriminelle aus der Ukraine oder sonst woher hat hier leichtes Spiel – und dann schieben Sie uns die Sache auch noch in die Schuhe! Und überhaupt – wer sagt uns denn, dass nicht erst Sie, dadurch, dass Sie uns bespitzeln, andere auf den Plan gelockt haben!«

Gut gebrüllt, Tante. Bátthanyi war einen kurzen Moment lang sogar zusammengezuckt.

»Bitte packen Sie ein paar Sachen zusammen, Sie schlafen heute Nacht im Hotel. Nehmen Sie das Tábor, das ist hier gleich um die Ecke. Und dann möchte ich Sie umgehend in meinem Büro sehen, für die Aussage. – Oder möchten Sie förmlich vorgeladen werden?« Das saß. Coelestine und Bátthanyi gifteten sich mit Blicken an, dann drehte der Kommissar sich abrupt um und ließ uns stehen.

Bevor wir vom Hotel, das für meine Begriffe ganz schön heruntergekommen war, aufbrachen, gelang es mir noch, Lemberger telefonisch darüber zu informieren, was vorgefallen war. Ich bat ihn, da ich ja gleich notgedrungen aus Alibigründen seine Telefonnummer angeben musste, auf keinen Fall persönlich für den Kommissar erreichbar zu sein, sondern unbedingt nach Granach zu fahren. »Sagen Sie halt, dass Sie wieder zu Ihrer Nichte fahren, das ist doch irgendwo auf dem Dorf, oder?«

»Mir fällt schon was ein«, beruhigte er mich.

Auch mit Tom sprach ich ab, dass er zwar ans Telefon gehen würde, aber sich etwas ausdenken sollte, das ihn davon abhielt, sofort wieder nach Budapest zu kommen. Tom schlug vor, sofort mit Lemberger aufzubrechen, was ich für eine gute Idee hielt.

Im Büro hatte sich Bátthanyi etwas entspannt. Meine Tante hatte sich in eine enge weiße Hose und ein entsprechendes schwarzes Oberteil gezwängt und trug, dem Alter völlig unangemessen, wie ein Teenager bauchfrei. Obwohl ich mit Neid gestehen musste, dass sie sich so etwas immer noch leisten konnte. Auch Bátthanyi schien das zu bemerken, jedenfalls machte ihr Aufzug ihn nervös.

Wie ich erwartet hatte rief er gleich bei Lemberger an und ließ sich unser Alibi bestätigen. Auch Wohlfeiler konnte bezeugen, dass wir den Friedhof besucht hatten. Lediglich für die eineinhalb Stunden, die zwischen dem Zeitpunkt lagen, als er uns verlassen hatte und wir auf dem neuen Friedhof an der Kozma utca eingetroffen waren, hatten wir keine Zeugen.

»Glauben Sie etwa gar, dass wir die Wohnung selbst verwüstet haben?«, fragte Coelestine, und sie klang richtig enttäuscht.

»Wir müssen an alles denken«, sagte Bátthanyi. Dann telefonierte er und sprach lange mit verschiedenen Personen, leider Ungarisch.

»Ihre Nachbarin aus dem unteren Stockwerk hat gegen vier Uhr ziemlichen Lärm gehört«, sagte er dann. Das war die Zeit, als wir bei Etelka am Grab gewesen waren. »Sie hat auch Schritte gehört, vermutlich nur von einer einzigen Person. Jetzt geht wieder das Theater mit den Fingerabdrücken los. Frau Horváth, ich bitte Sie, gleich beim Kollegen alles zu erledigen. Wir müssen Ihre Abdrücke nehmen. Und wenn Herr Norton wieder hier ist, auch seine.« Er seufzte und plumpste in seinen Sessel. »Obwohl es vermutlich eh aussichtslos ist. Derjenige, der das Schloss professionell aufgebrochen hat, wird Handschuhe getragen haben.«

»Wann rechnen Sie mit Ergebnissen?«

»Ich ruf Sie an. – Gefällt Ihnen das Hotel?«

»Offengestanden ... ich hätte es mir nicht ausgesucht. Ich hoffe, dass wir morgen wieder in die Wohnung können«, sagte ich. Das schadenfrohe Grinsen Bátthanyis entging mir nicht.

»Vielleicht. Aber morgen ist Samstag, wo werden Sie so schnell neue Möbel herkriegen?«

»Bei IKEA? So etwas haben Sie doch sicherlich auch schon? Als kapitalistischer Staat?« Ich konnte es mir nicht verkneifen.

»Vielleicht sind wir auch erst Samstagabend fertig. Oder Sonntag«, meinte Bátthanyi.

»Nun, ich denke, dass wir auf jeden Fall morgen als erstes das Hotel wechseln werden. Coelestine, du wolltest was essen«, sagte ich und reichte meiner Tante den Arm.

»Ich kann Ihnen da ein hervorragendes Restaurant empfehlen ...«

»Danke, wir suchen selbst«, unterbrach ich Bátthanyi. Nach der Hotelempfehlung traute ich ihm, trotz seiner gut genährten Figur, bei der Restaurantwahl überhaupt nicht.

»Machst du dir denn gar keine Sorgen?«, fragte Coelestine, als wir nach einem üppigen Essen noch ein Glas Wein tranken.

»Weswegen?«

»Athos, stell dich nicht blöd und vor allem: halt mich nicht für blöd. Du machst eine Entdeckung nach der anderen, was unsere Familiengeschichte betrifft. Es gibt einen Toten, der wohl entscheidend besser über unsere Familie informiert war als wir selber – und jetzt wird deine Wohnung auf den Kopf gestellt. Da hat es doch jemand auf dich abgesehen.«

»Wieso auf mich? Könnte ja sein, dass er es auf dich abgesehen hat. Schließlich ist es erst passiert, als du angekommen warst«, versuchte ich einen Scherz.

Coelestines Blick sprach Bände. »Klar. Genauso wird es sein. Logisch.«

»Offen gestanden, richtig besorgt bin ich noch nicht. Ich hab eher Schiss, dass Bátthanyi mitbekommt, was ich gemacht habe, und mich dafür bei sich einquartiert«, meinte ich.

»Aber irgendjemand ist doch einwandfrei hinter dem Schmuck her.«

»Coeli, wenn es so ist, kann es aber nicht der Mörder von dem Unbekannten sein. Weil der hätte dem doch auf dem Friedhof schon die Klunker abgenommen.«

»Ich versteh das Ganze nicht. – Auf jeden Fall ist das Leben mit dir endlich mal richtig spannend.«

»Danke«, meinte ich trocken. »Das heißt also, dass es sonst mit mir nicht spannend ist?«

»Naja, ehrlich gesagt ... du reist zwar viel, aber lebst eben auch absolut ... wie soll ich sagen ... spießbürgerlich halt.«

Das traf mich doch hart. Wie sollte ein Leben mit Butler und als Privatier spießbürgerlich sein?

»Athos, es reicht bei dir nicht einmal zu einer interessanten Liebschaft. Wenn dich der Vater oder der Bruder einer Frau streng angeschaut hat, hast du gleich die Finger von ihr gelassen. Wenn eine verheiratet ist, läufst du schneller als du schauen kannst. Manchmal glaub ich fast, du bist genauso so schwul wie der Ari und traust dich nur nicht.«

»Reicht ja wohl wenn eine in der Familie für Skandale sorgt«, erwiderte ich bissig. Der Tag war mir gründlich verdorben worden. Ich stand auf und rief in Granach an, um mich abzulenken. Lemberger musste längst eingetroffen sein.

»Stehst du jetzt auf ältere Herren?«, meinte mein Bruder, der gleich nach dem ersten Läuten ans Telefon ging. Jetzt fing der auch noch an.

»Ist er denn schon da?«

»Ja ja, und schon voller Elan in der Schinkenkammer. Ich hab ihm angeboten, dass er mein Bett haben kann, ich geh mit Joaquin ins Gästezimmer. Joaquin hat uns was gekocht.«

»Und er hat angenommen?«, fragte ich entgeistert.

»Sind ja nicht alle so spießig wie du. – Willst du ihn sprechen?«

Ich verneinte.

16. August

Nachdem wir uns gleich morgens ein anderes Hotel gesucht hatten, das besser unseren Anforderungen entsprach – Coelestine behauptete zwar, es wären nur meine Anforderungen, ihr sei es egal – hatte ich Bátthanyi angerufen, der mir trocken mitteilte, dass die Ermittlungen wegen Personalmangels wohl bis Sonntag früh dauern würden. Erst danach könnten wir die Wohnung wieder beziehen. Ich war mir sicher, dass er das mit Absicht machte, um mich gründlich zu ärgern. Denn so konnte ich die Wohnung ja auch am Sonntag nicht beziehen, da wir erst Montag Möbel besorgen könnten.

Nachdem sie mich gestern für spießbürgerlich erklärt hatte, verspürte ich keine Lust, den Tag mit Coelestine zu verbringen. Ich ging allein meinem spießigen Vergnügen nach und verbrachte den Tag in einem der alten Bäder und diversen Kaffeehäusern. Und ich ärgerte mich: die ganze Geschichte machte mich langsam nervös. Mittlerweile drehte ich mich sogar im Schwimmbecken um, weil ich das Gefühl hatte, dass die immer gleiche Person hinter mir her schwamm und auch auf der Straße hinter mir herging. Völlig absurd. Wer sollte mich beschatten? Jemand von Bátthanyis Männern? Wenn es so sein sollte, dann würde ich es Bátthanyi heimzahlen und die Angelegenheit so richtig teuer werden lassen. Ich nahm mir vor, nur noch die exklusivsten Lokale aufzusuchen und das Abendessen würde ich mit Coelestine im besten Restaurant der Stadt einnehmen. Und danach noch von einem exklusiven Club zum anderen ziehen.

Lemberger rief Samstagmittag an um mitzuteilen, dass er noch heute wieder in Budapest eintreffen würde. Ich konnte nicht einschätzen, ob es ein gutes oder schlechtes Zeichen war, dass er so schnell zurückkehrte.

Ich informierte Tom, dass ich es für klug hielte, wenn er sich gleich bei seiner Rückkehr wegen der Fingerabdrücke bei Bátthanyi melden sollte. Wenn der mich wirklich beschatten ließ, würde Toms Rückkehr sicherlich bemerkt werden und ich wollte kein Risiko eingehen.

17. August

»Ein Verbrecher, der Ihrer Familie das Archiv überlassen hat!«, begrüßte mich Lemberger am Sonntag um neun Uhr morgens.

»Aber es scheint doch noch alles da zu sein?«, fragte ich.

»Eben nicht, Herr von Horváth, eben nicht!« Der alte Herr regte sich ganz schön auf. »Alles nach ungefähr 1934 fehlt.«

»Sagten Sie nicht, dass man erst 1938 das Archiv ins Schloss verlegt hat? Vielleicht ist ganz einfach zwischen 1934 und 1938 nichts passiert und ...«

»In der Zeit ist eine ganze Menge passiert!«, echauffierte sich Lemberger. »Menschen sind gestorben, haben geheiratet, Kinder bekommen, sind weggezogen, haben Häuser verkauft. Das weiß ich von zwei freundlichen alten Damen, mit denen ich das Vergnügen hatte, einen Kaffee zu trinken.«

»Wie sind Sie denn an die Rinhoferin und die Wipplingerin geraten?«, fragte Coelestine amüsiert.

»Ihr Herr Neffe war so freundlich die beiden Damen einzuladen. Eine unerschöpfliche Quelle an historischem Wissen!«, schwärmte Lemberger.

»Diese Quelle sollten Sie genauer überprüfen, bevor Sie sich auf die beiden Tratschtanten verlassen«, warf ich ein.

»Tratsch, Herr von Horváth, enthält immer einen Kern Wahrheit, und ist von daher für die Alltags- und unmittelbare Zeitgeschichte eine wunderbare Anregung. Jedenfalls fehlt das alles. Komplett. Archiviert ist auch nach 1938 über den Ort nur noch sehr wenig. Und nach 1945 gibt es nur noch Dokumente, die unmittelbar Ihre Familie betreffen.«

Das wunderte mich nun nicht sonderlich.

»Bemerkenswert ist, dass es aber vor allem über das Schloss selbst keinerlei Dokumente gibt. Als ob jemand systematisch alles entfernt hätte«, fuhr Lemberger fort und legte die Stirn in Falten.

»Was für Dokumente sollten denn existieren?«, fragte ich naiv.

»Junger Mann, es gab da die eine oder andere politische Veränderung! Zum Beispiel so eine Kleinigkeit wie das Ende der Donaumonarchie. Wenn zum Beispiel Ihr Herr Großvater, der zu diesem Zeitpunkt erst fünfzehn Jahre alt gewesen ist, noch Ungar war, dann hätte er irgendwie zum österreichischen Staatsbürger werden müssen. Wenn schon der Herr Urgroßvater 1940 als Ungar gestorben ist. – Wo bitte findet sich so etwas wie der Staatsbürgerschaftsnachweis aus dieser Zeit? Vielleicht eine kleine Geburtsurkunde?«

Schon wieder Ungereimtheiten. Ich hatte mir Klarheit von Lembergers Suche erhofft, und jetzt das.

»Außerdem: bei so umfangreichen Ländereien – da gibt es Pachtverträge, Rechnungen über Bauarbeiten, Belege über Verkäufe von Erträgen, was weiß ich nicht noch alles! – Zumindest, wenn das Gut ordentlich verwaltet wird – und da es erfolgreich gewirtschaftet hat, muss es ordentlich verwaltet worden sein!«

»Vielleicht hat es einmal gebrannt«, warf ich ein, doch Lemberger wischte diese Bemerkung mit einer Geste vom Tisch.

»Völlig überraschend finde ich in Band acht einer sechsundzwanzigteiligen Ausgabe der Humoristischen Haus- und Reisebibliothek von Moritz Saphir – einer sehr schlecht gebundenen Ausgabe übrigens – zwischen den Kapiteln ›Allerseelen-Nacht‹ und ›Die Brotverächter‹ aber eine Urkunde aus dem Jahr 1895, aus welcher hervorgeht, dass Herr Ludwig Weiss senior seinen Besitz auf seinen Sohn Ludwig Weiss junior überträgt.«

»Wer ist Moritz Saphir?«, fragte ich.

»Wer ist Ludwig Weiss?«, fragte gleichzeitig Coelestine.

»Ihre Tante stellt die vernünftigeren Fragen«, meinte Lemberger und rümpfte die Nase. »Allerdings kann ich diese Frage nicht beantworten. Ich weiß nur, dass der ältere Herr Weiss wohl aus Szeged stammte, denn es ist ein Landsitz in Szeged als eine Art Heimatadresse angegeben.« Lemberger fischte die Kopie der Urkunde aus einer Jackentasche. »Ich glaube übrigens, dass dieses Dokument der Vernichtung nur entgangen ist, weil es sich im Buch des besagten Herrn Saphir befunden hat. So was liest man nicht freiwillig, da hat es der Aktenvernichter wohl übersehen.«

»Hat es irgendwas damit auf sich, dass es ausgerechnet in einem Buch von Saphir versteckt war?«, fragte ich.

»Wieso denn versteckt? Ich habe nie gesagt, dass es versteckt worden ist. Vielleicht ist es nur versehentlich in das Buch hineingeraten. Ein Saphir-Leser, der es als Lesezeichenbenutzt hat. Obwohl ich mir das schlecht vorstellen kann, dass man so was liest. Vielleicht ist es eine Abschrift, und es hat noch ein Original gegeben, das verschwunden ist.«

Ich wollte immer noch wissen, wer dieser Saphir gewesen war und erfuhr, dass es sich um einen ungarischen Kritiker und Glossenschreiber handelte, der lange Zeit in Wien gelebt hatte und in der zweiten Hälfte des neunzehnten Jahrhunderts gestorben war. Lemberger bezeichnete ihn als jüdischen Antisemiten. »Was interessiert Sie der alte Saphir? Uns interessiert die Familie Weiss aus Szeged«, ordnete er an. »Denn die scheinen nicht nur das Schlösschen, sondern auch weitere Ländereien, die jetzt Ihnen gehören, besessen zu haben.«

»Dann fahren wir nach Szeged?«, fragte Coelestine.

»Das scheint mir eine gute Idee zu sein. – Wer ist eigentlich dieser Herr dort an der Tür, der mich die ganze Zeit über so penetrant unauffällig anstarrt?«, fragte Lemberger verärgert. Ich drehte mich rasch um, konnte jedoch nur mehr den Rücken eines Mannes in einem grauen Anzug erkennen. Der Haarschnitt kam mir irgendwie vertraut vor. Ich bildete mir ein, den gestern schon gesehen zu haben.

»Ich glaube, Bátthanyi lässt mich beschatten«, sagte ich und berichtete kurz, dass ich mich auch gestern schon beobachtet gefühlt hatte.

»Wenn Sie meinen dass der von der Polizei ist ...«, meinte Lemberger und runzelte die Stirn. »Wie auch immer. Ich habe alte Beziehungen nach Szeged, die muss ich aber erst wieder aufnehmen. – Wenn Sie entschuldigen, gehe ich telefonieren.« Lemberger zückte Handy und Adressbüchlein und verschwand nach draußen.

»Was meinst du?«, fragte Coelestine.

»Wenn alles zwischen 1895 und 1938 verschwunden ist, ist das schon ziemlich seltsam«, sagte ich.

»Besonders, wenn das Dokument von 1938 gefälscht ist. – Kannst du dir vorstellen, dass alles vielleicht immer noch dem Ludwig Weiss gehört hat und mein Vater hat es ihm gestohlen?«

»Möglich ist alles, Coeli.«

»Dann müsste er den ja gekannt haben. Ihm die Besitzurkunden über die Ländereien weggenommen haben und seinen eigenen Namen eingetragen. – Aber wo ist dieser Ludwig Weiss dann?« An Coelestines Miene konnte ich sehen, dass sie das Schlimmste über ihren Vater dachte. Ihn wahrscheinlich für den Mörder eines uns unbekannten Ludwig Weiss hielt. Zu diesem Zeitpunkt glaubte ich immer noch an ein Wunder. Wollte mir meinen Großvater nicht als Mörder vorstellen, egal, was mir Coelestine Tage zuvor über die Ängste ihres Bruders, meines Vaters, erzählt hatte.

Wir tranken schweigend unseren Kaffee, bis Lemberger nach längerer Zeit wiederkehrte. »Wir sind herzlich eingeladen, morgen am

Nachmittag bei Herrn Professor Arpad Haasz in Szeged einen Kaffee zu trinken. Herr Haasz hat uns im Gästehaus der Universität Zimmer reserviert. – Teilen Sie Ihrem Herrn Kommissar mit, dass Sie einen Ausflug machen. Sagen Sie am besten, Sie wollen die ganze Schönheit des ungarischen Landes kennen lernen, dann wird er Sie schon fahren lassen.«

»Gut. Nachdem wir ohnehin nicht in die Wohnung können, ist es so wenigstens ein bisschen spannend«, meinte meine Tante.

»Apropos: können wir wieder Ihren Herrn Butler als Chauffeur nehmen? Das war die angenehmste Autofahrt meines Lebens, er hat vom ersten bis zum letzten Kilometer kein Wort gesprochen.« Typisch Tom. Die meisten Leute, die mit ihm fahren mussten, fanden das schrecklich. Ich schloss daraus, dass auch Lemberger nicht zu den Menschen gehörte, die sich während einer Autofahrt dauernd mitteilen müssen.

Ich rief Bátthanyi an und teilte ihm mit, was wir vorhatten. Natürlich wollte er nicht nur den genauen Aufenthaltsort in Szeged, sondern auch noch den Grund der Reise wissen. Ich sagte ihm fast wahrheitsgemäß, dass wir Informationen über einen Zweig der Familie sichten wollten, der aus Szeged stammte. Diesmal nur eine kleine Lüge. Der Zigeunerbaron seufzte und erteilte die Genehmigung.

18. August

Szeged verzauberte mich sofort. Im Vergleich zu Budapest ist es eine bescheidene Stadt. Die Theiß, sie heißt hier Tisza, fließt auf ihrem Weg zur Donau, mit der sie sich im Nachbarstaat Serbien vereint, durch die Stadt. Vorher trifft sich die Tisza hier mit dem Fluss Maros, der aus dem benachbarten Rumänien kommt. Die Flüsse und die unmittelbare Nähe zu den Nachbarländern mit unterschiedlichen Sprachen und Kulturen prägen das Stadtbild ebenso wie Häuser aus der Zeit der Monarchie. Obwohl die Stadt lange Zeit zum osmanischen Reich gehörte, hat dieses keine Spuren hinterlassen. Seit 1918 ist Szeged Randgebiet eines ungarischen Staates, und vermittelt, obwohl nicht direkt Grenzstadt, doch ein Gefühl von Ende der Welt, auch wenn heute die Grenzen offen sind.

Unser Quartier, eine perfekt renovierte Villa im klassizistischen Stil, lag in einer ruhigen Seitenstraße im Kern von Szeged. Alte Bäume überragten das Gebäude. Es war angenehm kühl. Da bis zum Treffen mit Haasz noch Zeit war, schlenderte ich durch die Straßen und landete nach wenigen Minuten am Ufer der Tisza, wo der Geruch nach schmackhaften Speisen aus verschiedenen Restaurantküchen sich mit dem Geruch des brackigen Wassers vermischte. Ich entschied mich für ein etwas heruntergekommen aussehendes Lokal, da es mit einem schattigen Gastgarten direkt am Fluss ausgestattet war.

Ich bestellte, ohne ein Wort zu verstehen, was an oberster Stelle der von Hand beschriebenen Menütafel stand. Tagesgerichte waren für gewöhnlich immer frisch, und bislang hatte mir die ungarische Küche gut geschmeckt. Wenig später servierte mir der Wirt einen Teller mit dampfender Fischsuppe. Ich hoffte, dass der Fisch nicht aus der Tisza stammte, die mir gar keinen guten Eindruck machte, doch der Geschmack war unübertrefflich. Egal. Selbst wenn der Fisch aus diesem öligen Wasser kommen sollte, ich hatte noch nie eine so gute Fischsuppe gegessen. In diesem Moment brach in der Gaststube Lärm aus, der sich nach wenigen Sekunden in eine Art Musik verwandelte. Neugierig stand ich auf, um mir das Spektakel anzusehen. Eine Gruppe von Zigeunern in bester Feiertagskleidung saß an einem langen Tisch, die Reste eines üppigen Mahls bedeckten die Tischplatte, und nun wurde mit allem zur Verfügung stehenden Gerät Musik gemacht. Flaschen, Gläser, Besteck, Servierbleche, Hände, Schenkel und Stimme – alles kam zum Einsatz. Kaum hatte mich einer der Männer entdeckt, zog er mich auch schon in die Gruppe und forderte mich mit Gesten auf, mitzufeiern.

»Sind Sie verrückt? Haben Sie nachgesehen, ob Sie noch alles haben? Geldbörse? Uhr?« Lemberger sah mich entsetzt an, als ich von meinem Erlebnis mit den Zigeunern berichtete, bei dem auch reichlich Wein geflossen war.

»Sie haben Vorurteile!« Zum Beweis, dass nichts gestohlen war, zeigte ich ihm meine Uhr und meine Brieftasche. »Das sind nette Leute. Sie feiern gerne – und ich habe auch Spaß gehabt.«

Coelestine fragte neugierig, wo die Zigeuner zu finden seien, sie habe mit Lemberger ein zwar wohlschmeckendes, aber langweiliges Essen in einem Restaurant am Hauptplatz genossen. Das empörte Lemberger noch mehr. Er warnte vor den Gefahren durch »dieses Volk, das nur seinen eigenen Gesetzen gehorcht«, wie er sich ausdrückte, und schon befanden wir uns mitten in einer heftigen Debatte über Diskriminierung und nationale Stereotypien. Über diesen Streit wären wir fast zu spät zu Haasz gekommen.

Haasz bewohnte nur wenige Straßen weiter die untere Etage einer Villa, die unserem Gästehaus in nichts nachstand. Herr Professor Haasz führte uns in sein Arbeitszimmer, einen großzügigen Raum mit direktem Zugang zum schattigen Garten. An den wenigen Stellen der Wände, an denen keine Bücherregale standen, hingen Kohlezeichnungen eines ungarischen Künstlers. Haasz wirkte elegant-akademisch.

Im Gegensatz zu Lemberger, der seine Kleidung leicht vernachlässigte. Herr Professor Haasz trug auf Hochglanz polierte handgenähte Schuhe, einen grauen Anzug aus feinster Wolle und an den Hemdsärmeln prangten mit kleinen Edelsteinen besetzte Manschettenknöpfe.

Ein ältliches, schwarzgekleidetes Fräulein servierte Kaffee und Kuchen. Haasz, der etwa so alt war wie Lemberger, stellte sie als eine entfernte Verwandte vor, die dafür, dass sie bei ihm wohnen konnte, seinen Haushalt versorgte. Coelestine legte die Stirn in Falten, denn das Fräulein schien weniger rüstig zu sein als Haasz.

Wir unterhielten uns eine Weile über allgemeine Dinge, dann brachte Lemberger das Gespräch auf den Anlass unseres Besuchs.

»Sind Sie gut zu Fuß?«, fragte Haasz. »Denn am besten erfahren Sie etwas über die Familie Weiss, wenn wir einen kleinen Spaziergang unternehmen.«

Wir brachen auf. Haasz lief, ohne eine weitere Erklärung abzugeben, voran. Wir bogen zweimal in eine Seitenstraße ab – das ganze Viertel hier schien nur aus alten Villen zu bestehen – und hielten dann vor einem besonders eindrucksvollen Gebäude. Es stand inmitten eines kleinen Parks. Das Grundstück war viel zu groß, um nur Garten genannt zu werden. Ein drei Meter hohes buntes Glasfenster direkt über dem geschnitzten Hauseingang zeigte ein Blumenmotiv im Jugendstil. »Das ist das Wohnhaus der Familie Weiss. Hier ist Ihr Ludwig Weiss geboren worden und aufgewachsen.« Ich war beeindruckt.

»Kommen Sie mit, Sie müssen es von innen sehen.« Haasz fischte einen Schlüssel aus seiner Hosentasche. »Heute gehört das Gebäude zur Universität und es wird für Tagungen genutzt.« Die Tür war durch eine Alarmanlage gesichert. Es dauerte eine Weile, bis Haasz uns einlassen konnte.

»Einige der berühmtesten Architekten der Monarchie haben dieses Haus gestaltet. Beachten Sie bitte schon das Treppenhaus. Abgesehen von dem wunderbaren, und bis heute fast im Original erhaltenen Fenster – wir mussten nur ganz wenige Teile auswechseln – ist die Stiege eine Sensation.« Haasz hatte Recht. Mit einer unglaublichen Leichtigkeit und Eleganz schraubte sich die Wendeltreppe aus dunklem Edelholz nach oben. Licht fiel nicht nur durch das bunte Jugendstilfenster herein, sondern auch durch eine zwölfeckige Glaskuppel. Ich kam mir vor wie bei einer Museumsführung.

Haasz geleitete uns in einen Saal im Erdgeschoss. »Bitte beachten Sie die hässliche Bestuhlung nicht – hier findet morgen ein Kongress statt. Richten Sie Ihre Aufmerksamkeit bitte auf die Decke und auf die Gemälde.« Ich tat wie befohlen. »Sicherlich kennen Sie in Wien die berühmt Ferstl-Passage und das Cafe Central. Die Holzdecke, die Sie hier sehen, stammt vom gleichen Künstler wie die im Speisesaal des

Central.« Bunte Blumenranken, Arabesken und vergoldete Ornamente überall. Die drei Gemälde an der Wand zeigten Landschaftsbilder und hätten genauso gut in einem Museum hängen können. Haasz erläuterte, welche berühmten ungarischen Künstler diese Bilder angefertigt hatten. Auch in den Räumen der beiden oberen Etagen zierten zahlreiche Kunstgegenstände Regale und Wände. »Die Biedermeiergarnituren in den oberen Räumen und alle Artefakte gehörten der Familie Weiss« schloss Haasz die Führung ab.

»Und wem gehören Sie jetzt?«, fragte Coelestine.

»Der Universität.«

»Hat man die Familie im Kommunismus enteignet?«, wollte Coelestine wissen. Haasz und Lemberger räusperten sich.

»Wir sind keine Russen«, antwortete Haasz leicht pikiert. »Herr Weiss hat 1940 das Land verlassen und es ist nie jemand von der Familie zurückgekommen. Ein mit der Familie befreundeter Professor hat es geschafft, das Haus und die Kunstgegenstände durch die schwierigen Zeiten zu bewahren und die Universität sieht es als Ehre an, dieses Kleinod zu bewahren.«

»Welcher Herr Weiss hat 1940 das Land verlassen?«, fragte ich.

»Stefan Weiss.«

»Also hat unser Ludwig Weiss noch Geschwister gehabt?«

»Nur den Bruder Stefan und eine Schwester Agathe, die aber das siebzehnte Lebensjahr nicht überstanden hat. – Aus allem, was Sie mir erzählt haben, schließe ich, dass der alte Ludwig Weiss 1895 wohl gemerkt hat, dass er nicht mehr lange zu leben hat, und er hat seinen Besitz auf die beiden Söhne übertragen. Ludwig hat die österreichischen Ländereien bekommen. – Kommen Sie, im Pavillon ist das Familienarchiv untergebracht.«

Ein Familienarchiv in einem Pavillon! So etwas sollten wir uns auch zulegen, dachte ich. Für den Fall, dass wir unsere verworrene Familiensaga jemals klären könnten. Haasz führte uns zu einem grazilen kleinen Gebäude in den Tiefen des Parks, das einer Pagode nachempfunden war. Auch dieses Bauwerk war mit einer Alarmanlage gesichert. Das Innere war kärglich eingerichtet. Lediglich zwei alte Aktenschränke aus Kaisers Zeiten und sozialistisches Sitzmobiliar befanden sich im einzigen Raum. Haasz musste ein paar Schubladen öffnen und eine Zeit lang suchen, bevor er ein altes Papier zum Vorschein brachte.

»Das Testament des Ludwig Weiss. Können Sie die Schrift lesen?« Lemberger nickte, während Coelestine und ich den Kopf schüttelten. Haasz seufzte, fischte eine Brille aus seiner Jackentasche und las uns vor. In der nächsten Viertelstunde erfuhren wir, welche Länderein im Detail Ludwig Weiss senior seinem älteren Sohn Ludwig und was dem jüngeren Stefan vermacht hatte.

»Die haben wir ja gar nicht!«, rief Coelestine als Haasz eine Passage vorlas, aus der hervorging, dass etliche Kunstgegenstände, Vasen, wertvolle Möbel und vor allem jede Menge Gemälde, unter anderem zwei Bilder von Ferdinand Waldmüller in Granach sein sollten.

»Ein wenig Verlust ist immer«, scherzte Lemberger.

Stefan Weiss hatte von seinem Vater einige Grundstücke, unter anderem in der Nähe von Orosháza, geerbt und zwei Textilmanufakturen. »Besonders der Besitz in Orosháza ist interessant, denn dort gibt es Erdöl und Erdgas. Stefan hat mit der Förderung begonnen.«

»Ein ungarischer Texaner?«, fragte Coelestine.

Haasz schmunzelte. »Nun, ganz so vergleichbar ist das nicht. Aber es hat der Familie auf jeden Fall jede Menge Geld gebracht. Genug, um den Textilbetrieb weiter auszubauen, sehr gut zu leben und vor allem, um genug für Szeged zu spenden, um sich die Sympathien im Ort zu erhalten. – Möchten Sie die Manufaktur sehen? Ein Bauwerk existiert noch. Etwa zehn Minuten von hier.«

Wir willigten ein und machten uns auf den Weg. Die Manufaktur lag an der Tisza. »Heute wird das Gebäude von der Möbelindustrie genutzt«, sagte Haasz, nachdem er uns die Architektur aus dem neunzehnten Jahrhundert erläutert hatte.

»Hatte Stefan Weiss Kinder?«, fragte ich.

»Nein. Er war auch nie verheiratet. Sehr ungewöhnlich, denn normalerweise setzte man in diesen Familien damals alles daran, durch Erben den Fortbestand der Dynastie zu sichern. – Aber vielleicht hatte ja Ludwig Kinder. Über ihn findet sich gar nichts im Archiv, seit er Szeged verlassen hat. Und das war im Jahr 1894, da ist er nach Budapest gegangen, um zu studieren. Dort hatte die Familie eine Wohnung direkt am Vörösmarty-ter, die hat auch Stefan geerbt.«

Ich seufzte. »Wir können da auch nicht weiterhelfen. Ludwig Weiss erbt 1896 das Schlösschen und die Ländereien, die unser Großvater dann 1947 erwirbt. Wer 1938 den ganzen Besitz an den Herrn Kronauer verkauft hat, können wir nicht feststellen, weil unser Herr Großvater in krimineller Weise die Verkaufsunterlagen auf seinen Namen gefälscht hat.«

Haasz zog eine Augenbraue hoch. Ich konnte nicht deuten, ob dies ein strafender oder ein erstaunter Blick sein sollte. Er schob den linken Hemdsärmel ein wenig nach oben und legte eine teure Armbanduhr frei. »Was halten Sie davon, wenn wir jetzt schon essen gehen? Mein Magen verträgt es nicht, wenn ich nach sieben Uhr noch etwas zu mir nehme.«

Da sprach nichts dagegen. »Gehen wir zu den Zigeunern?«, fragte Coelestine, doch Lemberger und Haasz warfen ihr beide einen verständnislosen Blick zu. Haasz führte uns durch ein paar Straßen, in denen er unermüdlich auf Sehenswürdigkeiten hinwies, unter anderem auf die Synagoge. Wir gelangten zum Ufer der Tisza, doch wählte er nicht mein Lokal von heute Mittag, sondern ein sehr edel aussehendes Gebäude, an dem ein Schild darauf hinwies, dass es sich um architektonisches Kulturgut aus dem siebzehnten Jahrhundert handelte. Auch hier gab es einen Gastgarten, doch Haasz bestand darauf, in der historischen Gaststube zu sitzen. Wenigstens waren die Fenster geöffnet und vom Fluss wehte eine frische Brise herein. Haasz bestellte für uns, ohne uns zu fragen. Eine Eigenschaft, die er mit Lemberger teilte.

»Hat Ihnen der Besuch denn weitergeholfen?«, fragte er, nachdem wir die Vorspeise, Forelle mit Gänseleberfüllung, eine Köstlichkeit, verzehrt hatten und bei einem Glas Weißwein auf das Hauptgericht, Kalbskoteletts nach Gundel, warteten.

Ich zögerte eine wenig. »Nicht wirklich. Ich kann keine Verbindung zum Rest der Familie finden.« In wenigen Worten erzählte ich, was ich in den letzten Tagen über die Geschichte der Familie von Horváth erfahren hatte. »Tja, und da gibt es keine Verbindung zu einem Ludwig Weiss. Meine Urgroßtante Etelka liegt mit ihrem Mann in dessen Familiengruft, die Gruft der Familie Féher.«

Ich erschrak richtig, als Haasz in diesem Moment mit beiden Händen auf die Tischplatte klatschte. Nur mit Mühe konnte ich mein Weinglas retten. Haasz lachte, verschluckte sich und hustete fürchterlich.

»Was ist denn mit Ihnen los?« , fragte Coelestine besorgt und klopfte ihm auf den Rücken.

»Féher ist das ungarische Wort für weiß – lieber Lemberger, ist Ihnen das denn gar nicht aufgefallen? Haben Sie Ihre beiden Muttersprachen vergessen?«, fragte Haasz aufgeregt, als er wieder sprechen konnte.

Nun schlug sich Lemberger an die Stirn. »Ich Idiot! Natürlich! – Das ist unverzeihlich! Unverzeihliche Blödheit!«

Ich verstand gar nichts. Lemberger schüttelte meinen Oberarm, während Haasz auf Coelestine einredete. »Der Vorname! Der Vorname von diesem Féher! Und das Geburtsdatum!«

»Lajos«, antwortete ich, da Coelestine mich nur erschreckt ansah. »Geboren 1874, glaub ich.«

»Lajos! Aber natürlich! Ludwig ist Lajos. – Lajos Féher – Ludwig Weiss. Die perfekte Magyarisierung«, sagte Haasz und strahlte.

»Dann haben Sie den Ludwig Weiss gefunden!«, rief Lemberger fröhlich.

»Was bitte ist die Magyarisierung?«, wollte ich wissen.

»Dazu muss ich etwas weiter ausholen«, begann Haasz. »Ungarn war immer ein von vielen Völkern besetztes Land. Zwar hat schon

König Istvan im zehnten Jahrhundert unser Reich gegründet, aber im vierzehnten Jahrhundert haben wir einen Teil an die Habsburger verloren – und deren Einfluss ist im Lauf der Zeit dann immer stärker geworden.«

Wieder ein Nachhilfeunterricht in Geschichte. So viel wie in den letzten Tagen hatte ich an der Schule nicht gelernt.

»Jedenfalls verkommt Ungarn immer mehr. Der Adel wandert nach Wien ab, nur Bauern bleiben hier. 1784 wird Deutsch auch noch zur Amtssprache erklärt und das Ungarische ist vom Aussterben bedroht, vor allem auch deshalb, weil sich die Sprache nicht mehr weiterentwickelt hat und für viele Belange der damaligen Welt nicht mehr taugte.«

Langsam wurde ich ungeduldig. Ich wollte etwas über Ludwig Weiss erfahren und hörte einen sprachgeschichtlichen Vortrag. Haasz fuhr ungerührt über mein nervöses Fingertrommeln fort: »Um die Wende zum neunzehnten Jahrhundert erwacht dann die ungarische Kultur, angetrieben von ein paar Gelehrten. Es gibt eine Sprachreform, man entwickelt zehntausend neue ungarische Wörter – und endlich besitzt Ungarn eine vom Bürgertum getragene Literatursprache. Wer was auf sich gehalten hat und als Ungar gelten wollte, hat seinen deutschen Namen ins Ungarische übersetzt.«

»Aber Sie sprechen gerade von einer Zeit, lange vor unserem Ludwig«, warf Coelestine ein. »Der hieß doch noch im zwanzigsten Jahrhundert Weiss.«

Haasz nickte eifrig. »Geduld, gnädige Frau. Bankiers, Großunternehmer und Fabrikbesitzer sind zum größten Teil Nachfahren deutschsprachiger Juden, die im neunzehnten Jahrhundert nach Ungarn gekommen sind. Franz Josef adelt sogar einige von ihnen. Um dieses mehrfache Defizit auszugleichen – nämlich Jude, eventuell vom Habsburger Kaiser geadelt und auch noch deutschsprachig zu sein – magyarisiert sich diese Schicht fast vollständig. Dieses Phänomen ist in Budapest übrigens stärker ausgeprägt als in Szeged – weshalb es mich nicht wundert, dass unser Ludwig sich erst umbenannt hat, als er in die Metropole gezogen ist. Als Lajos Féher hat er doch sicherlich mehr Freunde und weniger Probleme bekommen. Das erklärt, warum wir keine Hinweise mehr zu ihm finden, wenn wir weiter nach Ludwig suchen.«

»Und Stefan hat das nicht gemacht?«, fragte Coelestine.

»Stefan ist hier in Szeged geblieben. Hier war der Druck nicht so groß. Wir sind eine Kleinstadt, das ist etwas anderes als Budapest.«

Ich war erleichtert. Wenn der Mann meiner Urgroßtante Besitzer des Schlösschens und der Ländereien gewesen war, dann war es doch logisch, dass mein Großvater rechtmäßig die Grundstücke erworben hatte. Da schmeckten die Kalbskoteletts nach Gundel gleich doppelt so gut. Nach dem Hauptgang äußerte ich meine Gedanken.

»Da stimmt was nicht«, meinte Lemberger nach einer Weile. Ich war verärgert. Warum sollte jetzt, da wir die Lösung gefunden hatten, schon wieder etwas nicht stimmen? Noch dazu ein Lösung, die mir wunderbar gefiel.

»Erstens, Herr Bátthanyi hat Ihnen gesagt, dass Lajos und Etelka Féher wohl mindestens ein Kind gehabt haben.«

»Das kann gestorben sein«, entgegnete ich Lemberger.

»Kann sein«, meinte der. »Wenn es vor den beiden gestorben ist, würde es aber wohl in der Gruft liegen. Oder? Also muss das Kind auf jeden Fall die Eltern überlebt haben und 1938, als Granach und die Grundstücke verkauft worden sind, angeblich von Herrn Laszlo von Horváth, noch am Leben gewesen sein.«

Da hatte er Recht. Kaum fügte sich alles zusammen, bekam es schon wieder Risse. »Und zweitens?«, fragte ich.

»Wenn ich mich recht erinnere ist Lajos am achtundzwanzigsten November 1938 verstorben. Mir kommt es einfach sehr seltsam vor, dass zwischen dem Todestag und dem Verkauf der Grundstücke an diesen Herrn Kronauer nur wenige Tage liegen. Die Verkaufsurkunde ist, soweit ich mich erinnere, auf den zweiundzwanzigsten oder dreiundzwanzigsten November datiert.«

»Nun, vielleicht hat er, wie sein seliger Vater, rechtzeitig gemerkt, dass er sterben wird und alles noch vor seinem Tod geregelt.«

»Ein ungarischer Jude, der – nur mal angenommen – in einem Schloss in der Steiermark wohnt, hält sich 1938 auch nach dem Anschluss freiwillig in Österreich auf, um einen Kaufvertrag zu regeln – fährt aber dann nur um zu sterben nach Budapest? Wo er eine Gruft hat?« Lemberger brummelte irgend etwas.

Ich musste zugeben, dass auch ich mit meiner Erklärung nicht zufrieden war. Die als Dessert servierte Torte aus geschichteten Palatschinken mit Nüssen, Orangenmarmelade und Punschsauce wollte mir nicht mehr so recht schmecken.

»Es ist nicht unwahrscheinlich, dass das Kind der beiden zu diesem Zeitpunkt schon Besitzer gewesen ist. Es müsste ja im Normalfall auch schon mindestens Ende Zwanzig, eher aber über dreißig Jahre alt gewesen sein«, warf nun auch Haasz ein. »Denn überlegen Sie: warum sollte Lajos Féher, wenn er selbst Kinder hat, seinen ganzen Besitz auf den Sohn seines Schwagers übertragen? Aus Nächstenliebe, weil der Schwager selbst schon nichts hatte, vielleicht? Außerdem hätte Laszlo dann ja keine Dokumente fälschen müssen!«

»Wir brauchen diese verschwundene Féher-Akte«, seufzte ich. »Dann wissen wir hoffentlich mehr.«

19. August

Am nächsten Tag fuhren wir nach Budapest zurück. Ich empfand keine rechte Freude an der ungarischen Landschaft. Ich wollte endlich Klarheit haben. Doch als Lemberger im Archiv anrief, um herauszufinden, ob Frau Nemeth nach ihrem Urlaub schon ansprechbar sei, erfuhr er lediglich, dass sie zwar zur Arbeit erschienen, aber wegen wichtiger Termine nach zwei Stunden auch schon wieder gegangen war. Der Mitarbeiter am Telefon versprach, ihr eine Nachricht zu hinterlassen.

»Haben Sie erfolgreich Ihre Familie erforscht?«, begrüßte mich Bátthany, als ich mich bei ihm meldete, um zu fragen, ob wir die Wohnung wieder beziehen könnten.

»Natürlich können Sie das. Meinen Sie nicht, Sie sollten die Vermieterin informieren, über das, was passiert ist?«

Ich rief also bei der Vermieterin an, schilderte vorsichtig, was passiert war und hoffte inständig, dass sie mich nicht kündigen würde, denn ich verspürte keine Lust, in ein Hotel zu ziehen. Nachdem ich ihr versprach, die Möbel auf meine Kosten zu ersetzen, beruhigte sie sich. Sie war tatsächlich einverstanden, IKEA-Ausstattung zu nehmen, schärfte mir aber ein, nicht aus der untersten Preiskategorie zu wählen.

Wir sortierten die nicht mehr brauchbaren Möbel aus. Die Sofas und Matratzen waren zur Gänze zerstört, ebenso die Glasvitrinen. Kommoden und Kleiderschränke hingegen könnte man reparieren, wie mir Tom versicherte. Mit einer detaillierten Einkaufsliste machten wir uns auf den Weg.

Ich muss gestehen, dass ich noch nie zuvor in meinem Leben ein IKEA-Kaufhaus von innen gesehen hatte. In Granach gab es alte Möbel, immer schon, sie gehörten einfach zum Schloss, und wenn etwas neu angeschafft werden musste, wie nach dem Tod des Großvaters, dann hatte sich mein Bruder darum gekümmert, der einen Hang zu teuren Designermöbeln pflegte. Insofern war ich natürlich neugierig.

Nach einem kilometerlangen Fußmarsch durch unzählige Ausstellungshallen verstand ich überhaupt nicht mehr, was Tausende von Menschen überall auf der Welt täglich dazu trieb, sich diese Tortur anzutun. Als ich dann erfuhr, dass man die Möbel auch noch selbst zusammenbauen müsse, streikte ich. Coelestine und Tom überzeugten mich nur mit Mühe davon, trotzdem jetzt die benötigten Sachen zu kaufen. Schließlich müsse man Matratzen ja nicht zusammenschrauben und auch die Sofagarnitur war so groß, dass sie angeliefert werden würde. Tom versicherte noch, dass er das Zusammenbasteln der Vitrinen übernehmen könnte.

Das Ausräumen der Wohnung stellte ein weiteres Problem dar. So etwas wie eine ordentliche Sperrmüllabfuhr schien es nicht zu geben. Tom fragte sich in der Nachbarschaft durch – ich habe keine Ahnung in welcher Sprache – und nach zwei Stunden kehrte er mit ein paar dunkelhäutigen Männern wieder, die mich irgendwie an meine Feiergenossen von gestern erinnerten. Nach einer kurzen Diskussion in einer fremden Sprache begannen sie, die kaputten Möbel aus der Wohnung zu schleppen. Endlich war Platz, um aufzuräumen. Tom, Coelestine und ich arbeiteten zusammen und nach ein paar Stunden sah es fast wieder ordentlich aus.

»Lass uns jetzt die Matratzen auspacken, dann gehen wir essen und dann schlafen – ich bin müde«, schlug Coelestine vor.

Wir holten die aufgerollten und in Plastik verschweißten Matratzen aus dem Wagen. »Ich glaube, das wird nichts«, sagte Tom, als er die erste Matratze mühsam aus ihrem Überzieher schälte. »Hier steht, dass es mindestens vierundzwanzig Stunden dauert, bis die Matratzen ihre volle Stärke erreicht haben und dass man sie in der Zeit nicht benutzen soll.« Ungläubig las ich den Zettel, den Tom mir hinhielt.

»Außerdem stinken die, die müssen erst auslüften«, meckerte Coelestine und rümpfte die Nase.

Gut. Also noch eine Nacht im Hotel.

20. August

Wir saßen gerade noch beim Frühstück im Speiseraum des Hotels, als Lemberger mich auf dem Handy anrief.

»Kommen Sie sofort zum Archiv«, ordnete er an. »Und bringen Sie Ihre Tante mit.«

»Was ist passiert?«, fragte ich, doch Lemberger hatte schon aufgelegt.

»Wahrscheinlich ist Frau Nemeth da«, sagte ich zu Coelestine, die einwarf, dass wir doch noch in der Wohnung zu tun hätten. Tom versicherte, dass er alles auch alleine erledigen könne und so brachen wir eine halbe Stunde später zum Archiv auf.

Lemberger lief schon nervös auf der Straße auf und ab. »Wo bleiben Sie denn!«, rief er vorwurfsvoll und verschwand auch schon im Eingang.

»Ist Frau Nemeth da?«, fragte ich.

»Nemeth, ach was, was brauchen wir Frau Nemeth? Die Akte ist da!« Lemberger zerrte uns förmlich zu einem Tisch, auf dem schon diverse Unterlagen ausgebreitet lagen. »Frau Nemeth hat die Akte versehentlich verstellt. Nicht ganz so versehentlich, wie wir jetzt wissen. Sie hat sie unter ›W‹ wie Weiss eingeordnet. Passt ja auch! Als sie gestern Abend noch einmal ins Büro gekommen ist hat sie meine Nachricht gefunden und uns kommentarlos den Ordner hingelegt. Sie selbst ist nämlich krank geworden.«

Ich deutete fragend auf einen Ordner, der auf dem Tisch lag und auf dem groß ›Pap‹ stand.

»Nicht den zweiten Schritt vor dem ersten machen«, ordnete Lemberger streng an und drückte mich auf einen Sessel. »Lesen Sie endlich. Sie brauchen mich nicht dazu. Das bisschen Ungarisch wird sich Ihnen so erschließen.« Das klang wie eine Drohung.

Coelestine fischte ihre Brille aus der Tasche.

Das erste Dokument enthielt zwei Namen: es begann mit Ludwig Weiss und dessen Geburtsdatum im Jahr 1874. Ab der vierten Zeile wurde nur mehr der Name Lajos Féher erwähnt. »Die Magyarisierung?«, fragte Coelestine und Lemberger nickte.

»Halten Sie sich nicht unnötig damit auf«, befahl er.

Das nächste Dokument schien eine Urkunde über die Eheschließung mit Etelka von Horváth aus Esztergom zu sein. Dann folgte ein Papier vom einunddreißigsten Oktober 1905: die Geburt einer Tochter namens Hilda. Hilda Féher. HF. Die Hilda von den Schmuckstücken. Etelkas Tochter, die Cousine meines Großvaters.

»Das Schwein«, flüsterte Coelestine. »Sie ist auch noch im gleichen Jahr geboren wie er! Er muss das gewusst haben!«

Mein Großvater, Coelestines Vater – sollte er wirklich nichts von der Tochter seiner Tante gewusst haben? Ich brachte das in Erwägung, doch Coelestine schnitt mir das Wort ab: »Wenn er angeblich zwischen Budapest und Granach gependelt ist, hat er es gewusst. Was ich übrigens nicht mehr glaube. Wahrscheinlich hat er hier in … irgendeiner Absteige gehaust.«

»Gibt es mehr über Hilda?«, fragte ich. Lemberger deutete auf den Order ›Páp‹. Ich öffnete ihn. Lemberger hatte die Dokumente anscheinend vorsortiert.

Obenauf lag die Heiratsurkunde von Hilda Féher und Antal Páp. Antal, der nächste Name, der mir von den Schmuckstücken bekannt war. Antal Páp, so ging aus den Dokumenten hervor, war der älteste Sohn von Andor und Ginka Páp. Meine Hand zitterte, als ich Antals Geburtsurkunde zur Seite legte.

»Die Schmuckstücke gehören denen«, sagte ich leise zu Coelestine.

»Welche Schmuckstücke?«, fragte Lemberger. Ich hatte völlig vergessen, dass ich ihm bis jetzt nichts davon erzählt hatte.

»Das ist etwas, was ich Ihnen nur bei einem starken Kaffee erzählen werde«, sagte ich.

»Dann werd ich es ja bald erfahren, denn Sie werden sicherlich einen brauchen«, meinte Lemberger süffisant.

Ich blätterte weiter in den Unterlagen. Neben mir schnaufte Coelestine, als würde sie die Treppen eines Wolkenkratzers erklimmen. Über der Brille faltete sich ihre Stirn wie Wellblech. Antal Páp hatte einen jüngeren Bruder namens Max gehabt und eine Schwester Lea, die jedoch wenige Tage nach der Geburt bereits wieder verstorben war. Von diesem Max hatte ich noch nichts gehört. Kein Schmuckstück mit M oder MP als Gravur.

Den Abschluss bildeten zwei Geburtsurkunden: eine von Tochter Ida Páp, geboren im Jahr 1927, und eine von Imre Páp aus dem Jahr 1930.

»Wann ist Hilda gestorben?«, fragte Coelestine leise.

»Das wüsste ich auch gerne«, meinte Lemberger. »Es gibt keine Sterbeurkunde.«

»Ist das ein gutes oder ein schlechtes Zeichen?«

Lemberger zuckte mit den Achseln. »Vielleicht sind sie rechtzeitig ausgewandert. Eine Abmeldung aus der Gemeinde gibt es nicht. Aber viele haben sich nicht offiziell abgemeldet, wenn sie heimlich geflohen sind. – Bis 1930 jedenfalls haben sie in dem Haus gelebt, das schon lange der Familie Weiss gehört hat.« Lemberger blätterte in den Papieren. »Ich will es für Sie kurz machen: Hilda, unsere Tochter aus vermögendem Haus – denn Herr Weiss hat als Féher sein Architekturstudium erfolgreich beendet und war auch noch in seinem Beruf erfolgreich – jedenfalls hat unsere Hilda den Rechtsanwalt Páp geheiratet. Seines Zeichens auch schon stinkreich, weil Andors Familie eine Bank besessen hat. Während die Familie unserer lieben Ginka – ich hab den Ordner jetzt nicht dazu gelegt, weil was interessieren uns die Krones' – jedenfalls hat Familie Krones aus Poszony, heute Bratislava, mit Lebensmittelhandel ein Vermögen verdient. – So, jetzt wissen Sie alles. Gehen wir jetzt Kaffee trinken?«

Ich bat Lemberger, dafür zu sorgen, dass wir von allen Dokumenten Kopien erhielten. Wahnsinn. Was, wenn Ida und Imre noch am Leben wären ...

Lemberger schlug vor, die Konditorei Frölich zu meiden. »Zu viele Juden dort, verstehen vielleicht noch Deutsch«, sagte er.

»Aber sind Sie denn selbst nicht ...«, fragte Coelestine.

»Eben!«, rief Lemberger und lief uns voran durch ein paar Gassen, bis wir in einem Kaffeehaus landeten, das nur aus einem kleinen, total verqualmten und lieblos ausgestatteten Raum bestand. »Der Kaffee ist hervorragend, und auch der Obststrudel«, sagte Lemberger, als er Coelestines misstrauischen Blick bemerkte.

»Sie müssen tot sein«, platzte Coelestine ziemlich unvermittelt los. »Wieso?«, fragte ich.

»Athos, wer so reich ist, verschwindet nicht spurlos von der Bildfläche. Wenn die nach Israel oder Amerika gelangt wären, dann gäb es doch in den Akten einen Vermerk. Oder? Oder sie hätten sich irgendwie nach dem Krieg gemeldet und auf jeden Fall versucht, das Familienvermögen wieder zu finden. Wenn Lajos Féher das Schlösschen gehört hat, hat er es wohl seiner Tochter Hilda vermacht. Oder vor dem Tod überschrieben. – Und vor allem hätten sie sich um das Grab von ihren Eltern gekümmert. Oder?« Sie sprach Lemberger an.

Der wiegte nachdenklich den Kopf. »Ich fürchte, dass Sie Recht haben, gnädige Frau. Zumindest, was Hilda und Antal angeht. Wir können versuchen, herauszufinden, ob sie Ausreisepapiere gehabt haben. Das ist nicht ganz einfach, und wird nur dann funktionieren, wenn sie offiziell auf den eigenen Namen Visa ausgestellt bekommen haben. Wir werden nichts finden, wenn sie zu lange gewartet haben und deshalb untertauchen mussten. – Sie schulden mir eine Erklärung wegen Schmuckstücken.«

Ich warf kurz einen Blick zu Coelestine, die eindeutig signalisierte, dass ich reden sollte. Also berichtete ich Lemberger, was ich ihm bislang verschwiegen hatte.

»Das Leben mit Ihnen ist wirklich spannend. Der erste Leichenfledderer, den ich kenne!«, meinte er, als ich mit meiner Geschichte am Ende angelangt war. »Und jetzt sind Sie vermutlich hin- und hergerissen, ob sie alles an Klein-Ida und Klein-Imre abgeben müssen, weil die ja in der direkteren Linie stehen, was den Schmuck angeht.«

»Wobei unsere Ida heute auch schon einundachtzig wäre und Imre achtundsiebzig.«

»Vielleicht haben beide ja Kinder, die noch leben«, spann Lemberger den Gedanken weiter. »Was die Möglichkeit offen lässt, dass Ihr Herr Großvater die Ländereien der Familie seiner Tante den Kindern seiner Tante gestohlen hat.«

»Wie soll er das angestellt haben?«, fragte ich, und wunderte mich, dass ich immer noch über so einen Gedanken empört sein konnte.

»Wäre schön, wenn wir vom Herrn Großvater selbst auch noch eine Geburtsurkunde finden würden. Aber in den Unterlagen des seligen Herrn Imre fand sich ja nicht einmal eine Heiratsurkunde. Stellen Sie sich vor, dieser Laszlo von Horváth ist vielleicht gar nicht der Sohn von Imre ....«

»Jetzt reichts, bitte nicht«, bat ich Lemberger. »Lassen Sie uns herausfinden, was mit Hilda und ihrer Familie passiert ist. Können Sie rauskriegen, ob sie Visa hatten?«

Lemberger nickte. »Wird nicht ganz so schnell gehen. Eventuell ein, zwei Tage. Kommt drauf an, wie lange sie in Ungarn gewesen sind.«

»Naja, 1938 ist es in Österreich eng geworden ...«

»Sie wissen wohl gar nichts?«, unterbrach mich Lemberger. »In Ungarn ist es zwar auch eng geworden, aber die Situation war ganz anders als in Österreich.«

Ich ahnte, dass nun ein weiterer Nachhilfeunterricht in Geschichte folgen würde, doch Coelestine nickte Lemberger eifrig zu.

»Im April 1938 hat man zwar durch das so genannte erste Judengesetz den Anteil der Juden, die intellektuelle Berufe, wie zum Beispiel Rechtsanwalt, ergreifen durften, auf zwanzig Prozent begrenzt. Ein Jahr später hat es ein zweites Gesetz gegeben, das den Einfluss ungarischer Bürger mosaischer Konfession, wie es so schön hieß, im öffentlichen und wirtschaftlichen Leben eingeschränkt hat. Es war aber immer noch möglich, sich frei zu bewegen. Kein Jude musste einen Stern tragen. Ungarn hat sogar Flüchtlinge aus anderen Ländern aufgenommen und über Budapest sind viele nach Schweden oder die Schweiz ausgereist, wenn sie dort Verwandtschaft hatten. 1941 wurden die Heiratsmöglichkeiten eingeschränkt und man hat begonnen, Juden zu so genanntem Arbeits- oder Heimatschutzdienst heranzuziehen.«

»Dann hätte Laszlo ja gar keinen Anlass gehabt, vor dieser Zeit zu fliehen.«

Lemberger schüttelte den Kopf. »Wer Augen hatte, zu sehen, Herr von Horváth, der ist gegangen. Vor allem, weil es von Ungarn aus theoretisch noch möglich gewesen ist. Ich sage theoretisch – denn über welchen Weg hätte man denn gehen sollen? Die Nachbarstaaten waren entweder alle schon in Hitlers Hand – oder die Alternative wäre ein Weg über Russland gewesen. Mit Rumänien herrschte zeitweilig Krieg. Natürlich gab es Flugzeuge – wenn man es sich hat leisten können. Und ein Visum für ein Aufnahmeland zu bekommen, das war doch fast schon unmöglich!«

»Wann ist es denn in Ungarn richtig schlimm geworden?«, fragte Coelestine.

»1944. Im März. Da hat Adolf Eichmann den Oberbefehl über ein Sonderkommando erhalten. Man hat die ungarischen Juden in Ghettos verbracht und später Massendeportationen organisiert. Fünfundsiebzig Prozent der Juden aus der Provinz sind umgekommen, vierzig Prozent der Juden aus Budapest. Wie sinnlos ... so kurz vor Kriegsende. Besessen sind sie gewesen, die Nazis, und haben Unterstützung gefunden bei den braven Ungarn. – Stellen Sie sich vor, im März gehen die Vernichtungsmaßnahmen los, nur einen Monat später die

Luftangriffe der Engländer auf Budapest ... Ende August marschieren über Rumänien die Russen ein, im Oktober gibt es einen Waffenstillstand, und diese kurze Zeit reicht den Pfeilkreuzlern aus, über eine halbe Million ungarische Juden zu töten ...«

»Und Ihre eigene Familie?«, fragte Coelestine behutsam.

»Hat Glück gehabt«, entgegnete Lemberger fast unwirsch. »Was gedenken Sie nun zu tun?«

Das war ein eindeutiges Signal, nicht mehr in diese Richtung weiter zu fragen.

»Können wir parallel nach einer Geburtsurkunde von Laszlo suchen?«, fragte ich.

»Das geht. Falls die Daten stimmen, die Sie haben. Wir geben im Archiv den Auftrag, und dann sehen wir weiter«, sagte Lemberger.

»Und ich werde Bátthanyi informieren, dass die Akte Féher aufgetaucht ist. Er wird auch nach Hilda suchen und vielleicht hat er ja Erfolg.« Lemberger machte eine zweifelnde Miene. »Jedenfalls wird es ihn mir gegenüber etwas freundlicher stimmen«, meinte ich.

»Was werd ich nur zwei Tage ohne Sie machen«, scherzte Lemberger.

»Weinen Sie nicht«, entgegnete ich. »Wir sehen uns ja bald wieder.«

»Was werden wir zwei Tage ohne ihn machen?«, fragte Coelestine, nachdem Lemberger sich verabschiedet hatte. »Ich hab mich an ihn gewöhnt. Er ist .... kann sich so gut benehmen. Und er weiß immer alles.«

»Wir könnten eigentlich, parallel zu seinen Bemühungen, uns selbst um Laszlo kümmern. Im Schlösschen wird nichts sein. Zumindest gehe ich davon aus, dass unser Herr Professor tatsächlich jedes Blatt Papier aus der Schinkenkammer einzeln gedreht, gewendet und untersucht hat. Meinst du, dass deine Mutter noch etwas wissen könnte?«, fragte ich.

Coelestine überlegte. »Sie hasst Laszlo wie die Pest. Ich weiß nicht, ob sie bereit ist, sich länger als zwei Sätze lang mit uns über ihn zu unterhalten.«

»Aber einen Versuch wäre es doch wert. Sie mag mich, vielleicht ist es besser, wenn ich sie frage«, schlug ich vor.

»Was soll das? Nur weil ich mit meiner Mutter nicht jede Woche telefoniere, heißt das nicht, dass wir ein schlechtes Verhältnis haben!«

Coelestine hatte nie wirklich verwunden, dass ihre Mutter die Familie verlassen hatte. Obwohl sie vollstes Verständnis dafür hatte, dass sie es nicht länger mit ihrem Vater ausgehalten hatte, fühlte sie sich doch immer noch von ihr im Stich gelassen.

»Ich muss mir ohnehin erst von Bátthanyi die Erlaubnis einholen, die Stadt zu verlassen, ...«

»Du willst doch nicht etwa schon wieder hinfahren? Wir waren doch erst vor ein paar Wochen da!«

Ich ging gar nicht darauf ein. Schließlich wusste ich, dass Coelestine insgeheim gerne Zeit mit ihrer Mutter verbrachte, auch wenn sich die beiden dann eher wie flüchtige Bekannte etwas steif beim Kaffee über Nichtigkeiten unterhielten. Statt meiner Tante zu antworten, rief ich Bátthanyi an. Ich informierte ihn darüber, dass die verlorengegangene Akte wiedergefunden worden war, und dass er nun vielleicht Nachkommen der Familie Féher würde finden können. Wie ich erwartet hatte, hatte noch niemand aus dem Archiv den Kommissar informiert, weshalb ich noch etwas nachlegte, um ihn für meine Reisepläne günstig zu stimmen. »Ich dachte, ich sage Ihnen so schnell wie möglich Bescheid, damit Sie den Fall bald abschließen können.« Ich fand, das klang kooperativ, doch Bátthanyi war wohl mit dem falschen Bein aufgestanden und wetterte los, ob ich denn die ungarische Polizei für zu blöd halte, einen einfachen Mordfall aufzuklären. Ich diskutierte zehn Minuten lang mit ihm über die Ausreiseerlaubnis. Am Ende half nur, ihn unter Druck zu setzen, meine Stiefgroßmutter für halbtot und schwer leidend zu erklären, mit deren hohem Alter und dem jederzeit zu befürchtenden plötzlichen Ableben ihrerseits zu drohen, bis Bátthanyi einwilligte, Coelestine und mich für maximal zwei Tage ausreisen zu lassen. »Sie sind immer noch Verdächtige«, erklärte er kalt. »Vergessen Sie das nicht.«

»Wenn Sie uns nicht vertrauen – lassen Sie halt Ihren Spitzel gleich bei uns im Wagen mitfahren, anstatt ihn hinter uns her zu schicken, dann sparen Sie Benzin!« entgegnete ich wütend.

Es dauerte eine Weile bis Bátthanyi antwortete. »Herr Horváth, wenn Ihnen tatsächlich jemand folgt, dann sollten Sie wachsam sein. Ich hab niemanden auf Sie angesetzt. Passen Sie auf!«, mahnte er, und seine Stimme klang wirklich besorgt.

Wer war dann die Person, die ich schon öfters aus den Augenwinkeln heraus als Beschatter identifiziert hatte? Ich nahm mir Bátthanyis Rat zu Herzen. Als wir das Kaffeehaus verließen, drehte ich mich oft so unauffällig wie möglich um. Mit dem einzigen Erfolg, dass Coelestine mich für paranoid hielt. Ob uns jemand folgte? Ich konnte es nicht sagen.

21. August

Die Ausstrahlung von Oma Dana beeindruckte mich immer wieder. Mein Vater hatte oft gescherzt, dass sie in ihren jungen Jahren in jedem Theater die Idealbesetzung der Jüdin von Toledo hätte geben können. Ein Portrait von Velasquez sei das mindeste, was ihrer Schönheit angemessen gewesen wäre. Schwarze Augen funkelten unter hoch geschwungenen Augenbrauen aus einem dunklen, von wenigen Mimikfalten geprägten Gesicht. Sie trug das braune Haar wie eine Flamencotänzerin straff nach hinten gekämmt und hochgesteckt. Perfekt manikürte Hände trugen jeweils einen Ring: links den Smaragd, rechts den Rubin. Die Ringe waren das Einzige, was Dana von ihren Eltern, sephardischen Juden, übrig geblieben war. Sie wird sie mit ins Grab nehmen. Als Juttka noch lebte, war Dana entschlossen gewesen, jeder ihrer Töchter einen Ring zu vererben. Dann war Juttka gestorben, an einer Überdosis Drogen, und da Coelestine keine Kinder hatte (und mit fünfzig Jahren wohl auch keine mehr bekommen würde), hatte Dana entschieden, dass die Ringe mit ihr gemeinsam bestattet werden sollten. Als letzte Ruhestätte für das Andenken an ihre Eltern, die in Treblinka in Rauch aufgegangen waren.

Oma Dana freute sich über Besuch, auch wenn sie sich mit ihrer Tochter etwas schwer tat. Wir trafen am späten Nachmittag bei ihr ein und Dana bestand darauf, ausgiebig mit uns Kaffee zu trinken. Nachdem wir genug Belanglosigkeiten ausgetauscht hatten, erzählte ich ihr in knappen Worten, was der Anlass unseres Besuchs sei. Dana war ein pragmatischer Typ, sie würde das nicht übel nehmen. Doch diesmal war es anders. Sie bestand darauf, dass ich ihr von Anfang an schilderte, was in Budapest passiert war. So begann ich also bei der Suche nach dem Grab von Etelka und meiner Begegnung mit der in Familienschmuck gekleideten unbekannten Leiche, den Entdeckungen über den eigentlichen Vermögensstand der Familie von Horváth. Ich betonte Urgroßvater Imres Heldentum, was Dana nicht im Geringsten beeindruckte. Sie schwieg eisern und stellte keine einzige Frage. Fast hoheitsvoll thronte sie aufrecht in ihrem Polstersessel und machte ein unbeteiligtes Gesicht. Das änderte sich erst, als ich über den Inhalt der Akte Féher berichtete. Danas Gesicht wurde für einen Moment aschgrau.

»Mama?«, fragte Coelestine besorgt.

Dana schob ihren Dutt zurecht. Dann rief sie nach ihrer Haushälterin, beauftragte sie, den Tisch in ihrem Lieblingsrestaurant abzusagen und statt dessen von dort die Tagesempfehlungen des Küchenchefs für vier Personen – Tom zählte für Dana zur Familie – nach Hause anliefern zu lassen. »Wir sehen uns zum Abendessen in etwa einer

Stunde«, befahl sie und sah angespannt und alt aus. »Ich habe noch etwas zu erledigen.«

»Ob ihr wegen der Familiengeschichte schlecht geworden ist?«, fragte Coelestine, nun eher neugierig als besorgt.

Ich wusste es nicht. Doch etwas an Etelkas Verwandtschaft schien sie aufgestört zu haben.

Zum Abendessen erschien Dana in ihrem besten Kleid. Gefasst und fast reserviert dinierte sie mit uns. Andere Menschen essen, meine Stiefgroßmutter speiste. Essen war ein viel zu profaner Begriff für die Art, wie sie mit dem Besteck hantierte, die einzelnen Bissen an den Mund führte und mit minimalen Kaubewegungen zu verdaubarem Brei verarbeitete. Gesprochen wurde nur zwischen den Gängen, ausschließlich über die Qualität der Speisen. Ich wurde fast wahnsinnig, doch es war absolut sinnlos, jetzt ein Frage zu stellen, warum sie vorhin so heftig reagiert hatte. Coelestine hielt den Blick auf ihren Teller gesenkt und schob fast teilnahmslos Reste des Parfaits hin und her. Ein Bild aus der Vergangenheit tauchte vor meinen Augen auf: Dana und Laszlo saßen nebeneinander an einem großen, dekorativ gedeckten Tisch. Laszlo hielt die Ellenbogen auf dem Tisch aufgestützt, die schlampig in den Hemdkragen gestopfte Serviette vor seiner Brust war bereits fleckig, und er schaufelte mit einem Löffel den in lauter kleine Bissen geschnittenen Braten in sich hinein. Danas ganze Körperhaltung signalisierte, was sie vom Verhalten ihres Mannes hielt. Links von ihr saß Juttka, in einem mit Blumen bedruckten weit geschnittenen Kleid, ein schmales Stirnband hing wie ein Kranz direkt über ihren Augenbrauen und sie weigerte sich, den Braten auf ihrem Teller zu berühren, da sie genug habe vom imperialistischen Lebensstil ihrer Eltern. Coelestine daneben, den Kopf gesenkt, bei dem verzweifelten Versuch, die Familie um sich herum nicht wahrzunehmen, damit sie ihre Lieblingsspeise vielleicht doch noch genießen könnte. Ich muss damals fünf Jahre alt gewesen sein und mir war fast schlecht geworden, da ich zwar aß, aber nicht wagte, zu atmen. So ging es mir auch jetzt.

Endlich war das Essen abgeräumt, der Aperitif serviert, und Dana entschuldigte sich für einen kurzen Moment. Die Haushälterin bat uns in den so genannten Salon, ein Raum, der mit Biedermeiermöbeln aus Rosenholz ausgestattet war und den meine Stiefgroßmutter nur bei besonderen Anlässen benutzte. Sie thronte dort bereits in einem imposanten Ohrensessel und deutete uns mit der Hand, auf dem zierlichen Sofa Platz zu nehmen. Auf dem runden Tischchen zwischen uns lag eine Ledermappe. Umständlich fischte Dana eine Lorgnette aus einem Etui. Ich musste trotz der angespannten Atmosphäre schmunzeln. Natürlich würde meine Stiefgroßmutter nie eine profane Brille auf der Nase tragen. Sie schlug die Mappe auf, nahm das erste Dokument heraus und reichte es uns wortlos. Es war die Abschrift der Geburtsurkunde von Coelestines verstorbener Schwester. Doch der eingetragene Name lautete nicht Juttka, sondern Hilda.

»Meine Großmutter hieß Hilda«, begann Dana. »Also hab ich darauf bestanden, dass meine erste Tochter heißt wie sie. Meine zweite Tochter hätte nach meiner Mutter heißen sollen, ein Sohn nach meinem Großvater und ein weiterer nach meinem Vater. Ich war schwanger, bevor wir geheiratet haben. Genauer gesagt, haben wir es gerade noch geschafft, vier Tage vor Hildas Geburt zu heiraten. Es war keine Zeit, mit Laszlo über solche Dinge wie einen Namen für das Kind zu sprechen. Er war auch nicht da, als ich meine Tochter geboren habe. Wichtige Geschäfte, hat er gesagt. Also habe ich den Namen ausgesucht. Vier Wochen später, als er endlich von seinen Geschäften, die ihm wichtiger gewesen sind als sein Kind, zurückgekommen ist, hat er das Original zerrissen, mich fassungslos angesehen und gesagt: ›Das Kind heißt Juttka. Wenn dir das nicht passt, kannst du gehen.‹ Er hat alle Hebel in Bewegung gesetzt, um die nachträgliche Namensänderung durchzusetzen. Ich war gerade eben achtzehn Jahre alt geworden. Was hätte ich tun sollen? Ich hab geschwiegen.«

Dana spielte mit ihrer Lorgnette. »Ich hab keinen Groschen Geld gehabt. Ich wollte, dass Hilda es gut hat. Meine Großmutter würde mir verzeihen, da war ich mir sicher.«

»Hast du ihn gefragt, warum er den Namen nicht hat haben wollen?«, fragte ich.

Dana nickte. »Er hat die Frage nie beantwortet. Aber statt einem gemeinsamen Schlafzimmer haben wir von diesem Augenblick an getrennte Räume bewohnt. Er hat das Schlösschen umbauen lassen. Ich habe meinen eigenen Bereich bekommen, mit Platz genug für Hilda, er ist in seinen Teil gezogen.« Ich erinnerte mich dunkel daran, dass die beiden separate Räumlichkeiten bewohnt hatten.

»Habt ihr denn gar nicht mehr ... ich meine ...« Coelestine, die sonst ziemlich unverblümt über ihre eigenen sexuellen Eskapaden sprechen konnte, stieg die Schamröte ins Gesicht und sie stotterte.

Dana schien das für einen Moment zu amüsieren, dann hatte sie sich wieder gefasst und sagte ernst, fast kalt: »Nein, eine Ehe im ... herkömmlichen Sinn geführt haben wir nicht. Deinem Vater gefiel es lediglich, sich ein- oder zweimal im Jahr mit Gewalt Zutritt zu meinem Wohnbereich zu verschaffen.«

Coelestine erstarrte. »Das hast du mir nie gesagt ...«

»Warum hätte ich es dir sagen sollen? Damit du dich schlecht fühlst, weil du die Frucht einer ... Gewalttat bist?«

»Damit ich verstehe, warum ihr nicht miteinander redet, warum Juttka immer wieder weggelaufen ist, warum ...«, schrie Coelestine, doch Dana unterbrach sie: »Wie hättest du mit deinen paar Jahren verstehen sollen, was ich selbst nicht verstanden habe? Nicht verstanden habe bis zu dem Jahr, in dem er endlich gestorben ist!«

Sie nahm eine Plastikhülle mit alten Papieren, auf denen sich unzählige Stempel befanden, aus der Mappe und legte sie vor uns auf den Tisch. »Das habe ich geerbt. Ich weiß nicht, ob den Alten das schlechte Gewissen geplagt hat oder warum er mir diese Papiere vermacht hat. Jedenfalls hab ich verstanden, warum meine Tochter nicht Hilda heißen durfte.«

Ich nahm die Papiere aus der Hülle. Im ersten Moment verstand ich gar nichts. Ich hielt einen Stapel Visa aus dem Jahr 1941 in Händen. Ausgestellt auf Hilda Páp, geborene Féher. Alle Visa waren 1942 abgestempelt, also hatte Hilda sie benutzt. Mit Hilfe der Papiere ließ sich Hildas Weg über den Balkan und Marokko bis nach Lateinamerika nachvollziehen. Es folgten die Visa für Ida und Imre Páp, auch sie waren abgestempelt. Dann brach mit einem Schlag meine ohnehin nicht mehr heile Welt noch weiter zusammen: natürlich war auch Hildas Mann geflohen. Auch für ihn waren Visa ausgestellt worden. Aber das Foto zeigte nicht Antal Páp, sondern meinen Großvater.

»Ich versteh gar nichts mehr«, sagte Coelestine. »Warum nennt Antal Páp sich Laszlo von Horváth?«

Dana verzog leicht amüsiert den Mund. »Du hast immer noch nicht verstanden, was dein Vater für ein Mensch gewesen ist.«

»Ich versteh es auch nicht«, mischte ich mich ein. »Das wäre doch alles nur logisch.«

»Was ist logisch?«, verlangte meine Stiefgroßmutter zu wissen, doch alleine schon aus der Art, wie sie fragte, war klar, dass jede Erklärung, die ich anbringen könnte, falsch sein würde.

»Diese Horváth- oder von Horváth-Linie endet bei Imre. Es gibt im Archiv keine Unterlagen, dass er geheiratet oder Kinder gezeugt hätte. Unser gesamter Besitz stammt von Familie Féher, vormals Weiss. Hilda hat alles von ihrem Vater geerbt und Antal geheiratet. Wahrscheinlich haben sie dann während des Krieges alle Unterlagen verloren, und ...«

Dana lächelte. »Und jetzt fällt dir leider auch nichts ein, warum Antal Páp, der ein Vermögen besessen hat, mit seiner Frau nach dem Krieg nach Österreich zurückkehrt, sich von nun an Laszlo von Horváth nennt und zu allem Überfluss auch noch Urkunden fälscht, damit es so aussieht, als sei er schon vor 1938 Laszlo von Horváth und damit Besitzer eines Vermögens gewesen. Nicht wahr?«

Dana deutete auf ein Dokument, das noch in der Mappe lag. Ich nahm es. Die Geburtsurkunde meines Vaters. Anatol von Horváth, geboren am dritten März 1931 in Debrecen, Sohn des Laszlo von Horváth, geboren am zehnten Oktober 1905 in Budapest, und der Rosa von Horváth, geboren im Jahr 1903 in Debrecen als Rosa Bamberger.

»Du solltest dir ein Papier noch einmal etwas genauer ansehen«, schlug Dana vor und suchte aus dem Stapel der Visa die Seiten heraus, die auf Imre Páp ausgestellt waren.

Meine Augen schmerzten. Als würden sie nicht sehen wollen, was da vor ihnen lag. Ich hatte die Visa der Kinder eben achtlos durchgeblättert, da das Bild von Ida Páp genauso aussah wie das Foto von Ida auf dem Medaillon aus Etelkas Grab. Doch Imre Páp war ... mein Vater.

Meine Hände zitterten. Dana lächelte zufrieden. »Es fügt sich alles zusammen«, sagte sie leise.

Ich nahm noch einmal die Visa von Hilda Páp und betrachtete das Foto ganz genau. Schwarzes Haar, dunkler Teint, leicht abstehende Ohren. Wie mein Vater. Wie Aramis. Daneben das Bild von Ida Páp: blond, helle Haut. Keinerlei Ähnlichkeit, mit niemandem von uns. Auch mein Großvater war ein dunkler Typ gewesen.

»Was ist aus Ida geworden?«, fragte Coelestine leise.

»Frag lieber, was aus Hilda, Antal und Imre geworden ist«, sagte Dana grob. »Oder meinst du, dass jemand in dieser Zeit so ungeheuer dumm gewesen ist, die einzige sichere Chance zur Rettung des eigenen Lebens zu verschenken?«

»Vielleicht waren sie ja schon entkommen und haben die Visa nicht gebraucht«, versuchte Coelestine.

»Natürlich«, höhnte Dana. »Das erklärt auch, warum ein nicht gefälschtes Visum für die fünfzehnjährige Ida mit im Paket ist.«

»Ich versteh das nicht. Laszlo gibt sich als Antal Páp aus, um fliehen zu können. Warum ist er nicht Antal Páp geblieben, als er nach Österreich zurückgekehrt ist? Das wäre doch viel einfacher gewesen, als diesen ganzen Zirkus mit den gefälschten Kaufverträgen und so weiter anzustellen«, warf Coelestine ein.

»Vielleicht, weil es eventuell noch weitere Verwandte gegeben hat, die ihn hätten verraten können? Vielleicht wegen Ida?«, schlug Dana vor.

»Du hast nach der Geburtsurkunde von Laszlo gefragt«, wandte sich Dana an mich. »Hier ist sie.« Sie zog mehrfach gefaltete Papiere aus der Tasche ihres Kostüms. »Ich lege es nicht zu den anderen Papieren. Ich bin sicher, dass die Páps nicht wollen, dass seine Sachen bei ihren Sachen liegen.«

Ich faltete die Papiere auseinander. Mein Großvater war als Sohn des Imre von Horváth und der Ginka Weissthal geboren. Alle Dokumente bezogen sich auf einen einzigen Tag, den Geburtstag meines Großvaters. An dem Tag hatte ein Rabbiner Imre und Ginka getraut, war Laszlo geboren worden und Ginka bei der Geburt des Sohnes verstorben.

»Ein tragisches Schicksal«, kommentierte meine Stiefgroßmutter meine betroffene Miene ironisch. »Aber bitte verfalle jetzt nicht in übertriebenes Mitleid oder gar Verständnis dafür, dass aus diesem armen Kind nichts anderes als ein gewissenloser Betrüger und Schläger hat werden können.«

»Vielleicht sogar ein Mörder«, flüsterte Coelestine. »Anders kann er nicht an die Papiere der Páps gekommen sein. Wahrscheinlich hat er von seiner Tante gewusst, dass sie Visa haben. Etelka ist am letzten Tag des Jahres 1941 gestorben, da waren die Papiere längst ausgestellt. Aber die Páps noch da, sonst hätten sie nicht den Schmuck in Etelkas Sarg packen können. Wer etwas so Vorsorgliches tut, der plant, dass er zurückkommt.«

In Danas Blick lag so etwas wie Anerkennung. Dann klappte sie ihre Lorgnette zu und wandte sich an mich. »Sicherlich möchtest du die Papiere haben. Nimm sie. Für mich waren sie nur für eine Sache wichtig: ich habe erfahren, dass Hilda nicht Hilda heißen durfte, weil er nicht an Hilda Páp erinnert werden wollte. Vielleicht hat er sogar geglaubt, ich weiß etwas darüber und will ihn erpressen.«

»Wie habt ihr euch eigentlich kennen gelernt?«, fragte ich. In der Familie war nie darüber geredet worden.

»Ich war in einem Camp für displaced persons, wie das so schön geheißen hat, in Bayern, in der Nähe von München. Deplatzierte Personen habe ich das immer genannt. So hab ich mich gefühlt, egal wo. Laut meinen KZ-Papieren war ich sechzehn, als sie mich aus Treblinka befreit haben. Meine Eltern, meine Großeltern, meine kleineren Schwestern, alle waren tot. Jeden Tag hat es Nachrichten gegeben von Männern, die ihre Frauen wieder gefunden haben. Mütter, die ihre Kinder wieder in die Arme haben schließen können. Für mich würde es so etwas nie geben. – Dummerweise war ich ehrlich gewesen und habe den Helfern im Lager mein wirkliches Alter verraten, dass ich jünger war. Sie wollten mich in ein Kinderheim stecken, doch da wollte ich nicht hin. Wenn mich die nazifizierten Deutschen für älter gehalten hatten und ich deshalb im Lager hatte überleben können, sollte das doch auch bei den entnazifizierten funktionieren – schließlich waren es die gleichen Menschen. Also hab ich meine Papiere genommen und bin abgehauen.«

Dana lachte. »Alle sind darauf reingefallen, auch Laszlo. Ich bin sofort nach Österreich gegangen. Als meine Eltern noch gelebt haben, haben wir in Wien gewohnt, mein Vater hat dort bei einem Teppichhändler gearbeitet. Ich hab perfekt deutsch gesprochen, mit österreichischem Akzent, aber kaum mehr Spanisch. Bis nach Wien hab ich zehn Tage gebraucht. Und dann zuerst in einer Bar bei den Amerikanern gearbeitet, dann in einem Café und irgendwann dann in einem Wettbüro. Dort ist mir Laszlo begegnet.«

»Und?«, fragte Coelestine, da Dana verstummte.

»Was und?«

»Na, ich meine, habt ihr euch verliebt, oder was ist gewesen? Ihr müsst euch doch irgendwann einmal ... ich meine ...«

»Gern gehabt haben? Vielleicht. Ich kann mich nicht mehr erinnern. Laszlo war reich, stinkreich. Sein Sohn war älter als ich. Er wollte eine junge Frau, und ich endlich jemanden, der zu mir gehörte. Alles andere war nicht wichtig.«

Wir schwiegen. Jeder hing seinen eigenen Gedanken nach.

»Findet heraus, was aus Ida geworden ist«, sagte Dana unvermittelt in die Stille. »Irgendjemand muss den ganzen Scheiß doch einmal erben. Coelestine ist zu alt für Nachwuchs, Aramis ist schwul und du wirst es wohl auch nicht mehr zu Frau und Kindern bringen. Vielleicht hat wenigstens Ida eine anständige Familie gegründet. Dann würde das ganze Vermögen endlich wieder dort landen, wo es eigentlich hingehört.«

22. August

Lemberger machte ein enttäuschtes Gesicht, als wir uns am Freitag nach Mittag in einem Café im Stadtwäldchen trafen. »Es tut mir leid, ich habe nichts vorzuweisen. Ich habe nichts, aber auch gar nichts, gefunden. Die Páps sind ausgereist, es gibt da einen Eintrag. Aber sie haben sich nie irgendwo gemeldet, dass sie angekommen wären. Ich weiß auch nicht, wo sie hätten ankommen sollen.«

»Macht nichts«, winkte ich ab. »Wir haben mehr gefunden, als uns lieb ist.« Ich reichte Lemberger die Dokumente, die uns Dana mitgegeben hatte.

»Das ist ungeheuerlich.« Lemberger war blass geworden. »Sie sind der Enkel eines Mörders!«

»Beurteilen Sie mich bitte nach meiner eigenen Person, und nicht nach Vermutungen über meinen Großvater, die wir hier anstellen!«, herrschte ich ihn an.

»Vermutungen!«, rief Lemberger empört. »Das sind keine Vermutungen! Wie um alles in der Welt soll Ihr Herr Großvater denn an Visa gekommen sein? Der Habenichts? Sohn eines vagabundierenden Hausierers? Wissen Sie überhaupt, was so ein Visum gekostet hat?«

Ich schüttelte den Kopf und Lemberger nannte mir eine astronomische Summe. »Mit dem Erlös aus dem Verkauf der Kunstgegenstände und der Budapester Liegenschaften konnten die Páps das finanzieren. Und wer Schmuck in der Gruft der verstorbenen Großmutter versenkt ...«

»Plant im Voraus und will wieder zurückkommen«, unterbrach ich ihn. »Ich weiß. Aber dass er ein Mörder ist, ist nicht erwiesen. Vielleicht haben die Páps auf der Reise einen Unfall gehabt und die Papiere sind Laszlo und seiner Familie in die Hände gefallen. Sie sind vielleicht illegal über die Grenze nach Serbien gekommen, dort ist den Páps etwas zugestoßen und mein Großvater hat nur die Gunst der Stunde genutzt ...«

»Und warum bitteschön ist er dann nicht Páp geblieben? Später? Wer hat ihn gezwungen wieder Laszlo zu werden? Wär doch viel bequemer gewesen?«, fragte Lemberger. »Sie wollen wieder nicht sehen, was auf der Hand liegt, nur weil es Ihnen nicht gefällt.«

Da hatte er Recht.

»Max Páp hat auch ein Visum gehabt«, fuhr Lemberger fort. »Aber nicht nach Lateinamerika. Max ist über diverse Umwege nach China geraten. Nur den ersten Teil der Flucht hat er gemeinsam mit seinem Bruder und dessen Familie zurückgelegt.«

Max Páp. Langsam verwirrten mich diese ganzen Beziehungen und Familienverstrickungen. Ständig andere Namen die mehr oder weniger mit mir zu tun hatten. Wie einfach war das Leben früher gewesen. Da hatte es nur meinen Großvater, meine Eltern, meinen Bruder und meine Tante gegeben. Und den toten Urgroßvater und dessen Schwester, mehr nicht.

»Max Páp ... er könnte was wissen«, sagte ich.

»Könnte er. Wenn er nicht 1992 verstorben wäre. In einem ukrainischen Irrenhaus.«

»Wie ist er denn von China in die Ukraine gekommen?«, fragte ich.

»Die Wege des Herrn ..., Sie wissen ja.«

»Ein Irrer ... hatte er Kinder?«, fragte Coelestine, und ich konnte nicht unterscheiden, ob in ihrer Stimme Angst oder Hoffnung mitschwang.

»Gute Frage. Die hab ich mir auch gestellt. Aber keinen Hinweis gefunden. Wie auch? Papiere aus China, Papiere aus Russland! Er ist in Stanislau gestorben, so hieß das früher, als es noch eine jüdische Stadt der Monarchie gewesen ist. Heute liegt es in der Ukraine und heißt Iwano-Frankivsk. – Übrigens muss noch lange nicht jeder meschugge sein, der in einer Irrenanstalt landet.«

»Müssen wir da jetzt auch noch hinfahren?«

Lemberger lachte schallend. »Sind Sie des Reisens müde geworden, Herr von Horváth? Keine Angst. Es gibt Kontakte zur dortigen jüdischen Gemeinde. Auch wenn sie fast nur noch aus Greisen besteht. Deshalb haben wir ja auch erfahren, dass Max Páp dort verstorben ist. Aber eben jetzt erst. Die Kopien der Papiere werden aus Stanislau geschickt, das kann dauern. Wir können dort anfragen lassen, ob es noch mehr Leute gibt, die Páp heißen, egal ob tot oder lebendig.«

Eine gute Idee. Sollte Max Familie gehabt haben, sollte man es dort wissen. Eine Familie, die unter Umständen meine Existenz bedrohen konnte ...

»Was sag ich jetzt dem Bátthanyi?« Ich war wirklich ratlos.

»No, was? Dass Sie wieder da sind. Soll der Ihnen doch sagen, ob er was herausgefunden hat!«

»Wie geht es dir?«, fragte Coelestine besorgt, da ich auf dem Balkon saß und vor mich hinstarrte. Auf dem Hinterhof war es ruhig, nur aus einem Fenster im Stockwerk unter uns schrillte das Getschirpe einiger Wellensittiche. Meine Tante sorgte sich um mich. Dabei war es doch ihr Vater, um den es ging.

»Eigentlich ganz gut«, sagte ich. »Und du?«

Sie zuckte mit den Achseln. »Ich bin fünfzig. Hätte ich vor fünfundzwanzig Jahren erfahren, dass ich das Ergebnis einer regelmäßigen Vergewaltigung bin, wär ich durchgedreht. Jetzt ... ich verstehe nun endlich, warum ich so bin, wie ich bin. Warum wir alle so sind .... Aramis blasiert und sprunghaft. Du ... sei mir nicht böse, aber du bist oft ein wenig ... oberflächlich. Und keine Frau hat es mit dir länger als ein paar Wochen ausgehalten.«

»Irrtum. Ich hab es mit keiner länger als ein paar Wochen ausgehalten.«

Sie lächelte, süffisant wie ihre Mutter. »Wenn du meinst. Ich darf ja nicht reden, ich wechsle die Kerle wie andere die Oberbekleidung.«

»Traust du ihm das zu?«, fragte ich nach einer Weile.

»Dass Laszlo seine Cousine, ihren Mann und deren Kinder umbringt um sich die Visa zu verschaffen? – Ja.«

»Er ist ohne Mutter aufgewachsen, sie ist ...«

»Fang jetzt bloß nicht mit sozialem Gewinsel an, dass er ja nichts dafür kann, wenn er als Halbwaise eine unerfreuliche Kindheit gehabt hat«, unterbrach mich Coelestine barsch. »Sieh es anders: den ersten

Mord hat er schon begangen, als er auf die Welt gekommen und seine Mutter dabei gestorben ist.«

»Coeli, bitte! Das ist jetzt aber arger Blödsinn!«

Ich war froh, dass das Klingeln des Telefons unser Gespräch unterbrach. Die Nummer im Display kam mir bekannt vor. Mein Bruder. Aramis telefonierte mit mir nur, wenn es sich nicht vermeiden ließ.

»Was ist passiert?«, fragte ich.

»Athos, Telefongespräche beginnt man damit, dass man sich meldet, höflicherweise mit Namen und einer Grußformel. Dann sagt der andere, wer er ist, und was er will.«

»Was ist passiert?«, beharrte ich.

»Ach, eigentlich nichts. Ich hab gedacht, es interessiert dich vielleicht, dass hier ein seltsamer Kerl herumschleicht.«

Mein Bruder konnte einen verrückt machen. Es dauerte eine Weile, bis ich aus ihm herausbekam, dass die letzten beiden Nächte jemand ins Schlösschen eingebrochen war. Jede Nacht die gleiche Person. Und Aramis hatte es natürlich nicht für nötig gehalten, die Polizei zu verständigen. Warum auch? Joaquin habe Spaß daran, aufzuräumen und die Kripo würde nur Theater machen und stören. Nach weiteren zwei Minuten Herumgerede stellte sich heraus, dass Joaquin illegal im Land geblieben war und Aramis deshalb die Polizei nicht verständigen wollte.

»Ist denn irgendetwas gestohlen worden?«, fragte ich.

»Keine Ahnung«, erwiderte Aramis. »In der ersten Nacht ist der Kerl bei dir durchs Badezimmerfenster eingestiegen.« Badezimmerfenster. Unter dem Fenster wuchs eine Holunderstaude, aber die Äste reichten nicht bis zur Fensterbank heran. Der Einbrecher musste ganz schön geschickt sein.

»Fehlt was?«, fragte ich noch einmal.

»Glaub nicht.« Gleich würde ich explodieren und Aramis anschreien. Ich beherrschte mich mit Mühe. Langsam gelang es mir, alle notwendigen Informationen aus meinem Bruder zu extrahieren. Joaquin war in der ersten Nacht aufgewacht, da jemand kleine Steine ans Schlafzimmerfenster geworfen hatte. Er war aufgestanden und hatte auf der Wiese vor dem Fenster einen großgewachsenen Mann stehen sehen, der einen seltsamen Hut auf dem Kopf getragen hatte. Der Mann hatte Joaquin zugewinkt, sogar kurz zum Gruß den Hut gelüpft, und war dann langsam und behäbig Richtung Wald geschlendert. Joaquin hatte dann Aramis geweckt, gemeinsam hatten sie alle Räume begutachtet und den Einbruch in meinem Trakt festgestellt. Auf dem Fußboden waren Schuhabdrücke des Mannes gewesen, die Schubladen einiger Kommoden nicht mehr ordentlich verschlossen und die Schubladen und Schränke durchwühlt, aber nichts zerstört.

»Der hat was gesucht und nicht gefunden«, sagte ich.

»Dachte ich mir auch«, bestätigte Aramis. »Deshalb hab ich ja auch die Polizei nicht geholt.« Aramis fuhr fort, dass er in der zweiten Nacht habe wachsam sein wollen, schließlich aber doch eingeschlafen sei. Wieder hatte der Mann Kieselsteine ans Fenster geworfen, doch diesmal habe Joaquin ihn geweckt und sie seien beide ans Fenster getreten. Laut Joaquin war es der gleiche Mann gewesen wie am Vortag, wieder habe er den Hut grüßend gelüpft und sei dann langsam weggegangen. Diesmal war das Fenster der Toilette in Laszlos ehemaliger Wohnung zerschlagen, der Einbrecher dort eingestiegen. Unter dem Toilettenfenster hatten noch uralte Bretter gelegen, aus der Zeit vor zehn Jahren, als mein Großvater Teile des Dachs hatte decken lassen. Der Mann hatte sich aus den morschen Brettern eine Art Gerüst gezimmert. »Alle Kommoden und Schränke sind vorsichtig aber gründlich durchwühlt worden, aber ich glaube, dass nichts fehlt. – Meinst du, heute in der Nacht wird er bei uns einbrechen?«, fragte Aramis, und es klang fast lüstern.

»Das wär dumm, denn ihr schlaft dort. Sollte mich wundern.«

»Und? Irgendeine Erklärung, Bruderherz?«

»Ja. Seit ein paar Tagen hab ich das Gefühl, mir folgt jemand und der gleiche jemand hat unsere Wohnung in Budapest gründlich zerstört. Besser gesagt, so gründlich gesucht, dass ich neue Sofas, Matratzen und Vitrinen besorgen musste. Irgendjemand muss gesehen haben, dass ich den Schmuck aus dem Grab geholt habe und sucht ihn jetzt.«

»Warum will derjenige dann, dass ich weiß, dass er bei dir und Coelestine gesucht hat? Dieses Werfen mit den Kieselsteinen, um uns zu wecken, und dann grüßt er uns noch – das macht doch niemand, der unentdeckt bleiben möchte.«

»Du bist der Anwalt, Bruder. Warum machen Verbrecher so was?«

»Die Frage musst du dir schon selbst beantworten. Ich bin kein Psychologe. Überleg, warum derjenige möchte, dass du weißt, dass er was weiß. Hast du zufällig eine Idee, wer es sein könnte?«

Ich überlegte. Sollte mich wirklich jemand am ersten Tag auf dem Friedhof beobachtet haben? Ich war ziemlich gedankenlos vorgegangen. Wohlfeiler konnte es nicht gewesen sein, der hätte mich entweder direkt erpresst oder bei der Polizei angezeigt. Doch außer Wohlfeiler und mir war niemand ... da war noch dieser Verrückte gewesen, wie hieß er noch? Zalyschiniker. Ich schloss den obdachlosen Alten aus. Selbst wenn der etwas gesehen haben sollte, wie sollte der denn nach Österreich, noch dazu nach Granach kommen? Zu Fuß vielleicht? So wie der Mann aussah, besaß er nicht einmal ordentliche Papiere. Was Aramis mir berichtet hatte, klang nach jemandem, der planvoll vorgehen konnte und für den es möglich war, problemlos nach Österreich zu gelangen. Schon alleine deshalb kam Zalyschiniker nicht in Frage.

»Nicht die geringste Idee«, beantwortete ich die Frage meines Bruders und bat ihn, doch auf jeden Fall anzurufen, falls der Einbrecher sich heute nacht wieder zeigen würde.

Coelestine regte sich natürlich auf, als ich von dem Einbruch erzählte. Sie offerierte die wüstesten Theorien, wer der Einbrecher sein könne und was er mit seiner Aktion bezwecke. Keine Idee davon war auch nur annähernd so logisch, dass ich sie hätte nachvollziehen können.

»Der Schmuck ist noch sicher?«, fragte meine Tante nach einer Weile erschöpft.

»Außer dir und mir weiß keiner, wo er ist.«

23. August

Sicherheitshalber rief ich am nächsten Tag Aramis an, um zu fragen, wie die Nacht verlaufen war. Doch mein Bruder klang nur enttäuscht und müde. Niemand war ins Gemäuer eingedrungen, niemand hatte Kieselsteine ans Fenster geworfen.

Ich rief Lemberger an, der mich darauf hinwies, dass heute Sabbath sei und er auch gestern niemanden mehr habe erreichen können. Tom hatte längst alle Möbel aufgebaut und die Wohnung gründlich in Schuss gebracht, also gab es auch hier nichts mehr zu tun. Coelestine verkroch sich und hing ihren Gedanken nach. Ich ertappte sie dabei, wie sie einen seitenlangen Brief an ihre Mutter schrieb, immer wieder ganze Passagen durchstrich, Blätter zerknüllte und sich dabei die Haare raufte. Ich war beruhigt, da sie wenigstens wieder ihre üblichen Denkgeräusche von sich gab und klang wie ein schmatzendes, schnaubendes Nilpferd. An dem Abend bei Dana war sie ganz still gewesen, als ob sie nicht einmal geatmet hätte.

Also schlenderte ich durch die heißen Straßen der staubigen Stadt, nahm, wo es mir gefiel, einen Kaffee oder ein kaltes Getränk zu mir und versackte schließlich bei einer Flasche guten Weins in einem schattigen Gastgarten, der mich an die Wirtshäuser in der Steiermark erinnerte. Als es längst dunkel war aß ich etwas Deftiges mit viel Kraut, Speck und fettem Fleisch, goss sicherheitshalber noch etwas Palinka hinterher und machte mich dann leicht schwankend auf den Heimweg. Auf der Bank vor unserer Wohnung lag wieder ein Mann in abgerissener Kleidung, einen Hut tief ins Gesicht gezogen. Die Laterne daneben war ausgebrannt. Ich schüttelte ihn und rief: »He, Zalyschiniker!«, doch der Mann sah mich nur mit angstgeweiteten Augen an und rief etwas auf Ungarisch. Erschreckt klammerte er sich an seiner Jacke fest. Ich ließ ihn los. Schließlich hatte ich nicht mehr die geringste Erinnerung, wie Zalyschiniker aussah, außer dass er großgewachsen, hager und erstaunlich kräftig war. Ich drückte dem Mann zwanzig Euro in die Hand und entschuldigte mich.

Als ich vom Fenster des Treppenhauses aus noch einmal hinuntersah, war der Mann verschwunden. Kein Wunder.

24. August

»Na, müssen Sie Sonntags auch arbeiten?«, fragte ich, da mich am nächsten Morgen Bátthanyi telefonisch weckte.

»Wer mit Juden zu tun hat kann sich den freien Sonntag abschminken«, knurrte er. »Euer Sabbat kostet mich die Sonntagsruhe. Kennen Sie zufällig einen Rechtsanwalt namens Tobias Reiter? Nein? Der Mann ist schon etwas älter und ausgesprochen galant und höflich? Nein? – Hätte mich auch gewundert.«

»Trauen Sie mir nicht zu, dass ich galante Menschen kenne?«, fragte ich beleidigt.

»Sollte Ihnen oder der werten Frau Tante was zu Herrn Reiter einfallen, melden Sie sich.«

»Wer ist dieser Reiter denn?«, wollte ich wissen.

»Der Rechtsanwalt, wegen dem Frau Nemeth die Féher-Akte versehentlich falsch eingeräumt hat. Der Mann schreibt so charmante Emails, dass unserer Frau Nemeth ganz schwindelig geworden ist.«

»Aber das ist doch wunderbar!«, rief ich. »Dann wissen wir ja, wer nach meiner Urgroßtante gesucht hat und vielleicht ...«

»Dieser Herr Reiter ist laut Aussage von Frau Nemeth Rechtsanwalt in fortgeschrittenem Alter. Sie hat mir die Korrespondenz gezeigt – ich schätze ihn auf mindestens hundert Jahre, so wie der sich ausdrückt. Unser immer noch unbekannter Toter aber ist ziemlich jugendlich. Problematisch ist nur, dass Herr Doktor Reiter weder sein Telefon noch seine Emails beantwortet.«

»Es ist Sonntag, vielleicht ist er verreist.«

»Das hab ich mir auch gedacht«, sagte Bátthanyi und legte auf.

»Aramis ist doch auch Anwalt – vielleicht kann der was über einen Kollegen in Erfahrung bringen?«, schlug Coelestine vor, als ich ihr berichtete, was der Zigeunerbaron gewollt hatte.

»Möchtest du Aramis und seinen Eintänzer an einem heiligen Sonntag stören? Sicherlich waren sie wieder die ganze Nacht wach und haben drauf gewartet, dass jemand Kieselsteine an ihr Fenster wirft.«

»Dem Ari ist wurscht, was für ein Tag ist«, entgegnete Coelestine und verschwand in ihrem Zimmer. Kurz darauf hörte ich sie angeregt mit meinem Bruder plaudern. Mich ärgerte ein wenig, dass er ihr gegenüber immer gesprächig war.

Nach über eineinhalb Stunden – ich saß längst mit einem guten Buch auf dem Balkon – kam Coelestine mit roten Ohren wieder aus ihrem Zimmer. »Den Reiter gibt es nicht«, sagte sie.

»Wie bitte?«

»Ganz einfach. Der ist ein Betrüger. Der Ari hat in so einem elektronischen Register, wo alle niedergelassenen Anwälte drinstehen müssen, nachgesehen, und da steht er eben nicht drin. Reiter gibt es viele, aber keinen Tobias.«

»Er ist pensioniert, hat der Bátthanyi gesagt.«

»Macht nichts. Auch die stehen in dem Register noch drin, es sei denn, er ist vor zwanzig Jahren pensioniert worden. Der Ari sagt, da hat sich jemand einen Scherz erlaubt.« Coelestine schien sich absolut sicher zu sein.

»Soll ich das dem Bátthanyi sagen?«, fragte ich.

Sie zuckte mit den Achseln. »Wenn er ein guter Ermittler ist, wird er das selber herauskriegen. – Vielleicht weiß er es auch schon längst und wollte es dir nur nicht sagen.«

Das Telefon klingelte, diesmal war es Lemberger. »Wir haben etwas gefunden!« So wie er klang grinste er wahrscheinlich vor Freude.

»Sagen Sie es mir am Telefon – oder sollen wir Kaffee trinken?«

»Mit liebgewordenen Traditionen soll man nicht brechen – das Frölich? Und bringen Sie das Fräulein Tante mit!«, schlug er vor.

Fräulein Tante. Für eine ausgewachsene Coelestine eine unpassende Bezeichnung.

Mittlerweile hatten wir im Frölich schon unseren Stammplatz und brauchten auch gar nicht mehr zu bestellen. Die Bedienung brachte uns automatisch den Kaffee, den wir immer tranken, lediglich den Kuchen mussten wir noch selbst wählen. Ebenso selbstverständlich lag für Lemberger eine Zigarre bereit.

Nachdem sich Lemberger zur Feier des Tages, wie er es nannte, eine Dobostorte einverleibt hatte, rückte er endlich mit seinen Erkenntnissen heraus. Mir hatte es den Appetit verschlagen.

»Max Páp hatte zum Zeitpunkt der Flucht wohl eine schwangere Lebensgefährtin. Geheiratet wurde erst in China, weil Zsuzsanna Rauch keine Jüdin gewesen ist und deshalb eine Eheschließung in Ungarn nicht mehr möglich gewesen war – Sie erinnern sich ja, die

Judengesetze? Seit achten August 1941 das Heiratsverbot für Mischehen?«

Da Coelestine eifrig nickte handelte es sich wohl um eine Information, die wir längst in einer der historischen Nachhilfestunden erhalten und die ich wieder vergessen hatte.

»Zsuzsannas Schwangerschaft muss bei der Flucht schon ziemlich weit fortgeschritten gewesen sein, denn der Sohn kommt noch auf dem Schiff nach China zur Welt. Im Juni 1942. Damit haben wir einen ungefähren Zeitraum, wann die Flucht der Familie stattgefunden haben muss.«

Ich fragte, ob uns das weiterhelfen würde. Aus den abgestempelten gefälschten Visa ging ja ohnehin hervor, dass sich Hilda, Antal und ihre Kinder wohl im Frühjahr 1942 auf den Weg machen wollten, wären diese Papiere nicht meinem Großvater in die Hände gefallen.

»Sie sind ungeduldig, Herr von Horváth. Ungeduld verleitet zu Voreiligkeit. – Die Familie hat sich jedenfalls in China nicht wohlgefühlt. Das ist übrigens nicht ungewöhnlich. Es gab einige Juden, die auf der Flucht vor den Nazis dort gestrandet sind, und der Großteil von ihnen hat, sobald es möglich gewesen ist, wieder die Flucht ergriffen. Jedenfalls gelingt es Max und der Familie, bereits im Jahr 1947 nach Russland zu gehen. Er erhält die Staatsbürgerschaft, wenig später auch seine Familie. Zuerst sind sie wohl ein paar Monate in Moskau, dann wird er nach Stanislau geschickt. Dort arbeitet er als Übersetzer, Deutsch-Russisch und Ungarisch-Russisch, wenn es Aufträge von der Regierung gibt. Hauptberuflich aber ist er in der Verwaltung eines Krankenhauses. Eine vielleicht ungewöhnliche Kombination, aber anscheinend hat Max Páp großes Talent für Sprachen gehabt. Er hat, wenn man den Unterlagen glauben darf, auch noch Chinesisch, Rumänisch, Polnisch und Englisch gesprochen.«

Coelestine nickte anerkennend. Mir war immer weniger klar, warum mich die Geschichte dieses Max Páp interessieren sollte. Wir hatten nach ihm gesucht, weil wir gehofft hatten, dadurch erfahren zu können, wie Laszlo an die Papiere der Familie seiner Cousine gelangt war, und warum er sich wieder von Antal Páp in Laszlo von Horváth zurückverwandelt hatte. Doch es erschien mir immer absurder etwas erfahren zu können, zumal Max ja tot war.

»In Stanislau – Habe ich schon erwähnt, dass es jetzt Iwano-Frankivsk heißt? Nach dem ukrainischen Dichter Iwan Franko? Ja? – dort jedenfalls kommt mit reichlicher Verspätung ein weiterer Sohn zur Welt. Der ältere, der auf dem Schiff geboren worden ist, heißt übrigens Antal ...«

»Er nennt seinen Sohn nach seinem Bruder ...« Coelestine schnaufte.

»Ich befürchte, dass er ... sentimentale Gründe dafür gehabt haben wird. – Der zweite Sohn wird im Jahr 1957 geboren. Denken Sie sich: Sowjetunion. Die waren ja auch nicht grade gnädig gegenüber anderen Nationen. Zwar scheint unser Max eine gefestigte Position innegehabt zu haben, aber ich gehe schon davon aus, dass man von ihm einen Oleg, einen Jewgeni oder einen Wladimir erwartet hätte. Und wie nennt er seinen Nachzügler? Imre.«

»Wie mein Urgroßvater?«

»Wie sein Neffe, du Ignorant«, belehrte mich Coelestine.

Auch Lemberger schenkte mir einen mitleidigen Blick, bevor er fortfuhr: »Aus den Papieren geht nun noch Folgendes hervor: Max wird 1977 pensioniert. Seine Frau stirbt 1980. Antal bleibt unverheiratet, wird in dem Krankenhaus, in dem sein Vater in der Verwaltung gewesen ist, Arzt. Über Imre fehlen die Akten. 1991 im November wird Max wegen Angstzuständen und später Wahnvorstellungen in die psychiatrische Abteilung des Krankenhauses eingeliefert, in dem sein Sohn arbeitet. Ja, und jetzt wird es meiner Meinung nach richtig spannend.«

Lemberger bestellte sich in aller Ruhe einen weiteren Kaffee, beschnitt sorgfältig und konzentriert seine Zigarre, ließ sich Zeit, sie in Brand zu setzen und genoss es, uns auf die Folter zu spannen – denn mittlerweile war auch mein Interesse wieder erwacht.

»In diesem Krankenhaus stirbt Max am sechsten September des Jahres 1992. Sein Sohn ordnet eine Obduktion an, er glaubt wohl nicht an einen natürlichen Tod. Doch er darf sie selbst nicht durchführen, das macht eine andere Abteilung. Die Obduktion findet aber anscheinend nicht statt, denn auf dem Totenschein steht Herzversagen – was bei einem fünfundachtzigjährigen alten Ungarn wohl auch kein Wunder wäre – und die jüdische Gemeinde beerdigt Max am achten September 1992.«

Lemberger produzierte Rauchkringel und sah ihnen gedankenverloren nach. »Und was ist daran nun so spannend?«, unterbrach ich seine Rauchkunst.

»Dass Antal am siebten September morgens im Krankenhaus ebenfalls tot aufgefunden worden ist. Selbstmord. So sagt man. Er habe sich aufgehängt.«

»Wieso benutzen Sie den Konjunktiv?«, fragte ich.

»Herr von Horváth, zwar ist Freitod durch sich-Aufhängen eine ur-österreichische und ur-ungarische Selbstmordart. Aber ich bitte Sie: der Mann war Arzt! Auf der Station für die wirklich schweren Fälle! Glauben Sie nicht, dass der eher ein paar sichere Tabletten oder eine schön angenehme Giftspritze hätte wählen können? Anstatt sich mit dem Gürtel seiner Hose an den Heizungsrohren oben an der Wand aufzuhängen, was schief gehen kann? Keine zwölf Stunden nachdem sein Vater verstorben ist, den er, wohl weil ihm etwas nicht koscher vorgekommen ist, eigentlich hat obduzieren wollen?«

»Sie meinen, jemand hat beide umgebracht«, stellte Coelestine fest und Lemberger nickte. Sie sah mit einem Schlag sehr müde aus. Ich verstand immer noch gar nichts. Oder wollte nicht verstehen. Erst als Coelestine nach einer langen Pause leise weitersprach, traf mich die Wirklichkeit wie ein Blitzschlag.

»Wie weit ist es von Lemberg nach Stanislau?«, fragte meine Tante.

Lemberger schien diese Frage nicht zu verwundern. »Ich weiß es nicht ganz genau. Achtzig Kilometer. Vielleicht hundert.«

»Mein Vater ist in Lemberg gewesen. Zweimal, relativ kurz hintereinander, jeweils nur für wenige Tage. Ich hab das Jahr vergessen, aber nicht die Jahreszeiten. Weil ich ihn damals für verrückt erklärt habe, dass er kurz vor dem Winter fährt. In ein Land, von dem wir damals nur schreckliche Nachrichten gehört haben ... dass man zwar nun reisen könne, aber überhaupt keinen europäischen Standard vorfinden würde. Keine Heizung im Winter, kein warmes Wasser ... Und dann ist er im Spätsommer im Jahr danach wieder gefahren, weil es im so gut gefallen hat, hat er gesagt ... weil es ihn an seine Heimat erinnern würde, so wie Ungarn damals, als er noch Kind war, gewesen ist.«

Ich wollte, immer noch ungläubig, einwenden, dass sie sich ja auch im Jahr vertan haben könnte, dass die Reisen Laszlos nicht 1991 und 1992 statt gefunden haben könnten, doch Coelestine unterbrach mich: »Wenn du es immer noch nicht sehen willst, ruf deinen Bruder an. Er soll in mein Wohnzimmer gehen. Dort im obersten Fach des Sekretärs liegen die Theaterprogrammhefte, die Laszlo damals mitgebracht hat. Ich hab sie nie weggeworfen, weil ich sie schön finde. Da ist ein Bild vom Theatergebäude vorne drauf, aber so kitschig reproduziert, einfach entzückend. Ari soll nachschauen. Das Datum, das auf dem Besetzungszettel steht, das kann er lesen, auch wenn der Rest Ukrainisch ist.«

»Tun Sie das. Schließlich bezichtigen wir Ihren Großvater gerade des Doppelmordes. Sie brauchen Gewissheit. – Dass es Mord war, an Max und Antal, das habe ich auch vermutet. Aber diese Koinzidenz ...« Auch Lemberger sah nun müde aus.

Ich rief meinen Bruder an, hatte Joaquin am Telefon, konnte ihn überzeugen, Aramis aus der Badewanne zu scheuchen – es wunderte mich, dass die beiden nicht gemeinsam drin lagen – und dann dauerte es noch eine Weile, bis ich Aramis überredet hatte, den Weg in Coelestines Gemächer anzutreten. »Warum soll ich den Blödsinn eigentlich tun?«, murrte er, während er sich, hörbar mit den Schuhen schlurfend, in Bewegung setzte.

»Weil wir gerade Beweise dafür suchen, dass Laszlo eventuell zwei Menschen getötet hat.«

»Sag das doch gleich!«, rief mein Bruder und klang nun freudig erregt. Jedenfalls beschleunigten sich seine Schritte hörbar. Nach einer Weile schien er die Programmhefte im Sekretär gefunden zu haben.

»Und?«, fragte ich, doch Aramis blätterte noch.

»Kann doch kein Schwein lesen«, brummelte er.

»Ari, die Zahlen sind wie bei uns, nur die Buchstaben sind anders!«, brüllte Coelestine neben mir.

»Habs schon, schon gut. In dem einen steht vierzehnter November 1991. Dann hab ich eins vom siebten September 1992. Und noch so was, sieht aus wie ein Konzertprogramm, fünfter September 1992. – Und? Ist der Alte überführt?«

»Es ist immer noch möglich, dass alles nur Zufall ist«, sagte ich nach einer Weile, aber ich glaubte selbst nicht mehr daran.

»Wahrscheinlich hätte Max ihm gefährlich werden können, vielleicht wusste er was über ihn«, meinte Coelestine. »Der Ostblock war kein Ostblock mehr. Max hätte ausreisen können. Hätte ihn suchen können, so wie er es umgekehrt getan hat.«

»Aber Max hätte keinen Anspruch auf die Grundstücke gehabt. Er ist lediglich der Schwager von Etelkas Tochter gewesen«, wandte ich ein.

»Ich glaube nicht, dass es darum geht«, mischte sich Lemberger ein. »Ich glaube, dass Laszlo von Max wissen wollte, wo der Familienschmuck geblieben ist.«

Coelestine schüttelte den Kopf. »Das wäre zu einfach. Ich glaube, dass Max wusste, wie Laszlo an das Visum seines Bruders gekommen ist. Wie er das Visum von Hilda für seine eigene Frau verwendet hat – und das von Max' Neffen für meinen Bruder.«

»Warum hat er dann Max nicht gleich im November, bei seinem ersten Besuch, umgebracht?«, fragte ich.

»Keine Ahnung. Vielleicht hat er erst versucht, mit Max zu reden, was weiß ich. – Was ist eigentlich mit dem jüngeren Sohn? Warum fehlen von dem die Akten? Bei den Russen ist doch genauso alles aufbewahrt worden wie unter den Habsburgern«, wandte sich Coelestine an Lemberger.

»Da müssen wir noch warten. Von meiner Informationsquelle weiß ich nur, dass man sich damals gewundert hat, dass Imre weder zur Beerdigung seines Bruders noch der seines Vaters erschienen ist. Obwohl man ihn wenige Tage vorher noch im Ort gesehen hat, denn es hat irgendein Fest gegeben. Da ist er wohl gemeinsam mit seinem Bruder gewesen.«

»Wie lange müssen wir warten?«

Lemberger zuckte mit den Achseln. »Morgen, vielleicht übermorgen. – Ich ruf Sie an, sobald ich was erfahre. Ach ja, die Mappe hier, die können Sie behalten. Das sind die Papiere zu der Geschichte, die ich Ihnen gerade erzählt habe.«

Wir schlenderten die Donau entlang. Der Wind zauste das Haar meiner Tante und bauschte es zu einer überdimensionalen schwarzen Mütze auf. Manche Menschen wichen uns mit erschrockenem Blick aus. Coelestine sah mit ihrer finsteren Miene furchterregend aus.

»Fünf«, sagte sie nach einer Weile.

Ich sah sie fragend an.

»Mein Vater hat fünf Menschen umgebracht. Er ist ein Massenmörder.«

»Mehrfacher Mörder. Massen sind anders.«

Sie schüttelte den Kopf. »Vielleicht waren es ja mehr. Wissen wir, woran seine erste Frau gestorben ist?«

Ich verneinte. Über meine leibliche Großmutter Rosa Bamberger, Großvaters erste Frau, war nur bekannt, dass sie noch im Exil verstorben sei. Im Frühjahr 1946. Ich erinnerte mich, dass mein Vater einmal erzählt hatte, seine Mutter sei seit der Flucht aus Ungarn sehr depressiv gewesen, habe keine Freude mehr am Leben gehabt und immer kränker geworden.

»Auch sie hätte etwas wissen müssen, was auf dieser Flucht eigentlich passiert ist. Schließlich ist sie als Hilda Páp nach Argentinien gekommen. Mit einer Tochter, die nicht ihre gewesen ist.«

Obwohl es am Fluss kühl war und der Wind ging, bekam ich kaum Luft. »Dann hat mein Vater aber auch dazu beigetragen, dass alles vertuscht wird. Schließlich ist er als Imre Páp nach Argentinien gekommen. Er muss es gewusst haben.«

»Wahrscheinlich hat er deshalb so große Angst vor Vater gehabt«, sagte Coelestine leise. »Stell dir vor, er ist gerade mal elf Jahre alt, da versteht er doch nicht, was es bedeutet, alles liegen und stehen zu lassen und vor der Politik und deren Ausführern die Flucht zu ergreifen. Wer weiß, was er bis dahin alles schon gesehen hat. Vielleicht hat man seine Mutter gedemütigt. Vielleicht hat man sogar Laszlo verprügelt. Jedenfalls wird die Flucht notwendig gewesen sein und dein Vater, ein Kind, versteht nur, dass er jetzt einen falschen Namen hat, sonst stirbt er auch.«

»Ich hätte Fragen stellen sollen, solange er noch gelebt hat.«

»Ach Athos. Du warst doch selbst noch nicht einmal sechzehn, als deine Eltern gestorben sind. Und ich, ich hab meinen siebenundzwanzig Jahre älteren Bruder nie als meinen Bruder gesehen. Wie auch. Schon meine Schwester war, obwohl nur acht Jahre älter, ein fremder Mensch für mich. Sie hat nicht mit mir gespielt, ich war ihr zu klein. Du und Portos, ihr seid meine Spielkameraden gewesen. Ihr wart mir viel näher, ich hab euch bemuttern können. Wir sind miteinander aufgewachsen.«

Ich schlang meinen Arm um Coelestines Schultern. Das hatte ich schon ewig nicht mehr gemacht. Früher waren wir öfter so durch die Gegend geschlendert und ich hatte mich gefreut über die neiderfüllten Blicke anderer Männer, die meine attraktive Tante für meine Freundin hielten.

»Wir sind schon eine kaputte Familie«, sagte sie und drückte mich an sich.

25. August

Ich lag noch im Bett, als Lemberger anrief. Zwar war es schon weit nach Mittag, doch meine Tante und ich hatten gestern noch mehrere Flaschen Wein und Palinka in verschiedenen Lokalen geleert und ich war alles andere als wach.

»Es gibt Neues über Imre«, erklärte Lemberger den Grund seines Anrufs.

»Können Sie mir das nicht am Telefon sagen?«, bat ich, doch Lemberger bestand darauf, sich mit mir zu treffen.

»So wie Sie klingen könnten Sie einen Kaffee gut vertragen, nein, Sie brauchen ihn sogar!«, sagte er höhnisch und bestellte mich, um etwas Abwechslung zu haben, in eine so genannte Touristenfalle, nämlich das Cafe Gerbaud.

Ich versuchte vergeblich, Coelestine auf die Beine zu bekommen. Sie bestand darauf, sterbenskrank zu sein, zumindest aber nicht in der Lage, jetzt auch nur einen Fuß neben das Bett, geschweige denn vor die Tür zu setzen. Sie ließ sich beschreiben, wo das Kaffeehaus zu finden sei und versprach, innerhalb der nächsten drei Stunden nachzukommen. Sollte ich früher die Örtlichkeit wechseln, möge ich sie anrufen.

Eine Stunde später, von der ich mehr als die Hälfte unter der kalten Dusche verbracht hatte, traf ich einen gut gelaunten Lemberger in einem Cafe, das mir weniger gut gefiel. Ich hatte mich an die Atmosphäre im Frölich gewöhnt. Hier im Gerbaud waren mir zu viele Touristen. Wir setzten uns nach draußen, da die Luft drinnen zu stickig war. »Sieht nach Gewitter aus«, stöhnte Lemberger, dem der Schweiß von der Stirn rann. Er musterte mich kurz mit einem schadenfrohen Blick. »Wie gehts dem Fräulein Tante?«, fragte er.

»Den Umständen entsprechend.«

»Und wie waren die ... Umstände?«

»Hören Sie, mir tut jetzt noch der Kopf weh. Fragen Sie mich nicht, wo wir gewesen sind, ich kann mich sowieso nicht erinnern. – Was gibts über Imre?«

Eine Kellnerin brachte zwei Kaffee und erst, nachdem Lemberger sich beschwert hatte, bekamen wir jeweils ein Glas Wasser dazu. »Das ist ja unzivilisiert«, meckerte er.

»Sie wollten ja unbedingt hier hin.«

»Ja, weil ich mich gestern im Frölich beobachtet gefühlt habe. Von so einem grauhaarigen athletischen Kerl.«

»Ach, Sie jetzt auch schon? Ich dachte, nur ich leide an Verfolgungswahn. Warum haben Sie nichts gesagt?«, wollte ich wissen.

»Ach, wozu.« Lemberger wischte mit einer Geste den Sachverhalt vom Tisch. »Ein mir bis dahin unbekannter Kaffeetrinker hat uns meinem Gefühl nach angestarrt und die Ohren gespitzt – aber unser Gespräch hat mich so sehr in Bann gezogen, dass es nicht soweit in mein Bewusstsein gedrungen ist, dass ich darauf reagiert hätte. – Er ist dann sowieso gegangen.«

»Und? Was haben Sie rausbekommen? Ich will Sie nicht drängen, aber hier gefällt es mir nicht so gut.« Am Nebentisch hatte eine Gruppe aufgeregter Amerikaner Platz genommen, deren Körpermassen seitlich über die Stühle quollen. Wie es sich für einen Besuch in einem Budapester Traditionskaffeehaus gehört, bestellten sie Coca Cola mit Eiswürfeln ...

»Imre ist verschwunden.«

»Wie bitte?«

»Ja. Imre Páp ist seit 1992 nicht mehr gesehen worden. In der Ukraine zumindest nicht.«

»Hat man ihn auch umgebracht?«

Lemberger zuckte mit den Achseln. »Er hat sich in der ersten Novemberwoche des Jahres 1992 noch in seiner Wohnung in Kolomea aufgehalten und war auch für einen Tag in Stanislau, um dort Papiere abzuholen. Das weiß man, weil er am sechsten November einen Ausreiseantrag nach Israel gestellt hat. Es gab ein Programm, das Juden aus der ehemaligen Sowjetunion die Ausreise nach Israel oder Deutschland ermöglichte, sofern sie nachweisen konnten, dass sie jüdischer Abstammung sind. Seither ist er verschwunden.«

»Hat er denn die Papiere abgeholt?«

»Es wurden ihm wohl Unterlagen an ein Postfach geschickt. Ob er sie verwendet hat ... In der Ukraine jedenfalls verliert sich seine Spur.«

Ich fragte, wo Kolomea liegt.

»Etwa vierzig Kilometer von Stanislau entfernt, Richtung Osten.«

»Wissen wir sonst noch was über ihn?«

Lemberger nickte. »Während der Sowjetzeit ist er in Ungnade gefallen. Er war Turner, Athlet. Hat bei den olympischen Spielen 1976 einen Fluchtversuch unternommen, der aber missglückt ist. Man hat von seinen Plänen Wind bekommen und ihn für ein paar Jahre in einer Erziehungslager gesteckt, damit er den Sozialismus schätzen lernt. Wahrscheinlich gibt es deshalb auch in Stanislau keine Papiere außer dem Geburtsschein.«

»Weiß man, wann er entlassen worden ist?«

»Generalamnestie, Perestroika. 1990.«

Vierzehn Jahre für einen missglückten Fluchtversuch erschienen mir etwas viel.

»Sind sie auch«, bestätigte Lemberger meine Zweifel. »Wahrscheinlich war er renitent und wollte sich nicht umziehen lassen. Oder hat als Jude eben Pech gehabt. Juden sind in der Sowjetunion bei Strafen gerne übervorteilt worden. Oder er war Geheimnisträger und für den Staat wichtig.«

»Und nun ist er verschwunden. – Weiß man etwas darüber, wie er das Gefängnis überstanden hat?«

»Keine Ahnung. Ich weiß nicht, ob er in einem Gulag gewesen ist oder einfach nur in einem normalen Gefängnis. Ich bekomme die Papiere in ein, zwei Tage. Das, was ich Ihnen gerade erzählt habe, ist mir am Telefon berichtet worden.«

Wir aßen schweigend den Topfenstrudel, den wir aus Verzweiflung über den schal schmeckenden Kaffee bestellt hatten. Wenigstens das Gebäck schmeckte einigermaßen.

»Was werde ich ohne Sie machen?«, fragte Lemberger wehmütig, als wir bezahlten. »Jetzt sind alle Informationen da, Sie brauchen mich nicht mehr – ich kann Ihnen nicht mehr weiterhelfen.«

Es war, als zöge mir jemand den Teppich unter den Füßen weg. Nie war mir der Gedanke gekommen, dass die Zeit mit Lemberger eines Tages vorbei sein könnte. Ich wollte das nicht. Als ob der alte Herr mir Vater und Großvater ersetzen würde, so war es in den letzten Tagen gewesen. Ich sagte ihm das. Er war sichtlich gerührt, doch dann gab er sich einen Ruck, und war wieder ganz der alte süffisante Lemberger: »Herr von Horváth, seien Sie mir nicht böse, aber wenn ich mir ein Verwandtschaftsverhältnis zu Ihnen aussuchen darf, dann wär ich doch lieber der Gatte Ihrer reizenden Tante, anstatt Ihr Vater, und somit deren Bruder zu sein!«

Ich versuchte, Coelestine am Telefon zu erreichen, aber sie antwortete nicht. Entweder pflegte sie immer noch ihre Kopfschmerzen oder sie stand gerade unter der Dusche. Sie würde mich schon zurückrufen.

Ziellos schlenderte ich durch die Fußgängerzone. Enkel eines mehrfachen Mörders. Noch ist nichts bewiesen, sagte ich mir, aber diese Leere, die sich als Folge der Fülle von Informationen über die Familie in mir ausbreitete, deprimierte mich. Mein Handy klingelte.

»Na, ausgeschlafen?« sagte ich, ohne vorher auf die Nummer im Display zu schauen. Wer, außer meiner Tante, sollte mich schon anrufen.

»Kann man so sagen«, antwortete Bátthanyi mit schneidender Stimme. »Ich muss Sie dringend bitten, sofort aufs Kommissariat zu kommen.«

»Gibt es was Neues?«, stotterte ich, doch der Zigeunerbaron hatte schon aufgelegt.

Bátthanyi ließ mich warten. Im tristen Flur, der nach Desinfektionsmittel roch und mich an ein Krankenhaus erinnerte, saß ich in einem unbequemen grell-orangen Plastiksessel, der mit vier weiteren Folterinstrumenten seiner Art auf einem Stahlrohr montiert und fest im Boden verschraubt war. Ab und zu drang das Geräusch zuschlagender Türen an meine Ohren und irgendwo hackte jemand auf einer Schreibmaschine herum. Eine Schreibmaschine im Computerzeitalter – auf einem Polizeipräsidium.

Nach gut eineinhalb Stunden beschwerte ich mich bei seiner Vorzimmerdame, nach einer weiteren halben Stunde wurde ich endlich zum Zigeunerbaron vorgelassen.

»Kennen Sie Ben Zion?«, fragte er mich, ohne mich zu grüßen oder mir einen Platz anzubieten.

»Wer ist das?« Ich hatte den für mich amerikanisch klingenden Namen noch nie gehört.

Ein süffisantes Lächeln zeichnete sich auf dem breiten Gesicht Bátthanyis ab. »Ben Zion ist ein Altersheim. In Wien.«

Ich zuckte mit den Achseln. »Tut mir leid, aber außer meiner Großmutter Dana kann ich keinerlei Verwandte aufweisen, die sich für Altersheime interessieren könnten.«

Bátthanyi sah mich prüfend an.

»Ich verschweige Ihnen keine alten Tanten. Ich hab jetzt eben zum ersten Mal von diesem Altersheim gehört. Warum ist es überhaupt wichtig?«

»Weil jemand aus dem Altersheim Ben Zion, ein jüdisches Altersheim übrigens, dafür verantwortlich ist, dass unsere Frau Nemeth von der jüdischen Gemeinde die Akte Féher aus dem Keller geholt hat.«
»Ich dachte das war ein Herr Rechtsanwalt Reiter gewesen?«
»Mhm. Dieser Rechtsanwalt, den es nicht gibt.«
Hatte Bátthanyi das also auch herausgefunden.
»Wir wissen nun, dass er im Auftrag von Ben Zion gehandelt hat. Zumindest hat das die Person, die sich als Rechtsanwalt ausgegeben hat, behauptet.« Bátthanyi legte wieder eine seiner Kunstpausen ein. Langsam fragte ich mich, warum er mich herbestellt hatte. Was ich bis jetzt erfahren hatte, hätte er mir auch telefonisch mitteilen können.
»Haben Sie mir wirklich nichts zu sagen?« Der Zigeunerbaron setzte eine freundliche Miene auf.
Ein Gedanke schoss mir in den Kopf. Die Akte Féher, Hilda, ihre Tochter Ida. Sollte Ida am Leben sein, in einem Wiener Altersheim?
»Nein«, antwortete ich Bátthanyi. »Mir fällt dazu leider gar nichts ein.«
»Schade«, seufzte der Zigeunerbaron und verabschiedete mich, versprach aber, mich weiter auf dem Laufenden zu halten.
Nur dafür hatte er mich ins Kommissariat bestellt? Bátthanyi traute mir wohl gar nicht mehr. Wollte er mich einschüchtern?

Als ich außer Sichtweite des Kommissariats war, versuchte ich sofort, Coelestine zu erreichen, um ihr meine Gedanken mitzuteilen. Es konnte nur so sein: Ida war noch am Leben, aber wahrscheinlich nicht mehr rüstig genug, um selbst die Gruft ihrer Großmutter zu öffnen und den Schmuck, der einstmals ihr gehört hatte, zu bergen. Sie heuert jemanden an, der unter falschem Namen sich die nötigen Angaben besorgt, da Ida sich vielleicht nicht mehr genau erinnern kann, wo die Gräber liegen. Diese Person führt für sie den Einbruch in die Grabstätte durch. Und dabei ist irgendetwas schief gegangen.
Meine Tante ging immer noch nicht ans Telefon. Ich versuchte es bei Tom, der sich nach dem ersten Klingeln sofort meldete. Coelestine sei nicht in der Wohnung, sagte er, ihr Handy habe sie aber mitgenommen.
Ich rief Lemberger an. Irgendjemandem musste ich mitteilen, was passiert war. Ich halte es nie aus, Neuigkeiten für mich zu behalten. Meine Gedanken formen sich beim Sprechen, ich muss mich sofort, wenn mich etwas bewegt, austauschen, zumindest wenn es sich um so entscheidende Dinge handelte, wie eben.
Lemberger war Gott sei Dank zu erreichen. Er hörte sich meine Mitteilungen und Erklärungen geduldig an. »Es kann aber auch anders sein, Herr von Horváth«, meinte er nach einer Weile. »Vielleicht

ist Ida Féher einem Betrüger aufgesessen. Wir wissen doch, dass dieser Herr Rechtsanwalt ein falscher Rechtsanwalt ist.«

Daran hatte ich gar nicht gedacht. »Gott sei Dank haben wir den Schmuck«, sagte ich erleichtert.

»Gedenken Sie denn, den Schmuck der Ihnen noch unbekannten Cousine dritten oder vierten Grades zurückzugeben?«, fragte Lemberger.

Natürlich würde ich das tun, versicherte ich Lemberger. »Kompliziert kann es werden, wenn es um den restlichen Besitz geht. Moralisch gesehen steht uns nichts davon zu. Rein rechtlich, glaube ich allerdings, dass alles bereits verjährt ist, was Laszlo getan hat. Der Betrug fand vor über vierzig Jahren statt.«

»Ach, sind Sie gerade dabei die Geschehnisse nur rational zu betrachten?«

»Ich brauch keinen Psychiater«, entgegnete ich Lemberger, und sofort tat es mir leid, dass ich wegen dieser kleinen Bemerkung, die ja die Wahrheit getroffen hatte, so wütend geworden war.

»Vielleicht ist es ja nicht Ida, die noch lebt«, meinte Lemberger. »Wie alt müsste Sie sein? Über achtzig? – Es kann genauso gut ihr Mann sein. Oder eine Tochter oder ein Sohn von ihr.«

Ich sagte, dass ich hoffte, das bald von Bátthanyi zu erfahren.

»Und was werden Sie dann machen? Nach Wien fahren und im Seniorenheim ein freudiges Fest der Familienzusammenführung feiern?«

Was würde ich machen? Ich wusste es nicht. Zu Ida gehen und ihr sagen, dass ich der Enkel des Mannes sei, der damals auf der Flucht vor Hitler wahrscheinlich ihren Vater, ihre Mutter und ihren kleinen Bruder beseitigt hatte? Ihr sagen, dass wir von dem Vermögen, das eigentlich ihrer Familie gehört hatte, ein unbeschwertes und oberflächliches Leben geführt hatten, da mein Großvater, ihr Großonkel, sich den ganzen Besitz unter den Nagel gerissen hatte? Dass dieser Mann vielleicht sogar ihren Onkel getötet hatte? Nein. Das könnte ich nicht.

»Naja, Sie müssen mir nicht antworten«, sagte Lemberger. Ich hatte wohl eine ganze Weile geschwiegen. »Ich melde mich, wenn ich die Papiere zu Imre Páp aus der Ukraine in Händen habe. Und Sie sagen mir Bescheid, wenn es was Neues gibt, ja? – Grüßen Sie das Fräulein Tante von mir.«

Coelestine. Ich versuchte es wieder, diesmal war das Handy abgeschaltet. Oder der Akku leer. Obwohl das bei meiner Tante nahezu ausgeschlossen war. Langsam machte ich mir Sorgen. Was wir in den letzten Tagen erfahren hatten, war für sie schrecklicher als für mich, schließlich war Laszlo ihr Vater.

Ich entschied, in die Wohnung zurückzukehren. Dunkle Wolken standen am Himmel, und so wie es aussah, würde es jeden Moment anfangen zu regnen. Spätestens dann würde Coelestine auftauchen, denn sie hasste es, nass zu werden.

Draußen tobte ein Gewitter, doch meine Tante ließ sich nicht blicken. Ich fragte Tom, wann er sie zuletzt gesehen hatte. Als ich mich auf den Weg gemacht hatte, um Lemberger im Kaffeehaus zu treffen, war Tom wenige Minuten später aufgebrochen, um Einkäufe zu erledigen. Bei seiner Rückkehr gegen vier Uhr hatte er die Wohnung leer vorgefunden.

Ich suchte das Gästezimmer nach Hinweisen ab, was Coelestine aus dem Haus getrieben haben könnte. Doch ich hatte keine Ahnung, was fehlte. Das Zimmer sah aufgeräumt aus – ein für Coelestine ungewöhnlicher Zustand. »Ich weiß nicht einmal, ob sie einen Schirm gehabt hat«, seufzte ich.

Tom öffnete die Schränke und die Schubladen der Kommoden. »Ihre Tante hat eine Jeanshose an, ein dunkelblaues Polohemd und eine ebenfalls dunkelblaue Fleecejacke. Und es fehlen die Sportschuhe.« Tom und sein fotografisches Gedächtnis. Wahrscheinlich hatte er sich alles automatisch gemerkt, als er nach dem Einbruch die Wohnung aufgeräumt hatte. Ich hingegen wusste nicht einmal über meine eigene Garderobe Bescheid.

»Wieso hat sie aufgeräumt?«, fragte ich. »Oder warst du das?«

Tom verneinte. Aber auch er fand es ungewöhnlich, dass Coelestine nicht das übliche Chaos hinterlassen hatte. »Sie hat kein Geld dabei«, sagte er schließlich und deutet auf die Geldbörse, die in der Schublade des Nachtschränkchens verstaut war. »Und anscheinend hat sie vergessen, sich zu schminken.«

»Wie kommst du denn darauf?«

»Ihre Tante trägt Puder auf. Mit einem Pinsel. Ich habe das Badezimmer heute morgen gegen acht Uhr sauber gemacht, als Sie beide noch geschlafen haben. Hätte sie sich geschminkt, wären davon jetzt noch Spuren zu finden.«

»Vielleicht hat sie das Bad ja auch sauber gemacht«, meinte ich.

Tom schüttelte den Kopf. »Ihre Tante trägt das Puder, wie soll ich sagen, sehr stürmisch auf. Ich mache jedes Mal, wenn sie sich geschminkt hat, nachher den Boden, den Spiegel und das Wachbecken sauber.«

Nun war ich alarmiert. Das letzte Mal, dass meine Tante ungeschminkt aus dem Haus gegangen war, war kurz vor ihrem dreizehnten Geburtstag gewesen. Mein Handy klingelte.

»Wo steckst du? Bist du verrückt geworden?«, brüllte ich.

»Danke der Nachfrage, verrückt bin ich noch nicht, und ich stecke in meinem Büro«, schnarrte Bátthanyis Stimme. »Ist was passiert?«, fragte er.

»Meine Tante ist abgängig.«

»Pflegt Frau Horváth öfters zu verschwinden?«

Ich gestand Bátthanyi, dass ich mir Sorgen machte, da Coelestine von ihren normalen Lebensgewohnheiten abgewichen und trotz des schlechten Wetters nicht nach Hause gekommen war.

»Vielleicht hat Sie jemanden kennen gelernt. Informieren Sie mich bitte, wenn sie morgen früh immer noch nichts gehört haben.«

Ich fragte Bátthanyi, warum wir bis morgen früh warten sollten. Vielleicht war Coelestine etwas zugestoßen.

»Ihre Tante ist alt genug, um selbst zu entscheiden, ob und wann sie nach Hause kommt und ob sie ans Telefon geht. – Ich möchte gerne auf den Grund meines Anrufs zurückkommen: wir haben die Leiche identifiziert.«

Ich brauchte eine Weile, um mich auf den Themenwechsel einzustellen.

»Es handelt sich um einen Pfleger aus dem Altersheim Ben Zion. Er heißt Tobias Reiter. – Sind Sie noch da, Herr Horváth?«

Es hatte mir die Sprache verschlagen.

»Was hat das denn alles zu bedeuten?«, fragte ich nach einer Weile. »Reiter, das ist doch der Name von dem falschen Rechtsanwalt. Hat der Krankenpfleger sich als Rechtsanwalt ausgegeben?«

»Scheint so.«

»Aber warum?«

»Wüsste ich auch gerne. Sie haben mir immer noch nichts zu sagen? Zu Ben Zion?«

Ich verneinte.

Bátthanyi knurrte etwas Unverständliches. »Jetzt wissen wir, wer die Leiche ist. Aber der Mörder fehlt mir immer noch. Ich hatte, offen gestanden, gehofft, dass die Sache was mit Ihnen zu tun haben könnte. Wär mir ein Vergnügen gewesen, einen Privatier zu verhaften. Nichts für ungut. – Ich fahre noch heute nach Wien, um morgen mit den Leuten in Ben Zion zu sprechen. Ich bitte Sie, solange noch nichts geklärt ist, weiterhin für mich erreichbar zu sein.«

»Und meine Tante?«, fragte ich.

»Sollten Sie bis morgen immer noch nichts gehört haben, rufen Sie mich auf dem Handy an. Ich habe nicht vor, länger in Wien zu bleiben, als unbedingt nötig. Wahrscheinlich bin ich ohnehin morgen wieder zurück.« Er legte auf.

»Vielleicht sollten Sie Ihren Bruder anrufen«, schlug Tom nach einer Weile vor.

»Er kann uns auch nicht helfen«, meinte ich.

»Aber er versteht sich sehr gut mit seiner Tante.«

Ich versteh mich auch gut mit meiner Tante, dachte ich, aber Tom hatte recht. Ari und Coelestine, das war eine ganz eigene Beziehung. Der einzige Mensch, mit dem mein Bruder stundenlang telefonieren konnte, war sie. Sie kannte alle Details seiner Liebesaffären und tröstete ihn, wenn mal wieder ein Traum zerplatzt war, und er unterstützte sie, wenn der Einzige sich mal wieder aus dem Staub gemacht hatte. Ich rief meinen Bruder an.

»Ist das wahr, was sie mir über den Alten erzählt hat?«, fragte er, und seine Stimme klang beklommen. Natürlich hatte Coelestine Ari längst telefonisch über die Familie Weiss, aber auch über Max Páp aufgeklärt. Auch mein Bruder war sicher, dass etwas nicht stimmte, wenn sie ungeschminkt aus dem Haus gegangen war, nachdem sie auch noch aufgeräumt hatte.

»Ich komme. Kein Widerspruch, Bruderherz, gib mir deine Adresse.«

26. August

Gegen drei Uhr morgens klingelte es. Ari stand mit Joaquin vor der Tür. Das brasilianische Elfenwesen war anständig in Jeans und Lederjacke gekleidet und wirkte überraschend maskulin.

»Asphalia passt auf den Schuppen auf«, sagte mein Bruder, bevor ich eine Frage stellen konnte. Asphalia war der Sicherheitsdienst, den wir immer beauftragten, wenn einmal keiner von uns im Schlösschen war. Die Leute waren zuverlässig, was bei der Bezahlung, die Aramis angeboten hatte, auch zu erwarten war. Ich war erleichtert, dass jemand das Schlösschen notfalls mit Waffengewalt verteidigen könnte. Schließlich lag Idas Schmuck noch unter dem Sarg von Portos.

»Sie ist immer noch nicht da?«, fragte Ari besorgt und ließ sich Coelestines Zimmer zeigen. Draußen donnerte und regnete es schon wieder.

»Ich geh sie, sobald es hell ist, suchen«, sagte mein Bruder entschieden.

Ich fragte ihn, wie er das anstellen wollte.

»Ich hab die Adressen von ihren Freunden. Du weißt doch, dass sie schon einmal hier gewesen ist?«

Klar wusste ich das, aber dass sie die Adressen von den damaligen Bekanntschaften sogar an Aramis weitergegeben hatte, erschütterte mich doch ein wenig.

»Wir werden noch ein wenig schlafen – ist es in Ordnung, wenn wir das Sofa nehmen?«, fragte Aramis.

»Nehmt doch Coelis Bett, solange sie nicht da ist«, schlug ich vor, doch Aramis schüttelte den Kopf.

»Wenn sie wirklich verschwunden ist, dann ist es für mögliche Ermittlungen wichtig, dass im Zimmer nichts verändert wird.«

Mein Bruder schien mit dem Schlimmsten zu rechnen.

»Weck uns gegen sieben«, sagte er. Joaquin baute bereits gemeinsam mit Tom das Sofa zum Nachtlager um.

»Ist es ok, wenn ich mitkomme?«, fragte ich Aramis, nachdem er und Joaquin ein opulentes englisches Frühstück verdrückt hatten und aufbrechen wollten.

»Ganz ehrlich? Nein. – Bleib du lieber hier. Einer muss da sein, falls sie auftaucht. Am besten ist, du gehst gar nicht aus dem Haus.«

»Und was soll ich machen? Untätig herumsitzen?«

»Ja. Ist doch sonst nicht dein Problem«, antwortete mein Bruder, hakte Joaquin unter und verließ das Haus.

Mir fiel die Decke auf den Kopf. Ich rief Lemberger an, unterrichtete ihn davon, was passiert war. Nach einer halben Stunde stand er, ein dickes Kuchenpaket in der Hand und ein Schachbrett unter den Arm geklemmt, vor der Tür. Tom kochte Kaffee und Lemberger lobte das Ergebnis in höchsten Tönen. Beim Kaffee erzählte ich dem Professor, was ich gestern Abend noch von Bátthanyi erfahren hatte.

»Ein Pfleger also. Personal. Hm.« Lemberger grübelte. »Lassen Sie uns Schach spielen.«

»Ich fürchte, ich werde mich nicht konzentrieren können«, wandte ich ein.

»Ach, Kappes. Das hilft beim Denken«, entschied er und baute zwischen den Tellern mit Tortenstücken das Schachbrett auf. »Keine Brösel!«, warnte er und bestimmte, ohne mich zu fragen, dass er mit den weißen Figuren spielen und natürlich anfangen würde. Nach nur sieben Zügen hatte er mich bereits in die erste bedrohliche Situation manövriert.

»Ein Pfleger kann nur über die Grabbeigaben Bescheid wissen, wenn er es von einem Insassen erfahren hat. Der Insasse jedoch könnte, wenn er mit den Féhers verwandt ist, problemlos selbst die Anfragen stellen, die unser Krankenpfleger als verkleideter Rechtsanwalt durchgeführt hat. Da ist was unlogisch. – Nehmen Sie Ihren Turm da weg, sonst tu ich es.«

Ich versuchte, mich durch eine Rochade aus der Bedrängnis zu retten und zugleich Lembergers Überlegungen nachzuvollziehen.

»Mir fallen dazu zwei Möglichkeiten ein. Erstens: derjenige, von dem unser Krankenpfleger über die Grabbeigaben informiert worden ist, ist nicht Ida, sondern jemand, der es irgendwann von Ida erfahren hat, was eine direkte Anfrage unmöglich, zumindest schwierig macht. – Ach ja, Schach. – Oder zweitens: unser Herr Reiter ist selbst nicht auf rechtem Weg an diese Informationen gelangt.«

Seit vier Zügen befand ich mich mit meinem König auf der Flucht und hatte dabei zwei Bauern und einen Läufer verloren. »Wie soll das zugegangen sein, dass er nicht auf rechtem Weg an die Informationen gelang ist?«, fragte ich.

Lemberger grübelte weiter, erleichterte mich um weitere zwei Bauern, bis es mir endlich gelang, den König in einer halbwegs sicheren Position zu parken und zum ersten Mal Lembergers Dame zu bedrohen.

»Keine Ahnung. Es macht auch keinen Sinn – weil alles dadurch absurd wird, dass Tobias Reiter die Schmuckstücke, wie Sie sagten, am Körper getragen hat. Es ist ja nichts weggekommen. – Das ist Blödsinn. Das, was Sie da gerade versuchen, meine ich. Lassen Sie Ihren Springer da stehen.«

Es gelang mir, Lemberger zwei Bauern abzunehmen und ihn für zwei Züge zu Schritten zu zwingen, die ich mir vorher überlegt hatte. Doch dann opferte er seinerseits einfach einen Turm – was ich nie gemacht hätte, ich liebe es, mit den Türmen zu spielen – und schon war ich wieder in Not.

»Stellen Sie sich doch einmal dieses Szenario vor: Tobias Reiter bereitet sorgfältig vor, wie er den Schmuck aus der Gruft holt. Das muss er getan haben, denn sonst wäre er nicht mit dieser komischen Gürtelausstattung, von der Sie mir erzählt haben, auf dem Friedhof aufgetaucht. – Ihre Dame ist in Gefahr, nun passen Sie doch einmal besser auf! – Meiner Meinung nach war er nicht nur einmal da. Sie hatten mir ja erzählt, dass die Schrauben der Grababdeckung gut eingeölt waren.«

Ich bewunderte Lembergers Elefantengedächtnis. Ich hatte das längst vergessen gehabt. Nun waren König und Dame abwechselnd auf der Flucht und Lemberger richtete ein Schlachtfest unter meinen übrigen Figuren an.

»Er bereitet sich also vor, den Schmuck zu holen – und dann haut ihm einer auf den Kopf, schneidet ihm auch noch die Kehle durch, versenkt ihn in der Gruft und deckt sie wieder zu. Wo soll derjenige denn hergekommen sein? Aus welcher Versenkung? Ein himmlischer Rächer, der zuschlägt, wenn jemand die Ruhe der Toten stört? – Meine Geduld ist am Ende, junger Mann, Schachmatt.«

»Der Zalyschiniker«, fiel mir ein.

»Revanche?« Lemberger stellte die Figuren auf, ohne meine Antwort abzuwarten. »Der Zalyschiniker. Das ist der obdachlose Alte? – Überlegen Sie, Herr von Horváth, der hätte doch den Schmuck mitgenommen. Der braucht doch Geld. – Sind Sie sicher, dass Sie so eröffnen wollen?«

Ich stellte meinen Springer wieder zurück an seinen Platz und schob einen Bauern vor. Schon nach wenigen Zügen schimpfte Lemberger wieder mit mir. Ich spielte ihm wohl zu schlecht. Zwar war es mir relativ schnell gelungen, seinen König zu bedrohen, doch nach nur drei weiteren Zügen drängte er meinen in die Ecke. Ich musste einen meiner geliebten Türme opfern, um aus dieser Situation wieder herauszukommen.

»Es macht nur Sinn, wenn der Mörder von Tobias Reiter wollte, dass der Schmuck in der Gruft bleibt. Es fällt mir aber kein Grund ein, warum jemand – wer auch immer – das wollen sollte.«

Meine Dame kämpfte nun um ihr Leben. Dame oder Springer opfern, ich musste mich entscheiden.

»Es macht natürlich Sinn, wenn der Mörder durch irgendetwas gestört worden ist. Dass er gezwungen war, Leiche und Schmuck zu versenken und Letzteres zu einem späteren Zeitpunkt abzuholen. Das würde dazu passen, dass – seit Sie den Schmuck an sich genommen haben – bei Ihnen eingebrochen wird und im Schlösschen ebenfalls jemand herumwühlt.«

»Jemand, der aber möchte, dass wir wissen, dass er herumwühlt«, gab ich zu bedenken. Langsam kam ich mir vor, wie Dr. Watson, der als Stichwortgeber für Sherlock Holmes fungiert. Meine Dame war weg, meine Bauernschaft reduziert, und es blieben mir nur noch ein Turm, ein Läufer und ein Springer, um meinen König zu schützen. An Angriff war gar nicht mehr zu denken.

»Dazu passt nun wieder, dass Fräulein von Horváth verschwunden ist. Wahrscheinlich erhalten Sie bald eine Lösegeldforderung. – Nun ist es aber gut. Ich hab noch ein Dominospiel mitgebracht, vielleicht können Sie das ja besser.«

Nun war ich richtig nervös. Wenn Lembergers Theorie stimmte, war Coelestine in Gefahr. Dann hatte jemand sie entführt. Ich wollte Bátthanyi anrufen und ihm alles erzählen, doch Lemberger hielt mich davon ab. »Bis jetzt hat niemand angerufen. Ihre Tante wird ja so schlau sein, entweder zu verraten, wo sich das Geschmeide befindet, oder an Sie zu verweisen, nicht wahr? – Dann werden wir entweder bald von einem Entführer was hören, oder Ihre Tante wird zur Tür hereinspazieren und Sie sind um ein paar Preziosen ärmer.«

Ich werde wahnsinnig, dachte ich. Sicherlich werde ich gleich wahnsinnig. In diesem Moment rief Aramis an. Er berichtete, dass er sämtliche Bekannte Coelestines erreicht hatte. Dass sie sich tatsächlich mit einigen auch schon getroffen hatte, aber das sei schon länger her. Keiner der Bekannten wusste, warum sie tatsächlich in Budapest war, sie hatte allen gesagt, dass sie nur gekommen sei, um mich zu besuchen. Sollte sie aber bei einem der Bekannten auftauchen, so hatten alle zugesagt, uns sofort zu verständigen.

»Gibts bei dir was Neues?«, fragte Aramis. Ich fasste kurz Lembergers Gedanken für ihn zusammen.

»Ich geh jetzt mit Joaquin essen, wir brechen zusammen vor Hunger. Dann kommen wir. – Ruf deinen Zigeunerprimas an. Es wird Zeit für eine offizielle Vermisstenmeldung.«

Ich erreichte Bátthanyi im Zug, er befand sich bereits auf der Rückreise. In etwa drei Stunden würde er in Budapest am Bahnhof sein. Wir sollten dann direkt zu ihm ins Kommissariat kommen.

Bátthany staunte nicht schlecht, als wir in kompletter Besetzung in seinem Büro auftauchten. Lemberger hatte es sich nicht nehmen lassen, uns zu begleiten und Aramis hatte darauf bestanden, sowohl Joaquin als auch Tom mitzunehmen. Es dauerte eine Weile, bis wir dem Kommissar die jeweiligen Beziehungsverhältnisse auseinandergesetzt hatten.

Da Aramis, Lemberger, Joaquin und ich ständig durcheinander redeten, als es um eine Beschreibung Coelestines und der Umstände ihres Verschwindens ging, sprach Bátthanyi nur noch mit Tom.

Bátthanyi schickte mit meinem Einverständnis ein paar Leute in die Wohnung, um nach Spuren zu suchen, die eventuell darauf hindeuten könnten, ob Coelestine gewaltsam entführt worden war oder freiwillig die Wohnung verlassen hatte. Ich sollte noch einen Moment bleiben, da er mir von den Ergebnissen seines Wienaufenthalts berichten wollte. Doch ich bestand darauf, dass er es vor allen erzählte.

Bátthanyi zögerte. Etwa eine Minute lang starrte er schweigend einen nach dem anderen von uns an. Er runzelte die Stirn und strich sich mehrfach über seinen ramponiert aussehenden Schnurbart und fragte dann: »Sagt irgendjemandem von Ihnen der Name Blaustein etwas?«

»Ich kannte einmal eine Edna Blaustein, Opernsängerin«, meinte Lemberger. »Schweizerin. Sie wäre, würde sie noch leben, heute wohl einhundertzwanzig Jahre alt.«

»In Brasilien gibt es auch Familien, die so heißen«, sagte Joaquin, der sich bemühte, in der Gegenwart Bátthanyis besonders männlich zu wirken.

Bátthanyi schüttelte unwillig den Kopf. »Die Anfrage beim jüdischen Amt, die der falsche Herr Rechtsanwalt gestellt hat, betraf die Verwandtschaft einer Frau Blaustein. Frau Blaustein war eine geborene Páp, ihre Mutter eine geborene Féher.«

Mir wurde heiß und kalt. Ich blickte zu Aramis, der kühl und gelassen wirkte, und zu Lemberger, der dem Zigeunerbaron eifrig zunickte und »Was Sie nicht sagen!«, rief.

Bátthanyi malträtierte seinen Schnurbart weiter. Anscheinend verunsicherte ihn die Situation. »Herr Tobias Reiter hat Frau Blaustein im Altersheim mehrere Jahre gepflegt. Sie war schwer dement. Eine entfernte Verwandte, die aber wohl auch schon ziemlich alt gewesen ist, hat sie vor Jahren einliefern lassen und ist kurz danach selbst verstorben. Frau Blaustein hat wohl keinerlei Verwandtschaft. Zumindest hat sich im Altersheim niemand gemeldet. Es soll wohl einen nach Kanada emigrierten Zweig der Familie geben, ein Bruder der Großmutter mütterlicherseits oder so ist ausgewandert – aber dessen Enkel haben keinerlei Interesse an einer ihnen unbekannten Cousine xten Grades gezeigt.«

Mir schwirrte der Kopf. Mein Bruder war in die Rolle des Rechtsanwalts geschlüpft. In juristischem Deutsch fragte er Bátthanyi, was das Ganze für die Familie von Horváth zu bedeuten habe, vor allem für Coelestine.

Bátthanyi zuckte mit den Achseln. »Ich habe mir erklären lassen, was Demenz bedeutet. Man hat mir einen, meinem Empfinden nach mehrstündigen medizinischen Vortrag gehalten. Ich habe nur so viel verstanden: Frau Blaustein lebte quasi rückwärts. Sie hat die Gegenwart und Teile ihres Lebens immer mehr verloren und ist in verschiedenen Phasen ihrer Vergangenheit mehr oder weniger lange aufgehoben gewesen. In diesen Phasen hat sie ... wie soll ich sagen ... sie war eben ein paar Monate lang wieder der Ansicht, in der Schule zu sein und Aufgaben machen zu müssen, zum Beispiel. Und Herr Reiter soll ein ausgezeichneter Pfleger gewesen sein, der die demente alte Dame in der Form unterstützt hat, dass er sie nicht korrigierte sondern eben einfach die Rollen angenommen hat, die ihr verfallendes Gehirn ihm gerade zugewiesen haben. – Eine irre Vorstellung, nicht wahr? Da hat der Kerl mit seinen sechsundzwanzig Jahren Herrn Blaustein gespielt, aber auch mal den Bruder, den Vater oder einen Schulkollegen. Wahnsinn.«

Lemberger scharrte mit den Füßen. Aramis legte ihm die Hand auf den Oberschenkel, um ihn ruhig zu stellen, und der Herr Professor ließ sich das gefallen.

»Welche Schlüsse ziehen Sie daraus?«, fragte Aramis kurz angebunden.

»Ich schließe daraus, dass Frau Blaustein ihrem Pfleger irgendwann gesagt hat, dass im Grab ihrer Großmutter Geld oder schwere Wertgegenstände versteckt sind. Und es muss eine ganze Menge gewesen sein, denn sonst hätte sich unser Pfleger wohl nicht die ganze Mühe gemacht. Er hat den Briefkopf von Ben Zion geklaut und für die Korrespondenz benutzt, eine Emailadresse und einen Telefonanschluss für Rechtsanwalt Reiter eingerichtet und noch viele Dinge mehr getan, damit seine Anfrage bei der jüdischen Gemeinde nicht zu ihm direkt zurückverfolgt werden kann – aber auch Antworten der Gemeinde nicht etwa versehentlich bei Ben Zion landen. Eine ganze Menge, und erstaunlich geplant. Hätte er noch einen falschen Namen benutzt, wir hätten den Zusammenhang nie herstellen können. – Herr von Horváth, ich frage Sie zum hundertsten Mal: was kann ihm Grab Ihrer Urgroßmutter gewesen sein, das bei einem einfachen Altenpfleger so viel kriminelle Energie auslöst?«

Ich war versucht, Bátthanyi alles zu sagen und holte eben Atem, um zu antworten, als Aramis unsanft seinen Fuß auf meinem abstellte. »Woher sollten wir wissen, was ihm Grab einer Urgroßtante liegt? Ein Grab, von dessen Existenz wir erst vor fünf Jahren erfahren haben und bis vor drei Wochen noch nicht einmal wussten, wo es liegt. Ich würde es begrüßen, wenn Sie den Mörder des Herrn Reiter endlich fassen – und wenn Sie alles tun, damit wir Coelestine wiedersehen.«

Bátthanyi kniff die Augen zusammen. Dann entspannte er sich wieder. »Wir treffen uns in einer Stunde in Ihrer Wohnung. Bis dahin sollten meine Leute durch sein«, sagte er und verabschiedete uns.

»Dieser Reiter muss doch irgendwo in Budapest gewohnt haben«, meinte Lemberger, als wir, unschlüssig wie wir die Stunde herumkriegen sollten, vor dem Kommissariat standen.

»Das weiß der Zigeunerbaron sicher auch«, meinte mein Bruder. »Das ist schon ein guter Ermittler. Er traut dir nicht, Athos, er merkt, dass du lügst.«

Wir entschieden, zu Fuß zur Wohnung zu gehen. Das dürfte etwa eine Stunde dauern. Jeder hing seinen Gedanken nach.

»Wir wissen gar nicht, wie die Blaustein eigentlich heißt«, meinte Aramis nach einer Weile.

»Ida natürlich. Wir gehen doch alle davon aus, dass es Ida ist – oder?«, antwortete ich.

Aramis zog die Augenbrauen hoch. »Richtig spannend wird es, falls sie nicht Ida heißt.«

Bátthanyi empfing uns im Treppenhaus. Noch war die Wohnung nicht freigegeben. »Sie ziehen Unglück an«, begrüßte er mich. »Die Wohnung ist erneut aufgebrochen worden. Es gibt deutliche Spuren, dass sich jemand Zutritt verschafft hat. – Herr Norton, als Sie vom Einkaufen zurückgekehrt sind, war die Tür da zu?«

»Nicht nur zu, sondern auch abgeschlossen.«

»Hat Ihre Tante einen Schlüssel?«

Ich nickte.

»Dann hat derjenige, der die Tür aufgebrochen hat – übrigens sanft und professionell – ihre Tante davon überzeugen können, sie von außen abzuschließen. Es gibt jede Menge frische Fingerabdrücke im Schlafzimmer von Frau Horváth. Fingerabdrücke, die mit denen übereinstimmen, die wir nach dem Einbruch genommen haben.«

»Dann sind der Einbrecher und der Entführer identisch?«, fragte Lemberger erstaunt.

»Mehr noch: Einbrecher, Entführer und mutmaßlicher Mörder von Tobias Reiter sind identisch – denn die Fingerabdrücke passen auch zu denen, die wir auf dem Friedhof im und am Grab von Etelka Féher gefunden haben.«

Angst überfiel mich, nackte Angst um Coelestine. Ich war schuld, dass wir einen Mörder auf unsere Spur gebracht hatten. Hätte ich die verdammten Klunker doch einfach in der Grube gelassen, wir hätten nicht nur weiterhin eine wunderbare Familiengeschichte, sondern könnten auch sorglos leben. Jetzt trachtete anscheinend jemand Coelestine, vielleicht sogar meinem Bruder und mir, nach dem Leben, ob wegen der Juwelen oder wegen der Familiengeschichte war mir dabei gleichgültig. Ich fürchtete, ohnmächtig zu werden. Das war mir zuletzt in der Pubertät passiert, doch ich konnte mich deutlich erinnern, wie es war, als mein Gesichtsfeld immer kleiner wurde, mein Hirn quasi einfror, ich kaum mehr hörte, was um mich herum vorging, bis sich endgültig alles in einem Geflirre von tausend schwarzen Punkten auflöste.

Unsanft wurde ich wieder in die Realität geholt. Ich lag auf dem Boden, in stabiler Seitenlage, und neben mir kniete Joaquin, strahlte und sagte: »Er ist wieder bei uns.«

»Hast mir einen schönen Schreck eingejagt, Brüderchen«, meinte Aramis erleichtert und Lemberger fragte, ob er einen Arzt holen sollte.

»Dann kommen wohl besser Sie mit in mein Büro, um eine genaue Personenbeschreibung abzugeben. Haben Sie ein Foto?«, wandte sich Bátthanyi an meinen Bruder.

Joaquin sah mich zärtlich an und rieb abwechselnd meine Schläfen, meine Unterarme und meine Unterschenkel.

Tom fuhrwerkte in der Küche herum. Es roch köstlich, doch mir war nicht nach Essen zu Mute. Ich lag auf meinem Bett und starrte vor mich hin. Ein einziger Gedanke kreiste in meinem Kopf: der Mörder von Tobias Reiter hat Coelestine entführt. Hoffentlich meldet er sich, damit wir den Schmuck gegen meine Tante eintauschen können.

Lemberger und Joaquin spielten stumm Schach. Anscheinend war er ein besserer Gegner als ich, den ab und zu stöhnte Lemberger angestrengt. Nach einer Ewigkeit kehrte Aramis zurück.

»Sie heißt Ida«, sagte er, nachdem wir uns alle im Wohnzimmer zum Essen versammelt hatten. »Ida Blaustein. Ich hab es in den Papieren lesen können, die bei dem Dicken auf dem Schreibtisch gelegen sind.«

Stumm verzehrten wir Toms exzellenten Kalbsbraten.

»Ich habe nachgedacht«, meinte Lemberger nach dem Essen. »Der Mörder von Reiter muss zur Familie gehören.«

Ich fragte, wie er denn darauf käme.

»Suchanfragen nach eventuell lebenden Verwandten verstorbener Juden verlaufen oft so, dass man es den Verwandten freistellt, sich zu melden. Ein Beispiel: Sagen wir einmal, ich sterbe im Altersheim und hätte keine direkte bekannte Verwandtschaft. Dann würde das Altersheim beim Amt eine Suchanfrage stellen und das Amt findet, sagen wir einmal, irgendeine entfernte Nichte. Die wird dann informiert, dass ein ihr unbekannter Onkel verstorben ist – aber sie entscheidet, ob sie tatsächlich erben und sich zu mir bekennen möchte. Wenn sie nicht möchte, erfährt das Altersheim nicht einmal, dass es diese entfernte Nichte gibt. Das Amt würde in einem solchen Fall melden, die Suche sei erfolglos gewesen. – Die Nichte würde dann von ihrem ihr bisher unbekannten Onkel wissen – aber nicht umgekehrt. Das Altersheim würde nie erfahren, dass es die Nichte gibt.«

»Warum sollte die fiktive Nichte das machen?«, fragte ich.

»Oft macht man das, wenn man befürchtet, man würde Schulden erben. Die Behörde darf nicht melden, dass sie jemanden gefunden hat. Schließlich handelt es sich ja nicht um eine Straftat, die man verfolgen müsste, sondern es wird ein Erbe gesucht, der dann eben kein Interesse am Erbe hat.«

»Ich verstehe immer noch nicht den Zusammenhang«, wandte Aramis ein.

»Nun, diese fiktive Nichte hätte dann die Information, dass ich verstorben wäre ...« Lemberger atmete heftig. Fast dachte ich Coelestine wäre im Zimmer und würde auch nachdenken. »Sie haben Recht«, sagte er schließlich. »Auch das ergibt keine Logik. – Ich muss weiter nachdenken. Spielen Sie Schach? Gegen Herrn Joaquin ist es zu anstrengend, da kann ich nebenbei nicht nachdenken.«

Ich kam als Spielpartner wohl nicht mehr in Frage. Da ich mich ohnehin wie zerschlagen fühlte, ging ich ins Bett.

27. August

Ich wachte früh auf. Die ganze Nacht hatten mich Alpträume geplagt. So schlecht hatte ich schon lange nicht mehr geschlafen. Im Wohnzimmer lagen Aramis und Joaquin Arm in Arm auf dem Sofa und schliefen fest. Auf dem Wohnzimmertisch stand immer noch das Schachbrett aufgebaut. Zwei leere Flaschen und drei Gläser, in denen noch ein Rest Wein schimmerte, ließen mich ahnen, was sich gestern noch abgespielt hatte. Lautes Schnarchen tönte aus dem Gästezimmer, dessen Tür offenstand. Lemberger schlief dort, wo eigentlich Coelestine liegen sollte. Aus der Küche strömte der Geruch nach Kaffee und leise Geräusche zeugten davon, dass wenigstens Tom funktionierte normal.

Ich trat auf den Balkon. Die Gewitter der letzten beiden Tage hatten die Luft reingewaschen. Es war wieder warm, aber nicht mehr so heiß wie zuvor. Mein Kopf fühlte sich immer noch leer.

In der Hoffnung, Neues zu erfahren, rief ich Bátthanyi an. Anscheinend hatte ich ihn geweckt. Er knurrte unfreundlich, gähnte, verhandelte lautstark mit einer Frau, die im Hintergrund auf Ungarisch schimpfte und am Klang seiner Stimme konnte ich hören, dass er sich einen besseren Start in den Tag gewünscht hatte, als ausgerechnet ein Telefonat mit mir zu führen. Ich erfuhr, dass es in Bezug auf Coelestine nichts Neues gab, aber das Labor habe etwas gefunden, was helfen könne, den Mörder von Tobias Reiter zu identifizieren. Sollte das in irgendeiner Weise für mich von Belang sein, würde er sich bei mir melden.

»Sie verzeihen das ungefragte Eindringen meiner Person in Ihre Privatsphäre«, sagte Lemberger, der hinter mir auf den Balkon getreten war. »Ihr Herr Bruder war heute Nacht der Ansicht, es sei grob fahrlässig, würde ich in meiner Verfassung den Heimweg antreten, egal ob per pedes oder in der Obhut eines Taxifahrers.«

Lembergers Ausdrucksweise brachte mich zum Schmunzeln. »Wenn mein Bruder das sagt, dann müssen Sie ihm gehorchen, er ist Rechtsverdreher.«

»Nachher hätte er mich noch verklagt, auch wenn nichts passiert wäre«, lachte Lemberger. »Mir ist die ganze Nacht dieser Imre nicht aus dem Kopf gegangen.«

Ich fragte, welchen Imre er meinte. Schließlich hatten wir mittlerweile drei zur Auswahl: meinen Urgroßvater, den verloren gegangenen Sohn von Hilda Féher, mit dessen Papieren mein Vater dem Dritten Reich hatte entfliehen können, und den ebenfalls verloren gegangenen Sohn von Max Páp.

»Den Páp Imre. Sehen Sie, der verschwindet im Jahr 1992, sobald die Grenzen einigermaßen offen sind. Der kann überall sein.«

Ich gab zu bedenken, dass Imre Páp doch Papiere für eine Ausreise nach Israel oder Deutschland gehabt habe.

»Ja, schon. Aber er hat sie doch nicht benutzt. Wenn einer irgendwo ausreist, muss er auch irgendwo einreisen, oder? Das ist doch logisch. Wäre er in Israel oder Deutschland eingereist, wüsste ich es aber. Ich habe eben, als Sie mit dem freundlichen Kommissar sprachen, mit einem Bekannten telefoniert, der für mich gestern und vorgestern seine Kontakte zu den jeweiligen Einwanderungsbehörden aktiviert hat. Páp hat längstens zwei Jahre Zeit gehabt, seine Ausreise tatsächlich anzutreten. Weder 1992, noch 1993 oder 1994 ist er in Israel oder Deutschland eingewandert.«

»Vielleicht ist er nach Österreich gegangen. Oder in die USA. Kanada, England, was weiß ich.«

Lemberger schüttelte vehement den Kopf. »Deutschland hatte einen Vertrag für so genannte Kontingentflüchtlinge, wie man die Juden aus der ehemaligen Sowjetunion wenig liebevoll bezeichnet hat. Israel hat sie ohnehin aufgenommen. In Österreich war die Lage anders. Für USA oder sonst wo hätte er andere Papiere gebraucht. Nein, Herr von Horváth. Der Páp Imre ist entweder in der Ukraine verloren gegangen – oder irgendwo über die grüne Grenze marschiert.«

Ich verstand nicht, was das nun zur Sache tat.

»Ja, verstehen Sie denn nicht?« Lemberger sah mich an, wie einen Schüler, dem man zum xten Mal die Grundrechenarten erläutert hat und der immer noch nicht eins und eins zusammenzählen konnte. »Vielleicht hat er gesehen, was mit seinem Vater und Bruder passiert ist. Weiß vielleicht, wer Laszlo von Horváth ist. Und vielleicht hat Max ihm auch erzählt, wo die Familienjuwelen liegen.«

»Aber dann hätte er sie doch schon 1992 oder 1993 herausgeholt, sie verkauft und sich irgendwohin abgesetzt. Das hätte ich zumindest getan«, wandte ich ein.

Lemberger seufzte. »Deswegen geht es mir ja im Kopf herum. Weil es genau an diesem Punkt keinen Sinn mehr macht. Außer, wenn der Mann wahnsinnig ist. Was ja schon mal passieren kann, wenn man lange Zeit wegen eines Fluchtversuchs in einem russischen Gefängnis verbringt.«

Ich fragte Lemberger, wo Imre Páp denn stecken könne, falls er damals über die grüne Grenze marschiert war.

»Nach Russland wird er nicht gegangen sein. Kann ich mir nicht vorstellen, nach allem, was er unter den Russen erlebt hat. Von Kolomea oder Stanislau aus sind Rumänien, Ungarn, die Slowakei oder Polen gut erreichbar. Von dort kann man natürlich weiter über die nächsten grünen Grenzen. Aber den Balkan schließe ich mal aus. Niemand der einigermaßen bei Verstand ist, wäre zur damaligen Zeit freiwillig in das Gebiet des früheren Jugoslawien gegangen. Oder Moldawien. Aber theoretisch kann er natürlich überall sein, auch in Österreich.«

»Dann hätte er Papiere gebraucht. Illegal in Österreich, das ist kein Spaß. Wovon soll er denn leben? Schwarzarbeit als Putzfrau?«, gab ich zu bedenken.

Lemberger zuckte mit den Achseln. »Hier in Ungarn ist es relativ leicht gewesen, sich neue Papiere zu besorgen. Man braucht nur ein wenig kriminelle Energie. – Lassen Sie uns frühstücken. Der Páp Imre verdirbt mir sonst noch den Tag. Er kann überall sein, von mir aus auf dem Mond.«

Lemberger und Joaquin diskutierten über die Geschichte der Juden in Brasilien. Ich wunderte mich, dass das Elfenwesen so viel darüber wusste. Es war wohl an der Zeit, meine Vorurteile gegenüber den Liebhabern meines Bruders zu revidieren. Ari grübelte über den Familiendokumenten, die sich seit meiner Bekanntschaft mit Lemberger in meinem Besitz angehäuft hatten. Da rief Bátthanyi an.

»Wir haben den Mörder identifiziert. Sind Sie immer noch zu fünft? Ja? Dann ist es wohl einfacher, wenn ich bei Ihnen vorbeikomme.«

Wenig später – als ob Bátthanyi fliegen könnte – klingelte er auch schon. Tom servierte ihm Kaffee. Der Zigeunerbaron sah aus, als ob er ihn brauchen könnte.

»Wie gut kennen Sie Herrn Zalyschiniker?«, fragte er.

»Ich weiß, wer das ist«, sagte ich. »Die anderen haben ihn noch nie im Leben gesehen. Warum?«

»Die Fingerabdrücke in der Gruft, an den Schrauben, in Ihrer Wohnung – sowohl die, die wir nach dem Einbruch genommen haben, als auch jetzt die frischen – sind von Herrn Zalyschiniker. Wir haben da anfangs wohl einen Fehler gemacht. Da seine Abdrücke auf dem ganzen Friedhof verstreut sind, weil er dort arbeitet, hatten wir ihn ausgeschlossen. Nun hat das Labor ein paar Abdrücke noch einmal überprüft, die wir in der Gruft genommen haben. Wir haben sie damals nicht berücksichtigt, weil sie eindeutig wesentlich älter sind, als die Abdrücke aus der Zeit, als Tobias Reiter die Gruft geöffnet hat. Wir hätten uns wundern sollen, warum sich in der Gruft Fingerabdrücke befinden, die wahrscheinlich über ein Jahr alt waren. Abdrücke auf den metallischen Namensschildern, die man ursprünglich an den Särgen angebracht hatte. Aber wir haben es schlicht und einfach übergangen.«

»Na, dann haben Sie ja jetzt Ihren Täter«, meinte Lemberger und streckte Bátthanyi die Hand hin, um ihm zu gratulieren.

Der Zigeunerbaron zupfte und zerrte an seinem Schnurbart. »Nicht ganz. Das Problem ist nämlich, dass der Herr Zalyschiniker seit einiger Zeit auf dem Friedhof nicht mehr aufgetaucht ist. Sie haben ihn nicht zufällig in letzter Zeit gesehen?«

»Wo soll er denn sein?«, meinte mein Bruder. »Ein Obdachloser. Sie werden doch die Plätze kennen, wo die sich so herumtreiben.«

Nun blieb tatsächlich ein Barthaar in den zupfenden Fingern des Zigeunerbarons hängen. Er versuchte, es wegzuschnippen und es landete in seiner Kaffeetasse.

»Die Szene kennt keinen Zalyschiniker. Auch keinen Alexander. Eigentlich überhaupt niemanden, auf den die Beschreibung, die Herr Wohlfeiler wirklich detailliert gegeben hat, passen könnte. Und die jüdische Gemeinde – nun, man hat Herrn Zalyschiniker immer ein wenig Geld dafür gegeben, dass er die Gräber gepflegt hat. Das ist eigentlich Schwarzarbeit – aber da er einmal von den Nachkommen der Begrabenen, dann von der Gemeinde, mal von Herrn Wohlfeiler was bekommen hat, ist es das nun auch wieder nicht. Es war eben kein Gehalt, sondern Spenden, Trinkgeld ... Jedenfalls war er nie angemeldet. Eine Zwickmühle, in welche die Gemeinde natürlich auch nicht geraten möchte, Sie verstehen ...«

Lemberger lachte schallend. »Typisch Ungarisch!«, rief er.

»Egal, wo wir gesucht haben. Es gibt keinen Alexander Zalyschiniker in Ungarn. Wir haben uns mit den ukrainischen Behörden in Verbindung gesetzt. Schließlich heißt es ja, Zalyschiniker sei von dort gekommen. Es gibt auch tatsächlich drei Familien, die so heißen. Zwei sind ausgewandert, eine lebt noch dort. Aber auch die kennen unseren Friedhofsgehilfen nicht.«

Lemberger war plötzlich sehr wach. Er begann, sich in krakeliger, winziger Schrift Notizen zu machen. So sehr ich mich auch anstrengte, ich konnte nicht entziffern, was er aufschrieb.

»Unser ukrainischer Friedhofswärter ist eine seltsame Person. Wohlfeiler sagte, dass er sich manchmal gewundert hätte, wie der Alte Zementsäcke oder Steine scheinbar mühelos tragen konnte. Wo er sich doch von Zwiebeln, trockenem Brot und Wasser ernährt hat.«

Das war mir auch aufgefallen. Die erstaunliche Kraft und Wendigkeit des Alten.

»Die Gemeinde und auch Wohlfeiler halten ihn für einen durchgedrehten Intellektuellen. So was soll ja vorkommen. Zu viel im Kopf, und dann – zack! – geht das Licht im Oberstübchen aus. Zwar hat er versucht, mit den meisten Leuten jiddisch zu sprechen, und natürlich kann er Russisch. Aber auch sein Ungarisch soll erstaunlich gut gewesen sein, und Wohlfeiler meinte, der Mann hätte auch Deutsch und Englisch verstanden und gesprochen.«

»Wann, sagten Sie, ist er zum ersten Mal auf dem Friedhof aufgetaucht?«, fragte Lemberger.

»Das habe ich noch nicht gesagt. Wohlfeiler kann sich nicht mehr erinnern ob es 1995 oder 1996 gewesen ist. Aber jedenfalls schon vor vielen Jahren. Vielleicht war es auch 1994.«

»Ein durchgedrehter jüdischer Intellektueller aus der Ukraine bringt diesen falschen Reiter um und entführt meine Tante – ich versteh gar nichts mehr«, stöhnt Aramis. »Wenn der ein Killer ist – dann sehen wir Coeli nie wieder!«

Lemberger sah von seinen Notizen auf. »Wie alt schätzen wir denn den Herrn Zalyschiniker?«

»Da bin ich ratlos. Herr Wohlfeiler meint, nach allem, was der Mann erzählt hat und wie er auf den ersten Blick aussieht, müsse er mindestens sechzig Jahre alt sein, eher ein paar Jahre mehr. Das passt aber überhaupt nicht zur körperlichen Verfassung. Noch dazu, wenn der Mann wohnungslos ist und sich schlecht ernährt.« Der Zigeunerbaron sah wirklich elend aus. Nun hatte er den Mörder und Entführer – und hatte ihn doch nicht. Aramis war vor Anspannung grau im Gesicht und auch mir war übel, wenn ich mir vorstellte, dass Coelestine diesem Mann in die Hände gefallen war.

»Es wäre wirklich wunderbar, wenn Sie mir sagen könnten, wo die Familien Zalyschiniker in der Ukraine wohnen oder gewohnt haben. Ich habe da eine ... Theorie«, wandte sich Lemberger an Bátthanyi.

Der Zigeunerbaron seufzte, kramte in den Taschen seines Jacketts und fand schließlich, nach dem er diverse Zettel herausgefischt und wieder zurückgestopft hatte, eine gefaltete Papierserviette, die er ausbreitete. »Eine Familie wohnt in Storojinetz. Die sind noch da. Altes Ehepaar, um die siebzig. Die Familie aus Drohobytsch ist in Deutschland gelandet, Oldenburg. Die Familie aus Kolomea in Israel.« Lemberger zuckte kaum merklich, als das Wort Kolomea fiel.

»Und? Wie sieht es aus mit Ihrer Theorie?«

»Gab es denn in diesen Familien einen Alexander?«, fragte Lemberger weiter.

Bátthanyi war nun sichtlich genervt. Er drehte die Papierserviette um und suchte seine Notizen ab. »Ja. Gab es. Bei den Israelis.«

»Bei denen aus Kolomea.«

»No – sag ich doch!«

Lemberger wandte sich mir zu. »Herr von Horváth, halten Sie es nicht auch für angebracht, Herrn Bátthanyi über unsere jüngsten Erkenntnisse im Bereich der Ahnenforschung zu informieren?«

Mir schwirrte der Kopf. Ich sah keinen Zusammenhang zwischen einem Alexander Zalyschiniker, der nun unter israelischer Sonne schwitzte, und meiner Familie. Ich meinte zu verstehen, dass Lemberger auf die Geschichte mit Imre Páp hinauswollte. Imre Páp aus Kolomea – Alexander Zalyschiniker aus Kolomea. Das war das einzige, was hier eine Verbindung darstellen konnte. Das Ganze schien mir an den Haaren herbeigezogen und völlig abwegig.

Bátthanyi hatte nun wieder seinen Polizistenblick aufgesetzt und musterte mich scharf.

»Ich bin nicht zurechnungsfähig«, redete ich mich heraus. »Wenn Sie meinen, dass es wichtig ist – bitte machen Sie das, Herr Professor.«

»Worum geht es bitte?«, fragte Aramis ungehalten.

»Hör dir einfach an, was Herr Lemberger zu erzählen hat«, sagte ich. Ich wusste doch auch nicht genau, worauf der hinauswollte.

Lemberger sprang auf und brachte seine Notizen durcheinander. Ohne zu fragen schnappte er sich ein Blatt Papier von der Anrichte – es handelte sich um eine Kopie der Rechnung für die Möbel von IKEA – und begann, auf dessen Rückseite etwas zu skizzieren, das wie ein Stammbaum aussah. »Wir beginnen hier mit der Familie Páp«, sagte er.

»Solange es nicht Adam und Eva sind. – Wieso beginnen Sie oben? Malt man einen Stammbaum nicht anders herum?«, fragte Bátthanyi.

»In unserem Fall erschließt es sich so besser«, erläuterte Lemberger. »Das hier ist der Imre Páp. Geboren 1957 in der Ukraine, zuletzt wohnhaft in Kolomea, und seit ungefähr 1992 verschwunden.«

» Páp. Wer ist Imre Páp? Was hat der mit dem falschen Zalyschiniker zu tun? Der echte ist nämlich nachweislich mit Frau und vier Kindern in Israel.«

»Geduld, Herr Kommissar. Der Imre Páp ist der Sohn von Max Páp, welcher 1992 stirbt – übrigens unter nie näher geklärten Umständen. ebenso stirbt der ältere Bruder von Imre, Antal, im selben Jahr, angeblich Selbstmord. Und Max Páp ist nun der Schwager von Hilda Féher. Hilda Féher, welche ihrerseits die Tochter von Etelka von Horváth, der Urgroßtante unserer beiden Herren von Horváth hier, ist.« Lemberger blickte abwechselnd seine Skizze und den Zigeunerbaron stolz an.

Bátthanyis Miene wechselte zwischen verständnislos und unwillig. »Worauf wollen Sie hinaus?«

»Imre Páp gibt sich als Zalyschiniker aus, ist doch ganz einfach!«

»Und warum sollte er das tun, Herr Professor?« Bátthanyi war anzusehen, dass er keinerlei Verbindung zwischen den vielen, im völlig neuen Namen und Personen erkennen konnte.

Lemberger kratzte sich am Kopf. »Da bin ich noch nicht ganz schlüssig. Das wird jetzt etwas komplizierter. Möchten Sie noch einen

Kaffee? Ja? – Nehmen Sie noch einen, Sie werden ihn brauchen. Vielleicht eine Zigarette?«

Tom schenkte Kaffee nach. Lemberger wartete, bis alle versorgt waren. Mein Bruder hielt es auf dem Sessel nicht mehr aus und begann, im Zimmer auf und ab zu laufen.

»Wir vermuten, dass Laszlo von Horváth – der Großvater der hier versammelten Herren von Horváth und Vater des Fräuleins Coelestine, Gründe hatte, Herrn Max Páp und notfalls auch dessen Familie aus dem Weg zu räumen, sobald sich dazu Gelegenheit bot.«

»Herr Lemberger, ich untersuche den Tod eines gerade einmal dreißigjährigen Österreichers namens Reiter und fahnde nach einem ... meschuggenen Ukrainer. Was kommen Sie mir jetzt mit alten Juden, die seit Jahren, seit Jahrzehnten tot sind?«

Lemberger schob Bátthanyi ein paar Blätter aus seinem Notizblock zu, da der Zigeunerbaron anfing, sich Notizen auf einem winzigen Kassenbon zu machen. »Weil alles zusammenhängt. Der Páp, der Zalyschiniker, die Herrschaften von Horváth – und auch der Reiter. Gewissermaßen. – Ich kann es Ihnen erläutern«, sagte Lemberger.

Bátthanyi runzelte die Stirn und überlegte einen Moment. Dann lehnte er sich zurück und bat den Professor, zu beginnen.

»Ich muss – das ist unweigerlich notwendig, damit Sie wirklich alles nachvollziehen können – ein wenig weiter ausholen. Wir beginnen bei der Familie von Horváth. Der interessante Teil der Geschichte der Familie von Horváth fängt zu Kaisers Zeiten an, als Imre Horváth, der Urgroßvater der hier anwesenden Herren, einen Grafen in Esztergom aus dessen brennendem Stadtpalais rettet ...«, begann Lemberger und malte, während er redete und redete, unermüdlich am Stammbaum weiter.

Nach etwa einer halben Stunde hatte Lemberger Bátthanyi die von Horváthsche Familiengeschichte in allen bekannten Aspekten und Details erläutert. Von Imres Geburt als Sohn armer Branntweinhändler über die erschlichene Adelsstandserhebung bis hin zu Etelkas Verheiratung mit Lajos Féher, der ursprünglich Ludwig Weiss geheißen hatte. Bátthanyi hatte erfahren, dass Etelkas Tochter Hilda den Bruder des eben erwähnten Max Páp geheiratet hatte und Mutter eines Sohnes namens Imre und einer Tochter namens Ida gewesen war. Und dass diese Ida identisch war mit der Ida Blaustein, die Tobias Reiter in Ben Zion gepflegt hatte. Obwohl Bátthanyi deutlich anzusehen war, dass ihm der Kopf schwirrte, schloss Lemberger auch noch die Familienverhältnisse von Max Páp in seinen Bericht ein und erwähnte dessen beide Söhne, Antal und Imre. Der Kopf des Zigeunerbarons leuchtete rot wie eine reife Tomate. Er schwitzte. Sein Schnurbart sah aus wie eine abgenutzte Bürste, deren Borsten in alle Windrichtungen abstanden.

»Laszlo von Horváth hingegen«, fuhr Lemberger fort und malte im Stammbaum weiter, »ist der Sohn des armen Hausierers Imre von Horváth. Er heiratet eine unbekannte Dame namens Bamberger, tritt weiterhin nicht in Erscheinung, zeugt mit der Frau Bamberger den Vater der hier anwesenden Herrschaften und beschließt sein Leben als Gutsbesitzer in der Steiermark.«

Bátthanyi starrte auf das verwirrende Gekritzel, in dem man nur mit viel gutem Willen einen strukturierten Stammbaum erkennen konnte. »Ich sehe die familiären Verhältnisse, aber was Sie meinen, verstehe ich immer noch nicht«, gestand er nach einer Weile.

Lemberger stöhnte verzweifelt und ungeduldig, und bemühte sich, dem Kommissar möglichst deutlich seine Theorie über die kriminellen Handlungen meines Großvaters Laszlo auseinanderzusetzen.

»Wenn ich Sie richtig verstehe, gehen Sie also davon aus, dass Laszlo von Horváth sich 1942 die Ausreisepapiere der Familie Féher angeeignet und zu diesem Zweck wahrscheinlich Gewalt angewendet hat?«

Lemberger nickte.

»Sie gehen weiter davon aus, dass Max Páp sich mit seinem Bruder und seiner Schwägerin auf der Flucht befunden hat und auf dieser Flucht – warum auch immer – von Laszlo und dessen Familie begleitet oder überrascht worden ist? Richtig? – Und dann Zeuge wurde von ... was immer es gewesen ist, ob Mord oder einfach Diebstahl, das wissen Sie nicht. Ja? Ist es so? Laszlo hat dann jedenfalls die Dokumente der Páps, sagen sie. – Dieser Laszlo, nachdem er in der schönen Steiermark Jahrzehnte als Gutsbesitzer gelebt hat, findet nach Öffnung der Grenzen Max – oder vielleicht hat auch Max ihn gefunden und mit ihm Kontakt aufgenommen? – jedenfalls treffen die beiden aufeinander, was für Max und den älteren Sohn kein gutes Ende nimmt. Und den ukrainischen Behörden entgeht, dass es Mord gewesen ist?«

»Eine wunderbare Zusammenfassung der Geschichte«, lobte Lemberger und es klang gar nicht ironisch.

»Das heißt, ich hab einen unbemerkten Doppelmord in der Ukraine ...«

»Wahrscheinlich«, unterbrach ihn Lemberger. »Juden sind in der Ukraine nicht beliebt. Wenn zwei davon sterben und es gibt eine wunderbare natürliche Erklärung, dann fragt die Polizei doch nicht nach!«

»Moment«, wehrte Bátthanyi ab. »Ein Doppelmord in der Ukraine – aber Gott sei Dank ist der potentielle Mörder auch schon tot.« Das schien ihn tatsächlich zu beruhigen, dass er nicht in dieser Sache auch noch zu tun haben würde. »Sie gehen weiter davon aus«, fuhr er fort, »dass Imre Páp, der Sohn vom umgebrachten Max Páp, weiß, wers war und untertaucht. Auf der Flucht vor dem doch schon etwas betagten Laszlo von Horváth, potentieller Mörder seines Onkels, seiner Tante und seines Cousins. Und seines Vaters und Bruders.«

Lemberger nickte ungeduldig. Anscheinend verstand er nicht, dass es Bátthanyi nicht so schnell gelang, alle Wirrungen, für deren Verstehen wir Tage Zeit hatten, in nur wenigen Minuten nachzuvollziehen.

»Untertauchen tut Imre dann ausgerechnet als Alexander Zalyschiniker auf dem jüdischen Friedhof in Budapest, als obdachloser Gehilfe? Weil er einen Zalyschiniker aus Kolomea kennt und spontan dessen Namen benutzt?«

»Das ist der, zugegeben, etwas gewagte Teil der Theorie«, räumte Lemberger ein.

»Und Imre alias Zalyschiniker erschlägt dann auf dem Friedhof einfach so den Tobias Reiter, der das Grab der entfernten Großtante öffnet? Weil er ihn zufällig erwischt? Oder warum?«

»Es ist … gewagt.«

»Ich finde nicht nur das gewagt, aber bitte. – Herr Lemberger, mir fehlt ganz entschieden ein Motiv! Warum steigt Herr Páp-Zalyschiniker schon vor längerer Zeit in das Grab einer Dame hinab, die nicht einmal direkt mit ihm verwandt gewesen ist, sondern die Mutter einer angeheirateten Tante war, die er selbst nie kennen gelernt hat? Schließlich haben wir auch alte Fingerabdrücke von ihm gefunden. – Warum lauert er ausgerechnet in der Nacht, als Herr Reiter – bei dem wir ja nun eine Idee haben, wieso er das Grab öffnen wollte – diesem auf und tötet ihn? Ich meine, woher hat er gewusst, wann Reiter kommt? Und warum entführt er jetzt vermutlich Frau Horváth, meldet sich aber nicht?«

»Nun, Sie sagten ja selbst, dass Preziosen im Grab gewesen sein müssen …«

»Eben! Vergangenheitsform! Gehen wir davon aus, Herr Páp-Zalyschiniker wusste, dass sich im Grab der Etelka Féher ein Vermögen befindet – ich bitte Sie! Das hol ich doch gleich bei der ersten Gelegenheit und bin dann nicht obdachlos!«

»Ja … da reißt der Faden der Logik etwas ab«, räumte Lemberger ein.

Bátthanyi starrte verzweifelt auf seine Notizen. »Vielleicht hat sich ja lange Jahre vorher schon irgendjemand bedient«, meinte er. »Und als Zalyschiniker das Grab zum ersten Mal aufmacht, ist schon nichts mehr da.« Er malte vor sich hin.

Ich versuchte, mich mit meinem Bruder per Blickkontakt darüber zu verständigen, ob ich von den Schmuckstücken erzählen sollte. Der Rechtsanwalt wehrte ab.

»Die Frage ist dann nur: wer hat sich bedient?«, fuhr Bátthanyi fort. »Denn wenn ich mir den Stammbaum so anschaue – ich will Ihnen ausnahmsweise glauben, dass sich die ungünstigen Familienverhältnisse erst jetzt den Herren Horváth erschlossen haben – kommt außer Ida Blaustein eigentlich nur dieser Laszlo in Frage.«

Ein paar Minuten herrschte angespanntes Schweigen. Bátthanyi dachte angestrengt nach, Lemberger wippte ungeduldig mit dem Fuß, während Aramis und ich hofften, nicht direkt auf die Schmuckstücke angesprochen zu werden.

»Ich dreh mich immer noch im Kreis«, gestand Bátthanyi nach einer Weile. »Es macht alles keinen Sinn.«

»Finden Sie diesen Zalyschiniker«, meinte Aramis.

»Wenn ich nur wüsste, wo ich ihn suchen soll.« Bátthanyi seufzte. »Wir haben die Obdachlosenquartiere und die im Sommer beliebten Treffpunkte durch. Er ist nirgends gemeldet, in keinem Hotel, in keiner Wohnung ...«

»In Ägypten leben Menschen auf den Friedhöfen«, sagte Joaquin unvermittelt. »Ich hab das selbst gesehen. Als ich vor zwei Jahren in Kairo gewesen bin.«

»Stimmt!«, rief Bátthanyi und schlug sich an die Stirn. »Daran hab ich gar nicht gedacht! Der Mann kennt alle Gräber – vielleicht hat er sich eine Gruft umgebaut! Ich lasse sofort den ganzen Friedhof durchsuchen!« Bátthanyi sprang hektisch auf, um zu telefonieren, doch Lemberger hielt ihn zurück.

»Sie wollen doch nicht etwa jede einzelne Gruft, jedes Familiengrab, das als Unterschlupf geeignet wäre, öffnen lassen? Herr Bátthanyi! Denken Sie an den Skandal, den das auslösen wird! Die Unruhe und die Reaktionen der jüdischen Gemeinde!«

»Was soll ich dann Ihrer Meinung nach tun?«, rief der Zigeunerbaron ungehalten.

»Planvoll vorgehen«, riet Lemberger. »Zalyschiniker macht das auch.« Er nahm die Stammbaumskizze zur Hand.

»Er wird nicht einfach irgendeine Gruft besetzen. Nicht die einer wildfremden Familie«, überlegte Lemberger. »Die Féher-Gruft können wir ausschließen, da lag ja der Reiter drin ... Aber die Familie Páp, die hat vielleicht auch eine Grabstätte. Und die Mutter von Max, das war doch eine geborene Krones – nicht? Vielleicht gibt es von denen auch eine letzte Ruhestätte auf dem Friedhof, obwohl sie aus Poszony stammen. – Lassen Sie mich nur machen.«

Lemberger zog sich ins Gästezimmer zurück und telefonierte. Bátthanyi rannte im Zimmer auf und ab, knurrte und schimpfte mit sich selbst. Ab und zu rief er: »Wenn der nicht bald da raus kommt, lasse ich den ganzen Friedhof absperren! Kein Stein bleibt mehr auf dem anderen!« Doch er unternahm nichts in dieser Richtung.

Es dauerte fast eine Stunde, bis Lemberger mit zufriedenem Gesicht aus dem Zimmer kam. »Haben Sie den Plan des neuen Friedhofs noch?«, fragte er mich.

Ich musste suchen. Nach einer Weile fand ich ihn, zerknittert, zwischen den Seiten eines Buchs, das ich, bevor Coelestine verschwunden war, noch gelesen hatte.

Sorgfältig strich Lemberger den Plan glatt. Bátthanyi stand kurz davor, vor Ungeduld zu explodieren. Der Professor studierte in Ruhe den Plan, dann kreuzte er zwei Stellen an. »Die Familie Páp hat ein ansehnliches Grabmal besessen. Es liegt aber genau in dem Bereich, in dem die meisten Sehenswürdigkeiten stehen. Da sind oft Touristen. Ich denke, das können wir ausschließen.« Er deutete auf die Markierung, die er eben angebracht hatte. Soweit ich mich erinnerte grenzten zwei Jugendstildenkmäler direkt an diese Parzelle an.

»Ludwig Krones – und jetzt wird es wirklich spannend – hat im Jahr 1899 ein Grabmahl errichten lassen. Ludwig ist der Bruder von Ginka Krones, die später den Andor Páp geheiratet hat und die Mutter von Max und Antal ist. Ludwig Krones errichtet dieses Grabmal – und wandert zwei Jahre später nach Kanada aus. In dem Grab ist nie jemand beerdigt worden. Und es liegt quasi in der hintersten Ecke, direkt vor dem Bereich, der jetzt mit Dornenhecken und Gestrüpp überwuchert ist.«

»Und nur dreißig oder vierzig Meter vom Féher-Grab entfernt!«, rief Bátthanyi. »Wissen Sie, um was für ein Bauwerk es sich handelt?«

»Noch nicht, aber gleich. – Sie entschuldigen.« Lemberger begab sich wieder ins Gästezimmer und telefonierte. Nach einer Weile kehrte er mit einer Skizze zurück.

»Ein Bekannter von mir, der im Nationalmuseum arbeitet, fotografiert und registriert in seiner Freizeit alle jüdischen Grabstätten«, erklärte er. »Er sagt, das Grab, das wir suchen ist ähnlich wie das Féher-Grab. Ein mit zwei Metallplatten abgedeckter Raum im Boden, der ungefähr zwei mal drei Meter misst. Raumhöhe etwa eineinhalb Meter und mehr, das ist nicht genau festgehalten. Über den Metallplatten ist auf Säulen ein Portal errichtet, eine Art verkleinerter römischer Triumphbogen. Damit ist etwa die Hälfte der Grabstätte überdacht. Die Rückseite und die beiden Seiten des Portals sind geschlossen.«

»Kann man in so etwas wohnen?«, fragte Bátthanyi.

»Im Sommer bestimmt – wenn man das möchte. Im Winter friert man sich den Arsch ab. Sie verzeihen meine Ausdrucksweise.«

»Dann schauen wir uns das doch genauer an!«, rief Bátthanyi und stürmte, sein Handy am Ohr, aus der Wohnung und die Treppe hinunter.

»Und was machen wir jetzt?«, fragte entgeistert mein Bruder.

»So schnell wie möglich zum Friedhof fahren – so lange Sie noch eine Chance haben, dort hinein zu gelangen«, sagte Tom. »Der Wagen steht direkt vor der Haustür. Kommen Sie!«

Tom fuhr wie ein Rennfahrer. Wir trafen in dem Moment am Friedhof ein, als mehrere Autos an der Kreuzung zur Kozma utca um die Ecke bogen. Wohlfeiler hatte das Tor in der Einfahrt weit geöffnet. Mit beiden Armen wedelnd versuchte er, Tom davon abzuhalten, direkt an ihm vorbei aufs Gelände zu rauschen. Doch der wich ihm aus und parkte schließlich neben dem Hundezwinger, in dem die drei Bestien wütend kläffend an die Gitter sprangen.

»Sie können hier nicht ...«

»Doch«, unterbrach ich ihn und behauptete, alles mit Bátthanyi abgesprochen zu haben.

Aramis schlug die Hände vors Gesicht, als mehrere Männer in Kampfanzügen, bis an die Zähne bewaffnet, aus einem der Transporter kletterten. »Hoffentlich wissen die, was sie tun«, flüsterte er.

Bátthanyi stürmte mit hochrotem Gesicht auf Lemberger und mich zu. »Sie bleiben erst einmal hier vorne! Wagen Sie es nicht, auch nur einen Schritt weiter zu gehen!«

Die nächste halbe Stunde ist die längste meines Lebens gewesen. Immer noch mehr Personen, manche in Uniform, andere in Zivil und wieder andere in Kampfausrüstung, strömten auf den Friedhof. Eine Kette von Polizisten hinderte die wenig später eintreffenden Journalisten daran, den Friedhof zu betreten. Draußen patrouillierten militärisch gekleidete Männer mit Hunden. Keiner der Journalisten würde es schaffen, über die Mauer zu klettern – genauso wenig hatte jemand, der den Friedhof verlassen wollte, noch eine Chance zu fliehen. Sollte Zalyschiniker in der Krones-Gruft sein, es bot sich ihm kein Ausweg mehr.

Wir hielten den Atem an und lauschten in die Tiefen des Friedhofs hinein. Versuchten, die unzähligen Geräusche Vorgängen zuzuordnen, die mit der Befreiung Coelestines zu tun haben könnten, und hofften inständig, dass kein Schuss fallen würde. Dann, nach einer Ewigkeit, winkte uns ein Mann in Zivil. »Sie können jetzt kommen«, sagte er. »Frau Horváth ist wohlauf.«

Das erste, was ich sah, als wir in die Reihe des Krones-Grabs gelangten, war Coelestine, die mit einem Mann in Sanitäterkleidung diskutierte und empört die Armmanschette eines Blutdruckmessgeräts abstreifte. Sie sah mitgenommen, aber glücklich aus. Aramis stürmte auf sie zu und fiel ihr in die Arme. Joaquin lief weinend hinterher und umarmte beide.

Ich wollte gerade zu ihnen gehen, als mein Blick auf Zalyschiniker fiel. Er saß auf einer erhöhten Grababdeckung, die Hände auf dem Rücken in Handschellen gefesselt. Neben und hinter ihm standen Männer der Sturmtruppe und hielten ihre Gewehre auf ihn gerichtet. Zalyschinikers Oberkörper war nackt. Der Mann war athletisch gebaut und garantiert keine sechzig Jahre alt. Lediglich sein aschgraues Haar und sein hageres, faltiges Gesicht ließen einen denken, er sei älter. Meiner Schätzung nach war er etwa fünfzig Jahre alt.

Zalyschiniker nickte mir freundlich zu und lächelte. Dann führten die Männer ihn ab.

Coelestine verweigerte die Aussage. Nicht etwa Bátthanyi gegenüber, sondern uns. »Ich hab Hunger, ich will was richtig Gutes essen. Und viel«, befahl sie und bestand darauf, dass wir sofort den nächsten Gasthof aufsuchten.

Vergeblich versuchten wir, ihr Details über die letzten Tage zu entlocken. Wir erfuhren nur so viel: ein Mann hatte, kaum dass Tom aus dem Haus gewesen war, an der Tür geklopft und auf Deutsch gerufen, dass er wichtige Informationen über die Familie habe, vor allem über eine Ida. Coelestine hatte in dem Glauben, Lemberger habe jemanden geschickt, die Tür geöffnet. Der Mann hatte Coelestine ein Foto gezeigt und gesagt, es gäbe einen Ort, wo noch mehr davon sei, sie müsse sich nur anziehen und mitkommen. Und zwar schnell. Coelestine schwieg auch darüber, was auf dem Foto zu sehen gewesen war, denn wir würden es, sobald Bátthanyi mit der Spurensicherung fertig sei, ohnehin zu Gesicht bekommen. Etwas seltsam sei ihr lediglich vorgekommen, dass der Mann, der sich ihr als Zoltan Rakosi vorgestellt hatte, verlangte, dass sie ihr Zimmer anständig aufräume, bevor sie es verließ und ihr vorschrieb, was sie anziehen solle.

Als der Mann – sie wusste immer noch nicht, dass es Zalyschiniker war – mit ihr zum Friedhof ging, hatte sie sich ein wenig gewundert, dass die freilaufenden Hunde ihn eher wie einen Freund begrüßten und sich von ihm tätscheln ließen. Danach hatte er ihr die Grabstelle der Familie Páp gezeigt, sie dann zum Krones-Grab weitergeführt und gebeten, in die offene Gruft hinabzusteigen. »Keine Angst, es ist hier nie jemand bestattet worden«, hatte er gesagt und Coelestine, getrieben von Neugier, war hinuntergeklettert. Erst als er, der ihr gefolgt war, die Gruftabdeckung hinter sich schloss, hatte sie das Gefühl, dass etwas nicht stimmte.

»Dann hat er begonnen, mir seine Geschichte zu erzählen«, sagte Coelestine. »Und morgen wird er sie euch erzählen. Weshalb es gar keinen Sinn hat, wenn ich es jetzt tue, denn er kann das viel besser. – Ich nehme die Hortobágyi Palacsinta, danach den Rostbraten nach Csáky und als Dessert einen Schusterstrudel.«

Auch Zalyschiniker verweigerte die Aussage. Bátthanyi ließ uns telefonisch wissen, dass er zwar gestanden hatte, Coelestine längere Zeit gefangen gehalten zu haben, aber nicht, sie entführt zu haben, denn sie sei freiwillig mitgekommen. Weshalb er sie auf den Friedhof und in die Gruft gelockt hatte, wolle er gerne morgen am Vormittag erzählen, aber nur, wenn der Rest der Familie und ›der gelehrte Herr‹, wie er Lemberger nannte, zugegen sein würden – und auch nur, wenn man ihn jetzt erst einmal friedlich schlafen ließe. Da auch Coelestine bereits ausgesagt hatte, sie sei Zalyschiniker freiwillig gefolgt und er habe sie nie bedroht, bat ich Bátthanyi, dem Mann seinen Willen zu lassen. Wir verabredeten, am nächsten Vormittag um zehn Uhr alle im Kommissariat zu erscheinen.

»Er will übrigens keinen Anwalt«, sagte Bátthanyi noch. »Er meint, der jüngere Herr von Horváth sei Jurist, das würde ihm genügen. Ich hab ihn darauf hingewiesen, dass Ihr Herr Bruder ja eher die Anklage vertreten wird – doch der Mann meint, das würde sich noch herausstellen. Sind Sie immer noch sicher, dass Sie mir alles gesagt haben?«

Ich ging nicht auf Bátthanyis Frage ein und verabschiedete mich.

28. August

Lemberger, der diese Nacht in seiner eigenen Wohnung verbracht hatte, holte uns am nächsten Tag kurz nach dem Frühstück ab. Er trug seinen besten Anzug, als ob es sich um einen hohen Feiertag handeln würde, und rügte meinen Bruder und mich, da wir salopp gekleidet zur Vernehmung gehen wollten. »Es ist eine Art historisches Ereignis für Sie, da bin ich mir sicher«, mahnte er. »Das sollten Sie mit gebührender Achtung begehen.«

Aramis und ich zogen uns folgsam um und Coelestine zwängte sich in ihr bestes Kostüm.

Auch der Zigeunerbaron erschien beinahe festlich gekleidet. Bátthanyi trug einen dunklen Anzug, darunter ein Hemd, das ihm sogar passte, und eine dezent gemusterte Krawatte. Eine seltsame Stimmung verbreitete sich. Wir wurden an einen großen ovalen Tisch geführt. Das einzige, was noch fehlte, um dem Ganzen wirklich den Rahmen einer Familienfeier zu geben, waren Kaffee, Kekse und Blumen auf dem Tisch.

Nach einiger Zeit wurde Zalyschiniker hereingebracht. Auch er trug einen Anzug von erstaunlich guter Qualität. Seine Hände waren in Handschellen gefesselt. Ein Beamter brachte einen Stapel von etwa fünf oder sechs alten Schulheften und ein großes dunkelbraunes Kuvert. Beides legte er vor Zalyschiniker ab.

»Na, dann legen Sie endlich los«, knurrte Bátthanyi und schaltete das Aufnahmegerät ein, das auf dem Tisch stand.

»Die Herrschaften wissen, wer ich bin«, begann er. Sein Deutsch hatte einen eigenartigen Akzent, nicht ungarisch und nicht russisch. Im Lauf der langen Erzählung wechselte er ab und zu für einige Sätze ins Jiddische.

»Ich bin der jüngere Sohn von Max Páp, welcher der Schwager der Cousine Ihres Herrn Vaters«, er wandte sich an Coelestine, »und Ihres Großvaters gewesen ist«, sprach er zu Aramis und mir. »Mein Name ist Imre, aber damit bin ich in der Sowjetunion nicht glücklich gewesen. Ich hab mich früh daran gewöhnt, andere Namen zu tragen. In der Schule hab ich mich Igor rufen lassen, später auch Ilja. Hauptsache, es hat nicht ungarisch geklungen – und auch nicht jüdisch. Ich bin 1957 geboren worden. Keine gute Zeit, um in der Sowjetunion aufzuwachsen – noch dazu im ukrainischen Gebiet. – Doch damit will ich Sie nicht langweilen.

Ich habe früh bemerkt, dass es nur einen sicheren Weg gibt, das Land zu verlassen. Man muss sich einen Beruf suchen, der es einem erlaubt, ins Ausland zu reisen. Sport, Musik oder Politik. Und auf dem Weg zu diesem Beruf der beste Vorzeigekommunist werden, damit auch kein Zweifel an der Loyalität besteht. Für die Politik kam ich als Sohn eines ausländischen Juden nicht in Frage – für Musik oder Ballett hatte ich keinerlei Talent. Aber meinen Körper trainieren, das konnte ich. Ich trat in alle parteinahen Clubs und Vereine ein, bis manche dachten, ich hätte unseren sowjetischen Sozialismus erfunden. Sogar mein Vater und mein Bruder haben es geglaubt. Ich war das perfekte Chamäleon.

Ich quälte mich, um die Wettkampflimits zu schaffen. Und ich schaffte es: 1976 durfte ich zu den olympischen Spielen ausreisen. Nach Montreal. Es gelang mir, mich in Kanada von meiner Mannschaft abzusetzen. Doch ich war dumm. Jung und dumm. Anstatt in Kanada um Asyl anzusuchen, hatte ich es eilig und wollte gleich weiter. Weiter nach Österreich. Um endlich mit Laszlo Horváth und seiner Brut abzurechnen.«

Zalyschiniker – ich konnte ihn immer noch nicht als Imre Páp denken – machte eine Pause und lächelte uns freundlich an. »Wie anders wäre alles gekommen, nicht war? Ich wäre eines schönen Tages bei Ihnen in Granach vor der Tür gestanden und hätte Sie einfach alle umgebracht. Und meine Cousine Ida hätte ihren Lebensabend als Schlossherrin und Großgrundbesitzerin verbringen können. Denn auch dafür hätte ich gesorgt: dass den Behörden die nötigen Papiere in die Hände fallen, um Ida als Erbin ausfindig zu machen. Ich hatte alles so wunderschön geplant, mit meinen neunzehn Jahren, die ich damals alt gewesen bin. Natürlich hätte mich nie jemand erwischt – wer hätte schon die Verbindung herstellen sollen zwischen dem reichen Laszlo von Horváth und einem in Kanada geflüchteten Russen namens Imre Páp? Aber es hat nicht sollen sein.« Fast wehmütig starrte er eine Weile auf die Tischplatte, bevor er weiter sprach.

»Bei dem Versuch über die grüne Grenze in die USA zu gelangen, wo ich mir Papiere besorgen wollte, hat man mich geschnappt. – Sehen Sie, wie naiv ich gewesen bin? Als Russe habe ich erwartet, in den USA an jeder Straßenecke auf Passfälscher zu treffen! Jedenfalls: man hat mich geschnappt, wollte mich aber nicht als Asylanten haben, da ich ja illegal einwandern wollte, brachte mich nach Kanada zurück, die wollten mich auch nicht mehr haben – und schon saß ich im Flugzeug nach Moskau. Ich bin verurteilt worden. Man hat es nicht gern gesehen, wenn jemand versucht hat, sich dem seligmachenden Sozialismus zu entziehen. Noch dazu, wenn man, wie ich, vorher als dessen glühender Anhänger aufgetreten ist. Man hat mich der Spionage und anderer Dinge verdächtigt. Als Sportler hätte ich mit meinem Fluchtversuch den Staat in den Schmutz gezogen. Andere haben für das gleiche Vergehen nur zwei oder drei Jahre bekommen, andere hat man ausgebürgert. Ich durfte für die Sowjetunion arbeiten.«

»Entschuldigen Sie, Herr Páp«, unterbrach Aramis. »Aber könnten Sie bald zur Sache kommen? Ich weiß überhaupt nicht, was Ihre Lebensgeschichte damit zu tun haben soll, dass Sie meine Tante entführt und gefangen gehalten haben.«

»Sehr viel, Herr Horváth!« Páp regte sich auf, Blut schoss ihm ins Gesicht. »Ich bin der Sohn des Manns, der ein Leben lang unter dem gelitten hat, was Ihr Großvater getan hat. Das müssen Sie verstehen. Ich möchte, dass Sie ein Bild bekommen, bevor Sie über mich urteilen.«

»Ich bin kein Anhänger der Theorie, dass eine erlittene schwere Kindheit dem Verbrecher automatisch mildernde Umstände verschafft. Auch wir haben es in unserer Familie nicht leicht gehabt ...«

»Ich verlange keine mildernden Umstände«, unterbrach Páp meinen Bruder. »Ich will Gerechtigkeit. Ich habe einen Menschen auf dem Gewissen. Aber nur einen. Dafür muss ich bestraft werden. – Aber zwischen Ihnen und mir geht es um andere Dinge.«

»Lass ihn erzählen«, forderte Coelestine Aramis auf. »Fahren Sie fort, Imre!«

Imre? Was war zwischen diesem Mann und meiner Tante vorgefallen, in der Zeit, die sie gemeinsam in der Gruft verbracht hatten?

»Im Arbeitslager habe ich meinen Körper fit gehalten. Habe meine Sprachkenntnisse verbessert. Deutsch gelernt von einem anderen Häftling, dessen Familie noch vor zwei Generationen nach Kasachstan ausgewandert war. Jiddisch von einem inhaftierten illegalen Rabbiner, den man beim Abhalten einer religiösen Feier verhaftet hatte. Englisch trainiert mit einem, der angeblich für den Westen spioniert hat. Ungarisch ist meine Muttersprache, die Sprache, die wir zu Hause in unseren vier Wänden gesprochen haben. Russisch und Ukrainisch hab ich von Kind an gelernt. Jeden Tag hab ich auf eine Gelegenheit gewartet, zu fliehen. Statt dessen kam Perestrojka und meine Entlassung aus dem Lager.«

»Dann hätten Sie ja sofort in den Westen reisen und uns umbringen können«, sagte ich.

»Sie kennen wohl nur den strahlenden Gorbatschow im Westfernsehen, nicht war? Die schöngefärbten Berichte. Die Ukraine wird ein eigener Staat – hurra! Die Russen ziehen ab, die Menschen sind frei! – Ja, frei sind wir gewesen, mit einem Schlag. Die meisten, die ich kenne, waren frei von jeglichem Einkommen. Mein Bruder ist Arzt gewesen. Man hat ihn nicht entlassen – doch sein Gehalt, das hat man auch nicht mehr bezahlt. Jeden vierten oder fünften Monat vielleicht. Mein Vater konnte von seiner Rente, wenn sie denn ausbezahlt wurde, nicht leben. Im Krankenhaus fehlten die Medikamente – die Russen haben alles mitgenommen, als sie uns die Freiheit geschenkt haben. Haben alle brauchbaren Maschinen aus den Fabriken abmontiert und nur die leeren Hallen stehen lassen. Der Staat war bei seiner Gründung bankrott. Es gab bei uns etwas, das wir technische Arbeitslosigkeit genannt haben: manche Fabriken haben die Arbeiter nicht entlassen, aber nur bezahlt, wenn auch Arbeit da gewesen ist. Der Arbeiter musste jeden morgen in die Fabrik gehen, sehen, ob Arbeit da war, wenn keine da war eine Weile warten, und dann durfte er nach Hause gehen – dafür war er nicht arbeitslos, wie viele andere. – In dieser großen Freiheit war jeder froh, der genug zu fressen gehabt hat. Am meisten verdient haben die Bettler vor den wenigen Hotels, die von westlichen Touristen besucht worden sind. Die haben bis zu fünfzig Dollar am Tag eingenommen – vom gleichen Geld musste oft eine vierköpfige Familie einen ganzen Monat lang leben!«

Páp musste Husten. Auf Bátthanyis Geheiß brachte man ihm ein Glas Wasser.

»Großzügig hat man den jüdischen Gemeinden ihren Besitz zurückgegeben. Gemeinden, die kaum mehr Mitglieder aufwiesen, oder nur noch aus alten und gebrechlichen Menschen bestanden, bekamen zum Beispiel alle Synagogen zurück. Mittlerweile völlig verfallene und verrottete Gebäude, die während der Sowjetzeit als Hühnerzuchtstationen oder Chemikalienlager zweckentfremdet worden waren. Und nun mussten die Gemeinden für diese Gebäude aufkommen. Aus Israel hat man uns Unterstützung geschickt. Fromme Juden mit Kippa, Tefillin und Schläfenlocken – aber beim Militär ausgebildet und mit dem Körperbau eines Bodybuilders. Warum schicken Sie uns Menschen statt Geld, habe ich mich gefragt. Doch schon bald habe ich gewusst, dass wir diese Menschen brauchen. Als Schutz vor den Ukrainern, die ziemlich schnell Sündenböcke für die wirtschaftliche Lage gefunden hatten: natürlich waren wir Juden Schuld. – Das war Perestrojka ...«

Páp nahm wieder einen Schluck Wasser. Er schien eine Weile nachzudenken, wie er weiter fortfahren sollte. Ich hatte keine Ahnung, worauf er hinauswollte und wünschte mir, dass er bald über die Familie erzählen würde. Seine persönliche Geschichte interessierte mich im Augenblick herzlich wenig.

»Wir Juden hatten die Gelegenheit, eine Ausreise nach Israel oder Deutschland zu beantragen. Wir mussten nur nachweisen, dass wir eben immer schon Juden gewesen sind. Es gab sogar eine geringe finanzielle Unterstützung für den Umzug. – Die Ukrainer neideten uns vor allem diese Möglichkeit. Natürlich waren sie auch auf manche Wohnungen scharf – aber unsere Möglichkeit, in den Westen zu gelangen, das hat viele zu Antisemiten gemacht. Stellen Sie sich vor: es gab auf dem Schwarzmarkt Papiere von im KZ ermordeten Juden zu kaufen. Papiere, mit denen Ukrainer, die bis vor Kurzem nicht einmal gewusst hatten, was Juden eigentlich sind, sich jüdische Vorfahren und das Ticket nach Israel erkauft haben.

Ich stellte einen Ausreiseantrag für die ganze Familie. Doch mein Vater wollte nicht. Er fühlte sich zu alt, er wollte nicht mehr umziehen. Und mein Bruder sagte, er würde bei Vater bleiben und nachkommen, wenn der gestorben sei. Ich solle schon einmal vorausreisen, mich um Wohnung und alles andere kümmern. Dann begann das Warten. Das Warten auf die Papiere.«

»Wollten Sie uns immer noch umbringen?«, fragte ich.

Páp lachte. »Ich war mir zu dem Zeitpunkt nicht mehr sicher. Ich wusste nicht, ob Laszlo überhaupt noch lebt, schließlich war er älter als mein Vater. Den Schmuck wollte ich holen und verkaufen, da war ich mir sicher – aber ich hatte keine konkreten Pläne, was ich mit Ihnen machen sollte ...«

»Welchen Schmuck?«, fragte Bátthanyi.

»Später«, antwortete Páp und fuhr fort: »Sehen Sie: wir haben nur gewusst, dass Laszlo einen Sohn hat. Die Existenz von Ihnen, Coelestine, war uns nicht bekannt. Ich bin davon ausgegangen, dass Anatol eine Familie gegründet hat – aber jetzt, 1990, könnte es ja sein, dass Anatols Kinder selbst schon wieder Kinder hätten. Kinder, die überhaupt nichts mit der Schuld ihres Großvaters zu tun haben. Ich wollte meine Cousine Ida suchen, und sie entscheiden lassen. Das war mein Plan.«

»Mit der Schuld meines Großvaters hätte ich aber auch nichts zu tun gehabt«, warf ich ein.

»Das kommt darauf an, ob Sie gewusst haben, wie Laszlo an sein Vermögen gekommen ist. Und wie Sie mit diesem Wissen umgehen. Darüber hätte ich mit Ihnen sprechen wollen. Und dann entscheiden. Das war der andere Plan. Bis zu diesem Tag im November 1991.«

Páp bat um ein weiteres Glas Wasser. Er schwieg, bis man es gebracht hatte, rührte es aber nicht an. »Am Sabbat, am elften November, bin ich von Kolomea zu meinem Vater nach Iwano-Frankivsk gefahren. Jeden zweiten Sabbat haben wir gemeinsam gegessen. Essen, das mein Bruder aus der Kantine des Krankenhauses mitbrachte. Da klopft es an der Tür. Sie müssen es sich so vorstellen: da die Küche viel zu klein war, haben wir den quadratischen Flur der Wohnung als Esszimmer benutzt. Die Wohnungstür führt also direkt dort hinein. Mein Bruder denkt, es ist die Nachbarin, die wieder einmal keine Zwiebeln zu Hause hat und sich welche leihen will, doch in der Tür steht ein fremder alter Mann in westlicher Kleidung. Mein Vater sieht ihn, die beiden starren sich ein, zwei Momente lang an. Dann wird mein Vater grau im Gesicht, greift sich ans Herz und ringt nach Atem. Mein Bruder lässt den Fremden, der ebenfalls erschrickt, stehen und kümmert sich um meinen Vater. Ich stehe auf, um den Fremden willkommen zu heißen, als mir auffällt, dass sein Blick nicht herzliche Anteilnahme an den Leiden meines Vaters widerspiegelt, sondern Ärger, Wut.

Ich frage ihn auf Russisch, wer er ist. Er sieht mich fast empört an und antwortet auf Ungarisch ›Dein Vater weiß genau, wer ich bin‹, geht an mir vorbei und setzt sich an den Tisch.«

Ich blickte zu meinem Bruder, der Joaquins Hand hielt, so fest, dass alles Blut aus dessen Fingern gelaufen war. Coelestine hatte den Kopf auf dem Tisch aufgestützt, aber ein Vorhang aus Haar schirmte ihr

Gesicht ab. Lemberger, der neben mir saß, schluckte, und legte mir die Hand auf die Schulter.

»Ich brauchte eine Weile, um zu begreifen. Mein Gehirn verglich alte Bilder mit den Gesichtszügen dieses Mannes. Automatisch, wie es das Programm eines Computers tun würde, während ich steif neben dem Tisch stand und sah, wie es meinem Bruder gelang, meinen Vater zu beruhigen. Ich wusste plötzlich ganz sicher, dass Laszlo von Horváth vor mir saß. – Mein Hirn gab meinem Körper das Signal, sich auf diesen Mann zu stürzen und ihm auf der Stelle den Hals zu brechen. Er hat sich überhaupt nicht gewehrt. Nach einer Weile habe ich gehört, wie mein Vater verzweifelt geschrien hat ›Lass ihn los, Sohn, lass ihn los, um Gottes Willen, er ist es nicht wert!‹ und ich habe gespürt, dass mein Bruder schon eine ganze Zeit vergeblich versucht hatte, mich von meinem Opfer wegzuziehen.«

»Schade«, meinte mein Bruder trocken. »Sie hätten sich nicht abhalten lassen sollen.«

»Mein Vater fragte Laszlo, was er wolle. Der sagte, Max wisse genau, worum es gehen würde. Mein Vater sagte, er habe keine Ahnung. Laszlo verlangte, ihn unter vier Augen zu sprechen – aber mein Bruder und ich bestanden darauf, dies nicht zuzulassen, da Vater sich schon genug aufgeregt habe. Laszlo fragte, ob er uns, seine Söhne, da mit hineingezogen habe oder das jetzt tun wolle. Ich fragte, was er damit meine. Er musterte mich von oben bis unten und forderte eine Antwort von meinem Vater. Dieser kryptische Wortwechsel zog sich eine Weile hin. Dann erhob sich mein Vater mühsam, packte Laszlo am Arm und schob ihn mit den Worten ›ich hoffe, dich in meinem Leben nie wieder zu sehen‹ zur Tür hinaus. Im Treppenhaus standen bereits alle Nachbarn und wunderten sich, dass die Páps Besuch aus dem Westen hinauswerfen, anstatt ihn tüchtig auszunehmen.«

Bátthanyi hatte die Geheimniskrämerei satt. Schon seit einiger Zeit pulsierte die Ader am Hals, die sein Gehirn mit Blut versorgen sollte, aber durch den Hemdkragen eingeschnürt wurde, heftig und nun gelang es ihm nur mit Mühe, Páp nicht anzuherrschen. »Worum verdammt noch einmal ging es dann?«

»Laszlo wollte wissen, ob Max uns erzählt hatte, was damals auf der Flucht passiert war. Und wo der Schmuck steckte.«

»Welcher Schmuck?«, fragte Bátthanyi wieder.

»Später«, wehrte Páp ab. »Nachdem er Laszlo hinausgeworfen hatte, verschwand mein Vater in seinem Zimmer. Mein Bruder begriff jetzt erst, wer der ungebetene Gast gewesen war. Mit diesen Heften hier kam mein Vater ins Esszimmer zurück.« Páp deutete auf die Schulhefte. »Er gab sie mir und befahl mir, so schnell wie möglich mit den Heften auszureisen. ›Hier haben deine Mutter und ich alles aufgeschrieben, was Laszlo damals getan hat.‹ Ich brauchte die Hefte nicht. Jedes Jahr zu Rosch ha-Schana haben sie uns Kindern die Geschichte erzählt, um uns zu erinnern, dass wieder ein Jahr vergangen war, ohne dass dieses Verbrechen gesühnt worden sei. Und auch am Jom ha-Schoa we-ha-Gwara haben sie es uns erzählt, dass Antal, Hilda und Imre nicht den Nationalsozialisten, sondern dem eigenen Cousin zum Opfer gefallen sind. Zu jedem Jahrestag ihrer Ermordung haben wir gemeinsam Kaddisch gesprochen. Jeden Schabbat standen vier leere Stühle und vier leere Gedecke am Tisch, für Ida, Imre, Antal und Hilda.«

Páp starrte auf einige leere Stühle, die das Oval, an dem wir saßen, säumten. Ich zählte nach. Es waren vier. Auch Bátthanyi zählte und scharrte mit den Füßen.

»Wir sind mit Toten aufgewachsen. Umgeben von Schuldgefühlen. Mein Vater, der meinte, er hätte verhindern können, was Laszlo getan hat, ist nie darüber hinweggekommen, dass er selbst überlebt hat. Dass er nicht eingegriffen hat, weil meine Mutter mit meinem Bruder schwanger gewesen ist und Laszlo gedroht hatte, sie auch zu töten. Meine Mutter, die sich bis zum Ende ihres Lebens Vorwürfe gemacht hat, dass sie die Schuld daran trage, dass mein Vater sich nicht zur Wehr gesetzt hat. Mein Bruder, fünfzehn Jahre älter als ich, ist so in diese Schuldkomplexe hineingewachsen, dass auch er einen entwickelt hat: schließlich war meine Mutter ja mit ihm schwanger, also trage auch er die Schuld am Verhalten meines Vaters. Warum es mir gelungen ist, eine Distanz dazu zu bewahren, weiß ich nicht. Jedenfalls stand für mich ziemlich früh fest, wenn ich schon Schuld auf mich laden würde, dann wenigstens richtig. Indem ich den Urheber all dieser Schuld beseitigen würde, und – Auge um Auge – dessen Frau und Kinder.«

Ich starrte Páp an. Seltsam. Anscheinend verspürte er keinerlei Hass gegen mich, Aramis oder Coelestine. Er sprach fast freundlich mit uns, freundlich aber distanziert.

»Und dann?«, fragte mein Bruder, da Páp nicht weitersprach.

»Die Papiere sollten im Oktober 1992 fertig sein. Die Hefte hatte ich nicht in meiner Wohnung untergebracht, sondern bei einem Freund, Alexander Zalyschiniker.« Páp lächelte. Nun war uns klar, wo das Pseudonym herstammte.

»Ich hab mich kaum mehr in meiner Wohnung aufgehalten. Bin ziellos durch die Ukraine gereist. Die Sabbat-Mahle haben wir ausfallen lassen. Mein Bruder hat den Vorfall bei der jüdischen Gemeinde gemeldet, und ab und zu hat einer der frommen israelischen Bodybuilder meinem Vater einen Besuch abgestattet, um nach dem Rechten zu sehen. Immer öfter wurde er, weil er an Angstzuständen litt, für ein paar Tage in die Klinik eingewiesen. Bis September passierte nichts. Dann erlitt mein Vater plötzlich einen Schlaganfall. Am fünften September. Nachbarn haben meinen Bruder im Krankenhaus angerufen. Mein Vater habe Besuch gehabt, sagten die Nachbarn, von einem älteren Herrn. Keiner könne sagen, wann der ältere Herr gegangen sei. Die beiden hätten sich aber in einer Fremdsprache lange angeschrien, sie mussten wohl gestritten haben. Als es wieder ruhig geworden war, hatte unsere Nachbarin geklopft, um sich, wie immer, Zwiebeln zu leihen. Da sei mein Vater mit glasigem Blick auf dem Boden gelegen. Die Wohnungstür sei offen gewesen.«

»Hat Laszlo ...«

Páp schüttelte den Kopf. »Noch nicht. Mein Vater hat sich wirklich so stark aufgeregt, dass ihn der Schlag getroffen hat. Umgebracht hat er ihn erst am nächsten Tag. Mein Bruder hat mir am Telefon erzählt, was passiert war. Und dass mein Vater auf der provisorischen Intensivstation liege. Bitte denken Sie jetzt nicht an eine moderne Station, mit vielen Geräten. Wir sind im Jahr 1992 in der Ukraine, in einer Provinzstadt, in der öfters der Strom ausfällt, in einem Krankenhaus, dessen Ausstattung noch von den Russen gestohlen worden ist. Am nächsten Tag ist mein Vater tot. Für den Stationsarzt ein natürlicher Tod. Für meinen Bruder nicht. Aber mein Bruder ist auf einer anderen Station. Es ist schwierig, die Expertise des Kollegen anzugreifen. Mein Bruder schildert mir am Telefon, warum er den Verdacht hat, dass jemand beim Tod meines Vaters nachgeholfen hat: neben den Einstichen für die Infusionen fanden sich weitere Einstiche in den Venen. Außerdem war mein Vater zwar alt, aber ziemlich rüstig gewesen. Ausschlaggebend für seinen Verdacht war aber der Blumenstrauß, der im Krankenhaus auf dem Tisch stand und laut Auskunft einer Krankenschwester von einem älteren, gut gekleideten Herrn gebracht worden war.«

Bátthanyi murmelte etwas und begann, mangels Papier, auf der Tischplatte mit Bleistift Notizen zu machen.

»Ich habe mich sofort auf den Weg gemacht. Aber es ist weit von Odessa nach Iwano-Frankivsk. Als ich am achten September endlich angekommen bin, haben Sie mir auch noch die Leiche meines Bruders übergeben. Er habe sich umgebracht.«

»Und Sie glauben das nicht«, stellte Bátthanyi fest.

Páp schüttelte den Kopf und deutete auf die Heizungsrohre, die in diesem Raum nur fünf Zentimeter unter der Decke an der Wand entlang verlegt waren. »Es ist relativ schwierig, sich mit dem Gesicht zur Wand selbst aufzuhängen, wenn man beide Hände frei hat. Wenn Sie es sich anders überlegen und doch nicht sterben wollen, können Sie mit beiden Händen das Seil greifen, sich mit den Beinen an der Wand abstützen und – mit ein wenig Kraftaufwand – das Seil wieder lösen. Außerdem: Mein Bruder hatte zwar einen ausgeprägten Schuldkomplex, aber er war nicht depressiv. Und er hätte nicht die Obduktion seines Vaters in Auftrag gegeben, um sich direkt danach, ohne das Ergebnis abzuwarten, aufzuhängen. Nein. Der angebliche Abschiedsbrief, den man gefunden hat, steckte in der Schreibmaschine. Ohne eine Unterschrift. Jeder kann ihn getippt haben. Er enthielt Rechtschreibfehler. Mein Bruder hat nie welche gemacht. Und er war in einer einfachen, fast primitiven Sprache abgefasst. Mein Bruder hätte für seinen Abgang blumenreiche, jedenfalls gehobene Worte gefunden. Mein Verdacht war, dass jemand, der weder die ukrainische Sprache noch die kyrillischen Schriftzeichen beherrscht, sich den Text hat aufschreiben lassen und ihn dort im Büro meines Bruders getippt hat. Und wieder gab es einen Hinweis auf diesen seltsamen älteren Herrn in westlicher Kleidung, der dabei gesehen worden ist, wie er das Gebäude betreten hat.«

»Warum haben Sie nicht Anzeige erstattet, wenn Sie den Verdacht hatten, dass Laszlo es gewesen ist?«, fragte mein Bruder.

»Weil ich davon ausgegangen bin, dass er schlau genug ist, sich – wo immer er sich auch aufgehalten hat – ein Alibi zu kaufen. Und weil ich wusste, dass zu dieser Zeit niemand in der Ukraine Interesse daran gehabt hätte, einen reichen Herrn aus dem Westen wegen Mordes an einem alten und einem nicht mehr ganz jungen Juden anzuklagen.«

»Wenn in den Heften hier drinsteht, was Laszlo getan hat, hätte doch jedes Gericht Ihnen glauben schenken müssen«, warf Aramis ein.

»Sie verstehen nicht«, sagte Páp traurig. »In der Ukraine sind damals Menschen aus dem Westen von Banden ermordet worden, um den Westlern die schicken Autos, Geld und Schmuck abzunehmen. Solche Verbrechen hat der Staat verfolgt, denn er wollte den Anschluss an eure Welt. Die Ukraine musste für den Westen sicher werden. Es passte nicht zur Politik, dass jemand aus dem Westen kommt, um Ukrainer zu ermorden. Wegen ein paar Vorfällen, die sich vor langer Zeit in einem anderen Land zugetragen haben. Und was wäre aus meinen Ausreisepapieren geworden? Ich hätte alles verloren. Die Begräbnisse konnte ich vom Erlös der Möbel bezahlen. Es ist mir wenig Geld übriggeblieben. Und ich hatte Angst vor Laszlo.«

»Sie sind doch dreimal so stark wie er«, sagte Lemberger ungläubig.

»Er hat meinen Bruder stranguliert und genug Kraft gehabt, den toten Körper mit dem ums Heizungsrohr geschlungenen Seil hochzuziehen und das andere Ende um die Beine des Tresorsschranks zu schlingen und fest zu binden. Vielleicht war er auch bewaffnet. Ich hatte jedenfalls kein Bedürfnis, ihm auf ukrainischem Boden zu begegnen.«

»Ich verstehe immer noch nicht, warum sie dann nicht legal ausgereist sind. Sie hätten noch elf Jahre Gelegenheit gehabt, sich zu rächen. Laszlo ist erst 2003 gestorben«, sagte ich.

»Meine Ausreisepapiere lauteten auf meinen richtigen Namen. Er hätte mich überall finden können. Ich habe es für besser gehalten, unterzutauchen. Es gab niemanden mehr, für den ich eine Wohnung oder ein Haus in Israel oder Deutschland hätte suchen müssen. Niemanden mehr, der mir hätte nachkommen können. Ich war noch nie so frei in meinem Leben. Keine Verantwortung mehr. Für niemanden. Nur noch für mich.«

Lemberger schüttelte ungläubig den Kopf. »Sie waren gerade einmal fünfunddreißig Jahre alt! Sie hätten ein neues Leben anfangen können, eine Familie gründen!«

Imre lächelte. »Das kann ich nicht, Herr Professor. Als sozialistischer Sportler wird man mit jeder Menge Medikamente gefüttert. Die Nebenwirkungen stellen sich erst später ein. Keiner, der mit mir damals im Athletikkader gewesen ist, ist in der Lage, Kinder zu zeugen.«

»Das tut mir leid«, sagte Lemberger.

»Mir nicht«, meinte Páp. »Ich bin untergetaucht. Bin im Frühsommer 1993 über die grüne Grenze in die Slowakei und von dort weiter nach Ungarn gegangen. Hab mich auf den Weg zum Friedhof gemacht und festgestellt, dass mein Vater nicht gelogen hatte. Im Grab von Etelka von Horváth lagen nicht nur die Schmuckstücke, die Sie ja kennen, sondern auch die Diamanten der Krones-Familie. – Ja, da staunen Sie. Davon haben Sie nichts gewusst, nicht wahr?«

»Und mir platzt jetzt der Kragen, weil ich immer nur Schmuck und Diamanten höre, von denen anscheinend einige Herrschaften hier genaue Kenntnis haben – nur der ermittelnde Polizeikommissar ist das dumme Arschloch!«, brüllte Bátthanyi und schlug mit der Faust auf den Tisch. »Ich fordere sofortige Aufklärung, sonst ist dieses Fest der Familienzusammenführung hier aufgehoben!«

Obwohl Aramis mir immer abgeraten hatte, entschied ich mich, Bátthanyi alles zu gestehen. Ich beichtete ihm, dass ich die Leiche von Tobias Reiter einen Tag früher gefunden und den Schmuck an mich genommen, später dann nach Österreich in Sicherheit gebracht hatte. Dass dies der Anfang meiner Beschäftigung mit der Familiengeschichte gewesen sei. Was wir seither entdeckt hatten kannte er ja schon. Bátthanyi erlitt, während ich sprach, zwei respekteinflößende Wutausbrüche, die lediglich durch die Vermittlung meines Bruders, der sich sofort in seine Rolle als Anwalt begab, besänftigt werden konnten.

»Ich müsste Sie auf der Stelle verhaften«, brüllte er, als ich mit meiner Beichte zu Ende war.

Aramis nannte einige juristisch formulierte und für mich nicht verständliche Gründe, warum Bátthanyi darauf verzichten sollte und erinnerte ihn daran, dass wir hier versammelt waren, um von Imre Páp zu erfahren, was ihn bewogen hatte, Tobias Reiter zu töten und Coelestine zu entführen.

»Es handelt sich um den gesamten Schmuck der Familien Páp und Féher«, erläuterte Páp. »Mein Vater hatte geahnt, wie die politischen Verhältnisse sich entwickeln würden. Es war ihm gelungen, seinen Bruder Antal und dessen Frau zur Flucht zu überreden. Doch beide stimmten erst zu, nachdem Hildas Mutter Etelka am dreißigsten Dezember 1941 verstorben war und meine Großmutter Ginka, die eigentlich schon seit Mitte Dezember im Sterben lag, ihr am zwölften Januar 1942 endlich nachfolgte. Etelka selbst hatte vorgeschlagen, dass Vermögen auf diese Art in Sicherheit zu bringen. Sie sei nicht religiös, ihr sei es egal, ob man ihre Totenruhe Jahre später stören würde, wenn es Zeit sei, den Schmuck wieder zu bergen. Mein Vater hat dann alles organisiert. – Die Diamanten befanden sich im Besitz von Großmutter Ginka. Ihr Bruder hat wohl in Kanada ein Vermögen gemacht und ihr an ihrem fünfzigsten Geburtstag fünfzig Diamanten geschenkt. 1941 waren noch achtunddreißig davon übrig.«

»Und wo sind die jetzt?«, fragte Bátthanyi.

»In meinem Besitz« lächelte Páp. »Wovon glauben Sie, habe ich die ganze Zeit gelebt? Von meiner Arbeit auf dem Friedhof?«

Nun staunten wir alle. »Warum lebten Sie als Obdachloser auf dem Friedhof, wenn Sie ein Vermögen besitzen?« Die Stimme meines Bruders überschlug sich fast.

»Oh, entschuldigen Sie. Das habe ich vergessen, Ihnen zu erzählen. Ich besitze eine wunderbare Wohnung im Viertel hinter dem Gellerth-Berg.«

»Es ist aber kein Alexander Zalyschiniker in Budapest gemeldet!« Bátthanyi malträtierte seinen Schnurbart.

»Zalyschiniker und obdachlos bin ich nur auf dem Friedhof. Die Wohnung gehört Imre Páp.«

Bátthanyi sank in sich zusammen. »Und davon gibt es wahrscheinlich zehn oder zwanzig in Budapest. Ich hätte Sie nie gefunden.«

»Es gibt vierzehn Imre Páps, um genau zu sein, wenn Sie die Randbezirke noch mitrechnen. – Die Idee, mich auf dem Friedhof als Arbeiter zu verdingen, ist mir gekommen, als der Friedhof immer mehr zu einer Touristenattraktion geworden ist. Plötzlich gab es die scharfen Hunde und ständig Leute, die zwischen den Gräbern herumliefen.

Ich wollte sichergehen, dass niemand sich an den Schmuckstücken vergreift.«

»Warum haben Sie die nicht geborgen und zu sich nach Hause gebracht?«, fragte ich.

»Etelka hatte bestimmt, dass der gesamte Féher-Schmuck Ida gehören sollte. Die Páp-Schmuckstücke waren für Imre bestimmt. Doch der war tot. Also gehörte alles Ida. Deswegen hab ich den Schmuck dort gelassen. Das schien mir trotz allem sicherer, als die Sachen in meiner Wohnung aufzubewahren. Ein Safe bei einer Bank wäre auf meinen Namen registriert und so wäre ich eventuell aufzuspüren gewesen. Nur die Krones-Diamanten, die hatte mein Vater geerbt. Also hab ich sie an mich genommen. Laszlo wusste nichts von den Diamanten, da bin ich mir sicher. Nicht einmal seinem Bruder hat mein Vater davon erzählt.«

»Warum haben Sie Laszlo nicht getötet, wie Sie es vorgehabt haben?«, wollte mein Bruder wissen.

»Ich bin oft bei Ihnen in Granach gewesen. Zum ersten Mal 1995, nachdem es mir gelungen war, koschere Papiere herstellen zu lassen. Ich hab beobachtet, was Sie für eine Leben führen. Und gesehen, dass ich Sie nicht beneide. Ihre Familie ist ja noch viel kaputter als meine es gewesen ist. Entschuldigen Sie, Coelestine, aber ich habe Sie als hochneurotische Frau auf der Suche nach irgendeiner Identität wahrgenommen – und Sie, Athos, als oberflächlichen Zyniker, der keinen Sinn im Leben hat und deshalb ständig von einem Ort zum anderen reist. Am gesündesten kamen noch Sie mir vor, Aramis, auch wenn ich Ihre sexuelle Neigung für abartig halte. Und das Ganze gekrönt von einem despotischen, grausamen alten Mann, unter dem sie alle gelitten haben, aber keiner hat den Mut gehabt, gegen ihn aufzustehen. Sie haben heile reiche Welt gespielt. Sie haben mir leid getan. Sogar bei der Trauerfeier für Laszlo war ich zugegen. Eine Farce. Wie Sie sich verzweifelt mühten, schöne Worte für diesen Mann zu finden ...

Nein, ich wollte niemanden mehr töten. Ich habe Ida gesucht und es geschafft, Sie zu finden. 1997 habe ich Sie aufgetrieben, im Juni. Es war nicht leicht gewesen.

Hilda und Antal Féher – zu diesem Zeitpunkt, Herr Bátthanyi, nach 1942, waren das nur noch Namen. Dahinter verbergen sich Laszlo von Horváth und seine erste Frau Rosa Bamberger. Sie haben ihre angebliche Tochter Ida 1943 in Argentinien in eine Irrenanstalt einweisen lassen. Das Kind leide an üblen Fantasien, sei wohl durch die Flucht und andere schreckliche Ereignisse so schwer traumatisiert, dass sich die fürsorglichen Eltern außer Stande sahen, Ida weiter zu Hause zu haben. Lieber übergab man das sechzehnjährige Mädchen in die Obhut eines Psychiaters, der Ida von ihren Wahnvorstellungen, die keine waren, kurieren solle.

1947 verschwindet Ida Féher aus der Irrenanstalt. Spurlos. Seltsamerweise sind auch die angeblichen Eltern nirgends mehr zu finden. Der Herr Blaustein, den Ida später heiratet, war mit seinen Eltern nach Argentinien emigriert. Ida muss ihn wohl noch in Argentinien kennen gelernt haben. Aber sie reist, noch bevor sie heiraten, mit ihm nach Frankreich aus. Dort erst werden sie getraut. Ich erspare Ihnen weitere Details darüber, wie ich sie gefunden habe. Jedenfalls lebte sie, zuerst mit ihrem Mann, danach alleine, in Wien, im achten Bezirk.«

»Und Sie haben sie einfach so besucht und gesagt, Hallo, ich bin dein Cousin, soll ich den Laszlo für dich umbringen?«, fragte Lemberger.

Páp schüttelte den Kopf. »Ida war schon siebzig Jahre alt. Da muss man vorsichtig sein. Ich wusste doch, was sie hatte mit ansehen müssen – aber ich wusste nicht, ob sie es verdrängt hatte oder verarbeitet!«

»Und?«

»Ich sagte ihr, wer ich sei. Der Sohn von ihrem Onkel Max. Sie hat mich fünf Minuten lang nur angestarrt. Dann hat sie gesagt ich sei ein Lügner, ich wäre zu jung. Natürlich – sie wusste ja, dass meine Mutter damals mit Antal schwanger gewesen war. Ich erklärte es ihr. Dann habe ich sie gefragt, woran sie sich erinnern kann. Sie hat mir alles genauso geschildert, wie es mein Vater aufgeschrieben hat. Dann habe ich sie gefragt, ob sie wisse, dass Laszlo am Leben sei, sich die Grundstücke und das Vermögen ihrer Mutter angeeignet habe und ob sie etwas dagegen unternehmen wolle.«

Wieder machte Páp eine Pause. Ich wollte ihn dafür umbringen.

»Sie sagte, dass sie in der Irrenanstalt in Argentinien gelernt habe, ihr früheres Leben als Wahnvorstellung zu betrachten. Dass man sie in Ruhe ließ, sobald sie zustimmte, sich die schrecklichen Ereignisse nur eingebildet zu haben. Damit sei sie die letzten fünfzig Jahre erfolgreich durchs Leben gegangen – und sie habe nicht vor, jetzt etwas daran zu ändern. Nur so habe sie Ruhe und Frieden finden können, und sie bat mich, es dabei zu belassen. – Ich hab sie dann gefragt, ob sie die Schmuckstücke aus Etelkas Grab haben wolle. Sie hat mich nur verwundert angesehen und mich gefragt, warum sie sich mit Gegenständen belasten solle, die es ihr schwer machen würden, ihre bisherige Strategie des Vergessens weiterzuführen. Dann hat sie mich gebeten, sie nie wieder zu besuchen, denn auch ich würde ihre Ruhe stören. Wir haben uns als dieselben fremden Menschen voneinander verabschiedet, als die wir uns begrüßt hatten. Ich habe Wort gehalten und sie nie wieder aufgesucht.«

»Und haben Sie sich selbst eine ähnliche Strategie zugelegt?«, fragte Lemberger nach einer Weile.

»Ja. Seit 2003, seit dem Begräbnis von Laszlo, habe ich friedlich als Imre und Alexander gelebt. Als Imre habe ich in Geschäfte investiert und Gewinne gemacht, von denen ich gut leben konnte, ohne alle Diamanten aufzubrauchen. Ich bin gereist, hab mir die Plätze angesehen, von denen ich früher oft geträumt hatte. Hab meinem Bruder und meinem Vater einen anständigen Grabstein spendiert – anonym. Als Alexander hab ich auf dem Friedhof nach dem Rechten gesehen. Die Familiengräber in Schuss gehalten.«

»Hat sich nie jemand gewundert, wenn Sie in Ihrer zerschlissenen Kleidung das Haus verlassen haben?«, wunderte ich mich.

Páp lachte. »Ich hab mich im Keller umgezogen. Im Waschkeller gibt es einen Einstieg ins Abwassersystem – eine Straße weiter kann man bei einem verfallenen Fabrikgebäude wieder ans Tageslicht. Der Penner Zalyschiniker ist nur aus diesem Gebäude gekommen. Hätte man die Fabrik renoviert, hätte ich mir was einfallen lassen müssen.«

»Dann ist eines Tages der Tobias Reiter aufgetaucht«, sagte mein Bruder.

Páp nickte. »Und dann hat sich alles verändert. Da kommt ein junger Kerl, der bestimmt nicht zu Ihrer Familie gehört, und fängt an, sich für Etelkas Grab zu interessieren. Ich hab ihn schon am ersten Tag beobachtet. Als er alles ausspioniert hat. Ich bin sicherheitshalber für ein paar Nächte in die Krones-Gruft gezogen. Um in der Nähe zu sein. Und tatsächlich taucht er nachts auf, kommt durchs Gestrüpp geschlichen und versucht, in die Gruft einzudringen. Ich hatte sie jahrelang nicht mehr geöffnet, die Schrauben waren verrostet. Ich hab die Hunde ruhig gehalten. Sie kennen mich, sie tun was ich sage. Er musste unverrichteter Dinge wieder verschwinden. In der nächsten Nacht aber, da ist er wieder gekommen. Perfekt ausgerüstet. Sogar vergiftetes Fleisch für die Hunde hat er mitgehabt. Gut, dass sie mir aufs Wort gehorchen.«

»Dann haben Sie ihn getötet, als er aus der Gruft gestiegen ist«, sagte Bátthanyi.

»Nein. Ich habe ihn gefragt, warum er das tut. Dass der Schmuck nicht ihm gehöre, sondern Ida Blaustein. Die alte Schachtel sei tot, hat er gesagt. Ich bat ihn, höflicher über meine Cousine zu sprechen. Ich sei wohl verrückt, sagte er, Ida habe keinerlei Verwandte, weshalb er, als Pfleger, ein Recht habe, dass es ihm auch einmal gute gehe. Lange genug habe er den alten Leuten den Arsch ausgewischt, unter anderem Ida. Da habe ich ihm eine Ohrfeige gegeben. Er hat sein Messer gezogen und wollte auf mich los. Hat mich auch gestreift, aber ich hab es geschafft, ihm das Messer abzunehmen. Da stürzt er sich mit seiner riesigen Stabtaschenlampe auf mich, will mir den Schädel einschlagen. Die Hunde haben angefangen zu bellen. Ich hab mich einmal um mich selbst gedreht, mit dem Messer in der Hand, aber auf Brusthöhe – doch der Depp war in die Knie gegangen und ich hab seinen Hals erwischt. Da liegt er und röchelt, und beim Hinfallen schlägt er auch noch mit dem Hinterkopf an der Kante von der Platte auf – dann rutscht er in die Gruft. Der war tot, da war ich mir sicher. Bei Wohlfeiler war nun das Licht an, ich konnte es sehen, Licht in der Küche. Ich dachte nur, wenn der jetzt kommt, dann bin ich dran, der darf nichts finden, schon gar nicht den Toten. Ich hab die Hunde beruhigt, sie waren sofort still. In Windeseile hab ich das Blut abgewischt, den Deckel über die Gruft geschoben – und Wohlfeiler ist wieder Schlafen gegangen, zumindest hab ich kein Licht mehr gesehen. Am nächsten Tag hab ich ganz ruhig während meiner regulären Arbeit als Grabpfleger alle Blutspuren gründlich beseitigt.«

»Dann war es ja Notwehr«, meinte mein Bruder, ganz Anwalt.

Bátthanyi unterbrach die Sitzung. Er ließ Kaffee für alle bringen und lief, die Arme hinter dem Rücken verschränkt, ungehalten um den ovalen Tisch herum.

Ich gönnte mir eine Zigarette. Da Bátthanyi drinnen ein pauschales Rauchverbot verhängt hatte, mussten wir nach draußen gehen und standen auf der Treppe vor dem Kommissariat. Auch mein Bruder drehte sich eine, was er höchstens alle zwei, drei Jahre tat. Der erste Zug löste auch gleich einen Hustenanfall aus.

»Also ich mag ihn«, sagte er nach einer Weile.

»Ich nicht«, antwortete ich unwirsch. »Der Mann hat mir die letzten drei Wochen gründlich versaut, Coelestine in Gefahr gebracht und ... und unser ganzes Leben einmal umgedreht und gewendet!«

»Blödsinn!« Meine Tante legte ihre Hand auf meine Schulter. »Er hat uns nur die Augen geöffnet für die Dinge, die wir – und du ganz besonders – nicht haben sehen wollen. Laszlo ist einfach ein Scheißkerl gewesen. Ich war keine Minuten in Gefahr. Er wollte mit mir reden, das ist alles.«

»Warum hat er dich dann nicht gehen lassen?«, fragte ich empört.

»Ich bin nicht gegangen, weil wir noch nicht fertig gewesen sind. Wir haben verschiedene Pläne entworfen, wie wir jetzt weitermachen könnten – und dann ist der Bátthanyi dazwischen gekommen.«

»Du hättest doch anrufen können!«

»Hätte ich nicht! Was hätte ich dir denn sagen sollen? Ich sitze mit Imre Páp in einer Gruft und mache Pläne? – Außerdem wollte er nicht mit dir reden. Da hat er kein Vertrauen, sagt er.«

»Na, großartig!«

»Und wenn die ganze Geschichte gelogen ist?«

»Sag mal, bist du geisteskrank?«, fuhr mein Bruder mich an. »Glaubst du immer noch, der erfindet die Geschichten über den Alten?«

»Nein. Die Sache mit der Notwehr meine ich.«

Mein Bruder überlegte einen Augenblick. »Weißt du, das ist mir scheißegal. Dieser miese kleine Krankenpfleger, der eine alte demente Jüdin, die man ihm anvertraut hat, posthum ausnimmt – nein. Da fehlt mir das Mitleid. Außerdem glaube ich, dass die Geschichte zum großen Teil stimmt. Páp hat auf jeden Fall mit ihm geredet – das, was er von Reiter in dem Moment am Grab erfahren hat, stimmt, und Páp hatte keine andere Gelegenheit, diese Informationen zu erlangen.«

Ich beharrte darauf, dass genauso gut Páp als erster angegriffen haben könnte.

»Hat er ja auch – mit einer Ohrfeige«, konterte mein Bruder. »Außerdem gibt es die Obduktionsergebnisse, die können die Aussage unterstützen. Das Messer und die Lampe könnten auch noch existieren und als Beweismittel verwendet werden.«

Nun mischte sich auch noch Lemberger ein: »Herr von Horváth, ich schließe mich der Ansicht Ihres Bruders an. Seien Sie nicht so verbiestert! Die letzten drei Wochen hatten Sie die Ehre, mit mir zu verbringen. Wenn Sie das als versaute drei Wochen bezeichnen, kündige ich Ihnen die Freundschaft.«

Bátthanyi rief uns hinein.

»Ich möchte jetzt keine Diskussion darüber, ob die Geschichte mit Tobias Reiter Mord oder Notwehr gewesen ist. Herr Páp wird Ihnen nur noch den Teil der Familiengeschichte erzählen, der, wie er sagt, der Auslöser für alle Vorgänge in der Gegenwart gewesen ist«, sagte er und erteilte mit einem tiefen Seufzer Páp das Wort. Der griff zum obersten Schulheft und schlug es auf.

»Sie wollen doch nicht etwa jetzt alle fünf Hefte vorlesen?«, fragte Bátthanyi entsetzt, als er sah, dass jede Seite eng mit einer kleinen, krakeligen Handschrift vollgeschrieben war. Páp überlegte.

»Sie haben Recht. Ich kann den Herrschaften die Hefte auch einfach ausleihen.«

Ich platzte vor Ungeduld. Von mir aus nahm ich die Hefte auch mit nach Hause, aber ich bestand auf eine kurze Inhaltsangabe.

»Nehmen Sie die Fotos aus dem Kuvert«, bat Páp und reichte Aramis den Umschlag. Es waren mehrere großformatige Familienbilder. Das erste zeigte Hilda und Antal mit ihren Kindern Ida und Imre, auf dem nächsten waren die vier um eine alte Dame herum gruppiert, die in der Mitte auf einem imposanten Stuhl saß. Die Kleidung deutete auf Wohlstand hin, und ich erkannte einige Schmuckstücke wieder, zum Beispiel das Herzmedaillon am Hals von Hilda. Ein identisches Bildarrangement existierte auch mit Etelka in der Mitte, und sogar eines mit ihrem Mann, Lajos Féher.

»Meine Eltern, bevor sie geheiratet haben. Das Verlobungsfoto«, erläuterte Páp das nächste Bild, das ein Paar zeigte, das glücklich in die Kamera lächelte. Die Ähnlichkeit zwischen Antal und Max war groß. Zsuzsana Rauch blutjung und schön, Max hingegen schon etwas reifer.

»Das nächste wird Sie besonders interessieren«, meinte Páp. Aramis blätterte das nächste Bild auf. Laszlo und eine Frau Arm in Arm. »Das Hochzeitsfoto von Laszlo von Horváth und Rosa Bamberger. Aufgenommen im Oktober 1930. Ihr Vater, Herr von Horváth, war ein Sechsmonatskind.« Páp grinste süffisant. »Laszlo musste heiraten, der alte Bamberger hat Druck gemacht. So hat es mein Vater erzählt.«

Mit fiel die ärmliche Kleidung Laszlos auf. Die Hose des Anzugs glänzte abgeschabt an den Knien, der Gehrock am rechten Ellenbogen. Die Füße steckten in einfachen Galoschen. Auch Rosa trug ein schlichtes Kleid ohne Schnörkel und keinen Schmuck.

»Die Babyfotos Ihres Herrn Vater hat Hilda spendiert. Zu dem Zeitpunkt hätte sich Laszlo einen Fotografen schon nicht mehr leisten können.«

Ich betrachtete die Bilder, die meinen Vater auf einem Schaffell zeigten. Er konnte schon selbst aufrecht sitzen. Es waren insgesamt drei Bilder, und nur auf einem lächelte er scheu, auf den anderen starrte er verschlossen, als ob ihm nicht geheuer wäre, was da mit ihm passierte.

»Vielleicht erzählen Sie jetzt besser«, meinte Aramis und schob die Fotos beiseite. »Oder ist da noch was dabei, was wir sofort sehen müssen?«

»Bilder von Ida und Imre. Sie können sie später in Ruhe betrachten. Gut. Was ich sage, können Sie in den Heften nachlesen. Das heißt, wenn Sie jemanden finden, der es Ihnen aus dem Ungarischen übersetzt – oder sprechen Sie es noch? Nein? – Mein Vater hat sie noch in China geschrieben. Sie beginnen 1923, in dem Jahr, in dem mein Onkel Antal Hilda Féher kennen lernt und damit die Beziehung zwischen den Familien Páp und Féher ihren Anfang nimmt.

Hilda hatte gerade die Schule abgeschlossen und Antal studierte. Beide Familien bestanden darauf, dass die Kinder erst heiraten sollten, wenn Antal das Studium abgeschlossen hatte – doch man traf sich regelmäßig bei den Familien zum Essen. Ein Wochenende bei Féhers, das andere bei Páps. Und damit mein Vater, der zu der Zeit keine Freundin hatte, nicht alleine war, nahm Antal ihn immer mit, zum Essen bei Familie Féher.

Bei den Féhers traf mein Vater zum ersten Mal auf Laszlo. Eher versehentlich betrat er beim ersten oder zweiten Treffen die Küche. Mit dem Küchenpersonal saßen dort zwei Männer am Tisch, ein sehr junger und einer, der schon relativ alt aussah. Meinem Vater fiel sofort die Ähnlichkeit in den Gesichtern der beiden Männer auf, aber auch die Ähnlichkeit mit Etelka Féher. Also fragte er Antal und erfuhr, dass es sich um den Bruder von Hildas Mutter, Imre von Horváth, und dessen Sohn Laszlo, also Hildas Cousin, handelte. Die beiden von Horváths wurden von Familie Féher ausgehalten. Dafür half der Ältere ein wenig im Haus mit, während man bei Hildas Cousin nicht so genau wusste, was er eigentlich tat.

Mein Vater war damals ein Idealist gewesen: er schimpfte fürchterlich, dass Etelka ihren Bruder und Neffen so schmählich behandle und ihn mit den Dienstboten in die Küche verbanne. Beim nächsten Besuch gelang es ihm, mit Laszlo ins Gespräch zu kommen. Er verschaffte ihm eine Anstellung als Aushilfe im Stoffgeschäft eines Freundes. Nach einem Dreiviertel Jahr stellte der Freund fest, dass nicht nur Geld aus der Kasse fehlte, sondern Laszlo sich wohl schon die ganze Zeit über bei den Stoffballen bedient hatte.

Mein Vater stellte Laszlo zur Rede. Der gab zwar alles zu, beschuldigte aber seine Tante und Cousine, die Schuld an seinem Verhalten zu tragen. Anstatt ihn mit Almosen abzuspeisen, solle man ihm lieber die Verwaltung der Landgüter anvertrauen. Oder ihn zum Pächter eines der Güter machen. Dann könne er nicht nur beweisen, welches Talent in ihm stecke, sondern würde auch genug Geld verdienen, um anständig zu leben. Aber anstatt auf diesen Gedanken zu kommen, würden sie wildfremde Menschen anstellen und denen die Geschicke des Grundbesitzes überlassen.

Das leuchtete meinem Vater ein, und er sprach Hilda und Etelka darauf an. So erfuhr mein Vater, wie zwar Imre durch eine gute Tat Etelka den Ruf und die Grundlage für die Ehe mit Lajos Féher verschafft hatte, aber der Sohn sei leider gänzlich missraten. Zwar sei er nicht dem Alkohol verfallen, wie sein Vater, aber dafür habe man ihn schon im Alter von acht Jahren zum ersten Mal aus dem Polizeigewahrsam befreien müssen, da er in der Schule Klassenkameraden so heftig verprügelt hatte, dass einer mit Knochenbrüchen im Krankenhaus gelandet war. Wegen dieser Neigung zu unkontrollierten Wutausbrüchen waren Hilda und Etelka nicht bereit, Laszlo die Verantwortung für andere Menschen zu übertragen. Einfache Arbeiten, wie eine Anstellung im Garten oder als Kutscher hatte er jedoch abgelehnt.

Von diesem Moment an hielt sich mein Vater aus der Sache heraus. Laszlo ging im Gefängnis aus und ein, immer wegen kleinerer Delikte, und lebte davon, dass er ein paar Huren beschützte. Daran änderte sich auch durch die Heirat mit Rosa, die ebenfalls aus einfachen Verhältnissen stammte, nichts. Nur, dass es jetzt eben ein paar Leute mehr durchzufüttern gab, wenn Laszlo mal wieder im Gefängnis saß oder sein Geld verspielt hatte. Hilda achtete darauf, dass Ida und Imre keinen Kontakt mit Anatol hatten, sorgte aber dafür, dass der auf eine anständige Schule kam.

Ihr Vater hatte Hilda schon 1937 den gesamten Féher-Besitz übertragen und Max hatte sich 1938 um den Scheinverkauf aller Grundstücke an Kronauer gekümmert, der dafür reichlich Geld erhielt, aber ein ehrlicher Mann zu sein schien. 1940 begann Max, sich um die Visa für die Familie zu kümmern. Eine teure Angelegenheit, denn es ging um Papiere für vier Erwachsene und zwei Kinder. Etelka und Ginka wollten auf keinen Fall mitkommen. Doch Laszlo forderte nun täglich, dass auch für ihn gesorgt werden müsse, da er sich selbst kein Visum leisten könne. Hilda hat ihm Geld gegeben, damit er sich die Papiere selbst besorgen könne. Drei Monate später hatte er alles verspielt und forderte wieder Geld. Hilda gab ihm welches. Niemand weiß, wo es geblieben ist, Papiere jedenfalls hat er nicht damit besorgt.

Dann starb Etelka und Laszlo forderte eine Erbschaft. Antal sagte ihm, es sei kein Geld mehr da. Da verlangte Laszlo Schmuck. Der sei auch nicht mehr da, sagte ihm Max. Laszlo drohte, alles zu unternehmen, um die geplante Flucht scheitern zu lassen. Hilda bot an, ihn und seine Familie bis in die Türkei mitzunehmen. Dort könne er ja versuchen, sich weiter durchzuschlagen.

So brachen sechs Erwachsene und drei Kinder zu Fuß auf nach Jugoslawien, wurden von bezahlten Helfern über die erste gefährliche Grenze geschleust und auf dem Balkan weiter, an den deutschen Truppen vorbei, Richtung Türkei. Am zehnten Tag ist es dann passiert.

Mein Vater hatte meine Mutter etwas abseits von den anderen in einem Heuschober auf ein Lager gebettet, als draußen ein heftiger Streit zwischen Laszlo und Antal ausbrach. Es ging wieder um den Familienschmuck. Laszlo wollte nicht glauben, dass er verkauft sei und Antal rief wütend ›Ist er auch nicht – aber du wirst nie erfahren, wo er ist!‹ Wo das Messer herkam, das nachher in Antals Brust steckte, konnte mein Vater nie klären. Laszlo jedenfalls drehte durch. Er stach immer wieder auf Antal ein, bis sich Hilda auf ihn warf, um ihn daran zu hindern. Er ging nun auch auf sie los. Laszlos Frau und Ihr Vater, Herr von Horváth, sahen tatenlos zu. Auch wenn Ihr Vater noch ein Kind war – er war zehn Jahre alt, wenigstens schreien hätte er können, vielleicht hätte die Stimme seines Sohnes Laszlo aus seinem Blutrausch gerissen. Mein Vater sprang von dem Heuboden, doch Laszlo richtete das Messer gegen ihn und schrie ›Dich bring ich auch um und deiner Hure schlitz ich den Bauch auf!‹ Ida und Imre haben geweint. Da hat

Laszlo die Papiere von Antal genommen, seine Frau und seinen Sohn angesehen und gesagt: ›Dann brauchen wir ja nur noch eins‹, ist auf Imre zugegangen und hat ihm die Kehle durchgeschnitten …

Mein Vater hatte Angst. Um sein eigenes Leben, aber auch um das meines ungeborenen Bruders. Rosa hat eiskalt die Papiere Antals, Hildas und Imres an sich genommen und gefragt: ›Was machen wir mit dem anderen Balg?‹ – ›Nimm doch du sie mit‹, sagte Laszlo zu meinem Vater. Doch Idas Papiere hatten keine Gültigkeit ohne die Papiere ihrer Eltern.

Laszlo brüllte Ida an, wo der Schmuck sei. Sie sagte, sie wisse es nicht, doch Laszlo hat ihr nicht geglaubt. ›Wir nehmen sie mit, wer weiß, wozu sie noch nützlich ist‹, entschied er und befahl meinem Vater und meiner Mutter, schleunigst zu verschwinden. Und mein Vater hat es getan …«

Niemand im Raum atmete. Zumindest kam es mir so vor. Ich fühlte mich leblos. Meine Ohren konnten die Stimme Páps hören, meine Augen sahen ihn. Aber meinen übrigen Körper spürte ich nicht mehr. Im Grunde hatten wir geahnt, dass Laszlo sich die Papiere von Idas Eltern angeeignet hatte. Nun aber zu erfahren, wie das geschehen war, mit welcher Gier … Es mag sein, dass der Tod Antals nicht beabsichtigt sondern die Folge eines Wutausbruchs gewesen war. Imre und Hilda jedoch hatte er eiskalt ermordet. Kalkuliert. Ida mitgenommen, um aus ihr herauszupressen, wo der Schmuck versteckt sei. Mein Leben, das meines Bruders und meiner Tante – wir verdankten es diesem Mörder. Unser Vermögen – gestohlen von Ida.

»Warum hat Ihr Vater Laszlo nie angezeigt? Warum hat Ida es nicht getan?« Die Stimme meines Bruders klang brüchig.

»Mein Vater hat eine Meldung gemacht. In China, direkt als er mit meiner Mutter im Exil angekommen war. Die dortigen Mitarbeiter der Hilfsorganisation versprachen, der Sache nachzugehen. Ob sie es überhaupt versucht haben – nicht einmal das wissen wir. Das war der einzige Moment, wo er mutig gewesen ist. Im Grund hat ihn sein Leben lang Angst vor Laszlo geplagt. Und das Gefühl, nicht nur am Tod seines Bruders, seiner Schwägerin und seines Neffen schuld zu sein, da er damals tatenlos zugesehen hatte – sondern auch, dass er die eigene Familie gefährde, da Laszlo uns alle bedrohen könnte … Wir sind umgeben von Schuld und Angst aufgewachsen.«

»Und wir umgeben von Lügen, Schweigen und Gewalt«, sagte Coelestine.

»Und Ida? Sie haben doch mit ihr gesprochen …«, fragte mein Bruder.

»Ida war eine bewundernswerte Persönlichkeit. Sie erlitt damals einen Schock – aber ihr Verstand funktionierte noch. Sie kapierte ziemlich schnell, dass Laszlo sie töten würde, sobald sie ihm das Versteck des Schmucks verraten würde. Also war es am besten für sie, sich in den Wahnsinn zu flüchten, aber so viele helle Momente zu haben, dass Laszlo die Hoffnung, sie würde bald wieder ganz bei Verstand sein, nicht aufgab, bevor sie in Sicherheit wäre. In Argentinien setzte Laszlo ihr mit windigen Psychologen zu. Doch Ida gelang es, auch diese zu täuschen.

Sie sagte mir, dass sie anfangs jeden Morgen mit Absicht die Erinnerung an das grausame Abschlachten ihrer Familie heraufbeschwor, nicht, um es zu verarbeiten, sondern um wieder und wieder den Schmerz und die Panik zu fühlen, um wahnsinnig und dadurch am Leben zu bleiben. Laszlo hielt sie eingesperrt im oberen Stockwerk des Hauses, das sie bewohnten. Die Fenster waren vergittert.«

»Ich verstehe nicht, warum er sie dann nach Kriegsende nicht mit nach Österreich genommen hat. Warum hat er sie zurückgelassen?«, fragte Aramis.

Páp zuckte mit den Achseln. »Das weiß nur Laszlo. Ida erzählte, dass eines Tages Anatol völlig verweint bei ihr im Gefängniszimmer Zuflucht gesucht hatte. Sie hat ihn gefragt, was passiert sei. Seine Mutter sei verschwunden. Ida erinnerte sich, dass sie am Vorabend ungewöhnlichen Lärm vernommen hatte. Sicherlich ein Streit, der handgreiflich endete. Anatol sei ziemlich verstört gewesen. – Kurz danach wurde sie in die Irrenanstalt gesteckt. Und lernte, ihre Erinnerungen als Wahnvorstellungen zu behandeln.«

»Der feige Scheißkerl hat alles gedeckt!«, schrie mein Bruder. Im nächsten Moment schüttelte ihn heftiges Schluchzen. Mein Vater, der Mitwisser. Aramis war das erst jetzt klar geworden.

»Er hat Angst gehabt«, sagte Coelestine leise.

»Angst kann hier nicht die Ausrede für alles und jeden werden!«

Páp schien sich einen Moment zu amüsieren, dann sagte er: »Wir sollten nicht urteilen über unsere Väter. Wir sind anders aufgewachsen, wir werden es nicht nachvollziehen können.«

Ich weiß nicht, wie lange wir schwiegen. Irgendwann räusperte sich Bátthanyi und sagte: »Anscheinend sind Sie fertig mit der Familiensaga. Wenn die Herrschhaften Horváth dann so freundlich wären, den Raum zu verlassen ... – Ja, und Sie, Herr Páp, müssen leider hier bleiben. Gegen Sie wird Anklage wegen Mordes erhoben.«

»Von wem?«, fragte mein Bruder, der sich wieder gefasst hatte, scharf mit der Stimme für juristische Angelegenheiten.

»Von einem österreichischen Staatsanwalt«, sagte Bátthanyi. »Da gibt es schon ein offizielles Schreiben.«

»Dann ist es eine österreichische Angelegenheit?«

»Naja, das Opfer ist ein Österreicher, der hier ermordet worden ist – und der Angeklagte hat eine ungeklärte Staatsangehörigkeit, denn die Papiere von Herrn Páp sind gefälscht. Aus der Ukraine ist er aber ausgereist ...«

»Dann werde ich Herrn Páp als Anwalt vertreten«, unterbrach mein Bruder den Zigeunerbaron. »Und dann schauen wir einmal, was das für ein Verfahren wird – schließlich war es Notwehr.«

Ein Jahr später

Ich reise nicht mehr so viel. Hier in Granach ist es schön. Auch Coelestine ist sesshaft geworden.

Draußen auf der Wiese werkelt Imre Páp und kümmert sich um die Obstbäume. Die Zwetschgen sind bald reif, auch die Birnen. Er stützt die schweren Äste mit Holzlatten ab. Noch in keinem Jahr hat der Garten so viel Früchte getragen, wie jetzt, da er die Bäume pflegt. Er sieht mich am Fenster und winkt mir zu.

Im Frühjahr war der Prozess zu Ende gegangen. Aramis hat es geschafft, ein rein österreichisches Verfahren daraus zu machen. Er hat Anklage gegen den verstorbenen Tobias Reiter erhoben, wegen Betrugs in mehreren Fällen, und gedroht, falls die Familie Reiters weiterhin auf einer Mordanklage bestehen sollte, mit allen schmutzigen Details an die Öffentlichkeit zu gehen. Sogar den Tod Ida Blausteins drohte er untersuchen zu lassen, da der dringende Verdacht bestünde, Tobias Reiter habe hier aus Habgier nachgeholfen.

Ich finde ein solches Vorgehen abstoßend, aber sogar Lemberger versicherte mir, so etwas gehöre zum juristischen Spiel.

Die Autopsie der Leiche Reiters untermauerte Imres Aussage, es sei Notwehr gewesen. Da er auch das Messer und die Taschenlampe beibringen konnte, bestand kein Zweifel an seiner Schilderung des Tathergangs. Auch Reiters Vermieterin in Budapest hatte man aufgetrieben, die bestätigte, dass der an den in Frage stehenden Tagen nachts das Haus verlassen, erst frühmorgens wiedergekommen sei und sich seltsam verhalten habe.

Imre wurde freigesprochen.

So lange Imres Staatsbürgerschaft noch ungeklärt ist, wird er bei uns wohnen. Wir haben die Bürgschaft für ihn übernommen. Das Verfahren kann Monate, vielleicht sogar Jahre dauern. Kein Staat will ihn haben, nicht die Österreicher, nicht die Ungarn und auch nicht die Ukrainer, natürlich immer nur aus formaljuristischen Gründen, und so hat mein Bruder alle Hände voll zu tun. Ich habe das Gefühl, dass es Imre egal ist, wie lange es dauert. Im Schlösschen gibt es eine Art Hausmeisterwohnung, die ist sein Domizil geworden.

Unser Vermögen ist weiterhin unser Vermögen. Rein rechtlich hat sich daran nichts geändert, da Laszlos Betrug verjährt ist und es keine lebenden Erben mehr in der Féher-Linie gibt.

Für mich hat sich jedoch viel geändert: ich kann nicht mehr Privatier sein. Kann das, was uns nach meinem Gefühl nicht gehört, nicht mehr mit vollen Händen für mein Vergnügen ausgeben. Auch Coelestine geht es so. Dank Lemberger haben wir eine Lösung gefunden, die es uns ermöglicht, mit einem besseren Gewissen weiterzumachen: die Erlöse aus dem Grundbesitz fließen in eine Stiftung, die verschiedene humanitäre Projekte unterstützen wird. Die Gründung der Stiftung wird in wenigen Tagen abgeschlossen sein – dann beginnen Coelestine und ich unsere Arbeit als Geschäftsführer. Sie wird weitere Gelder einwerben, ich kümmere mich um Projekte. Es ist mir gelungen, die Klinik, in der Ida in Argentinien untergebracht war, zu finden. Heute ist dort ein Heim für obdachlose Kinder und Jugendliche, die durch das Leben auf der Straße traumatisiert sind. Mein erstes Projekt – denn das Heim braucht dringend gute Ärzte, Personal und eine anständige Ausstattung für die Kinder.

Als Geschäftsführer beziehe ich ein Gehalt. Es ist reichlich genug, um zwei Monate im Jahr davon zu verreisen.

Meinem Bruder ist es auch gelungen, Bátthanyi davon zu überzeugen, mich nicht dafür anzuklagen, dass ich den in der Gruft gefundenen Familienschmuck außer Landes gebracht und so Beweismittel für einen Kriminalfall beiseite geschafft habe. Wir haben den Schmuck aufgeteilt. Imre hat die Stücke bekommen, die der Páp-Familie gehört hatten, und auch die von Imre und Ida. Wir haben nur behalten, was eindeutig Etelkas Eigentum gewesen war.

Lemberger kommt uns regelmäßig für mehrere Wochen besuchen. Er ist damit beschäftigt, die Dokumente aus der Schinkenkammer in ein kleines Museum und Archiv zu überführen, das wir auf seinen Wunsch hin eingerichtet haben. Wir haben dazu den Vorraum zur Kapelle und einen angrenzenden Teil des ehemaligen Stalls umgebaut. Mit Eifer stürzt er sich in die alten Schwarten und entdeckt Dinge, die in seinen Augen schier unglaublich sind. Ich vergesse sie, kaum dass er mir davon berichtet hat. Seit einer Woche macht er den Ort verrückt auf der Suche nach Papieren, die in der Schinkenkammer fehlen, seiner Meinung nach aber existieren müssten.

Mit Beginn meines neuen Lebens wollte ich mich von Tom trennen. Ein Geschäftsführer einer humanitären Stiftung sollte meiner Meinung nach keinen Butler haben. Doch mein Bruder hat mich überzeugt, Tom nicht zu kündigen. Das Gebäude muss in Stand gehalten werden, Imre braucht Unterstützung bei der Pflege des ausgedehnten Obstgartens – und da wir nun alle arbeiten, hat keiner mehr Zeit zu kochen. So ist Tom jetzt Hausmeister und Haushaltshilfe für uns alle geworden.

Nächste Woche werden wir uns von Laszlo trennen. Coelestine hat darauf bestanden, die sterblichen Überreste ihres Vaters aus dem Schlösschen zu entfernen. Auf dem Friedhof in Wien wird er in einem anonymen Grab beigesetzt. Sie möchte nicht, dass ein Stein an ihn erinnert. »So müssen wir nicht mit einem Mörder unter einem Dach leben«, sagt sie.

Manchmal, für einen kurzen Moment, wünsche ich mir, ich wäre nie nach Budapest gefahren. Es war leicht, ein oberflächliches Leben zu führen. Weniger leicht ist es, zu akzeptieren, dass es eine einzige große Lüge gewesen ist. Doch dann sehe ich, wie Imre mich freundlich anlächelt, und ich bin froh, ihn kennen gelernt zu haben.

Zu guter Letzt ...

Sämtliche Personen des Romans und seine Handlung sind frei erfunden. Es gibt in Wien kein jüdisches Altersheim namens Ben Zion – und in der Steiermark keinen Ort namens Granach.

Nicht erfunden sind jedoch die Örtlichkeiten in Ungarn, auch wenn sie in dieser Geschichte manchmal leicht verändert dargestellt werden. Die im Roman erwähnten Details zur Magyarisierung oder der Situation der Juden in Ungarn in der Zeit des Dritten Reichs sind historisch korrekt und können in vielen Quellen nachgeprüft werden.

Auch die erwähnten köstlichen ungarischen Speisen gibt es. Damit auch Sie diese Wirklichkeit werden lassen können, folgen hier die Rezepte:

Fischsuppe (Halászlé)
Verwenden Sie dafür nur frischen, keinen tiefgekühlten Fisch!
2 Kilo Karpfen ausnehmen und filetieren.
Aus Köpfen, Mittelgräte, Haut und Flossen mit Zwiebeln, Salz, 1 Paprikaschote, 2 Tomaten, 2 Lorbeerblättern und wenig Knoblauch in 2 Litern Wasser eine Grundbrühe kochen (dauert etwa 2 Stunden).
Die Filets in schmale Streifen schneiden.
Die Grundbrühe gut passieren, mit Salz, Gewürzpaprika, Pfeffer und eventuell einer Prise Zucker oder Zitronensaft abschmecken. Die Filetstreifen darin etwa 10 Minuten garen. Mit Brot servieren.
(Die Suppe kann auch aus einer Mischung verschiedener Fische, zum Beispiel Wels oder Zander, zubereitet werden.)

Forelle mit Gänseleberfüllung (Libamájjal töltött pisztráng)
Am Vortag etwa 400 Gramm Gänseleber würfeln, salzen und pfeffern und in etwas Kognak einlegen.
6 Forellen ausnehmen.
2 Semmeln in Würfeln schneiden, in 5 Zentiliter Weißwein vermischt mit 5 Zentiliter Schlagobers (süße Sahne) einweichen, zwei Eier, gehackte Petersilie, Salz und Pfeffer daruntermischen, die Gänseleber beifügen und alles zu einer Masse verkneten.
Die Masse in die gesalzenen Forellen füllen. Jede Forelle einzeln in gebuttertes Pergamentpapier oder Alufolie wickeln und im Backrohr bei schwacher Hitze etwa 20 Minuten im eigenen Saft dünsten.
Die Forellen danach auswickeln und mit zerlassener Butter begießen. Dazu passen in Butter geschwenkte und mit Petersilie bestreute Kartoffeln und Soße auf Csiker Art

Soße auf Csiker Art (Csiki mártás)

120 Gramm rote Rüben in Salzwasser garen, schälen und in feine Scheiben schneiden; mit einer Marinade aus Essig, Salz, Kümmel und einer Prise Zucker 3-4 Stunden durchziehen lassen.

80 Gramm säuerliche Äpfel schälen und in kleine Würfel schneiden, 1 Bund Schnittlauch fein hacken. Rote Rüben abgießen, mit den Apfelwürfeln und dem Schnittlauch vermischen.

Aus etwa 35 Zentiliter Öl und 2 Eigelb eine Mayonnaise rühren. 1 Deziliter Schlagobers (süße Sahne) steif schlagen.

Mayonnaise, Schlagobers, 50 Gramm Senf, 1 Deziliter Weißwein und Cayennepfeffer, Salz, Pfeffer und Zucker nach Geschmack unter die Rüben-Apfelmischung heben.

Palatschinken Hortobágyer Art (Hortobágyi palacsinta)

Aus 2 Eiern, 2 Dezilitern Milch, etwa 250 Gramm griffigem Mehl, einem Schluck Mineralwasser (kohlensäurehaltig!) und einer Prise Salz einen Palatschinkenteig rühren und die Palatschinken hauchdünn in Butter backen.

750 Kalbfleisch in grobe Würfel schneiden, 250 Gramm Zwiebeln und 200 Gramm Paprikaschoten fein hacken, 100 Gramm Tomate würfeln.

In Schmalz zuerst die Zwiebeln anrösten, dann die Fleischwürfel hinzufügen und ebenfalls anrösten, später die Paprikawürfel. Hitze reduzieren, 20 Gramm Gewürzpaprika (edelsüß!) einrühren und sofort mit Brühe ablöschen. Dann die Tomate hinzufügen und auf niedriger Hitze 2-3 Stunden schmoren. Mit Salz abschmecken.

Das gare Fleisch aus dem Schmorsaft nehmen und kleinhacken (man kann es auch durch den Fleischwolf drehen). Die Fleischmasse mit etwa einem Drittel des Schmorsafts und etwas Sauerrahm (saurer Sahne) vermischen. Die Palatschinken damit füllen, von beiden Seiten her einschlagen und zusammenrollen. Etwa 20 Gramm Mehl in 5 Zentiliter saurer Sahne verrühren und damit den restlichen Schmorsaft anrühren. Palatschinken in einer Bratform anrichten, den Schmorsaft zugießen und das Ganze im Backrohr etwa 10 Minuten bei mittlerer Hitze backen.

Rostbraten nach Csáky (Csáky-rostélyos)

Aus einem Kilo in Streifen geschnittenen Paprikaschoten, 300 Gramm geviertelten Tomaten, 150 Gramm gehackten Zwiebeln und 100 Gramm Räucherspeck ein Letscho zubereiten (zuerst den Speck anrösten, dann die übrigen Zutaten zugeben und bei starker Hitze düns-

ten, mit Gewürzpaprika, Salz und Pfeffer würzen). Das Letscho mit 6 verquirlten Eiern vermischen. Stocken lassen.
6 Rostbratenscheiben salzen, pfeffern und mit der Ei-Letschomasse bestreichen. Zu Rouladen rollen und diese mit Zwirn umwickeln. Rouladen in Schmalz anbraten, herausnehmen. 180 Gramm feingehackte Zwiebeln im selben Schmalz goldgelb anschwitzen, mit Gewürzpaprika verrühren und etwas Brühe ablöschen. Rouladen dazu in den Topf geben und bei mäßiger Hitze schmoren. Nach etwa der Hälfte der Garzeit 160 Gramm kleingeschnittene Paprikaschoten und 80 Gramm Tomaten hinzugeben. Rouladen aus dem Schmorsaft nehmen und diesen mit in Sauerrahm angerührtem Mehl binden.
Als Beilage passen Butternockerl gut.

Kalbskoteletts nach Gundel (Borjúborda Gundel módra)
1 Kilo frischen Spinat in Salzwasser kochen, ausdrücken und mit Butter, Muskat und Pfeffer abschmecken. 150 Gramm Champignons in dünne Scheiben schneiden und in Butter andünsten, salzen und pfeffern, mit feingehackter Petersilie bestreuen.
6 Kalbskoteletts salzen, pfeffern und erst in Mehl, dann verquirltem Ei und schließlich Semmelbröseln wenden. In heißem Fett herausbacken.
Auf einer Platte den Spinat anrichten, darauf die Koteletts arrangieren und auf den Koteletts die gedünsteten Pilze verteilen. Mit Mornaysauce mit Schinkenstreifen (es geht auch Bechamelsauce mit Schinkenstreifen) begießen, mit geriebenem Käse bestreuen, mit zerlassener Butter beträufeln und im heißen Backrohr überbacken.

Nockerl (Galuska)
Aus 500 Gramm griffigem Mehl, 2 mittleren Eiern, Salz, Pfeffer und ein wenig Wasser einen Nockerlteig bereiten. 3 Liter Salzwasser zum Kochen bringen und den Teig durch ein Nockerlsieb (es geht auch ein Spätzledrücker) ins kochende Wasser streichen.
Nockerl gut in kaltem Wasser abspülen und eventuell in erhitztem Schmalz oder heißer Butter wenden.

Geschichtete Palatschinken (Rakott palacsinta)
40 Gramm Rosinen und 20 Gramm Orangeat gut in Rum einweichen. 180 Gramm Walnüsse fein hacken. 1 Deziliter Schlagobers aufkochen, 120 Gramm Zucker, Zimt und die übrigen Zutaten hinzugeben. 1-2 Minuten köcheln, bis eine streichfähige Masse entsteht.

Eiweiß von 2 Eiern zu Schnee schlagen. Die Dotter mit 60 Gramm Zucker verquirlen. 180 Gramm Topfen (Quark), die Dottermasse, etwas Vanillezucker, Zitronenschale, 1 Esslöffel saure Sahne und 30 Gramm in Rum eingeweichte Rosinen vermischen, den Eischnee darunterheben.
100 Gramm Marillenmarmelade (Aprikosen) mit etwas Barack Palinka (Marillenbrand) verrühren.
12 Palatschinken backen.
In eine runde feuerfeste Form immer abwechselnd eine Palatschinke und eine Lage Füllung schichten. Auf jede Schicht etwas zerlassene Butter träufeln. Im Backrohr bei mäßiger Hitze etwa 5-10 Minuten backen.
Inzwischen aus 5 Eiern Eischnee schlagen, mit etwas Zucker und Marillenmarmelade vermengen und diesen Marillenschnee auf den Palatschinken verteilen. Überbräunen.

Gleitpalatschinken (Csúsztatott palacsinta)

150 Gramm Zucker, 3 Eigelb und 10 Gramm Mehl verrühren, ein Viertelliter Milch zugießen, Vanillezucker zugeben und das Ganze langsam unter Rühren aufkochen. 8 Zentiliter Rum und 1 Deziliter Schlagobers (süße Sahne) unterrühren.
6 Eiweiß zu Schnee schlagen. 60 Gramm Butter mit 6 Eigelb und 60 Gramm Puderzucker schaumig rühren, Zitronenschale, 120 Gramm griffiges Mehl und 35 Zentiliter Schlagobers (süße Sahne) dazugeben, zuletzt den Eischnee unterheben. Aus diesem Teig dicke Palatschinken backen. Jeweils nach dem ersten Wenden jede Palatschinke mit Puderzucker, geriebenen Walnüssen und etwas Zitronenschale bestreuen und mit Orangenmarmelade bestreichen.
Palatschinken aufeinanderschichten und etwa 6 Minuten im Backrohr überbacken. Heiß mit Punschsauce servieren.

Strudelteig

Aus 200 Gramm sehr griffigem Mehl, 20 Gramm Öl, 120 Milliliter lauwarmem Wasser und einer Prise Salz einen Teig kneten, bis dieser sich von der Arbeitsfläche löst und glatt und seidig anfühlt. Den Teig zu einer Kugel formen, auf einem mit Öl bestrichenem Teller setzen. Mit Öl bestreichen. Eine halbe Stunde ruhen lasten.
Auf einem mit Mehl bestäubten Tischtuch den Teig ausziehen. Dazu den Teig zuerst über die Fingerknöchel der Hände dehnen und über die Handrücken sanft ziehen. Die Teigfläche sollte gleichmäßig dünn sein (so dünn, dass man eine Zeitung, die darunterliegt, lesen kann!)

Den ausgezogenen Teig sofort mit flüssiger Butter bestreichen, dann mit der jeweiligen Füllung.

Obstfüllungen für Strudel

Obst (Äpfel, Kirschen, Marillen, Birnen, Erdbeeren oder Zwetschgen) entkernen und klein schneiden. Gleichmäßig auf dem ausgezogenen Strudelteig verteilen, mit Semmelbröseln und/oder gemahlenen Nüssen oder Mandeln bestreuen, Puderzucker, eventuell Zimt, Rosinen oder Zitronenschale drüberstreuen. Strudelteig mit Hilfe des Tischtuchs zusammenrollen, mit zerlassener Butter bestreichen und backen.

Topfenstrudel (Túrós rétes)

400 Gramm Topfen (Quark), 2 Eier, 120 Gramm Zucker, Vanille, Zitronenschale, 1 Deziliter Sauerrahm und in Rum eingeweichte Rosinen verrühren und den Strudel damit füllen.

Schusterstrudel (Vargabéles)

Aus 250 Gramm griffigem Mehl, 2 Eiern, Salz und 2 Gramm Butter einen Teig kneten und eine halbe Stunde ruhen lassen. Dann den Teig dünn ausrollen und feinnudelig schneiden. Die Nudeln in reichlich Wasser weich kochen.
4 Eiweiß zu Schnee schlagen. 4 Eigelb, 100 Gramm Butter und 200 Gramm Zucker mit Vanille schaumig rühren, 600 Gramm Topfen (Quark) einen halben Liter Sauerrahm, Zitronenschale und Rosinen nach Geschmack hinzufügen und alles verrühren. Die Nudeln unter die Masse rühren, Eischnee unterheben.
Einen Strudelteig zubereiten. In drei oder vier gleichgroße Platten ausziehen.
Eine Bratform fetten. Ein Strudelblatt reinlegen, etwas Füllung drauf verteilen, wieder ein Strudelblatt einlegen usw.
Bei mittlerer Hitze im Backofen etwa 25 Minuten backen. 10 Minuten ruhen lassen und dann mit Vanillepuderzucker bestreuen und servieren.

Somlauer Nockerl (Somlói Galuska)

80 Gramm Rosinen gut in Rum einweichen.
Aus 8 Eiern, 160 Gramm Mehl, 160 Gramm Zucker einen Biskuitteig zubereiten. Ein Drittel des Teigs mit 20 Gramm Kakao mischen, ein

Drittel mit 40 Gramm gemahlenen Walnüssen. Alle drei Teigportionen bei mittlerer Hitze zu fingerdicken Platten backen.

Einen halben Liter Milch mit dem Mark einer Vanillestange aufkochen, 4 Eigelb, 30 Gramm Mehl, 100 Gramm Zucker und eventuell etwas Gelatine einrühren.

Aus 200 Gramm Zucker, Zitronen- und Orangenschale und 3 Deziliter Wasser einen Sirup kochen (dauert etwa 15 Minuten), 15 Zentiliter Rum unterrühren.

Den Nussbiskuit zu unterst legen, mit einem Drittel des Sirups beträufeln und etwas gemahlenen Walnüssen und Rumrosinen bestreuen. Ein Drittel der Creme darübergießen. Dann den Kakaobiskuit darüberlegen und wieder mit Nüssen, Rumrosinen und Creme belegen. Am Ende mit dem normalen Biskuit abschließen. Diesen mit Marillen- oder Himbeermarmelade bestreichen, dann die Creme darübergeben. Das Ganze einige Stunden im Kühlschrank kaltstellen. Mit Schlagobers und Schokoladensauce servieren.

Family Tree

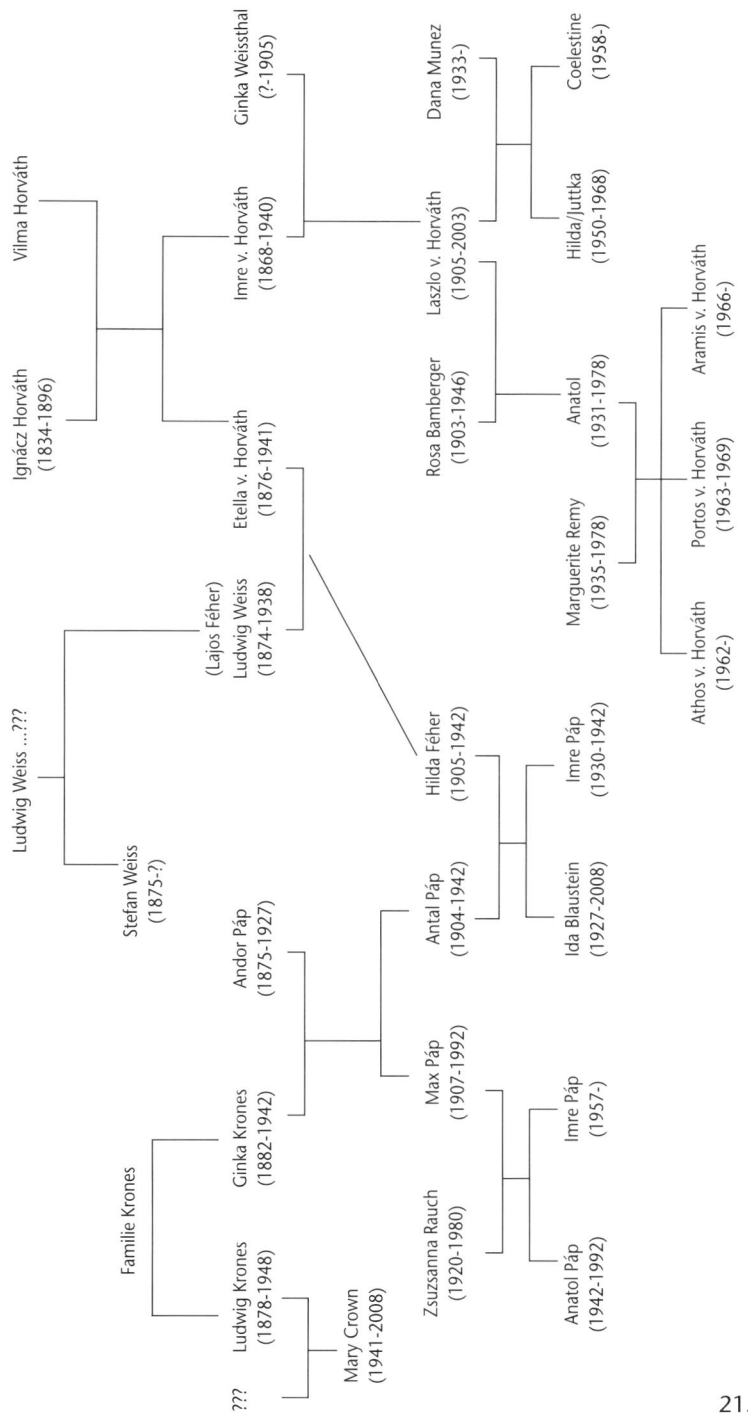

Familie Krones

- Ludwig Weiss ...???
  - Stefan Weiss (1875-?)
  - (Lajos Féher) Ludwig Weiss (1874-1938) — Etella v. Horváth (1876-1941)

- Ignácz Horváth (1834-1896) — Vilma Horváth
  - Etella v. Horváth (1876-1941)
  - Imre v. Horváth (1868-1940) — Ginka Weissthal (?-1905)
    - Laszlo v. Horváth (1905-2003) — Rosa Bamberger (1903-1946)
      - Anatol (1931-1978) — Marguerite Remy (1935-1978)
        - Athos v. Horváth (1962-)
        - Portos v. Horváth (1963-1969)
        - Aramis v. Horváth (1966-)
    - Hilda/Juttka (1950-1968) — Dana Munez (1933-)
      - Coelestine (1958-)

- Ludwig Krones (1878-1948) — Ginka Krones (1882-1942)
  - ???
  - Mary Crown (1941-2008)
  - Andor Páp (1875-1927)
    - Max Páp (1907-1992) — Zsuzsanna Rauch (1920-1980)
      - Anatol Páp (1942-1992)
      - Imre Páp (1957-)
    - Antal Páp (1904-1942) — Hilda Féher (1905-1942)
      - Ida Blaustein (1927-2008)
      - Imre Páp (1930-1942)

215

Ana Vasia
Mitvergangenheit

ISBN 978-3-942907-00-2

12,90 €

Maria beschäftigt sich auf dessen ausdrücklichen Wunsch hin mit der Vergangenheit ihres Großvaters. Schon bald gerät sie dabei in Lebensgefahr. Nicht nur alte Nazis haben ein Interesse daran, ihre Nachforschungen zu stören - auch in Griechenland gibt es Menschen, die mit allen Mitteln verhindern wollen, dass ans Licht kommt, was während des Zweiten Weltkriegs in einem griechischen Bergdorf geschehen ist. Zuletzt wagte Klaus Modick 2003 in seinem Roman »Der kretische Gast«, die Auseinandersetzung mit diesem unrühmlichen Kapitel der deutschen Geschichte. Ana Vasia geht weiter als Modick und beschreibt auch die griechischen Verstrickungen während der deutschen Besatzungszeit – und deren Fortwirken in die Gegenwart.

Ana Vasia verwebt meisterhaft historische und zeitgeschichtliche Fakten mit einer spannungsreichen Enthüllungsgeschichte.

Gibt es eigentlich etwas zwischen Romanen und Fachbüchern?

**Ja, das gibt es! Das abdruck VERLAGSHAUS präsentiert:
Erlesene Erfahrungen = einfach genial und
doppelt unterhaltsam!**

In der Reihe »Erlesene Erfahrungen« finden Sie Bücher, die mit Wortwitz und Sinn für die feinen Dinge des Lebens vermeintlich alltägliche Sachthemen aufgreifen – diese aber auf ganz ungewöhnliche, und vor allem kurzweilige,
Art und Weise verarbeiten.

Die Autoren dieser Reihe habe eine klare Regel:
Abstruse Ideen + unbändige Schreiblust = Lesevergnügen pur!

Frei nach dem Motto: Wer liest ist eindeutig im Vorteil!

www.abdruck-verlag.de

abdruck
VERLAGSHAUS